GOLDMANN

Buch

»Kinder des Staubs«, Robert Olen Butlers erste Storysammlung, wurde 1993 mit dem Pulitzer-Preis ausgezeichnet. In diesen brillanten und außerordentlich farbenprächtigen Erzählungen schildert Butler auf einfühlsame Weise die Schicksale vietnamesischer Einwanderer in den USA. Ohne Larmoyanz, aber mit der ganzen bittersüßen Melancholie derjenigen, die ihre Heimat zurücklassen mußten und Teil einer vollkommen anderen Kultur geworden sind, schreibt er von Zuversicht und Hoffnung, Liebe und Eifersucht und von den fernen Sehnsüchten in einem neuen Land. Er schlüpft dabei einmal in die Rolle eines hundert Jahre alten Mannes, der im Traum seinem alten Freund Ho Chi Minh wiederbegegnet, oder leidet ein anderes Mal als eifersüchtiger Ehemann, dem in der fremden Heimat die Eskapaden seiner schönen Ehefrau großes Kopfzerbrechen bereiten. Stets jedoch sieht er das Leben in den USA mit den Augen der vietnamesischen Einwanderer, findet eine authentische Stimme für ihre Mythen, Traditionen und Träume.

Autor

Robert Olen Butler, der ursprünglich hatte Schauspieler werden wollen, schrieb zunächst dramatische Texte. Nach seinem Militärdienst 1971 in Vietnam, dessen Erlebnisse ihn nachhaltig geprägt haben, arbeitete er von 1975 bis 1985 als Redakteur eines Wirtschaftsmagazins in Manhattan. Während dieser Zeit schrieb er die ersten seiner bisher sechs Romane. 1987 wurde er als Vietnam-Veteran für seine hervorragenden Beiträge zur amerikanischen Kultur mit dem Tu Do Chinh Kien Award ausgezeichnet. Butler, Jahrgang 1945, lebt heute in Lake Charles, Louisiana, und unterrichtet dort an der Universität Creative Writing.

Von Robert Olen Butler
ist im Goldmann Verlag außerdem erschienen:

Sie flüstern. Roman. Gebunden (30493)

Robert Olen Butler

Kinder des Staubs

Ausgezeichnet mit dem Pulitzer-Preis

Deutsch von Angelika Felenda

GOLDMANN VERLAG

Die amerikanische Originalausgabe erschien unter dem Titel
»A Good Scent from a Strange Mountain«
bei Henry Holt, New York

Umwelthinweis:
Alle bedruckten Materialien dieses Taschenbuches
sind chlorfrei und umweltschonend.

Der Goldmann Verlag
ist ein Unternehmen der Verlagsgruppe Bertelsmann

Deutsche Erstveröffentlichung 5/95

Schutzumschlag und Gestaltung: Design Team München
Satz: IBV Satz- und Datentechnik GmbH, Berlin
Druck: Elsnerdruck, Berlin
Verlagsnummer: 42648
TT · Herstellung: Heidrun Nawrot
Made in Germany
ISBN 3-442-42648-0

3 5 7 9 10 8 6 4 2

Inhalt

Dank

Für die anhaltende Unterstützung meiner Arbeit möchte ich der McNeese State University in Lake Charles, Louisiana, meinen aufrichtigen Dank aussprechen. Mein besonderer Dank gilt Joe Cash, Millard Jones und Bob Hebert.

Offene Arme

Ich trage keinen Haß in mir. Dessen bin ich mir fast sicher. Ich habe lange genug für mein Land gekämpft, um meine Frau an einen anderen Mann zu verlieren, einen Krüppel. Denn obwohl ich noch lebte, war ich für sie gestorben, weil ich so fern von ihr war. Vielleicht stört es mich ein bißchen, daß seine Behinderung angeboren war und nicht im Krieg erworben wurde. Aber sogar das spielt keine Rolle. Am Ende ging mein ganzes Land verloren und ich bin nicht mehr dort, und soviel ich den Zeitungen über das vereinte Vietnam entnehmen kann, geht es den beiden sicherlich sehr schlecht. Sie bedeuten mir wirklich nichts. Es erscheint mir sogar seltsam, sie in dieser Weise zu erwähnen, und noch seltsamer jedoch ist es, von ihnen zu reden, bevor ich von dem Mann spreche, der die größte Gefühlsverwirrung ertrug, die ich mir vorstellen kann. Er ist es, der manchmal in mir die Vorstellung auslöst, ich säße mit untergeschlagenen Beinen in friedlicher Haltung da und nähme alles hin, was man mich über das Leiden gelehrt hat, das aus Begierde entsteht.

Es gibt andere, die ich hassen könnte. Aber ich empfinde Mitleid mit meinen Feinden und den Feinden meines Landes. Ich wohne am South Mary Poppins Drive in Gretna, Louisiana, und da ich perfekt Englisch spreche, bin ich unter den anderen, die hier leben, den Westbank Vietnamesen, recht einflußreich. Wir stammen alle aus Südvietnam. Wenn man die Brücke nach New Orleans überquert, den Interstate nach Norden nimmt und dann auf einen Highway abbiegt, der nach einem Häuptling benannt wurde, kommt man in einen Ort namens Versailles. Dort findet man die Vietnamesen, die ursprünglich aus dem Norden stammten. In Versailles sind sie katholisch. Ich bin Buddhist. Aber was ich nicht über die Dinge weiß, habe ich eines dunklen Abends von einem Kommunisten in der Provinz Phuoc Tuy in der Republik von Südvietnam gelernt.

Ich arbeitete als Dolmetscher für die Australier in deren Basislager nahe Nui Dat. Bei der Errichtung eines Lagers unterschieden sich die Australier von den Amerikanern. Die Amerikaner rodeten das Land, pflügten und ebneten es, spannten ihren Stacheldraht darum und stellten ihre Blechhütten auf. Die Australier stellten Zelte auf. Sie lebten unter Zeltbahnen auf Holzböden und fällten die Bäume nicht. Sie stellten ihre Zelte unter den Bäumen auf, und wenn man morgens aufwachte, konnte man die Vögel singen hören, und deshalb konnte ich an mein Zuhause denken. Mein Dorf war weit entfernt, oben im Norden, nahe Pleiku, aber meine Frau war damals noch meine Frau. Ich konnte in einem Zelt unter den Bäumen liegen und an sie denken, und dieser Zustand hielt so lange an, bis ich die Messe betrat und mich zum Frühstück Eiern, Currywürsten und Bohnen gegenübersah.

Die Australier errichteten gute Lager, aber ihre Mahlzeiten waren mir unbegreiflich, besonders die zu Tagesanbruch. An dem Morgen, als ich Dang Van Thap begegnete, sah ich ihn zuerst am anderen Ende der Messe sitzen und auf ein mit diesem Essen beladenes Tablett starren. Zu seiner Rechten saß der Kommandant und zu seiner Linken dessen Stellvertreter, daher wußte ich, daß er wichtig war, und betrachtete Thap sehr genau. Seine Haut war dunkel, einfaches Bauernblut wie ich, und er trug ein grünblau kariertes Sporthemd. Er hätte irgendein Motorrollerfahrer in Saigon sein können, oder jemand, der in Vung Tau Schwarzfahrten zu ergattern versuchte. Aber ich erkannte sofort, daß etwas Besonderes an ihm war.

Sein Haar stand wild vom Kopf ab, das Ergebnis der Vietkong-Feldfriseure, aber es war noch etwas an ihm, das ihn verriet. Er saß zwischen diesen beiden australischen Offizieren, die fast einen Kopf größer waren, und er war ein wenig nach vorn gebeugt. Doch irgendwie erschien er riesig. Die Leute in unserem Dorf glauben an Geister. Viele Leute in Vietnam teilen diesen Glauben. Und manchmal erscheint ein Geist in menschlicher Gestalt und verschwindet wieder. Wenn das geschieht, und man denkt zurück an diese Begegnung, stellt man fest, daß man die ganze Zeit über das Gefühl hatte, etwas Enormem nahe gewesen zu sein, als käme man nachts auf einen Berg und könnte es nicht sehen, wüßte aber genau, daß es da war. Etwas von diesem Gefühl befiel mich, als ich Thap das erstemal ansah. Nicht daß ich angenommen hätte, er sei ein Geist. Aber ich wußte, er war viel größer als der Körper, in dem er steckte, während er die Currywürste anstarrte.

Dann bewegte sich etwas zu meiner Linken, jemand setzte sich, aber ich sah nicht gleich hin, weil mich Thaps Anblick gefangenhielt. »Den wirst du ganz sicher in die Finger kriegen, Kumpel«, sagte eine laut flüsternde Stimme ganz nahe an meinem Ohr. Ich wandte mich um, und es war Captain Townsend, der Geheimdienstoffizier. Sein pomadisierter, zu zwei scharfen Spitzen hochgezwirbelter Bart zuckte wie gewöhnlich, wenn wir zusammen inmitten einer Vernehmung waren, und er sich für das Gesagte besonders interessierte. Aber jetzt war es Thap, der das Zucken auslöste. Townsends Augen hatten sich von mir abgewandt, sie blickten wieder ans andere Ende der Messe, und ich folgte seinem Blick. Ein weiterer Vietnamese kam mit einem Tablett herein, ein vietnamesischer Luftwaffenmajor, und der Kommandant rückte zur Seite und ließ den neuen Mann neben Thap Platz nehmen. Der Major sagte ein paar Worte zu Thap, Thap gab irgendeine Antwort, und der Major redete mit dem Kommandanten.

»Er ist unser neuer Kundschafter im Busch«, sagte Townsend. »Der Major dort kehrt nach dem Frühstück zur Division zurück, und dann können wir mit ihm reden.«

Ich hatte gehört, daß ein neuer Kundschafter eintreffen würde, aber er sollte hauptsächlich bei den Einheiten draußen arbeiten, die die Infiltrationsrouten unterbrachen, deswegen hatte ich mir nicht allzu viele Gedanken über ihn gemacht. Townsend suchte nach etwas, und ich sah zu ihm hinüber. Er zog einen Zettel aus der Tasche. Er las einen Namen von dem Zettel ab, aber er nuschelte, und ich hatte keine Ahnung, was er sagte. Ich nahm ihm den Zettel weg und las Thaps Namen. Townsend sagte: »Angeblich ist er ein ganz schlauer kleiner Mistkerl. Politischer Kader. Davor war er Pionier. Grips und gleichzeitig ein Killer. Will nur hoffen, daß sein Sinneswandel echt ist.«

Ich blickte auf, der vietnamesische Major bestritt offenbar die ganze Unterhaltung. Er trug eine Uniform, die so gestärkt war, daß sie von allein hätte dort sitzen können, sein Haar war sorgfältig pomadisiert und erhob sich über der Stirn zu einer Tolle ähnlich einem vorderen Kotflügel jener eleganten, alten Citroën-Limousinen, die man in der Gegend von Saigon sah. Thap hatte sich inzwischen zurückgelehnt und beobachtete den Major bei der Unterhaltung, und wäre ich der Major, ich würde ziemlich nervös werden, denn der Mann neben ihm hatte den Schatten eines Berges und den steten Blick des Geistes dessen, den der Großvater des Majors vor fünfzig Jahren betrogen, gehörnt oder ermordet hatte, und der nun zurückgekommen war, um ihn zu holen.

Doch erst am nächsten Tag ließ Captain Townsend Thaps Akte mitten auf meinen Schreibtisch fallen. Der Schreibtisch war mit einem Dutzend Fotos bedeckt, verschiedenen Ansichten von zwei toten Holzfällern, die eine australische Patrouille am Tag zuvor erschossen hatte. Die Holzfäller hatten sich im Sperrgebiet aufgehalten und als sie flohen, waren sie erschossen worden. Die Fotos zeigten die beiden mit ausgebreiteten Armen und angezogenen Beinen auf ihrem Wagen liegend, als würden sie gleich aufspringen und die Hacken zusammenschlagen. Der Aufprall von Thaps Akte wirbelte die Bilder auf und ließ sie wegflattern. Townsend sagte: »Schau dir das jetzt gleich an, Kumpel. In einer Stunde haben wir ihn hier.«

Für das Regierungsprogramm, das einem langjährigen, eingefleischten Vietkong wie Thap gestattete, so einfach die Seiten zu wechseln, gab es im Vietnamesischen einen harten Ausdruck, bekannt wurde es aber unter der Bezeichnung »Offene Arme«. Eine Stunde später, als Thap mit Townsend durch die Tür kam, füllte er den ganzen Raum aus, er sah mich einmal an und wußte alles über mich, was er wissen wollte, und die Vorstellung, ihm unsere Arme zu öffnen, unsere Brust, unsere Herzen bloß zulegen, empfand ich als wahrhaft beängstigend. In unserem Dorf rannte man vor einem Geist davon, denn wenn er dich will, kann er dir in die Brust greifen und dir nicht nur das Herz, sondern auch die Seele herausreißen.

Ich kannte die Fakten über Thap aus der Akte, aber ich fragte mich, was er zu einigen Dingen sagen würde, die ich gerade gelesen hatte. Den Dingen über sein Leben, über den schrecklichen Vorfall, der ihn dazu brachte, die Sache aufzugeben, für die er gekämpft hatte. Aber mit meiner Hilfe nahm ihn Townsend erst einmal eine Stunde in die Mangel. Er stellte all die Fragen, die man von einem Captain des Geheimdienstes erwartete, obwohl die Antworten auf diese Fragen schon alle in der Akte standen. Das Verhör durch die Militärs hatte bereits alles zutage gefördert, was Thap über Stellungen und Stärke der Vietkong-Einheiten in unserer Gegend oder über die Namen von Politkadern der Schattenregierung wußte. Aber Thap wiederholte geduldig seine Antworten, rauchte eine unserer Chesterfield-Zigaretten nach der anderen, sorgsam darauf bedacht, die Asche nicht zu Boden fallen zu lassen, und sah keinen von uns wirklich an, kein Blick in die Augen, nur gelegentlich ein schneller Blick auf unsere Hände, als erwartete er, wir würden plötzlich eine Waffe ziehen, und gleichzeitig erschien er jetzt sehr klein, nicht weniger geschickt und geübt im Töten, aber, zu guter Letzt, in meinen Augen wie ein Mensch.

Als Captain Townsend schließlich fertig war, nickte er mir zu und zog sich, wie wir ausgemacht hatten, zurück, damit ich mich mit Thap ungezwungen unterhalten konnte. Townsend rechnete sich aus, daß Thap sich wohler fühlen würde, wenn er unter vier Augen mit einem Landsmann redete. Ich hatte da so meine Zweifel. Trotzdem war ich interessiert an diesem Mann, wenn auch nicht aus denselben Gründen wie Townsend. In diesem Augenblick kümmerte ich mich nicht um Geheimdiensttaktiken, wie mein Boss sie erwartete, und deshalb – noch bevor er das Zimmer verlassen hatte – war ich entschlossen, sie zu ignorieren. Aber ich fühlte mich nicht schuldig. Er hatte bereits alles, was er brauchte.

Sobald der Australier gegangen war, hob Thap das erstemal den Kopf und blies eine Rauchwolke zur Decke. Das ließ mich erstarren, als wäre er gerade aus einem Hinterhalt im Unterholz hervorgesprungen, wo er sich zusammengekauert versteckt gehalten hatte. Er sah mich nicht an. Er beobachtete, wie der Rauch aufstieg, und wartete mit gelassener Miene. Schließlich glaubte ich, meine Stimme würde mir wieder gehorchen, und ich sagte: »Wir sind aus der gleichen Gegend. Ich stamme aus der Provinz Pleiku.« In der Akte stand, daß Thap aus Kontum kam, der nächsten nördlichen Provinz, die sowohl an Kambodscha wie an Laos grenzt. Er antwortete nicht, obwohl er den Kopf ein wenig neigte. Er schaute geradeaus und nahm noch einen Zug aus seiner Zigarette, einen tiefen, die Asche wurde zusehends länger, verdoppelte ihre Länge, während er den Rauch einzog.

Ich wußte aus der Akte von dem Schmerz, der auf ihm lastete, aber ich wollte ihn dazu bringen, ihn mir zu zeigen, davon zu sprechen. Ich wußte, ich sollte nicht offen mit ihm reden, zumindest eine Zeitlang. Aber mir fiel nichts ein außer dem plumpen Ansatz, und zu meiner Schande muß ich gestehen, daß ich mich darauf einließ. Ich sagte: »Haben Sie Familie dort?«

Er wandte sich mir zu, und ich wagte nicht zu atmen.

Einen Augenblick lang dachte ich, mein erster Eindruck wäre richtig gewesen. Er war ein Geist, und jetzt war der Moment gekommen, da er mich mit sich fortnehmen würde. Mir stockte der Atem, für immer, wie mir schien. Aber Thap löste sich nicht in Luft auf. Seine Augen fixierten mich und senkten sich dann auf die Akte auf dem Schreibtisch, als wollte er sagen, ich fragte, was ich bereits wußte. Er war in die Provinz Phuoc Tuy geschickt worden, um die Dorfbewohner zu indoktrinieren. Er war ein Meister, behaupteten unsere anderen Quellen, wenn es darum ging, den Holzfällern, Fischern und Reisbauern die kommunistische Weltanschauung beizubringen. In der Zwischenzeit hatte sich in Kontum die Taktik geändert, sie ändert sich immer, und drei Monate zuvor hatten die Vietkong einem kleinen Dorf mit einem Bürgermeister, der einen Hang zu amerikanischen Konsumgütern hatte und Informationen verkaufte, eine Lektion erteilt. Die Lektion war diesmal sehr streng ausgefallen, und diejenigen, die nicht davonrannten, wurden getötet. Thaps Frau mit den beiden Kindern hatten erwartet, sicher zu sein, irgend jemand würde wissen, wessen Angehörige sie waren. Sie blieben und wurden vom Vietkong ermordet, und Thap traf seine Entscheidung.

Seine Augen waren immer noch auf die Akte gerichtet, ich war wieder zu Atem gekommen und sagte: »Ja, ich weiß.«

Er wandte sich wieder ab, starrte auf die Zigarette und beobachtete den Rauchkringel, ohne ihn einzuatmen. Ich sagte: »Aber ist das nicht einfach der Krieg? Ich dachte, Sie glaubten an die Sache.«

»Das tue ich immer noch«, sagte er, dann sah er mich an und lächelte schwach, aber das Lächeln galt nur ihm selbst, als wüßte er, was ich dachte. Er wußte es. »Dies hier ist nichts Neues«, sagte er. »Ich bekannte mich in Ihrem Divisions-Hauptquartier zur gleichen Sache. Ich glaube an die Regierung, die für alle Menschen sorgt und die Armen über die Reichen stellt. Ich glaube an einen Zustand moralischer Reinheit, der das ermöglicht. Aber schließlich gelangte ich zu der Überzeugung, daß die Regierung, die diese Männer aus dem Norden aufstellen wollen, nicht von den Leuten kontrolliert werden kann, denen sie eigentlich dienen soll.«

»Und was halten Sie von den Leuten, deren Kampf Sie sich jetzt angeschlossen haben?« fragte ich.

Er nahm einen letzten Zug von der Zigarette und beugte sich dann vor, um sie in einem Aschenbecher an der Ecke meines Schreibtischs auszudrücken. Er setzte sich zurück, faltete die Hände im Schoß, und sein Gesicht wurde ruhig, seine Mundwinkel bogen sich in gelassenem Ernst nach unten. »Ich verstehe sie«, sagte er. »Auch die Amerikaner. Ich kenne ihre Geschichte. Was sie glauben, ist gut.«

Ich gebe zu, daß mein erster Impuls war, ihn auf die Probe zu stellen. Er hatte nichts über die Geschichte der westlichen Demokratie gewußt, bevor er die Kommunisten verließ. Sie haben seine Frau und seine Kinder getötet, und er wollte sie drankriegen. Aber dennoch wußte ich, daß es stimmte, was er sagte. Er war gläubig. Ich sah ihm die buddhistische Erziehung an. Die Kommunisten konnten dies in ihm ansprechen. Den Katholiken konnten sie nichts anhaben, aber die Buddhisten, die nicht an all den Mystizismus glaubten, waren auf den Kommunismus gut vorbereitet. Die Kommunisten hatten eine Menge richtiger Ansichten, richtiger Absichten, die richtige Sprache und all das. Und was Buddhas zweite Wahrheit anbelangte, den Durst nach Leidenschaft, jene ganz große Fallgrube, waren die Kommunisten wirklich streng, ausgesprochen prüde geradezu. Wenn ein Vietkong von seinen Vorgesetzten mit einem Pin up erwischt wurde, sogar wenn es sich nur um ein Mädchen im Badeanzug handelte, hatte er mit echten Schwierigkeiten zu rechnen.

Das meinte Thap mit moralischer Reinheit. Nachdem ich es ein wenig auf mich hatte wirken lassen, kotzte es mich an. Aber das ist vermutlich eine persönliche Schwäche, nehme ich an, obwohl es mir manchmal gar nicht als Schwäche erscheint. Ich bin kein so guter Buddhist. Ich lebe in Amerika, und die Dinge stellen sich einfach nicht so dar, wie meine Mutter und Großmutter sie mir erklärt haben. Doch Thap kam mir plötzlich ein wenig zu selbstgefällig vor. Und ich hatte keine Angst mehr vor ihm. Er war ein kommunistischer Puritaner, und sogar ich hatte Mühe, mir vorzustellen, wie er es über sich gebracht hatte, ein paar Kinder zu machen. Zu meiner Schande sagte ich dann: »Sie vermissen das Zusammensein mit Ihrer Frau, nicht wahr?« Beinahe hätte ich gesagt: »Fehlt es Ihnen, mit Ihrer Frau zu schlafen?« Aber ganz so herzlos war ich nicht, trotz dieses selbstgefälligen wahren Gläubigen, der bis vor kurzem ein erbitterter Feind meines Landes gewesen war.

Während ich meine Frage umformulierte, sogar während ich sie stellte, dachte ich, ich würde nie eine Antwort auf das bekommen, was ich wirklich wissen wollte. Sobald die Worte heraus waren, spürte ich, wie ich vom Kinn an übers ganze Gesicht rot wurde. Es war nur ein kleiner Anfall von Scham, bis ich sah, was vor mir geschah. Ich glaube, es war die Plötzlichkeit dieser Frage, ihre Unerwartetheit, die ihn überrumpelt hatte. Das ist ein alter Vernehmungstrick. Aber Thaps Hände erhoben sich aus seinem Schoß, und ich wußte, sie erinnerten sich an seine Frau. All das geschah innerhalb weniger Sekunden. Die Hände erhoben sich nur kurz, aber ich war mir ganz sicher, daß seine Handflächen, seine Fingerspitzen, von der Erinnerung an ihre Berührung wie betäubt waren. Dann sanken die Hände wieder in den Schoß zurück, und er sagte leise: »Natürlich vermisse ich sie.«

Ich stellte ihm keine weiteren Fragen mehr, und nachdem er gegangen war, begannen meine eigenen, auf der Schreibtischplatte liegenden Hände, unruhig zu werden, fuhren hoch, verbargen sich dann in meinem Schoß und brannten vor eigenen zarten Erinnerungen. Ich hatte noch eine Frau, aber sie war nicht lange meine Frau gewesen, bevor ich sie hatte verlassen müssen. Ich wußte, daß Thap kein Geist war, sondern ein Mann, der, wenn auch innerhalb der Grenzen seiner Prüderie, seine Frau liebte und begehrte, genauso wie ich die meine liebte und begehrte. Er war ein Mann, aber von diesem Augenblick an wünschte ich nur, mich von ihm fernzuhalten. Die Leute bei der Infanterie hatten ihren eigenen Dolmetscher, ich müßte mich mit Thap nicht mehr abgeben, und ich war froh darum.

Doch weniger als eine Woche später sah ich ihn wieder. Es war an einem Sonntag. Früh am Morgen war es draußen, direkt östlich von uns, in den Long Khan Bergen zu Feindberührung gekommen. Zuerst hörte man ein paar Minuten lang das Knattern kleinerer Waffen und dann ein lang anhaltendes Donnern, die Mini-Kanonen der herabstoßenden Cobras, und dann herrschte Stille.

Am Nachmittag spielten die Mannschaften Cricket, und ich saß unter einem Baum und beobachtete sie, ohne jedoch dem seltsamen Spiel wirklich zu folgen; ich spürte nur den lastenden Schatten des Baumes, lauschte dem Aufprall des Balles auf dem Schläger und dem schwachen Applaus und ließ mir von der Brise ein Bild meiner Frau in ihrem ao dai heranwehen, dessen lange Seidenschöße flatterten, als würden sie von dieser Brise angehoben, als wäre sie ganz in der Nähe und wartete auf mich. Und einige Male, während ich dort saß, dachte ich an Thap. Vielleicht war es meine Frau, die die Erinnerung an ihn wachrief, die sehnsüchtigen Hände, die uns beiden gemeinsam waren. Aber erst am Abend sah ich ihn tatsächlich.

Es war im Offiziersclub. Manchmal zeigten sie einen Film, und dies war ein solcher Abend. Captain Townsend bestellte mich früh dorthin, um ihm zu helfen, die Korbstühle vor dem großen Bettuch aufzustellen, das sie an einem Ende als Leinwand aufgehängt hatten. Townsend sagte mir nicht, was für ein Film gezeigt wurde. Als ich ihn fragte, zwinkerte er nur und sagte: »Es wird dir gefallen, Kumpel«, und ich dachte, es handelte sich wieder um einen der Norman Wisdom-Filme. Dieser kleine Mann, Wisdom, wurde von einer Welt von Leuten, die größer waren als er, ewig niedergeknüppelt und gequält. Townsend wußte, daß ich diese Filme nicht mochte, und daher glaubte ich, das Zwinkern würde sich darauf beziehen.

Thap kam mit einer Reihe von Infanterieoffizieren herein, und zu meinem Leidwesen sah ich, daß ihr Dolmetscher nicht dabei war. Ich verstand nicht, warum sie Thap hierhergebracht hatten. Ich nehme an, sie wollten ihm das Gefühl geben, willkommen und ein Teil ihrer Welt zu sein. Dieser Ansicht bin ich immer noch. Sie verstanden einfach nicht, was für eine Art Mensch er war. Sie klopften ihm auf den Rücken, zeigten auf die Leinwand und den Projektor, und dann probierten sie ihre paar Brocken Vietnamesisch an ihm aus und das kindische Geschwätz, das Pidgin Englisch, das für mich so lächerlich klang, weil Englisch meine zweite Sprache war. Ich glaubte nicht, daß Thap Norman Wisdom gefallen würde. Thap und ich waren beide kleine Männer.

Was mich aber am meisten beschäftigte, als er hereinkam, war die Sorge, Thap würde mich um Hilfe bitten, da ich der einzige andere Vietnamese im Club war. Aber er tat es nicht. Er sah mich einmal flüchtig an und ließ es dabei bewenden. Die beiden Infanterieoffiziere führten ihn in die erste Reihe und ließen ihn zwischen sich Platz nehmen, und als Thap saß, ließ meine Aufmerksamkeit an seiner Person genügend nach, um zu bemerken, daß hier etwas Ungewöhnliches vor sich ging. Die Aussies waren ungewöhnlich ausgelassen, stießen sich gegenseitig in die Seiten und lachten, und einer rief Townsend zu: »Müssen deine Geheimdienstjungs dieses Zeug reinschmuggeln?«

Townsend lachte und sagte: »Das war sogar für uns viel zu heiß, mein Freund.«

Ich wußte nicht, wovon er sprach, und offensichtlich starrte ich mit deutlich verwirrtem Ausdruck zu Captain Townsend hinüber. Er sah mich an und legte mir dann den Arm um die Schulter. »Du wirst sehen«, sagte er. »Es ist für uns Jungs, die wir alle unsere kleinen Ladies vermissen.« Er machte mit dem Kopf ein Zeichen in Richtung der Stühle, und ich setzte mich ein paar Reihen hinter Thap, etwas links von ihm. Ich konnte nur seinen Hinterkopf sehen, die Haarbüschel, seinen tiefbraunen Hals, den Kragen seines Karohemds. Er hob den Kopf zur Leinwand, die Lichter gingen aus, und der Film begann.

Es waren neun Filme, jeder dauerte etwa zwanzig Minuten. Der erste begann ohne Vorspann. Ein Mann ging einen Feldweg entlang. Es war ein großer, blonder Mann, ein Schwede, wie ich später erfuhr, obwohl mir in diesem Moment nur auffiel, daß dies nicht die Art von Mann war, die normalerweise in einem Norman Wisdom-Film auftauchte. Er trug enge Jeans und ein aufgeknöpftes Flanellhemd, das seine nackte Brust sehen ließ. Nie hatte ich einen Engländer so gekleidet gesehen. Auch keinen Australier. Und die Wisdom-Filme waren alle in schwarz-weiß. Dieser hier war gelblich, und die Kamera zitterte ein bißchen, und dann stellte ich fest, daß ich nur das ratternde Geräusch des Projektors hörte, und wie die Männer zu lachen begannen. Der Film hatte keinen Ton. Jemand schrie etwas, was ich nicht verstand, dann schrie ein anderer. Zuerst dachte ich, daß etwas nicht in Ordnung war. Der falsche Film vielleicht, und die Männer würden Townsend zurufen, die Vorführung anzuhalten und den kleinen Norman einzulegen. Aber dann schwenkte die Kamera auf eine junge Frau, die an einem Zaun mit Kühen im Hintergrund stand. Sie trug Shorts, die in Schritthöhe abgeschnitten waren, sie schüttelte ihr langes Haar, und die Australier johlten vor Ausgelassenheit. Die Kamera schwenkte auf den Mann zurück, er war sichtlich erregt, und der Club hallte von Schreien, die ich jetzt verstehen konnte: »Schnapp sie dir, Kumpel; gib's ihr; los, geh ran.«

Ich sah zu Thap hinüber; sein Kopf war zur Leinwand erhoben, aber natürlich wußte er nicht, was gleich geschehen würde. Auch ich sah nach oben, der Mann und die Frau sprachen miteinander, und dann küßten sie sich. Nicht lange. Die Frau zog sich zurück, kniete vor dem Mann nieder, öffnete den Verschluß seiner Jeans, machte den Reißverschluß auf und zog ihm die Hose herunter, aber er hatte noch Unterhosen an. Zu meinem Erstaunen stellte ich fest, daß ich nur schwer Luft bekam und meine Arme sich schwach anfühlten. Ich hatte noch nie einen solchen Film gesehen, obwohl ich davon gehört hatte. Aber in dem Moment, als der Mann in Unterhosen dastand, dachte ich, es würden immer noch gewisse Grenzen eingehalten, dies sei kein echtes Exemplar jener Filme, von denen ich gehört hatte.

Aber die Frau berührte ihn dort, spielerisch, lächelnd, als wäre es ein herrlicher Spaß für sie, und dann streifte sie seine Unterhose ab. Sein Körper war bereit für sie, das war sehr deutlich zu sehen, worüber sie sehr erfreut zu sein schien, dann führte sie ihr Gesicht sehr nahe an dieses Körperteil heran, und mir blieb fast der Atem stehen, als sie etwas machte, um das ich nicht einmal meine Frau je gebeten hatte, obwohl mich jetzt der Anblick dessen vor Verlangen nach ihr schwach werden ließ.

Und dann sah ich Thap an. Es war einfach ein Reflex. Ich hatte mir immer noch nicht klargemacht, was in dem Club vor sich ging, wer Thap war, was ihm in seinem Leben widerfahren war, und woran er glaubte. Ich sah ihn an, und sein Kopf war noch immer erhoben; er schaute zu, und ich blickte zu den Augen der Frau hinauf, die ebenfalls erhoben waren; sie sah den Mann an, sogar während sie das für ihn machte, und ich sah zu Thap zurück, und jetzt senkte sich sein Kopf, sehr langsam. Er ließ den Kopf tief nach unten sinken und hielt ihn gesenkt, und ich beobachtete ihn, solange ich konnte.

Zu meiner Schande muß ich gestehen, daß es nicht sehr lange war. Ich war abgelenkt. Bevor ich von Thaps »moralischer Reinheit« sprach, sagte ich, daß eine gewisse Gleichgültigkeit gegenüber dieser Einstellung eine Schwäche von mir war. Ich habe nicht wieder geheiratet, und ich muß zugeben, es gefällt mir, die Fotos in bestimmten Magazinen anzusehen, die in Amerika leicht erhältlich sind. Die Frauen sind so nackt, und ich habe das Gefühl, sie sehr gut zu kennen, und der Ausdruck auf ihren Gesichtern ist gewöhnlich so angenehm, daß es ihnen irgendwie ganz recht zu sein scheint, daß ich sie auf diese Weise kenne – ich persönlich. Es ist eine kindische Vorstellung, finde ich, kaum die richtigen Absichten, und ich nehme an, daß diese kleine Begierde eines Tages zum Unglücklichsein führt. Aber ich bin empfänglich dafür. Und in jener dunklen Nacht in dem australischen Zelt in der Provinz Phuoc Tuy war ich von Begierde erfüllt und sah mir alle neun Filme an, voller Verlangen nach meiner Frau – hauptsächlich nach ihr, glaube ich –, aber zwischendurch begehrte ich auch eine jener langhaarigen Frauen, die so viel Gefallen an einem vorübergehenden Farmer, einem Seemann auf Landgang, einem Lieferanten und sogar an einem ältlichen und ziemlich kleinen Doktor fanden.

Dreimal sah ich Thap an. Das erstemal war sein Kopf immer noch gesenkt. Beim zweitenmal sah er zu meinem Erstaunen auf die Leinwand. Er sah hin, als der Blick der Kamera auf dem Gesicht einer dunkelhaarigen Frau ruhte, die auf die einzige mir bekannte Weise geliebt wurde, und eine Zeitlang war nur ihr Gesicht zu sehen, das, mit geschlossenen Augen, ein wenig zur Seite geneigt, immer und immer wieder durchgerüttelt wurde. Aber auf ihrem Gesicht lag ein Lächeln, ruhig, voller Liebe, wenn auch ein wenig traurig, als wüßte sie, daß ihr Mann sie bald verlassen müßte. Ich weiß, ich las dies aus meiner eigenen Erfahrung in sie hinein. Sie war eine schwedische Prostituierte, die einen Pornofilm drehte, und das Lächeln bedeutete nichts dergleichen. Es war vorgetäuscht. Und ich weiß, daß es mit allem Lächeln in den Magazinen das gleiche ist. Das Lächeln dieser nackten Frauen ist das Lächeln des Geldes, des Ruhms, der Hoffnung, den Durchbruch zum Film zu schaffen, oder sich Kokain oder sonst etwas kaufen zu können. Aber in jener Nacht in dem australischen Zelt sahen Thap und ich ins Gesicht dieser Frau, und ich weiß, was ich fühlte, und etwas sagte mir, daß Thap das gleiche Gefühl empfand. Er sah lange zu, mit erhobenem Kopf, und, wie ich weiß, mit sehnsüchtigen Händen.

Er sah immer noch zu, als ich mich wieder der Leinwand zuwandte. Danach gab es noch zwei Filme, die ich aufmerksam verfolgte. Aber meine Gedanken waren jetzt bei Thap. Ich wußte, daß er ein paar Reihen vor mir litt. Dieser Mann war bis vor einer Woche mein eingeschworener Feind gewesen. Die anderen in diesem Raum waren meine Freunde gewesen. Doch Thap war auf irgendeine tiefergreifende Weise mein Landsmann. Und das hatte nichts damit zu tun, daß auch er Vietnamese war. Ich wußte, was in ihm vorging. Er begehrte seine Frau, genauso wie ich die meine begehrte. Nur daß ich in dieser Nacht glaubte, ich würde eines Tages wieder mit ihr vereint sein, und seine Frau war vor kurzem gestorben.

Aber wenn das alles gewesen wäre, glaube ich nicht, daß er diesen nachhaltigen Eindruck auf mich gemacht hätte. Dieser Film zehrte an seinem Verlangen, brachte die Erinnerung an seine Frau zurück, ließ seine Hände hochfahren. Er war eben ein Mann. Ich sah die Filme an, bis sie zu Ende waren, und empfand ein tiefes Mitgefühl mit Thap, für seine Sehnsucht nach einer Frau, nach seiner Frau, und diese Sehnsucht rief jetzt ein Bild ihres Körpers als Asche und Knochen in ihm wach. Als ich ihn das drittemal ansah, war sein Kopf wieder gesenkt und vermutlich blieb er das auch. Er war immer noch gesenkt, als die Lichter angingen, Captain Townsend nach vorn gerufen und für seine Vorführung mit begeistertem Applaus und Hochrufen bejubelt wurde.

Als wir alle das Zelt verließen, sah ich kurz Thaps Gesicht zwischen seinen beiden australischen Freunden, den beiden Infanterieoffizieren, die ihm das Gefühl gaben, er gehöre wirklich dazu. Thaps Gesicht sagte mir, wie alles enden würde. Seine Augen irrten unruhig umher, als befände er sich bei einem Minenräumkommando, bei dem plötzlich eine Leuchtrakete hochging, und er fände sich auf einmal inmitten seiner Feinde wieder.

In dieser Nacht ging er zu einem Zelt und tötete einen der beiden Infanterieoffiziere, zweifellos denjenigen, der darauf bestanden hatte, daß er sie zu dem Club begleitete. Dann tötete sich Thap selbst, eine Kugel in seinem Kopf. Townsend hatte Glück, daß Thap die Jubelrufe am Ende nicht verstanden hatte, sonst wäre vielleicht der Captain anstelle des Infanterieoffiziers dran gewesen. Thaps Verlangen nach seiner Frau hatte ihn sehr unglücklich gemacht. Aber das allein trieb ihn nicht zu seiner letzten Tat. Es war das Ergebnis einer Geschichtslektion. Thap war wahrhaft gläubig, und in jener Nacht verstand er plötzlich die Demokratie, an die er zu glauben versuchte. Er spürte, daß die Kommunisten, mit denen er zu Recht gebrochen hatte, die seine Frau getötet und ihm ihre eigene unheilvolle Schwäche vorgeführt hatten, dennoch mit ihrem Urteil über uns alle recht hatten. Die Tatsache, daß Thap mit der Verdorbenheit des Westens unmittelbar in Berührung gekommen war, löste ein tiefes Empfinden für seine Frau aus, hatte die Dinge nur noch schlimmer gemacht. Er hatte keine Wahl.

Und was mich betrifft, ich lebe in den Vereinigten Staaten von Amerika. Ich arbeite in einer Bank. Ich habe meine eigene Wohnung mit meinen eigenen Möbeln und habe mehr Geld gespart, als ich wohl jemals brauchen werde, vorausgesetzt, ich kann meinen Job behalten. Und darüber muß ich mir keine Sorgen machen. Es ist eine große Bank, und man mag mich hier. Ich kann mit den vietnamesischen Kunden reden, und abgesehen davon hält man mich für einen fleißigen Mitarbeiter. Ich lese Zeitung. Ich habe mehrere Zeitschriften abonniert, und in einer davon lächeln mich jeden Monat schöne Frauen an. Ich denke nicht mehr an meine Frau. Ich gehe ins Kino. Ich habe ein Videogerät und endlich habe ich den Film »Mary Poppins« gesehen. Die Straße, in der ich wohne, ist eine von vieren in unserer Gegend, die nach Mary Poppins benannt ist. Es stimmt. Sie können das auf jedem Stadtplan nachprüfen.

Die Vietnamesen von der Westbank mögen die Vietnamesen aus Versailles nicht. Die von der Westbank betonen, daß für jene aus Versailles Freiheit nur die Freiheit, Geld zu verdienen, bedeutet. Es sind kalte Menschen, gehetzte Menschen, aus dem Norden eben. Die aus dem Süden behaupten, daß für sie Freiheit die Freiheit zu denken, das Leben zu genießen, bedeutet. Die Vietnamesen aus Versailles mögen die Leute aus dem Süden nicht. Für sie sind wir faul. Ziellos. Gierig, aber nicht in der Lage, hart für das zu arbeiten, was wir erreichen wollen. Sie behaupten, sie seien diejenigen, die Amerika verstehen würden, und wie man hier zu Erfolg kommt. Auf der Westbank und in Versailles gibt es viele, die voller Haß sind.

Ich behaupte, daß Verlangen zum Unglücklichsein führen kann, dasselbe gilt für einen starken Glauben. Ich kann lange Stunden vom Spätnachmittag bis in die dunkle Nacht dasitzen, ohne mich gezwungen zu fühlen, etwas anzusehen, etwas zu hören oder etwas zu tun. Ich kann über Thap nachdenken und kann meine Hände ineinander falten, und in diesen Momenten ist nicht der geringste Haß in mir.

Mr. Green

Ich bin Katholikin, Tochter einer katholischen Mutter und eines katholischen Vaters, und ich glaube nicht an Ahnenverehrung, vor allem nicht in Form von Papageien. Die Eltern meines Vaters starben, als er sehr jung war, und er wurde in einem von Nonnen geführten Waisenhaus in Hanoi zum Katholiken erzogen. Die Mutter meiner Mutter war Katholikin, ihr Vater jedoch nicht, sondern er glaubte wie viele Vietnamesen an die Ahnenlehre des Konfuzius. Ich erinnere mich, wie er mich an die Hand nahm, während meine Eltern und meine Großmutter unter einem Bananenbaum im Hof saßen, und sagte: »Laß uns gehen und mit Mr. Green sprechen.« Er führte mich ins Haus und legte dabei den Zeigefinger auf den Mund, um mir zu bedeuten, daß es sich um ein Geheimnis handelte. Mr. Green war der Papagei meines Großvaters, und es machte mir Spaß, mit ihm zu sprechen, aber wir gingen an Mr. Greens Stange im Wohnzimmer vorbei. Mr. Green sagte: »Hallo, lieber Herr«, aber wir antworteten ihm nicht einmal.

Mein Großvater führte mich in den hinteren Teil seines Hauses zu einem Zimmer, das meine Mutter als privat bezeichnet hatte, von dem sie mich fortgerissen hatte, als ich einmal versuchte, einen Blick hineinzuwerfen. An der Tür hing ein Perlenvorhang, wir gingen hindurch, und die Perlen raschelten wie hohes Gras. Der Raum war dämmrig, von Kerzen erleuchtet, es roch nach Räucherstäbchen, und mein Großvater stellte mich vor einen kleinen Schrein mit Blumen, einer rauchenden Weihrauchschale und zwei Messingleuchtern, zwischen denen das Foto eines Mannes mit chinesischem Mandarinhut stand. »Das ist mein Vater«, sagte er und wies mit dem Kopf auf das Foto. »Er wohnt hier.« Dann ließ er meine Hand los und berührte meine Schulter. »Sprich ein Gebet für meinen Vater.« Das Gesicht auf dem Foto war ein wenig zur Seite geneigt und lächelte leicht, als hätte mir der Mann eine Frage gestellt und wartete auf eine Antwort, die ihm gefallen würde. Ich kniete vor dem Schrein nieder, wie ich es in der Messe tat, und sagte das einzige Gebet, das ich auswendig konnte, das Vaterunser.

Aber während ich betete, war mir die Anwesenheit meines Großvaters bewußt. Ich schielte sogar nach ihm, als er zur Tür ging, die Perlenschnüre teilte und zum vorderen Teil des Hauses sah. Dann kehrte er zurück, stellte sich neben mich, und ich beendete mein Gebet, während ich gleichzeitig lauschte, wie die Perlen leise rasselnd zur Ruhe kamen. Als ich laut »Amen« sagte, kniete sich mein Großvater neben mich, beugte sich nahe zu mir und flüsterte: »Dein Vater macht etwas Furchtbares. Daß er Katholik sein muß, ist eine Sache. Aber er hat die Geister seiner Ahnen verlassen, die nun auf ewig einsam herumirren müssen.« Es war schwer für mich zu glauben, daß mein Vater etwas so Schreckliches tat, aber noch schwerer konnte ich glauben, daß mein Großvater, der doch noch älter war als mein Vater, die Unwahrheit sagte.

Mein Großvater erklärte mir die Welt der Geister, daß

die Seelen unserer Ahnen weiterhin Liebe, Aufmerksamkeit und Verehrung benötigten. Wenn sie all das bekämen, würden sie an unserem Leben teilnehmen, uns segnen und uns sogar in unseren Träumen vor Unheil warnen. Vernachlässigten wir jedoch die Seelen unserer Ahnen, würden sie verlorengehen und einsam im Reich der Toten umherirren, nicht besser als ein Krieger, der, von seinem Feind erschlagen, unbegraben auf einem Reisfeld zurückbleibt und von schwarzen Raubvögeln gefressen wird.

Als mir mein Großvater von den Vögeln erzählte, die die Augen der Toten herauspicken, und von der Möglichkeit, daß unsere eigenen Ahnen, unsere eigenen Familienmitglieder, genauso leiden müßten, wenn wir sie vergäßen, sagte ich: »Mach dir keine Sorgen, Großvater, ich werde immer für dich beten und Opfer für dich darbringen, obwohl ich katholisch bin.«

Ich dachte, das würde meinem Großvater gefallen, aber er schüttelte nur heftig den Kopf, als wäre er böse auf mich, und sagte: »Unmöglich.«

»Doch«, sagte ich.

Dann sah er mich an, und ich glaube, ihm wurde bewußt, daß er schroff zu mir gewesen war. Er neigte den Kopf leicht zur Seite und lächelte ein wenig – genauso wie sein Vater auf dem Foto – aber es gab nichts zu lächeln bei seinen Worten. »Du bist ein Mädchen«, sagte er. »Also ist es nicht möglich, daß du es allein tust. Nur ein Sohn kann die Verehrung seiner Ahnen beaufsichtigen.«

Ich spürte ein seltsames Gefühl in mir, ein Zurückweichen, als wäre ich barfuß auf eine Schnecke getreten, aber wie kann man vor seinem eigenen Körper zurückweichen? Und daher begann ich zu weinen. Mein Großvater tätschelte und küßte mich und sagte, es sei alles in

Ordnung, aber für mich war es das nicht. Ich wollte die Seele meines Großvaters beschützen, doch das lag nicht in meiner Macht. Ich war ein Mädchen. Wir blieben zusammen vor dem Schrein, und nachdem ich aufgehört hatte zu weinen, gingen wir ins Wohnzimmer zurück, mein Großvater verbeugte sich vor seinem Papagei und sagte: »Hallo, lieber Herr«, und Mr. Green sagte: »Hallo, lieber Herr«, und obwohl ich den Papagei mochte, sprach ich an diesem Tag nicht mit ihm, weil er ein Junge war und ich nicht.

Das war in unserer Stadt, die am Ufer des Roten Flusses, direkt südlich von Hanoi lag. Nicht lange danach verließen wir diese Stadt. Ich war sieben Jahre alt, und ich erinnere mich, wie sich mein Großvater mit meinen Eltern stritt. Ich schlief auf einer Matte im hinteren Teil des Hauses, wachte auf und hörte Stimmen, und mein Großvater sagte: »Unmöglich.« Das Wort ließ mich erschauern, aber dann hörte ich genauer hin und wußte, daß sie die Reise besprachen, auf die wir uns begeben wollten. Alle hatten große Angst und waren sehr aufgeregt. Es gab viele Familien in unserer kleinen Stadt, die fortgehen wollten. Sie hatten sogar die Glocke vom Kirchturm geholt, um sie mitzunehmen. Wir waren alle Katholiken. Aber Großvater teilte nicht die Sorgen der Katholiken. Er sorgte sich um die Geister seiner Ahnen. Hier war der Platz, an dem sie geboren worden waren, gestorben und begraben waren. Er befürchtete, sie würden die Reise nicht mitmachen. »Was dann?« rief er. Und später sprach er von den Leuten im Süden, wie sie uns hassen würden, weil wir aus dem Norden kamen. »Was dann?« fragte er.

Mr. Green sagte das gleiche. »Was dann?« hat er mir tausend-, zehntausendmal in den vergangenen sechzehn

Jahren zugerufen. Papageien können hundert Jahre alt werden. Und obwohl ich die Seele meines verstorbenen Großvaters nicht beschützen konnte, konnte ich mich um seinen Papagei kümmern. Als mein Großvater 1972 in Saigon starb, sorgte er dafür, daß Mr. Green zu mir kam. Ich war damals vierundzwanzig und frisch verheiratet und liebte Mr. Green immer noch. Er saß auf meiner Schulter, nahm den oberen Teil meines Ohrs in den Schnabel, einen Schnabel, der die härtesten Schalen knacken konnte, hielt mein Ohr mit größter Sanftheit fest und berührte mich mit seiner Zunge.

Ich habe Mr. Green in die Vereinigten Staaten von Amerika mitgenommen, und während der langen Sommer hier in New Orleans, an den warmen Frühlingstagen und sogar während vieler Tage unserer milden Winter sitzt er auf meiner vergitterten hinteren Veranda neben der Tür und spricht mit der Stimme meines Großvaters. Wenn er auf meine Schulter klettern und mich in den Gemeindegarten begleiten möchte, sagt er: »Was dann?« Und wenn ich am Morgen das erstemal zu ihm gehe, sagt er: »Hallo, lieber Herr.«

Er liebt mich. Das heißt, ich bin die einzige Person, die sich ihm nähern darf, ohne einen blutigen Angriff zu riskieren. Aber vor mir liebte er meinen Großvater, und manchmal hat es den Anschein, als hielte er den Geist und all das Wissen meines Großvaters in sich geborgen. Mr. Green sitzt auf meiner Schulter, schmiegt sich eng an meinen Kopf und wiederholt die Worte, die er von meinem Mann und meinen Kindern gehört hat. Meine Kinder lehren ihn sogar englische Wörter. Er plappert alles nach, ohne jegliche Anteilnahme jedoch. Die vietnamesischen Worte meines Großvaters jedoch entströmen ihm mit Nachdruck, als befände sich jemand sehr starkes in ihm. Und immer, wenn er mit der Stimme meines Großvaters spricht, weiten und verengen sich seine Pupillen unablässig, wodurch ein Papagei anzeigt, daß er glücklich ist. Gestern versuchte ich, Mr. Green Tropfen zu geben, die der Tierarzt ihm verschrieben hat, und Mr. Green sagte: »Unmöglich«, und obwohl er krank ist, sah man an seinen Augen, wie sehr es ihn freute, sich mir zu widersetzen.

Nachdem wir damals alle nach Saigon gezogen waren, entdeckte mein Großvater den Vogelmarkt in der Ham Nghi Straße und nahm mich dorthin mit. Tatsächlich gab es auf der Marktstraße von Ham Nghi alle Arten von Tieren – Hunde, Affen, Kaninchen und sogar Wildkatzen. Aber wenn mein Großvater meine Hand nahm und sagte: »Komm, Kleine«, und wir die Tran Hung Dao hinuntergingen, in der unser Haus stand, und in die Ham Nghi kamen, brachte er mich immer zu der Stelle mit den Vögeln.

Die Kanarienvögel waren bei allen Marktbesuchern am beliebtesten, und mein Großvater sang mit ihnen. Sie hüpften auf die Seite des Käfigs, die meinem Großvater am nächsten war, und er pfiff, summte und sang sogar Texte, Lieder aus dem Norden, ganz leise allerdings, so daß ihn nur die Vögel hören konnten. Er wollte nicht, daß die Leute in Saigon herausfanden, daß er aus dem Norden stammte. Und all die Kanarienvögel öffneten die Schnäbel, plusterten das Halsgefieder und blähten sich auf, und die Luft war von ihrem Gezwitscher erfüllt. Ich beobachtete dann den Hals meines Großvaters, um zu sehen, ob er sich genauso aufblähte wie die Hälse der Vögel. Doch an ihm bewegte sich überhaupt nichts. Seine Haut hing schlaff herunter, und jedesmal wenn ich zusah, wie er die Vögel bezauberte, blieb sein Hals ganz ruhig, als kämen die Laute, die er hervorbrachte, eigentlich gar nicht von ihm. Die Leute lachten, wenn sie sahen, wozu er imstande war, und sie sagten, mein Großvater sei ein Zauberer, doch er beachtete sie gar nicht.

Die Kanarienvögel auf der Ham Nghi schien er am meisten zu mögen, obwohl er sich mit allen Vögeln abgab. Die dunkel Gefiederten – die Elstern und Amseln – sangen immer ohne ihn, vor allem die Amseln mit den orangefarbenen Schnäbeln. Mein Großvater näherte sich den Amseln, die sich zwitschernd miteinander unterhielten, und sah sie mit gerunzelter Stirn an, als seien sie Dummköpfe, weil sie mit ihrer eigenen Gesellschaft zufrieden waren. Sie brauchten ihn nicht für ihre Gesänge. Er knurrte sie an: »Ihr seid bloß ein Haufen alter Weiber«, und wir gingen weiter zu den großäugigen Tauben, und er gurrte sie leise an und sagte ihnen, wie hübsch sie seien, und wir beobachteten die Moorhühner, die auf dem Boden ihrer Käfige herumpickten wie alle Hühner, und die Kraniche mit ihren wunderbaren Hälsen, die sich bogen und streckten.

Wir besuchten alle Vögel, und mein Großvater liebte sie. Als wir das erstemal auf der Ham Nghi waren, kamen wir zum Schluß zu den Käfigen voller Spatzen. Er beugte sich tief zu den zwitschernden Vögeln hinunter, die mir sehr gut gefielen. Sie waren klein mit glänzenden Augen, und obwohl die Käfige sehr voll waren, war immer Bewegung darin. Sie hüpften, plusterten sich auf und wiegten sich wie meine eitlen Freundinnen. Ich war ein stilles kleines Mädchen, aber auch ich betrachtete mich manchmal affektiert und eitel in einem Spiegel, obwohl ich mich in der Öffentlichkeit immer ein wenig entfernt hielt von den anderen Mädchen.

An diesem ersten Tag war ich überrascht und entzückt, als mein Großvater den Vogelhändler heranwinkte, auf bestimmte Spatzen zu deuten begann, und der Händler in den Käfig griff, einen Vogel nach dem anderen herausholte und sie alle in eine Schachtel steckte. Mein Großvater kaufte zwölf Vögel, und sie flatterten nicht, als sie in der Schachtel saßen. »Warum flattern sie nicht?« fragte ich.

»Ihr Flügel sind beschnitten«, sagte mein Großvater.

Ich fand das in Ordnung. Sie zeigten keinerlei Schmerz, konnten immer noch hüpfen und würden mir nie davonfliegen. Ich würde nicht einmal einen Käfig brauchen für meine eitlen kleinen Freunde.

Ich bin sicher, mein Großvater wußte, was ich dachte, aber er sagte nichts. Als wir zu Hause waren, gab er mir die Schachtel und sagte, ich solle die Vögel meiner Mutter zeigen. Ich fand sie auf der Hintertreppe beim Gemüseschneiden. Ich zeigte ihr die Schachtel, und sie sagte, Großvater sei wundervoll. Sie stellte die Schachtel ab und befahl mir, bei ihr zu bleiben, ich könne ihr helfen. Ich kauerte mich neben sie, wartete und hörte das Zwitschern der Vögel in der Schachtel.

Wir hatten immer Hühner, Enten und Gänse gehalten. Einige davon pickten in unserer Nähe herum, während ich dort bei meiner Mutter kauerte. Ich wußte, daß wir diese Tiere aßen, aber aus irgendeinem Grund schien Ham Nghi ein ganz anderer Ort zu sein, und die Spatzen konnten nur zum Singen und als Freunde dasein. Aber schließlich war meine Mutter mit dem Gemüseputzen fertig, sie griff in die Schachtel und nahm einen Spatzen heraus; seine Füße baumelten unten aus ihrer Faust hervor, und oben lugte sein Kopf heraus. Ich sah ihm ins Gesicht, und ich wußte, es war ein Mädchen, und meine Mutter sagte: »Es wird so gemacht«, und sie legte die andere Hand um den Kopf des Spatzen und drehte sie herum.

Ich weiß nicht, wie lange es dauerte, bis ich mich daran gewöhnte. Aber ich ließ mich immer weitertreiben, wenn mein Großvater auf der Ham Nghi zu den Spatzenkäfigen ging. Mir gefiel sein Gesicht nicht, wenn er sie kaufte. Äußerlich erschien es genauso, wie wenn er die Tauben angurrte oder mit den Kanarienvögeln sang. Aber ich muß wohl entschieden haben, das Ganze sei ein Teil des Erwachsenwerdens, des Heranwachsens zu einer Frau, wie meine Mutter, denn schließlich war sie es, die sie tötete. Und sie lehrte mich, das zu tun, und ich wollte genauso sein wie sie. Ich drehte den Spatzen die Hälse um, rupfte sie, wir brieten und aßen die Vögel, und mein Großvater seufzte nach dem Mahl immer tief auf, und seine Augen schlossen sich vor Wohlbehagen.

Es gab auch Papageien auf der Ham Nghi. Sie sahen alle ziemlich genauso aus wie Mr. Green. Sie hatten die Farbe von Brotbaumblättern mit ein wenig Gelb am Hals. Jedesmal suchte sich mein Großvater einen Vogel aus, er reckte den Kopf vor ihm, imitierte die Neigung seines Kopfes und sagte: »Hallo«, oder »Wie heißt du?« – Dinge, die er zu Mr. Green niemals sagte. Die Papageien auf der Ham Nghi sprachen nicht mit meinem Großvater, obwohl einmal einer ein Geräusch von sich gab, das sich anhörte wie die Hupen der beigen und blauen Taxis, die durch die Straßen rasten. Aber sie sprachen nie ein Wort, und mein Großvater bemühte sich, mir zu erklären, daß diese Papageien zu frisch gefangen worden waren, um etwas gelernt zu haben. Er sagte, sie seien vermutlich auch nicht so klug wie Mr. Green, aber eines Tages würden sie sprechen. Einmal, nachdem er mir das erklärt hatte, beugte er sich nahe zu mir und deutete auf einen Papagei, der unter seinem Flügel nach Milben pickte, und sagte: »Dieser Vogel wird immer noch am Leben sein und mit jemandem sprechen, wenn du eine alte Frau geworden, gestorben und in der Erde liegen wirst.«

Ich bin jetzt einundvierzig Jahre alt. Jeden Tag gehe ich zum Ufer des Flußarms, der durch diesen Ort namens Versailles fließt. Es ist ein Teil von New Orleans, aber weit vom Stadtzentrum entfernt, und voller Vietnamesen, die einst aus dem Norden kamen. Mein Großvater hat die Vereinigten Staaten nie gesehen. Ich weiß nicht, was er davon gehalten hätte. Aber ich komme jeden Tag in diesen Garten, kauere mich auf die satte Erde, trage meinen Strohhut und meine schwarzen Hosen und ziehe Kopfsalat, Kohl, Rübenkraut und Minze, und meine Füße, die einst recht schön waren, werden rauh. Meine Familie mag die Dinge, die ich auf den Tisch bringe.

Manchmal begleitet mich Mr. Green in den Garten. Er sitzt auf meiner Schulter und bleibt lange dort sitzen, oft macht er die Kardinalsvögel nach, den scharfen, knallenden Laut, den sie ausstoßen. Dann klettert Mr. Green schließlich meinen Arm herunter, hüpft auf den Boden und spaziert im Garten herum, und wenn er anfängt, den Stiel einer Pflanze anzunagen, rufe ich: »Unmöglich«, und dann sieht er mich an, als sei er wütend, daß ich es wage, seine eigenen Worte, seine und die Worte seines ersten Herrn, gegen ihn zu benutzen. Ich bringe immer Zweige mit und werfe ihm einen hin, auf dem er kauen kann, damit keiner von uns das Gesicht verlieren muß. Ich habe immer versucht, seine Würde zu wahren. Er ist mindestens fünfzig Jahre älter als ich. Mein Großvater war achtzehn, als er ihn auf einer Fahrt, die er mit seinem Vater ins Hochland unternahm, persönlich einfing.

Mr. Green ist also ziemlich alt, und alte Leute verlieren manchmal das Verständnis für die Dinge, die um sie vorgehen. Daher ist es nicht verwunderlich, daß Mr. Green vor ein paar Wochen begann, sich die Federn auszureißen. Ich ging zum Tierarzt, als deutlich wurde, was geschah. Ein großer kahler Fleck war auf Mr. Greens Brust sichtbar geworden, und ich hatte seine Federn unter seiner Stange gefunden, also beobachtete ich ihn eines Nachmittags durchs Küchenfenster. Er saß auf seiner Stange neben der hinteren Verandatür und riß sich zwölf Federn aus der Brust, eine nach der anderen, befühlte jede mit der Zunge und ließ sie dann zu Boden fallen. Ich ging auf die Veranda hinaus, und er krächzte mich an, als hätte er etwas Intimes getan, und ich hätte es eigentlich besser wissen müssen, als ihn dabei zu stören. Ich setzte mich nieder, und er hörte damit auf.

Ich brachte Mr. Green zum Tierarzt, der sagte, wenn Papageien so etwas tun, dann vielleicht aus Mangel an bestimmten Vitaminen oder Mineralien. Aber viel häufiger liege es daran, daß der Vogel sich langweile. Ich versuchte mir einzureden, daß Mr. Green deshalb aufhörte, sich die Federn auszureißen, weil ich auf die Veranda kam. Beschäftigen Sie ihn, sagte der Tierarzt. Also beschaffte ich Mr. Green einen neuen Kletterbaum mit einer Menge frischer Rinde zum Abschälen, und ich verbrachte mehr Zeit mit ihm. Ich nahm ihn in den Garten mit, auch wenn er nicht darum bat, und ich erledigte meine Näharbeit, sogar einen Teil des Kochens – die Vorbereitung dafür jedenfalls – draußen auf der Veranda, und während dieser Hausarbeiten sprach ich mit ihm. Es war einfach belangloses Geplauder, aber viele Worte, und oft sah mich Mr. Green scharf an, während ich sprach, und mir war klar, daß ich mich anhörte wie eine pausenlos plappernde Amsel.

Aber ich fühlte mich gezwungen, etwas für ihn zu tun. Er war alt und krank, und ich spürte, ich mußte etwas tun. Mein Großvater brauchte sechs Monate, um zu sterben. Er lag in einem Bett im obersten Stockwerk unseres Hauses, und Mr. Green saß immer auf einer Stange neben ihm. Ich erinnere mich an ein Windglockenspiel am Fenster. Es war aus Messing, und ich hatte nie ein Windglokkenspiel in meinem Haus, denn wenn ich es höre, klingt für mich immer noch etwas anderes mit, nämlich der tiefe rasselnde Husten meines Großvaters. Zusammen mit meiner Mutter besuchte ich ihn in diesem Zimmer, und einmal, als wir gerade gehen wollten, rief er mich zurück. Ich kehrte um, meine Mutter war bereits aus der Tür, und ich konnte sie hastig mit meiner Großmutter sprechen hören. Mein Großvater bedeutete mir, sehr nahe heranzukommen, und drehte sich im Bett um. Sein Gesicht verzerrte sich dabei vor Schmerz, aber er zwang sich dazu, weil er mir ein Geheimnis anvertrauen wollte. Ich beugte mich ganz nahe zu ihm hinunter. »Hörst du sie sprechen?« fragte er. Er machte mit dem Kopf ein Zeichen zur Tür und meinte offensichtlich meine Mutter und meine Großmutter.

»Ja«, sagte ich.

Er runzelte die Stirn. »Wie albern sie sich anhören. Geschnatter und Gequassel. Alle Frauen hören sich so an. Du möchtest doch nicht, daß du dich später genauso anhörst wie alle diese dummen Frauen, nicht wahr?«

Ich wußte nicht, was ich auf seine Frage antworten sollte. Ich wollte sehr gern so sein wie meine Mutter, und als mein Großvater so redete, begann ich mich innerlich dagegen zu sträuben, und Tränen stiegen mir in die Augen. Aber meine Mutter rief meinen Namen, und ich brauchte in diesem Moment keine Antwort auf die Frage meines Großvaters zu geben. Ich kehrte ihm den Rücken zu und rannte, ohne ein Wort zu sagen, aus dem Zimmer. Als ich jedoch bei der Tür war, schrie Mr. Green: »Was dann?«, und es klang, als hätte er tatsächlich den Gedanken meines Großvaters zu Ende geführt: Du wirst zu einer Frau heranwachsen – was dann?

Vielleicht hat er den Gedanken tatsächlich zu Ende gedacht. Papageien sind sehr klug. Besonders Mr. Green. Und er weiß mehr als nur die Worte, die mein Großvater ihm beigebracht hat. Die Buddhisten glauben an Seelenwanderung, obwohl ich der Meinung bin, daß es unmöglich ist, in ein Wesen zu schlüpfen, das bereits am Leben ist. Aber nachdem mich Mr. Green während meiner Versuche, ihm durch mein Geplauder auf der Veranda das Leben zu retten, mehrere Tage lang ärgerlich angesehen hatte, begann er, immer und immer wieder »Unmöglich« zu schreien, bis ich still war. Vielleicht wäre ihm eine männliche Stimme angenehm gewesen, meine jedoch war es nicht, und dann begann Mr. Green, sich wieder das Gefieder auszurupfen, obwohl ich bei ihm saß. Als er damit anfing, ging ich zu ihm hin und sagte: »Unmöglich«, aber er beachtete mich nicht. Er hob nicht einmal den Kopf, um mich anzusehen, sondern riß eine Feder nach der anderen aus, was jedesmal von einem leise knackenden Geräusch begleitet wurde. Dann, am nächsten Tag, begann er zu husten.

Dieser Husten war mir wohlbekannt. Aber ich brachte Mr. Green zum Tierarzt, und wie ich erwartet hatte, erklärte er mir, der Vogel habe gar keinen Husten. Es sei ein Geräusch, das er nachahme. »Hatte jemand in Ihrem Haus kürzlich eine Erkältung oder die Grippe?« fragte der Doktor.

»Es ist mein Großvater«, antwortete ich.

Beim letzten Besuch im Zimmer meines Großvaters begann er zu husten. Meine Mutter trat an sein Bett, aber er bedeutete ihr fortzugehen. Sie zog sich zurück, und ich ging zu ihm, wollte ihm helfen. Er hatte sich inzwischen aufgesetzt und nach vorn gebeugt, der Husten rasselte tief in seiner Brust, und plötzlich, als ich näher kam, trat Stille ein, und ich glaubte, mein Schritt nach vorn hätte tatsächlich geholfen, aber mein Großvater hob das Gesicht, und seine Augen waren sehr traurig, da wußte ich, daß er enttäuscht war. Meine Brüder waren noch nicht geboren, und ich hielt den Atem an, um diese Stille nicht zu stören, aber wiederum ertönte das krächzende Geräusch aus seiner Brust und erfüllte den ganzen Raum.

Heute morgen ging ich wieder auf die hintere Veranda, und Mr. Green riß sich eine Feder aus. Er beachtete mich nicht, er verhöhnte mich nicht einmal, indem er mich »Herr« nannte. Er ließ die Feder fallen und schickte sich an, unter dem linken Flügel eine weitere auszurupfen. Seine Brust war inzwischen nackt, und die Haut sah so schlaff aus wie der Hals meines Großvaters. Ich stand vor ihm und bot ihm meinen Arm, um auf meine Schulter zu klettern. Gestern hatte er gesagt: »Unmöglich«, aber heute sagte er nichts. Er ließ eine Feder fallen, beugte sich dann vor und biß mich heftig in den Arm. Ich blutete. Aber ich zog den Arm nicht zurück, und er sah mich an. Sein trauriger Blick war fest, die Pupillen weit aufgerissen, als würde er den Vorfall abwägen. Ich reichte ihm wieder meinen Arm, und er wußte, er hatte keine Wahl, also kletterte er hinauf, aber er stieg nicht auf meine Schulter.

Mit ausgestrecktem Arm trug ich Mr. Green nach draußen. Die Sonne hatte den Nebel über dem Flußarm noch nicht verdunsten lassen, und ich ging geradewegs in den Garten. Meine Füße waren bloß wie die eines Kindes, die Erde war weich und naß, und ich kauerte mich nieder, griff schnell nach Mr. Green, packte ihn an der Brust, hob ihn hoch und erwischte ihn mit der anderen Hand, bevor er sich wehren konnte. Seine Flügel waren festgeklemmt, und in meiner Hand wirkte er größer als ich je geglaubt hätte. Aber eine vietnamesische Frau ist erfahren in solchen Dingen, und Mr. Green kam nicht einmal dazu, einen Laut von sich zu geben, als ich ihn auf die Seite legte, mit dem Knie zu Boden drückte, die Hände hob und ihm den Hals umdrehte.

Ich bete für die Seele meines Großvaters. Ich hege keinen Zorn gegen ihn. Manchmal gehe ich unter der Woche zur Messe. Versailles hat eine katholische Kirche für die Vietnamesen, und die Messe wird in unserer Sprache abgehalten. Ich sitze hinten und sehe auf die Reihen, die die alten Frauen aufsuchen. Sie gehen jeden Tag zur Kommunion, sie sitzen zusammen, tragen ihre traditionellen Kleider, und ihr Haar ist in Tüchern nach oben gebunden, und ich frage mich, ob ich schließlich auch dort enden werde, tagein, tagaus in den Reihen der alten Frauen bei der Messe. Niemand in meiner Gemeinde wird wahrscheinlich so lange leben wie ein Papagei. Aber unser Retter lebte nur dreiunddreißig Jahre, also ist es wahrscheinlich nicht wichtig. Jesus war von Frauen umgeben, als er starb – den beiden Marien. Sie konnten ihm nicht helfen. Aber genausowenig die Männer, die alle davongerannt waren.

Die Rückfahrt

Ich bin nur ein Geschäftsmann, kein Poet. Von einem Poeten erwartet man, die Dinge deutlich wahrzunehmen und sich daran zu erinnern. Vielleicht können nur die Poeten gut sterben. Der Rest von uns nicht. Ich fuhr von meinem Haus in Lake Charles, Louisiana, zum Flughafen nach Houston, Texas, um den Großvater meiner Frau abzuholen. Und was habe ich auf dieser Fahrt erlebt? Was fiel mir auf, als ich den Interstate-Highway in Beaumont verließ, so in- und auswendig wie ich die Abkürzung zum Flughafen kenne? Ich fuhr durch ganz reale texanische Städte. Eine trug den Namen China, eine andere Nome. Eine hieß Liberty. Wäre ich ein Mann, der an Symbole und Omen glaubt, hätte mir das ein Lächeln entlockt. Ich fuhr durch Liberty, um den Großvater meiner Frau abzuholen, dessen Freiheit meine Frau, ich und der Neffe dieses Mannes nach vielen Jahren des Bemühens endlich erreicht hatten. An diesem Tag, von der Westküste kommend, traf er ein, nachdem er dreizehn Jahre unter kommunistischer Herrschaft in unserem Heimatland Vietnam gelebt hatte. Vielleicht würde ein Poet derlei Dinge in Zusammenhang bringen – Freiheit, Texas und den Großvater meiner Frau, und ein denkwürdiges Gedicht abfassen. Vielleicht aber auch nicht. Ich habe keine Ahnung von diesen Dingen. Vielleicht interessiert sich der

Poet auch nur für den Vogel, der sich zum Flug erhebt, oder den Frosch, der in den Teich springt.

Was mich anbelangt, so weiß ich bloß, daß ich auf dem zweispurigen Highway durch Texas fuhr und nichts bemerkte außer den Geschäften. Die kleinen, die mir so vietnamesisch vorkamen durch die Art, wie die Leute immer nach einem neuen Winkel, einer anderen freien Ecke auf dem Marktplatz suchten. Ich sah die Firmenschilder von Abholzungs-, Abriß- und Trockenlegungsunternehmen. Die verschiedenen Stände entlang der Straße – Feuerwerkskörper, Obst und Gemüse, Radkappen und Antiquitäten. Der Paradise-Club veranstaltete einen Minirock Wettbewerb, der Bait Barn ein Treffen für Nachtschwärmer und die Texas Winners eine Auktion von Baseball-Trophäen. Es gab einen Donut Delight, eine Future Star Twirling-Akademie, und ein handgemaltes Schild auf einer Stange besagte, daß eine Meile weiter unten die besten Veranda-Schaukeln erhältlich seien. Auf dem Schild des »Matratzen-Manns«, direkt unter seinem Firmennamen, hieß es JESUS IST DER HERR.

Ich bin Katholik, und ich muß sagen, daß mir das ein Lächeln entlockte. Der Herr des Universums, der Mann der Schmerzen, zum Herrn der Matratzen erhoben, zum Matratzen-Mann. Aber dennoch, ich verstand, was der Besitzer beabsichtigte. Er wollte sich insbesondere an diejenigen wenden, die seinen Glauben teilten. Es zeugt von Geschäftssinn, wenn man sein Verkaufsgebiet kennt. Ich selbst bin in Lake Charles im Wäscherei- und Reinigungsgeschäft recht erfolgreich. Es ist ganz einfach. Bei dem Klima in Süd-Louisiana schwitzen die Leute viel, und daher war es der Ort für eine gute Wäscherei und Trockenreinigung. Ich habe zwei Geschäfte in Lake Charles und werde in Sulphur bald ein weiteres eröffnen.

Wie üblich also interessierte ich mich für derlei Dinge, als ich durch Texas fuhr. Ich bin Geschäftsmann. Das ist meine Art.

Wenn ich ein Mann wäre, der an Symbole und Omen glaubt, hätte ich gegen Ende der Fahrt, als ich zu einer niedrigen Highway-Brücke kam, die über den breiten Zusammenlauf zweier Flüsse führte, ganz besonders aufgemerkt, denn als ich auf die Brücke fuhr, stand auf einem Schild: VERLORENE UND ALTE FLÜSSE. Diese beiden Flüsse waren voller kleiner Inseln und überfluteter Bäume, man erkannte nur schwer, wo sie zusammenliefen, und hatte eher den Eindruck, es handle sich um eine ausgedehnte Wasserfläche, einen großen See vielleicht, etwas, das eingeschlossen war, sich nicht bewegte und nicht floß. Verloren und alt.

Ich hatte mir über Mr. Chinh, den Großvater meiner Frau, nicht viele ernsthafte Gedanken gemacht. Ich wußte nur: Meine Frau liebte ihn sehr. Wir Vietnamesen sind alle so. Wir respektieren unsere Familie. Meine vier Kinder respektieren mich, und ich respektiere sie. Meine Frau ist mir treu ergeben und ich ihr. Ich liebe sie. Wir hatten großes Glück, daß unsere Eltern uns aus Liebe heiraten ließen. Das heißt, mein Vater und meine Mutter und die Mutter meiner Frau erlaubten es. Ihr Vater war schon tot. Wir haben immer noch einen kleinen Schrein in unserem Haus und beten für ihn, das machen alle Vietnamesen, selbst wenn sie katholisch sind. Als Katholiken verstehen wir das als Gemeinschaft der Heiligen. Aber meine Frau hat keine klare Erinnerung an ihren Vater. Er starb, als sie sehr klein war. Er ertrank beim Schwimmen im südchinesischen Meer. Und danach wurde Mr. Chinh so etwas wie der Vater meiner Frau.

In der Nacht, bevor ich zum Flughafen fuhr, weinte sie.

Sie war sehr glücklich, ihren Großvater wieder zu haben, und es tat ihr sehr leid, daß sie all die Jahre ohne ihn hatte auskommen müssen. Ich hörte, wie sie ihr Schluchzen im Kissen erstickte, und als ich ihre Schulter berührte, spürte ich ihr Zittern und schaltete das Licht neben dem Bett an. Heftig wandte sie das Gesicht von mir ab, als wollte ich sie wegen ihrer Tränen tadeln, fast als würde sie sich dafür schämen. Ich sagte: »Mai, ist ja gut. Ich verstehe deine Gefühle.«

»Ich weiß«, sagte sie, drehte sich aber nicht zu mir herum. Also schaltete ich das Licht wieder aus, und im Dunkeln kam sie zu mir, und ich hielt sie fest.

Um zu verstehen, warum das wichtig ist, müssen Sie sich ein wenig gedulden, aber ich muß Ihnen bei dieser Gelegenheit etwas gestehen. Meine Frau kam im Dunkeln zu mir, ihr Weinen wurde stiller und hörte auf, und natürlich war ich glücklich darüber. Ich war glücklich, meine Frau in diesem innigen Moment im Dunkeln festzuhalten und ihr helfen zu können, doch während ich dalag, gelang es mir nicht, meine Gedanken auf diese Frau zu konzentrieren, die ich liebe. Mein Verstand begriff dieses Gefühl für einen Blutsverwandten, der sehr wichtig für sie gewesen war, der dann für mehr als zehn Jahre aus ihrem Leben verschwand und nun zurückkehrte. Aber wenn man es so ausdrückt, sind es nur blutleere Worte, Verstandesdinge. Und mehr waren sie für mich auch nicht, nicht einmal, als ich dort im Dunkeln lag. Ich ließ mir diese Worte durch den Kopf gehen, aber was mich in diesem Moment beschäftigte, war ein Jucken an meiner Ferse, an der ich mich nicht kratzen konnte, und die Preise für zwei verschiedene Farbsorten für die Fassade des neuen Reinigungsgeschäfts. Ich spürte den Druck meiner Frau an mir, ihre Wärme, aber gleichzeitig war da auch das Summen des elektrischen Weckers, dessen ich mir genauso bewußt war.

Mißverstehen Sie mich nicht. Ich bin kein gefühlskalter Mensch. Ich zog meine Frau enger an mich, als sie ruhiger wurde, aber es war eine bewußte Entscheidung, und selbst wenn ich das sage, muß ich mich bemühen, mich an den Moment zu erinnern, und die Erinnerung, die ich daran habe, gleicht mehr einem Gedanken als einem sinnlichen Eindruck. Außerdem ist es durchaus nicht so, daß mir das Jucken meiner Ferse oder das Summen des Weckers wesentlich lebhafter gegenwärtig wären. Ich muß mich außerordentlich anstrengen, um diese Nacht zu rekonstruieren, die noch gar nicht so lange zurückliegt, um Ihnen überhaupt glaubhaft machen zu können, daß es in diesem Raum eine Uhr oder einen Fuß am Ende meines Beins gab.

Aber Sie werden sehen, daß es Mr. Chinh war, der mich in diesen gegenwärtigen Zustand der Erregung gebracht hat. Nachdem ich sie eine Weile im Bett so umschlungen gehalten hatte, sagte meine Frau: »Ich weine hauptsächlich aus Freude. Mach dir keine Sorgen um mich, Khanh. Ich wünschte nur, ich wäre klein genug und sein Rücken stark genug, daß ich wieder darauf reiten könnte.«

Am Flughafen sah ich die Leute an, die hintereinander aus der Flugsteigtür kamen. Es waren lauter weiße oder spanische Gesichter, die Passagiere traten forsch heraus, eilten davon, und dann erschien eine Weile überhaupt niemand. Ich dachte schon, Mr. Chinh habe das Flugzeug verpaßt. Ich dachte an das Essen, das meine Frau zu Hause zubereitete. Sie, meine Kinder und unsere besten Freunde in Lake Charles hatten seit dem Morgengrauen im Haus und an der Essenszubereitung für diese wundervolle Wiedervereinigung gearbeitet, und als die Tür zum

Flugsteig offenstand, ohne daß jemand hindurchgekommen wäre, war mein einziger Gedanke, das Essen könnte verderben. Ich machte mir keine Sorgen über Mr. Chinh und fragte mich nicht, was wirklich geschehen sein könnte.

Ich sah zu den Angestellten der Fluglinien hinüber, die an ihren Computern arbeiteten und die Passagiere für den nächsten Flug abfertigten. Ich wollte mich schon an sie wenden, als ich zur Tür zurücksah, und da war Mr. Chinh. Er trug ein rot-schwarz kariertes Hemd und Khakihosen und war ein wenig über einen Stock gebeugt, überraschend jedoch fand ich, daß er nicht allein war. Ein Vietnamese meines Alters stützte ihn auf der anderen Seite, an der er den Stock hielt. Er beugte sich nahe zu ihm und flüsterte ihm ins Ohr. Dann sah der jüngere Mann auf und entdeckte mich, und ich erkannte in ihm einen Cousin meiner Frau, den Sohn von Mr. Chinhs Neffen. Er lächelte, nickte mir zur Begrüßung zu und stieß den alten Mann an, damit er ebenfalls zu mir herübersah. Mr. Chinh hob den Kopf, ein Deckenlicht ließ seine Brillengläser aufblitzen, und seine Augen verschwanden dahinter. Auch er lächelte, und ich hatte das Gefühl, daß alles in Ordnung war.

Sie kamen auf mich zu, und ich schüttelte zuerst Mr. Chinhs Hand. »Ich bin so froh, daß Sie uns besuchen kommen«, sagte ich.

Ich hätte mehr gesagt – ich hatte eine kleine Rede im Kopf, wie sehr meine Frau ihn liebe, wie leid es ihr tue, nicht am Flughafen zu sein, und wie sehr seine Großenkel ihn zu sehen wünschten – aber der Cousin meiner Frau schnitt mir das Wort ab, bevor ich eine Chance dazu hatte. »Das ist Mr. Khanh«, sagte er zu dem alten Mann. »Der Sie abholen wollte, wie ich Ihnen gesagt habe.«

Mr. Chinh nickte, sah mich an und wiederholte meinen Namen. Dann sagte er nichts mehr und sah zu dem Cousin, der sich vorstellte: »Ich bin Huong«, sagte er und verbeugte sich sehr förmlich vor mir.

»Ich erinnere mich an Sie«, antwortete ich und reichte ihm die Hand. Er schüttelte sie bereitwillig, aber aus seinem förmlichen Verhalten schloß ich, daß es bei Mr. Chinh möglicherweise Dinge gab, die ich nicht wußte. Bei den Vietnamesen, vor allem wenn man sich an die alten Höflichkeitsregeln hält, ist es Sitte, nichts zu sagen, was sich unerfreulich anhört. Die Welt darf nicht schlechter gemacht werden als sie ist, indem man schwierige Dinge anspricht. Es wird angenommen, man wolle nur hören, daß alles in Ordnung ist, und viele Leute werden einem das sagen, gleichgültig, wie die Lage wirklich ist. Huong schien mir aus dieser Tradition zu stammen – sicherlich mußte das auf seinen Vater zugetroffen haben, denn auf diese Weise wird einem ansonsten praktischen Volk eine solche Verhaltensweise beigebracht.

Aber ich bin ein nüchterner Mensch. Das Geschäftsleben hat mich dazu gemacht, vor allem das amerikanische. Also sagte ich zu Mr. Huong: »Ist etwas nicht in Ordnung mit Mr. Chinh?«

Er lächelte mich an, als würde ein Kind wissen wollen, was der Donner ist. »Ich habe Ihren lieben Onkel begleitet, um sicherzugehen, daß er gut ankommt. Er ist sehr alt.«

Plötzlich fühlte ich mich etwas unbehaglich, über den Mann zu reden, als wäre er nicht anwesend, daher sah ich ihn an. Er stützte sich zufrieden auf seinen Stock, und sein Blick wanderte den Kreis der Flugsteigausgänge entlang. Ich beugte mich näher zu ihm und sagte: »Mr. Chinh, gefällt Ihnen der Flughafen?«

Er wandte sich sofort zu mir und sagte: »Das ist ein schöner Flughafen. Der beste, den ich gesehen habe.«

Die Stimme des Mannes war kräftig, und das beruhigte mich. Mir gefiel seine Wertschätzung für den Flughafen, den auch ich bewunderte, und ich fragte Mr. Huong: »Ist er körperlich ein wenig schwach?«

»Ja«, antwortete Mr. Huong, wahrscheinlich glücklich darüber, daß ich ihm genügend Worte in den Mund gelegt hatte, um meine plumpe Frage zu beantworten. Ich konnte diesen Cousin Huong nicht ausstehen.

Aber ich war gezwungen, ihn zu fragen: »Kommen Sie mit uns nach Lake Charles?«

»Nein, ich muß Ihre liebenswürdige Einladung ablehnen. Ich kehre heute noch mit einem späteren Flug zurück.«

Wieder war ich ungehobelt. »Sie sind den ganzen Weg hierher geflogen und verlassen dann nicht einmal den Flughafen? Sie kehren einfach gleich wieder um?«

Mr. Huong zuckte die Schultern. »Es ist mir ein Vergnügen, die Gewißheit zu haben, daß unser geliebter Onkel sicher ankommt. Mein Vater sagte, wenn Sie vielleicht nach etwa einer Woche über Mr. Chinhs endgültigen Wohnort sprechen möchten, erwartet er Ihren Anruf.«

Ich wußte nichts über die Einzelheiten des Ganzen, außer daß ich darauf eingestellt war, ihn meiner Frau und der Familientraditionen unseres Landes zuliebe in unserem Haushalt aufzunehmen. Also nickte ich nur, nahm Mr. Chinh am Arm, verabschiedete mich kurz von Mr. Huong, und der alte Mann und ich setzten uns zur Gepäckausgabe in Bewegung.

Mr. Chinh war von dem Flughafen entzückt, er schaute überall herum, und sein Interesse war so nachdrücklich, und die kleinen Glucksaute und das Nicken seines Kopfes zeugten von solch sichtlicher Freude, daß ich nicht versuchte, mit ihm zu sprechen. Zweimal stellte er mir eine Frage, einmal darüber, wohin das Gepäck gebracht werden würde, was sich durch unsere Ankunft beim Förderband beantwortete und ihn laut auflachen ließ, als die Glocke ertönte und sich das silberne Metallband in Bewegung setzte. Mr. Chinh stand an der Ausgabeöffnung und beobachtete jedes einzelne Gepäckstück, das zwischen den Plastikflügeln auftauchte, so genau wie ein Zollinspektor. Die zweite Frage war, ob ich ein Auto hätte. Und als ich bejahte, schien er sehr erfreut zu sein, er hob seinen Stock und klopfte heftig damit auf. »Gut«, sagte er. »Sagen Sie mir nicht, welche Marke. Ich werde es selbst herausfinden.«

In der Parkgarage jedoch war er verblüfft. Er umkreiste den Wagen und berührte ihn vorsichtig mit der Gummispitze seines Stocks, er berührte ihn an verschiedenen Stellen, am Rücklicht, einer Radkappe, der vorderen Stoßstange und dem Markennamen auf dem Kühlergrill. »Ich kenne diesen Typ nicht«, sagte er. »Ist mir vollkommen unbekannt.«

»Es ist ein Acura«, sagte ich.

Er machte eine Handbewegung, als würde er eine Fliege beiseite wischen, die ihm um den Kopf schwirrte. »Ich dachte, Sie hätten einen französischen Wagen. Einen Citroën hätte ich gesagt. Eine 15 CV-Limousine.«

»Nein, Mr. Chinh. Es ist ein Acura. Es ist ein sehr gutes Auto«, und ich hielt mich zurück, ihm zu gestehen, daß es aus Japan kam.

Mr. Chinh hob die Schultern und ließ sie schwer herunterfallen, als empfinde er große Enttäuschung, vielleicht sogar ein wenig Verachtung. Aber ich stellte sein

Gepäck in den Kofferraum, öffnete ihm die Vordertür, und wir fuhren aus dem Flughafengelände hinaus und auf den zweispurigen Highway zurück, bevor ein weiteres Wort gesprochen wurde. Ich hielt die Augen auf die Straße gerichtet und versuchte, mir eine oberflächliche Konversation zurechtzulegen, etwas, das ich ohnehin nicht besonders gut beherrsche, als Mr. Chinh schließlich sagte: »Die Innenausstattung ist sehr hübsch.«

Ich verstand nicht. Ich sah zu ihm hinüber, er fuhr mit der Hand übers Armaturenbrett, und ich begriff, daß er die ganze Zeit über den Wagen nachgedacht hatte. »Schön«, sagte ich. »Ich freue mich, daß sie Ihnen gefällt.«

»Nicht so hübsch wie viele andere«, sagte er. »Aber hübsch.«

Es gibt keine Innenausstattung, außer die eines Rolls, die hübscher wäre als die meines Acura, aber ich nickte dem alten Mann zu und sagte mir, daß keine Notwendigkeit bestand, mit ihm zu diskutieren oder ihn zu unterhalten, man mußte einfach nur freundlich sein. Sollte er doch die Unterhaltung bestreiten, wenn ihm danach war. Aber die Fahrt, die vor mir lag, kam mir sehr lang vor. Wir waren noch nicht einmal aus der Gegend der Abholzungsfirmen und Obststände herausgekommen. Immer noch war alles voller Fast Food-Ketten, Tankstellen, Mini-Einkaufszentren und Autohändlergeschäften. Es lagen noch viele Meilen vor uns.

Dann entdeckte ich vor mir das Werk eines cleveren Mannes, eines Autohändlers, der eine große Luxuskarosse an einen etwa dreißig Meter hohen Kran gehängt hatte. Ich sagte zu Mr. Chinh: »Da ist etwas, was die Leute von Citroën nicht machen«, und lenkte seine Aufmerksamkeit auf den in der Luft hängenden Wagen. Er beugte sich vor, drehte den Kopf, um hinaufzusehen, und der Mund blieb ihm offenstehen. Er sagte nichts, wandte sich aber schnell zum Seitenfenster, als wir an dem Autohändler vorbeifuhren, drehte sich dann nach hinten und sah aus dem Rückfenster, bis der an dem Kran hängende Wagen außer Sichtweite war.

Ich erwartete, Mr. Chinh würde eine Bemerkung dazu machen. Etwa, daß kein Mensch mit einem französischen Wagen so etwas tun würde. Daß das nicht notwendig wäre. Irgend etwas in der Art. Aber er sagte nichts, und nach einer Weile entschloß ich mich, die Stille zu genießen. Ich konzentrierte mich einfach darauf, die Strecke hinter mich zu bringen, bis der alte Mann wieder mit der Enkeltochter vereint sein würde, die er liebte. Ich stellte fest, daß ich mich mit den alten Gepflogenheiten nicht mehr anfreunden konnte. Der Großfamilie etwa. Aber auch mit den anderen Dingen nicht. Der vietnamesischen Indirektheit beispielsweise. Dem Aberglauben. Ich war inzwischen ein richtiger Amerikaner, und obwohl ich wünschte, ich hätte für den alten Mann neben mir mehr tun können, zumindest meiner Familie zuliebe, war es kein unangenehmer Gedanke, daß ich Vietnam hinter mir gelassen hatte.

Und ich hatte mehr hinter mir gelassen als die Gebräuche. Ich glaube nicht, daß mir das auf der Heimfahrt vom Flughafen eingefallen ist. Aber jetzt weiß ich es. Wie meine Frau bin ich in Vung Tau aufgewachsen. Unsere beiden Familien waren recht wohlhabend, und wir lebten das ganze Jahr in diesem Seebad am südchinesischen Meer. Die Franzosen hatten es Cap St. Jacques genannt. Der Sand war weiß und das Meer jadegrün. Aber diese Dinge sind keine lebhaften Sinneseindrücke, sondern Gedanken in meinem Kopf, ungefähr so real wie Sätze aus einem Reiseprospekt. Ich habe die Stadt an der Küste hinter mir gelassen und ebenso das Meer.

Sie müssen aber verstehen, daß das letztlich nichts damit zu tun hat, daß ich als Flüchtling in die Vereinigten Staaten gekommen bin. Als ich wieder zu den beiden Flüssen kam, dem Alten und dem Verlorenen, fiel mir auf, welche Gestalt sie hatten, die eines Sees nämlich, aber ich war nur mit dem Verstand beteiligt.

Vielleicht ist das ein schlechtes Beispiel. Was bedeuten mir diese beiden Flüsse? Ich erwähne sie nur, um die Erzählung über den Rest der Fahrt mit Mr. Chinh hinauszuzögern. Als wir die Flüsse überquerten, wurde ich vermutlich irgendwie an ihn erinnert. Wahrscheinlich weil mir die Flüsse zuvor als Omen erschienen waren. Doch im Augenblick versuchte ich, mir wieder Konversationsthemen einfallen zu lassen. Ich sah einen großen Gummireifen am Straßenrand liegen und weiter vorn dann noch einen kleineren, und ich sagte zu Mr. Chinh: »Das sind Reifen von Lastwagen. In Vietnam wären sie von einem geschäftstüchtigen Mann längst eingesammelt worden, um sie weiterzuverwerten. Hier kümmert sich niemand darum.«

Der alte Mann sagte nichts, doch kurz darauf spürte ich etwas neben mir, ich sah zur Seite und stellte fest, daß er mich anstarrte. »Müssen wir noch weit fahren?« fragte er.

»Vielleicht noch eineinhalb Stunden«, antwortete ich.

»Darf ich das Fenster runterdrehen?«

»Natürlich«, sagte ich. Ich schaltete die Klimaanlage ab, und als er sich an der Tür zu schaffen machte, drückte ich auf den Elektro-Knopf und ließ das Fenster herunter. Mr. Chinh sah mich mit leicht aufgerissenen, offensichtlich erschreckten Augen an. »Das sind elektrisch betriebene Fenster«, sagte ich. »Ohne Kurbel.«

Sein Gesichtsausdruck veränderte sich nicht. Ich wollte ihm schon Näheres erklären, aber bevor ich das konnte, beugte er sich leicht zum Fenster hinaus, der Wind blies ihm ins Gesicht, und sein Haar – noch immer mehr schwarz als grau – hob sich und wirbelte herum, und aus irgendeinem Grund kam er mir ein bißchen unheimlich vor. Also konzentrierte ich mich wieder auf die Straße und war froh, daß er weiterhin schwieg und auf den Texas Highway hinaussah, und das sollte sich als ein schrecklicher Fehler erweisen.

Wenn ich ihn schon früher zu einer Unterhaltung gezwungen hätte, hätte ich mehr Zeit gehabt, mich auf unsere Heimkehr nach Lake Charles vorzubereiten. Auch wenn ich nicht viel hätte tun können. Im Moment waren wir nur noch etwa fünfzehn Minuten von zu Hause entfernt. Wir hatten bereits den Sabine River nach Louisiana überquert, worauf ich Mr. Chinh hinwies, und das waren seit einer Stunde die ersten Worte, die gesprochen wurden. Selbst das brachte die Unterhaltung nicht in Gang. Einige Zeit später wurde er durch sein eigenes Sinnieren zum Sprechen gebracht. Er sagte: »Die Luft fühlt sich gut an hier. Es ist gut, wenn man sie beim Fahren im Gesicht spürt.«

Natürlich glaubte ich, er würde mit mir reden, aber als ich sagte: »Ja, das stimmt«, riß er den Kopf herum, als hätte er vergessen, daß ich da war.

Was konnte ich auf eine solche Reaktion erwidern? Ich hätte es gleich ansprechen sollen. Aber ich verhielt mich wie gegenüber Mai, wenn sie aus einem Traum erwachte und nicht wußte, wo sie war. Ich sagte: »Es sind keine zwanzig Meilen mehr bis Lake Charles, Mr. Chinh.«

Er antwortete nicht, aber sein Gesicht entspannte sich, als sei er jetzt aufgewacht.

Ich sagte: »Mai kann es gar nicht erwarten, Sie zu sehen. Und unsere Kinder sind sehr aufgeregt.«

Er ging darauf nicht ein, was ich von einem Großvater, der der Familienälteste unseres Haushalts werden sollte, unverschämt fand. Statt dessen sah er wieder zum Fenster hinaus und sagte: »Von allen Wagen war mir ein Hotchkiss der liebste. Ich hatte einen Hotchkiss Baujahr 1934. Einen AM80. Es war ein wundervolles Auto. Ich fuhr ihn von Saigon nach Hanoi. Ein prima Wagen. Genau wie der Wagen, der 1932 die Rallye Monte Carlo gewann. Im Lauf der Jahre fuhr ich viele Wagen nach Hanoi. Citroën, Peugeot, Ford, Desoto, Simca. Aber der Hotchkiss war der Beste. Ich fuhr immer Ende des Jahres nach Hanoi, verbrachte dort zehn Tage und fuhr dann zurück. Es sind achtzehnhundert Kilometer. Ich legte sie in zwei Tagen zurück. Ich fuhr am Tag und mein Fahrer in der Nacht. Nachts war es sehr schön. Wir hatten das Verdeck zurückgeklappt, der Mond schien, und wir fuhren am Strand entlang. Dann hielten wir an, drehten die Lichter ab, und die Kaninchen kamen heraus, und wir fingen sie. Ganz einfach. Ich erinnere mich an ihre glänzenden Augen im Scheinwerferlicht. Dann machten wir ein Feuer am Strand. Die Funken sprühten hoch, wir saßen da und lauschten dem Meer. Die Fahrten waren sehr schön. Sehr schön.«

Mr. Chinh schwieg wieder. Er hielt sein Gesicht in den Wind, mir wurde das Brummen meines Acura-Motors bewußt, und ich hatte ein seltsames Gefühl. Dieser Mann neben mir raste das südchinesische Meer entlang. In diesem Moment. Er hatte etwas so Starkes empfunden, daß er es sich vergegenwärtigen und nachempfinden konnte, und dieser Augenblick verflüchtigte sich nicht, die Augen der Kaninchen glänzten noch immer, die Funken sprühten noch immer in die Höhe, und er war ein glücklicher Mann.

Dann fuhren wir an den Ölraffinerien westlich des Sees vorbei, wir fuhren auf die I-10 Brücke, Lake Charles lag vor uns, und ich sagte zu Mr. Chinh: »Wir sind jetzt fast zu Hause.«

Der alte Mann wandte sich zu mir und sagte: »Wohin fahren wir eigentlich?«

»Wohin?«

»Sie sind der Freund meines Neffen?«

»Ich bin der Mann von Mai, Ihrer Enkelin«, sagte ich und versuchte mir einzureden, er befinde sich in Gedanken immer noch an irgendeinem Strand auf dem Weg nach Hanoi.

»Enkelin?« fragte er.

»Mai. Die Tochter Ihrer Tochter Chim.« Ich versuchte, ein Gefühl in meiner Brust zu bändigen, das sich aufbäumte wie die Haare des alten Mannes im Wind.

Mr. Chinh reckte langsam den Kopf, seine Augen verengten sich, er dachte eine ganze Weile nach und sagte dann: »Chim hat ihren Mann im Meer verloren.«

»Ja«, antwortete ich und holte vor Erleichterung tief Luft.

Aber dann sagte der alte Mann: »Sie hatte keine Tochter.«

»Was meinen Sie? Natürlich hatte sie eine Tochter.«

»Ich meine, sie war kinderlos.«

»Sie hatte eine Tochter und einen Sohn.« Ich bemerkte, daß ich schrie. Vielleicht hätte ich in diesem Moment am Straßenrand anhalten sollen. Ich hätte anhalten und versuchen sollen, zu Mr. Chinh durchzudringen. Aber es wäre zwecklos gewesen, ich hätte ihn dennoch zu meiner Frau bringen müssen. Ich hätte ihn wohl kaum in den See führen und davonfahren können. Es waren jetzt noch fünf Minuten bis nach Hause, und jede Sekunde davon verbrachte ich damit, ihm begreiflich zu machen, wer Mai war. Aber Mr. Chinh konnte sich nicht erinnern. Schlimmer noch. Er war sicher, daß ich unrecht hatte.

Ich hielt an der letzten Ampel vor unserem Haus und versuchte es noch einmal. »Mai ist die Tochter von Nho und Chim. Nho starb auf See, genau wie Sie sagten. Danach waren Sie wie ein Vater für Mai... Sie haben sie auf Ihrem Rücken getragen.«

»Meine Tochter Chim hatte keine Kinder. Sie wohnte in Nha Trang.«

»Nicht in Nha Trang. Sie hat nie in Nha Trang gewohnt.«

Mr. Chinh schüttelte ablehnend den Kopf, er wies mich mit der Sanftheit absoluter Überzeugung zurück. »Sie wohnte am Strand von Nha Trang, ein sehr hübscher Strand. Und sie hatte keine Kinder. Sie war selbst noch ein kleines Mädchen. Wie hätte sie Kinder haben können?«

Ich fühlte mich jetzt schwach. Ich brachte die Worte kaum heraus, aber ich sagte: »Sie hatte eine Tochter. Meine Frau. Ich liebe sie.«

Der alte Mann wandte schließlich einfach das Gesicht von mir ab. Er saß da und hielt den Kopf aus dem Fenster, als wartete er geduldig darauf, daß der Wind wieder einsetzte.

Meine Frau tat mir sehr leid. Aber es war nicht so einfach. Ich war ein nüchterner Mann geworden. Überhaupt kein Vietnamese mehr. Es liegt an der Art, wie ich Geschäfte mache. Also sage ich es ganz unumwunden: Meine Frau tat mir leid, aber noch mehr Sorgen machte ich mir um mich selbst. Der alte Mann ängstigte mich. Und zwar nicht auf die Weise, wie Sie vielleicht annehmen, daß ich mir gesagt hätte: Ach, das könnte ich sein, der hier sitzt, den Kopf aus dem Fenster streckt und nicht mehr weiß, wer seine engsten Verwandten sind. Es war anders, das weiß ich.

Ich fuhr an den letzten beiden Straßen vorbei zu unserem Haus an der Ecke. Dem langgestreckten Haus mit dem steilen Dach und der massiven, knorrigen Eiche im Vorgarten. Meine Familie hörte mein Auto, als ich in die Seitenstraße einbog und in unsere Einfahrt hineinfuhr. Sie kamen zum Seiteneingang, strömten heraus, und ich stieg sehr schnell aus, um die Kinder zurückzuhalten. Ich befahl meinem ältesten Sohn, die anderen ins Haus zu bringen und zu warten, um ihrer Mutter einige Zeit allein mit ihrem Großvater zu gönnen, den sie so viele Jahre nicht gesehen hatte. Ich habe liebe Kinder, gehorsame Kinder, und noch während ich hörte, wie meine Frau die Wagentür für Mr. Chinh öffnete, waren sie wieder verschwunden.

Ich sah mich um, und der alte Mann stand neben dem Wagen. Meine Frau umarmte ihn, sein Kopf lag auf ihrer Schulter, aber sein Gesicht war leer, vollkommen ausdruckslos, außer vielleicht einem Anflug von Erstaunen. Vielleicht hätte ich an der Seite meiner Frau bleiben sollen, während der alte Mann ihr erklärte, daß sie nicht existierte. Aber ich konnte nicht. Ich wollte rasch fortgehen, weit fort von diesem Haus, weit fort von diesem alten Mann und seiner Enkelin. Am liebsten wäre ich so schnell ich konnte fortgelaufen, fortgerannt. Aber schließlich unterdrückte ich diesen Wunsch. Ich drehte mich einfach um und ging weg, am Haus vorbei in den Vorgarten.

Neben der Eiche blieb ich stehen, sah mich um und versuchte, die Gegenstände zu erkennen. Diesen Baum beispielsweise. Diesen Baum, so schwarz wie ein Schürhaken, mit kräftigen, stammdicken unteren Ästen, die kerzengerade hervorschossen, sich dann wieder neigten und im Boden Wurzeln schlugen. Ein monströser Baum. Ich lehnte mich dagegen, und im Wegsehen hatte ich das Gefühl, als verschwände er. Er war fort, und ich beneidete den alten Mann, das wußte ich. Ich beneidete ihn darum, daß er vor einem halben Jahrhundert mit seinem Hotchkiss die Küste entlanggefahren war. Ich neidete ihm die hochsprühenden Funken. Doch eben dieser Neid machte mir angst. Schau dir den Mann an, dachte ich. Er erinnerte sich an seinen Wagen, aber er kann sich nicht an seine Enkelin erinnern.

Und ich fragte mich: Konnte ich es denn? Selbst während ich hier stand? Konnte ich mich an die Frau erinnern, die ich liebte? Ich hatte sie gerade ein paar Minuten zuvor gesehen. Ich habe nun mehr als zwanzig Jahre mit ihr zusammengelebt. Gewiß, wenn sie neben mir stand, wenn sie sprach, war sie mir sehr vertraut. Aber getrennt von ihr, konnte ich sie mir nicht deutlich vergegenwärtigen. Mein Verstand vermochte ihr Bild zu rekonstruieren. Aber ihr Bild war mir nicht eingebrannt, es flammte nicht auf und erfüllte mich nicht mit den Gefühlen, die ich aufrichtig für sie empfinde. Ich konnte meinen Kopf nicht in den Wind halten und ihre Augen so deutlich erkennen wie Mr. Chinh die Augen der Kaninchen in seinen Scheinwerfern.

Weder die Augen meiner Frau noch mein Land. Ich hatte ein ganzes Land verloren und scherte mich nicht im geringsten darum. Vung Tau war eine schöne Stadt, und wenn ich das Gesicht in den Wind hielt, konnte ich nichts davon deutlich vor mir sehen, nicht die beschatteten Straßen und die weißsandigen Strände, nicht das südchinesische Meer, an dem sie lag. Ich kann diese Worte aussprechen, und vielleicht können Sie diese Dinge deutlich vor sich sehen, weil Sie Ihre Vorstellungskraft benutzen. Aber ich kann mir diese Dinge nicht vorstellen, weil sie zu meinem Leben gehören, und es ist unmöglich, mich mit dieser Lebhaftigkeit an sie zu erinnern, in der sie mir eigentlich gegenwärtig sein sollten. Sie sind verloren für mich.

Außer vielleicht, wenn ich so alt bin wie Mr. Chinh. Vielleicht ging er ebenso abwesend durch sein Leben wie ich. Vielleicht erinnerte er sich erst an seinen Hotchkiss, nachdem er seine Enkelin vergessen hatte. Vielleicht war das notwendig. Vielleicht mußte er das eine vergessen, um sich an das andere zu erinnern. Nicht daß ich glaube, er hätte eine bewußte Wahl getroffen. Etwas tief in ihm hat die Auswahl getroffen, kurz bevor sein Leben zu Ende ging. Und das ist es, was mich am meisten ängstigt. Ich befürchte, daß ich in meinem Innern nach einem viel kleineren Maßstab konstruiert bin, als ich bewußt anstrebe. Sollte ich mich eines Tages mit wirklicher Intensität an etwas erinnern, dann ist es vielleicht eine Luxuskarosse an einem Kran, die frisch gestrichene Wand eines neuen Reinigungsladens oder das schwache Summen des Weckers neben meinem Bett. Tief im Innersten, im geheimen, bin ich vielleicht darauf vorbereitet, alles zu verraten, was ich am meisten zu lieben glaube.

Das war der Grund, warum ich bedrückt an der Eiche in meinem Vorgarten lehnte. Ich lehnte dort, und die Zeit verging, und dann tauchte meine Frau neben mir auf. Ich wandte mich zu ihr um, und sie weinte leise, den Kopf gesenkt, die Hände über die Augen gedeckt.

»Es tut mir leid«, sagte ich.

»Ich habe ihn ins Gästezimmer gebracht«, sagte sie. »Er dankte mir wie einer Gastwirtin.« Sie schluchzte leise, und ich wollte sie berühren, aber mein Arm war schwer, als stünde ich auf dem Boden des Meeres. Er erhob sich nur ein paar Zentimeter von meiner Seite. Dann sagte sie: »Ich dachte, nachdem er geschlafen hat, erinnert er sich vielleicht.«

Ich konnte sie weder mit einer Lüge beruhigen noch sie dazu bewegen, der Wahrheit ins Gesicht zu sehen. Ich hatte bereits zu viel darüber nachgedacht. Ein guter Geschäftsmann weiß, wann er mit dem Nachdenken aufhören muß und beginnen sollte zu handeln. Ich ging sehr nahe an meine Frau heran, aber nur kurz hob sich mein Arm, um sie zu halten. Es war genauso wie mit all den vergessenen Gesten meines Lebens. Plötzlich überraschte ich mich und auch meine Frau. Ich trat vor sie hin, kauerte nieder, und bevor einer von uns sich komisch vorkommen konnte, hatte ich Mai auf meinen Rücken genommen, richtete mich auf, und begann im Hof herumzuwandern, zuerst langsam, durch die lang herabhängenden Äste des Eichenbaums, dann schneller, über den seitlichen Weg hinüber zur anderen Seite des Hauses, und ich ging immer schneller, und sie protestierte nur einen Moment lang, bevor sie lachte, sich fester hielt, ihre Beine um meine Taille und ihre Arme um meinen Hals schlang, und ich rannte mit ihr herum, rannte so schnell ich konnte, so daß sie lauter lachte, und ich spürte, wie sie sich gegen mich preßte, und ich spürte ihren Atem auf meiner Wange, so warm und feucht wie eine Brise vom südchinesischen Meer.

Märchen

Mir gefällt der Anfang von die Märchen in Amerika. Wie ich richtig Englisch gelernt habe, ich habe Bücher für Kinder gekauft und habe gelesen: »Once upon a time.« Ich kenne das Wort »upon« von einem GI, der hat mir Saigon-Tees gekauft und war mit mir eine Zeit zusammen, und das war ein Cowboy aus dem großen Texas-Staat. Er sagt mir, er steigt up on den Rücken von eine Bulle und reitet ihn. Ich habe gesagt, er soll nicht Scherze machen mit Miss Noi (was mein vietnamesische Name ist), aber er sagt, nein, wirklich, er steigt up on eine Bulle. Ich frage ihn nach der Erklärung für »up on«, damit ich weiß, ich verstehe richtig. Ich will die Wahrheit wissen, daß ich die Geschichte alle meine Freunde erzählen kann, daß sie verstehen, ohne Lüge, was dieser Mann, der war mit mir zusammen, alles kann. Danach, ein paar Jahre später, ich komme nach Amerika und lese Märchen, daß ich mehr Englisch lerne, und ich sehe dieses Wort und frag' einen Mann, wo ich arbeite in der Bourbon Street in New Orleans, ob das ist dasselbe. Up on und upon. Er ist nette Mann, der spät am Abend kommt, sauber machen nach die Männer, die zuschauen die Show. Er sagt, das ist eine gute Frage, und er denkt darüber, und er sagt, ja sie sind dasselbe. Ich denke, das ist sehr nett, wie man auf den Rücken von die Zeit steigt und reitet, und du weißt nicht wohin, oder ob sie versuchen will, dich herunterzuwerfen.

Once upon a time ich war ein dummes Barmädchen in Saigon. Wenn du willst wissen, wie dumm Barmädchen in Vietnam sein können, ich kann dir ein Beispiel geben: Ein Mann brachte mich nach Amerika 1974. Er hat gesagt, er liebt mich, und ich sage, ich liebe diesen Mann. Wie ich ihn kennenlerne in Saigon, er arbeitet in die Botschaft von Amerika. Er kann mich in dieses Land bringen, sogar bevor er mich heiratet. Er sagt, er will mich heiraten, und vielleicht habe ich gedacht, daß diese Idee mir ein bißchen angst macht. Aber ich habe gesagt, ist egal. Ich liebe ihn. Dann bumm. Ich bin in Amerika, und diese Mann ist ganz anders als in Vietnam, und ich glaube, er denkt, auch ich bin anders. Wie dumm ein Barmädchen aus Saigon ist, das sieht man da. Ich habe gehört, wie er mit viele wichtige Leute in Vietnam redet – Geschäftsleute, Politiker, große Leute wie die. Ich bin auch dagewesen und trage meine besten ao dais, rot wie ein Apfel, und meine quan, meine Hose aus Seide, ist weiß. Er spricht Englisch mit diese vietnamesische Leute, weil sie wichtig sind, können sie Englisch. Mein Freund spricht auch nicht Vietnam. Aber am Ende von seiner Rede, er sagt etwas in meine Sprache, und das ist sehr wichtig für mich.

Du mußt eine Sache wissen über die Vietnam-Sprache. Wir machen unsere Wörter mit die Veränderung von die Töne. Der Klang vom Sprechen ist wichtig, aber genauso wichtig ist, was seine Stimme macht, ob sie hoch geht oder tief oder gleich bleibt oder macht Wellen oder kommt aus dem Hals ganz hart. Alles diese ändert die Bedeutung von die Wort, manchmal sehr viel, und wenn du einen Ton sagst, und ich höre eine bestimmte Wort, dann habe ich keine Grund zu denken, du meinst eine andere Ton und eine andere Wort. Erst wie alles zu spät war, und ich in Amerika bin, habe ich gemerkt, etwas stimmt nicht, bei dem, was ich verstanden habe an dem Tag. Auch wenn dieser Mann weg ist, und ich bin in New Orleans, muß ich mich hinsetzen, und ich probiere alle verschiedene Töne, daß ich weiß, was er sagen wollte zu diese Leute in Saigon.

Was er sagen wollte in meine Sprache ist: »Vietnam soll leben für zehntausend Jahre.« Was er sagte, ganz deutlich, war: »Die Ente mit Sonnenbrand legt sich hin.«

Also, wenn ich denke, dieser Mann sagt, Vietnam soll leben zehntausend Jahre, ich denke, er ist eine bestimmte Art von Mann. Aber wenn er sagt, die Ente mit Sonnenbrand legt sich hin – bumm, dann schmelzt mein Herz. Wir haben viele Geschichten in Vietnam, manche über Enten. Ich habe diese Geschichte nie gehört, was er uns erzählt hat, aber es klingt sehr gut. Ich habe gefragt in diese Nacht, was für eine Geschichte das ist, aber wir schlafen zusammen, und wir reden, daß ich nach Amerika gehe, und ich denke, ich verstehe alles. Die Ente ist nicht verbrannt, nicht kaputt. Sie hat nur Sonnenbrand. Frauen von Vietnam gefällt die Sonne nicht. Sie macht die Haut schwarz wie von Bauern. Ich verstehe das. Und die Ente ist nicht kaputt auf dem Boden. Sie liegt nur da und kann aufstehen, wann sie will. Ich liebe diesen Mann, weil er die Leute von Vietnam solche wahre Sachen erzählt. Dann bin ich nach Amerika gekommen, und als ich herkomme, weiß ich nicht, daß ich wieder in die Bars muß. Wie ich komme, denke ich, ich liebe diese Mann immer noch, und ich werde Hausfrau mit Toaster-Maschine und Staubsauger. Dann, wie ich denke, ich liebe ihn nicht mehr, ich versuche es noch einmal, und in der dunkle Nacht bitte ich ihn, mir zu erzählen von die Ente mit dem Sonnenbrand, was das ist für eine Geschichte. Er hat gedacht, ich bin ein verrücktes Vietnam-Mädchen, und er sagt Sachen, die Miss Noi mehr verbrennen als die Sonne.

So bumm bin ich weg von diese Mann. Es gibt kein Südvietnam mehr, und er gibt mir die richtige Papiere, und ich kann nach Amerika, und er kann dastehen wie eine gute Mann. Das alles passiert in Atlanta. Dann höre ich von New Orleans. Ich bin eine katholische Mädchen, und ich bin Barmädchen, und diese Stadt klingt für mich, daß ich beides sein kann. Ich bin fünfundzwanzig Jahre, und meine Titties sind klein, besonders in Amerika, aber ich bin immer noch eine Nummer eins-Mädchen. Ich hab's drauf, Baby, und bald bin ich Tänzerin in eine Bar in Bourbon Street, und jeder will, daß ich eine vietnamesische Mädchen bleibe. Manche Männer haben vielleicht eine hübsche Erinnerung an vietnamesische Mädchen.

Ich habe hübsche Erinnerung. In Saigon, ich arbeite in eine Bar, die heißt Blossoms. Ich bin eine Blossom. Um die Ecke, ich habe ein kleines Appartment. Du mußt in die Gasse gehen, dann drei Treppen hinauf, und ich habe eine Wohnung, wo all die Rufe und Schreien, und manchmal der Kanonendonner sehr weit weg klingt. Ich gebe mich nicht mit die anderen Mädchen ab. Sie machen schlechte Sachen. Nehmen Drogen, stehlen von die Männer. Eine Mädchen war meine Nachbarin in Saigon, und sie macht schlechte Sachen. Bald kommen Leute in eine schwarzen Wagen. Sie geht. Sie mag das, aber ich rede nicht mit ihr. Einmal steigt sie in die schwarzen Wagen und kommt nicht zurück. Sie läßt alles in die Wohnung. Sogar ein Buddha-Schrein von ihre Eltern. Sehr schlimm. Ich lebe allein in Saigon. Ich habe ein Doppelbett und ein sehr schöne Bettuch. Zwei Kissen. Eine Schrank von Zedernholz und meine Kleider, und die sind sehr hübsch. Drei ao dais, eine apfelrot, eine blau wie die Augen von manche amerikanische Männer, eine schwarz wie meine Haare. Ich habe eine Vitrine mit Fotos. Mein Vater. Zwei oder drei amerikanische Männer, die mich sehr gern mögen. Meine Mutter. Mein Sohn.

Ja, ich habe einen Sohn. Ein Amerikaner gibt mir diese Sohn, aber mein Junge wohnt in Vietnam mit meine Mutter. Meine Mutter sagt, ich kann kein Kind aufziehen mit meine Leben. Ich sage zu ihr, mein Sohn muß das Beste haben. Wenn Miss Noi für ihren Sohn nicht das Beste ist, dann soll mein Sohn einen anderen Platz haben. Wie der Mann mich nach Amerika bringt, will er auch keinen Sohn haben, und meine Mutter spricht sowieso nicht viel mit mir, sie sagt nur, mein Sohn ist ein Vietnam-Junge, kein amerikanische Junge. Aber meine Mutter ist Blut von mir, obwohl sie manchmal über das unglücklich ist, glaube ich. Ich glaube nicht, daß sie jetzt glücklich sind in Vietnam, aber wer kann das wissen? Du hast eine Mutter, und du hast eine Sohn, und dann bumm, du hast keine Mutter und keine Sohn mehr, aber sie leben irgendwo, und ich muß nicht beten für ihre Seelen. Ich muß nicht unglücklich sein.

Ich bete in meine kleine Zimmer in Saigon. Ich bin eine katholische Mädchen, und ich habe eine große Statue von Maria in meine Zimmer. Diese Statue ist Maria, die Mutter von Gott, nicht Maria Magdalena, die auch einmal ein Barmädchen gewesen ist. Meine Statue von Maria Mutter Gott ist sehr schön. Sie hat ein blaues Kleid an, und ihre nackten Füße sehen unten heraus. Ihre Füße sind schön wie die Füße von eine vietnamesische Mädchen, und ich bete zu Maria, ich lackiere ihre Fußnägel, und ich spreche mit ihr. Sie schaut zur Tür, und sie sieht mein Bett nicht.

Ich schlafe mit Männer in Saigon. Das ist wahr, aber ich schlafe zu eine Zeit nur mit eine Mann. Ich nehme keine Drogen mit keine Männer. Ich stehle nicht von die Männer. Ich gebe meine Liebe eine Mann, wenn er allein ist und Angst hat, und wenn er etwas Weiches nahe haben will. Ich nehme Geld für diese Liebe, aber ich bitte nicht, daß er mich in ein Restaurant oder ein Kino bringt, oder Schmuck kauft oder Geschenke. Wenn eine Mädchen kein Geld nimmt, aber will, daß er sie in Restaurants oder ein Kino führt, oder Geschenke kauft, und dann gibt sie ihm die Liebe, ist das ein Unterschied? Ich bringe keine Mann in meine Zimmer und liebe ihn, wenn ich das nicht will. Die anderen können Saigon-Tees in der Blossom-Bar kaufen für mich. Die Männer begießen die Blossoms mit Saigon-Tee. Ich spreche mit ihnen, und sie legen den Arm um mich, und sie spielen Musik auf der Juke-Box, aber ich bringe sie nicht auf meine Zimmer, wenn ich sie nicht haben will dort. Dann geben sie mir Geld, aber ich bitte sonst für nichts. Nur wenn sie mich sehr gern mögen, bitte ich für eine Sache. An dem Platz, wo die GIs essen, haben sie etwas, was ich in Saigon nicht kaufen kann. Diese Sache ist ein Apfel. Ich bitte nur für Äpfel. Ich kaufe Mangos, Papayas, Ananas und andere süße Sachen zum Essen auf dem Markt, aber in Südvietnam ist ein Apfel eine ganz besondere Sache. Ich halte einen Apfel und er füllt meine ganze Hand, er ist sehr glatt und sehr hart, und er ist rot wie meine liebste ao dai. Ich beiße hinein, und er ist sehr süß, wie süßes Wasser, wie ein Fluß von Wasser von einem Berg, und er hat Faser wie eine Ananas und ist nicht matschig wie eine Mango oder eine Papaya.

In New Orleans kaufe ich viele Äpfel. Ich esse sie in Amerika, wann ich will. Aber ist die Erinnerung nicht besser? Ein GI, der mich liebt, bringt mir einmal einen Apfel, und ich lege ihn auf den Tisch, wo Maria steht, und wenn der Mann schläft, und das Zimmer dunkel ist, ich gehe über den Boden, und ich bin nackt, und die Luft ist kühl auf mir, und ich nehme den Apfel, gehe zum Fenster, und ich sehe auf die schwarze Dächer von Saigon, und der Mond steigt auf, und ich esse meine Apfel.

In New Orleans sind Äpfel in die Geschäfte, und ich kaufe sie, und ich esse zu viele. Der Geschmack ist immer noch gut, aber jetzt nicht mehr besonders. Ich bin manchmal sehr müde. Ich ziehe meine Kleider aus auf der Bühne von dem Club. Ich bin keine Blossom in New Orleans. Ich bin eine Voodoo-Mädchen. Der Manager von dem Club gibt mir eine Kette mit Knochen für den Hals, und die Gesichter von die Männer schauen zu mir herauf, und ich bin nackt. Viele Augen sehen mich. Viele Männer wollen Miss Noi anfassen, und ich schlafe mit Männer in New Orleans. Wenn ich sie nicht mag, bringe ich sie nicht in mein Bett, immer noch nicht. Wenn sie am Morgen aufwachen, passe ich immer auf, daß sie richtig rasieren. Viele Männer vergessen den Platz hinten beim Kinn oder unter die untere Lippe. Ich passe auf, daß sie ein sauberes Hemd haben. Ich wasche sogar das Hemd, wenn sie wollen. Aber sie bezahlen das Geld und gehen, und sie lassen mich nicht waschen das Hemd. Manchmal gehen sie, da ist die Nacht nicht vorbei. Das sind die Männer, die haben eine Ehefrau. Ich kann die Stelle an dem Finger sehen, wo von der Sonne verbrannt ist, um den Ring, der abgenommen ist, weil sie in die Bar gehen. Die Haut bei dem Finger ist dunkel, aber die Stelle ist weiß, und sie sieht nackt aus da, sogar noch nackter vielleicht als ich bin auf der Bühne für sie. Der Ring ist in der Tasche. Ich mache mir Sorgen um diese Sachen. Was ist, wenn der Ring auf meinen Boden fällt und wird gestoßen unter das Bett? Was sagen sie zu ihrer Frau, wenn sie sieht diese nackte Hand?

Wie ändert sich ein Leben? Du triffst einen Mann, der sagt, er will dich über den Ozean bringen, und er will dich heiraten. Eine Blossom und sogar eine Voodoo-Mädchen trifft viele Männer, die sprechen von Liebe, und manche sprechen von Heiraten. Du bist sehr vorsichtig dann. Viele Mädchen in der Bourbon-Street erzählen Geschichten und lachen sehr böse über die Männer, die sagen, sie wollen die Mädchen heiraten. Ich erzähle keine Geschichte von die Botschaft-Mann und die Ente mit Sonnenbrand. Sie würden nicht verstehen. Ich tanze nackt auf die Bühne, und einmal in der Nacht macht der Ansager viel Tamtam über Miss Noi, weil sie ein Vietnam-Mädchen ist. Manchmal tut er das, manchmal ist Miss Noi nur eine Voodoo-Mädchen. Aber diese Nacht sieht er im Publikum Männer mit Jacken, wo man sieht, daß sie in Vietnam waren, also sagt er, ich bin aus Saigon, und ich will gefällig sein.

Nach meine Tanz ich ziehe meine Kleider an und gehe hinaus und sitze an der Bar, aber diese Männer mit die Jacken kommen nicht her. Aber ein anderer Mann kommt und steht neben mir, und er sagt »Miss« zu mir. Er sagt: »Miss, darf ich mich setzen?« Also du willst dich neben ein Barmädchen setzen, und du willst, daß sie denkt, du bist okay, dann ist das eine gute Art für den Anfang, wenn du sagst: »Darf ich mich setzen, Miss?« Ich sehe diesen Mann an, und er ist groß und hat eine lange Hals, daß es aussieht, wie wenn er sich hochstrecken würde, damit er über einen Zaun schauen kann. Seine

Haut ist dunkel, wie wenn er zu lange in der Sonne gewesen ist, und er hat ein kariertes Hemd und Blue Jeans an, und seine Hand ist rauh, aber das ist kein weiße Streifen, wo er den Ring abgenommen hat. Ich schaue in sein Gesicht, und seine Augen sind schwarz, aber sehr klein. Seine Nase ist lang. Vietnam-Nasen sind nicht lang, und weil ich viele Amerikaner kenne in meinem Leben, auch manche Franzose, ich beuge mich ein bißchen zurück, wenn ich sehe, da ist eine lange Nase, weil es aussieht, als zeigt sie auf mich.

Dieser Mann ist zum Anschauen nicht Nummer eins, aber er sagt »Miss«, und er steht da, und seine Augen schauen nach unten, und dann ein Blick auf mich, und dann schaut er wieder hinunter, wie wenn er wartet, daß ich sage, er kann sich setzen. Also sage ich ja. Er ist ein netter Mann, denke ich.

»Sie sind sehr schön, Miss Noi«, sagt der Mann. Das ist 1981, und Miss Noi ist dreißig Jahre alt, und ich bin froh, daß ein Mann so etwas sagt. Ich bin keine sexy Biene, kein mach's mir, Baby, Mann oh Mann, das ist scharf, das ist gut. Diese Sachen sind auch okay für Miss Noi. Diese Männer geben Geld, und sie lieben mich. Aber diese Mann sagt, ich bin schön, und ich sage: »Danke. Sie kaufen mir ein Drink, okay?« Ich sage das zu alle Männer, die an der Bar sitzen neben mir. Das ist, was sie erwarten von mir. Aber ich will, daß diese Mann mir ein Drink kauft, weil er denkt, ich bin schön. Also kauft er ein Drink für mich, und ich sage, er muß auch einen kaufen, und er kauft ein Dr. Pepper, obwohl das der gleiche Preis ist, wie ein Alkohol-Drink. Mein Drink ist nicht Alkohol, sondern viel Wasser, wie Saigon-Tee. Sie machen das gleiche in New Orleans, New Orleans-Tee.

Wir trinken unsere Drinks, und er weiß nicht viel

Worte zu sagen. Er trinkt und schaut mich an, und trinkt, aber ich weiß viele Worte für die Männer. »Sie aus der Stadt? Sie lange in New Orleans? Bourbon Street gefällt Ihnen? Was ist Ihre Arbeit?« Aber ich sage das nicht. Wissen Sie, manchmal bin ich sehr müde. Die lange Nase von dem Mann zeigt hinunter auf seinen Dr. Pepper, und es sieht aus, als ob er gleich durch sie trinkt, aber sie bleibt stehen, und dann hebt er ein bißchen das Kinn und zieht an seine Strohhalm. Sein Gesicht sieht sehr komisch aus, und sein Haar ist schwarz und fettig, und ich lasse ihn einfach in Ruhe, wenn er will, und ich bin auch ruhig. Dann sagt er: »Es war hübsch, Sie tanzen zu sehen.«

»Sie kommen oft und sehen mich tanzen und kaufen mir Drinks, okay?«

»Sie sehen anders aus.«

»Miss Noi ist ein Vietnam-Mädchen. Sie haben nie zuvor gesehen?«

»Doch, das habe ich«, sagt dieser Mann.

»Ich war in Vietnam.«

Ich habe viele Männer, die sagen, sie waren in meine Land, und sie klingen immer ein bißchen komisch, wie wenn sie ein böses Geheimnis haben oder eine Krankheit, wo man aufpassen muß, daß man nicht auch kriegt. Und manchmal sagen sie bloß »Nam«, und sagen das Wort mit zerbrochenes Glas in der Stimme, oder sprechen durch die Nase, und die Nasen ziehen sich hoch, wie wenn das Wort riechen würde, wenn es herauskommt. Aber diese Mann sagt den Namen von meine Land ruhig, und ich verstehe nicht immer, was amerikanische Stimmen machen, aber er klingt traurig für mich. Ich sage zu ihm: »Sie sind nicht gern dort? Es macht Sie traurig?«

Er hebt den Kopf hoch, und er schaut mich an und sagt: »Ich war sehr glücklich dort. Sie nicht?«

Also das ist etwas zum Nachdenken für mich. Ich könnte diese Mann einfach eine Antwort geben, er ist bloß eine Mann, der gesehen hat, wie ich nackt tanze. Ich könnte einfach sagen ja oder nein, und ich könnte über Gründe sprechen, warum. Barmädchen-Blödsinn sprechen kann ich gut. Aber die Augen von diese Mann schauen in meine, und ich schaue weg und trinke meine Drink.

Was weiß ich von Männer schließlich? Ich kann nicht mehr sagen. Ich bringe Männer in mein Bett, ich spare mein Geld, und es waren viele Männer, glaube ich. Es ist, wie wenn man zu viele Äpfel ißt. Du nimmst jetzt eine Biß, und du kannst dich erinnern, Äpfel sind süß, aber es ist, wie wenn der Apfel in deine Mund gar nicht da ist. Du ißt zu viele Äpfel, und alles, was du kannst: du erinnerst dich nur an sie. Also wenn diese Mann mit dem komische Gesicht kommt, und er klingt traurig, wenn er spricht über Vietnam, weil er war so unglücklich dort – ich weiß nicht, was ich machen soll mit ihm. Also ich bringe ihn in meine Zimmer, und er ist sehr glücklich damit.

Er sagt mir sein Name ist Fontenot. Er wohnt weit weg von New Orleans. Er hat ein kleines Boot, und er arbeitet Automotoren reparieren. Er arbeitet in Saigon ein Jahr Automotoren reparieren, und er liebt diese Stadt sehr. Ich frage ihn, warum er das nicht wirklich erklären kann. Das ist alles, was wir sprechen, jedes Wort, und bevor er mit mir schläft, er sagt, er ist traurig, daß er seine Hände nicht sauberkriegt. Er zeigt mir, wie die Schmiere von die Automotoren um die Fingernägel kommt, und er kann sie nicht sauberkriegen. Ich sage ihm, egal, und er schläft mit mir, und wenn er von mir herunterkommt und legt sich hin, dreht er den Kopf, und ich denke, das ist deshalb, weil er nicht will, daß ich sehen kann, wie er weint. Ich will fragen, ob er wieder traurig ist, aber ich sage nichts. Sein Gesicht ist von mir weg, und er will es so, und ich sage nichts. Das sind alle Worte in dieser Nacht. Am Morgen gehe ich ins Bad, und er ist in der Badewanne, und ich knie daneben, ich nehme seine Hände, und ich habe eine Nagelfeile, und ich putze die Schmiere weg. Er küßt meine Hände, wenn er geht.

Was weiß ich noch über Männer? Da ist nicht viel, was ich sagen kann über Mr. Fontenot. Er ist gekommen in eine Samstagnacht Miss Noi zu sehen, und er ist gegangen am Sonntag morgen. Dann, die nächste Samstagnacht, ich war nackt auf die Bühne, und ich sehe sein Gesicht am Ende von der Laufsteg, und er schaut herauf, und seine lange Nase zeigt auf diese besonderen Platz von mir, und ich spüre eine komische Sache. Mein Gesicht wird warm, und ich drehe den Rücken zu ihm und tanze weg. Wenn ich meine Tanz fertig habe, ich ziehe mich an und komme an die Bar hinaus, aber er ist nicht da. Ich frage den Typ hinter der Bar: »Hast du die große Mann gesehen mit die dünne Hals und die lange Nase, der hatte eine Drink mit mir letzte Woche?«

Der Typ sagt: »Meinst du den, der wie eine gottverdammte Gans aussieht?«

Ich mag den Typ hinter der Bar nicht. Ich weiß nicht einmal seine Name. Ich sage: »Geh zur Hölle, du«, und ich gehe hinaus, und da ist Mr. Fontenot und wartet auf dem Trottoir. Ich gehe zu ihm, ich nehme seine Arm, und wir gehen um die Ecke und die Straße hinunter, und er sagt: »Ich hab's da drinnen einfach nicht ausgehalten, Miss Noi. Ich fühle mich nicht wohl, wenn ich da drinnen mit Ihnen spreche.«

Ich sage: »Ich weiß, Darling, ich weiß.« Ich sehe alle Sorten von Männer, aber ich merke, ich verstehe sie ganz innen nicht. Aber ich weiß, viele Männer fühlen sich nervös in der Bar. Sie kommen da hin, weil sie mich treffen wollen, aber dann sagen sie sich, ich gehöre da nicht wirklich hin, es ist nicht würdig für mich. Und wenn ich diese Art Mann in mein Zimmer bringe, sie geben mir heimlich das Geld, falten die Scheine zusammen und legen sie unter eine Vase oder irgendwohin, wie wenn es gar nicht wirklich passieren würde. Ich kenne diese Männer. Sie können manchmal sehr nett sein.

Wir gehen wieder in mein Apartment hinauf. Es ist eine kleine Zimmer wie in Saigon. Für mich ist gemütlich. Vor meinem Fenster ist ein falsche Balkon. Es sieht aus wie ein Balkon, aber nur ein Fuß breit, nur ein Gitter vor dem Fenster. Aber es ist hübsch. Es sieht aus wie Spitze, obwohl es aus Eisen gemacht ist. Ich mache die Jalousie zu und drehe mich zu Mr. Fontenot, und er sitzt auf mein Bett. Ich gehe hin und setze mich neben ihn.

»Ich habe über dich nachgedacht«, sagt er.

»Sie fahren die ganzen Weg nach New Orleans, nur Miss Noi wiederzusehen?«

»Natürlich«, sagt er. Seine Stimme ist weich, aber da ist auch etwas, das sagt, ich sollte das schon wissen. Das ist sehr komisch für mich, weil ich nichts weiß von Mr. Fontenot, wirklich. Ein paar Worte. Er ist ein ruhiger Mann. Ich weiß nicht mehr über ihn, wie ich von jedem Mann weiß.

Dann sagt er: »Schau«, und er zeigt mir seine Hände. Ich verstehe nicht. »Ich habe mir eines von den Dingern besorgt, die du letzte Woche benutzt hast.« Ich schaue näher, und seine Hände sind sauber.

Das gibt mir wieder so ein komisches Gefühl, etwas sinkt in mir ein bißchen. Ich sage: »Sehen Sie? Jetzt brauchen Sie Miss Noi nicht mehr.«

Er nimmt das ernst. Er legt seine Arm um meine Schulter, und es ist richtig, das zu machen. »Sag das nicht, Miss Noi.«

Dann schlafen wir zusammen. Wenn wir fertig sind, er dreht wieder den Kopf weg von mir, und ich fasse ihn an und drehe ihn zurück. Da sind keine Tränen, aber er schaut ernst. Ich sage: »Sagen Sie mir eine Sache in Saigon, die Sie lieben.«

Mr. Fontenot zuckt die Schultern und schaut weg. »Alles«, sagt er.

»Warum soll ich nicht glauben, Sie sind eine verrückte Mann? Alle wissen, die Amerikaner gehen nach Vietnam, und sie wollen schnell nach Hause und alles vergessen. Wenn sie glauben, sie mögen Vietnam, wenn sie da sind, sie kommen nach Hause, und sie wissen, es war alles nur ein Traum.«

Mr. Fontenot schaut mich wieder an. »Ich bin nicht verrückt. Ich mochte alles dort.«

»Alles ist das gleiche wie nichts. Ich verstehe das nicht. Eine Sache. Denken Sie an eine Straße in Saigon, und Sie sagen mir eine Sache.«

»Okay«, sagt er, und dann sagt er noch einmal lauter: »Okay«, wie wenn ich ihn gedrängt hätte, aber ich habe nichts gesagt. Es ist lauter, aber nicht ärgerlich. Er zieht die Braue zusammen, und seine kleinen schwarzen Augen gehen zu. So bleibt er lange.

Ich frage: »Also?«

»Mir fällt nichts ein.«

»Sie sind auf eine Straße, nur eine Moment, für mich.«

»Okay«, sagt er. »Eine Straße. Es ist heiß in Saigon, wie in Louisiana. Ich liebe die Hitze. Ich wandere herum. Überall drängen sich eine Menge Leute, alle so hübsch wie ein Nutria.«

»Hübsch wie was?«

»Es ist ein kleines Tier mit einem hübschen Fell. Es ist schön.«

»Sagen Sie mehr.«

»Okay«, sagt er. »Zum Beispiel. Es ist heiß, und ich schwitze, ich gehe über die Märkte unter offenem Himmel, und wenn ich in mein Quartier zurückkomme, riecht mein Schweiß wie die Früchte und das Gemüse auf euren Märkten.«

Ich sehe Mr. Fontenot in die Augen, und seine Augen schauen mich an, und er ist ganz ernst. Ich verstehe jetzt kein Wort, was er meint, aber ich weiß, er erzählt kein Mist, das ist sicher. Er schwitzt, und er riecht wie Früchte in Saigon. Ich will jetzt mit ihm sprechen, aber was soll ich sagen dazu? Ich fange bei die Früchte an. Ich sage ihm, die Märkte haben viele gute Früchte, und ich mag sie sehr gern. Mangos, Mangostinfrucht, Jackfruit, Durians, Papaya. Ich frage ihn, und er sagt, er hat nicht eine von diese gegessen. Ich will immer noch reden, immer weiter, also erzähle ich: »Eine Frucht haben wir nicht in Südvietnam, das ist Äpfel. Ich liebe Äpfel in Saigon, wenn ein GI mir Äpfel bringt von seine Messe. Ich habe nie Äpfel gehabt, bis die GI mir eine geben.«

Sobald ich das sage, Mr. Fontenots Braue zieht sich wieder zusammen, und ich fühle, da ist ein kleines Tier, vielleicht ein Nutria, das aus Mis Noi herauskriechen will. Ich habe es gemacht, daß der Mann an alle GIs denkt, mit die ich geschlafen habe in Saigon. Jetzt weiß er, mit was für eine Mädchen er spricht. Diesmal drehe ich den Kopf weg, weil ich die Tränen nicht zeigen will. Dann sagen wir nichts mehr, und wir schlafen, und am Morgen, er geht, und ich komme nicht ins Bad, ihm zu helfen, weil er von Miss Noi schon gelernt hat, wie man die Hände saubermacht.

Ist das eine traurige oder eine glückliche Geschichte für Miss Noi? Am nächsten Samstag kommt Mr. Fontenot nicht und sieht mich tanzen. Ich sitze an der Bar mit meine Kleider an, und ich sitze auf der Zeit und frage mich, ob ich jetzt herunterfalle. Dann bumm. Ich gehe hinaus, und Mr. Fontenot steht auf dem Trottoir. Er hat einen Anzug und eine Krawatte an, und sein Hals reckt weit aus dem weißen Hemd heraus, und ich wette, seine Hände sind sauber, und er geht zu mir her, und eine Hand kommt vor hinter seine Rücken, und er gibt mir eine Apfel, und er sagt, er will Miss Noi heiraten.

Es war einmal ein Entenmann mit einem langen Hals und einem langen Schnabel wie alle Enten, und er lebt an einem Platz ganz allein, und er weiß nicht, wie man ein Nest baut oder die Federn putzt. Deswegen kommt es, daß die Sonne scheint und ihn verbrennt, seine Federn dunkel macht und er sehr traurig ist. Wenn er sich zum Schlafen hinlegt, denkst du, er ist tot, so still und traurig ist er.

Dann eines Tages fliegt er in einen anderen Teil vom Land, und er findet ein kleines Tierchen mit einem hübschen Fell, und obwohl das Tierchen ganz anders ist als er, ein Nutria-Weibchen, legt er sich neben sie hin. Er sieht ganz verbrannt und tot aus. Aber das Nutria-Weibchen glaubt das nicht, sie leckt seine Federn und macht ihn heil. Dann nimmt er sie mit nach Thibodeaux, Louisiana, wo er Autos repariert, und sie hat ein hübsches kleines Haus, sie ist Hausfrau mit einer Toaster-Maschine, und sie gehen zusammen zum Fischen in sein kleines Boot, und sie ißt nie einen Apfel, außer er denkt daran, ihr einen zu geben. Auch wenn das nicht so oft ist, schmecken sie ihr sehr gut.

Grillen

Sie nennen mich Ted an meiner Arbeitsstelle, und das nun schon seit über zehn Jahren, aber es stört mich noch immer, obwohl ich mit meinem wirklichen Namen, der der gleiche ist wie der des einstigen Präsidenten der ehemaligen Republik Südvietnam, nicht besonders glücklich bin. Thieu ist kein ungewöhnlicher Name in meiner Heimat, und als meine Mutter ihn mir damals gab, dachte sie an niemand anderen als an einen langverstorbenen Onkel. In Lake Charles, Louisiana, jedoch bin ich Ted. Ich nehme an, der andere Mr. Thieu hat genügend vom Goldschatz meines früheren Landes beiseite geschafft, daß ihn in London, wo er vermutlich mit einem Bowler und eingerolltem Regenschirm herumläuft, niemand anders als Mr. Thieu nennt.

Manchmal höre ich mich selbst, und wahrscheinlich höre ich mich ziemlich verbittert an. Doch in der Raffinerie, wo ich der beste Chemieingenieur bin, den sie haben – was sie gelegentlich sogar zugeben –, lasse ich nichts davon heraus. Es sind gutherzige Leute, wirklich. Ich habe in meinem Leben genug gekämpft. Ich war achtzehn, als Saigon fiel, kurz zuvor war ich eingezogen worden, und als meine Einheit sich auflöste und alle davonrannten, legte ich die Uniform ab, zog wieder Zivilkleidung an und warf Steine auf die Panzer der Nordvietnamesen, als sie durch die Straßen rollten. Nur wenige meines Volkes haben das gleiche getan. Ich stand am Eingang der Gassen, so daß ich fortrennen und wieder zurückkommen konnte, um erneut Steine zu werfen, aber weil ihnen meine Aktion so vereinzelt und rührend vorkam, nahmen die Schützen in den Panzern nicht einmal Notiz von mir. Doch ihre Geringschätzung kümmerte mich nicht. Wenigstens hatte mein rechter Arm nein zu ihnen gesagt.

Später gab es dann die Thai-Piraten im südchinesischen Meer und die Idioten, die die Flüchtlingslager führten, und noch mehr Idioten in den Agenturen in den Vereinigten Staaten, wo ich einen Platz für mich und meine Braut finden mußte, die mit mir die mitternächtliche Flucht auf dem Boot gewagt hatte, dazu die schreckliche See und alles übrige. Schließlich landeten wir im flachen Flußland von Louisiana, wo es Reisfelder gibt und wo sich Wasser und Land in einem äußerst empfindlichen Gleichgewicht befinden, ganz ähnlich wie im Mekong Delta, wo ich aufgewachsen bin. Die Leute, mit denen ich zusammenarbeite, sind gute Menschen, und vielleicht nennen sie mich deswegen Ted, weil ich einer von ihnen sein soll, obwohl es mich manchmal stört, daß diese Männer so viel größer sind als ich. In diesem Land bin ich so groß wie die Frauen, und die amerikanischen Männer sind alle riesenhaft und sprechen so langsam, sogar untereinander, obwohl Englisch ihre Muttersprache ist. Im Fernsehen habe ich New Yorker gehört, und ich spreche genauso schnell wie sie.

Mein Sohn beginnt, wie die Leute hier in Louisiana zu sprechen. Er ist zehn, das Produkt der ersten Nacht, die meine Frau und ich in einem billigen Motel in Lake Charles verbrachten, wo der Himmel von den Raffinerien rot erleuchtet ist. Er ist stolz, in Amerika geboren zu sein, und wenn er uns am Morgen verläßt, um in die katholische Schule zu gehen, sagt er: »Einen schönen Tag auch, euch allen.« Manchmal verabschiede ich mich auf vietnamesisch von ihm, und er zieht die Nase hoch und sagt: »Ach, Pop«, als hätte ich einen abgedroschenen Witz gemacht. Er spricht kein Wort Vietnamesisch, und meine Frau sagt, ich solle mir deswegen keine Sorgen machen. Er sei Amerikaner.

Aber es macht mir Sorgen, obwohl ich eigentlich zufrieden sein sollte. Mir war das alles schon vor zehn Jahren klar, als ich mich mit meiner Frau einverstanden erklärte und meinem Sohn einen amerikanischen Namen gab. Bill. Bill und sein Vater Ted. Aber vergangenen Sommer stellte ich fest, daß mein Sohn mitten in den Ferien gelangweilt im Haus herumhing, und plötzlich war ich sein Vater Thieu, der mit einem wundervollen Einfall aufwartete. Es war eine Idee, die mir immer in der ersten Februarwoche kam, seitdem wir in Lake Charles sind, weil dann nämlich die Grillen hier zu singen beginnen. Es gibt eine Menge Grillen hier, was mich immer an meine eigene Kindheit in Vietnam erinnert. Aber nie sagte ich zu meinem Sohn etwas darüber, bis letzten Sommer.

Eines Sonntags, nachdem ich ihm zugesehen hatte, wie er im Hof herumtrödelte, von den unteren Ästen unserer großen Eiche Moos abschälte und dann Steine auf das Stop-Schild an der Ecke warf, ging ich zu ihm hin. »Möchtest du etwas tun, was Spaß macht?« fragte ich.

»Sicher, Pop«, antwortete er, obwohl ein gewisses Mißtrauen in seiner Stimme lag, als würde er mir, was Spaß anbelangte, nicht trauen. Er warf alle Steine aus seiner linken Hand auf einmal gegen das Schild, das unter dem Aufprall erzitterte.

Ich sagte: »Wenn du so weitermachst, wird man mich wegen Beschädigung öffentlichen Eigentums einsperren und uns alle ausweisen.«

Darüber lachte mein Sohn. Mir war natürlich klar, daß er wußte, ich scherzte nur. Ich wollte ihn wegen der jungenhaften Streiche, die mir selbst früher so viel Spaß gemacht hatten, nicht allzu hart angehen, schon deswegen nicht, weil ich ihm gerade etwas aus meiner eigenen Kindheit nahebringen wollte.

»Also, was hast du auf Lager, Pop?« fragte mein Sohn.

»Kämpfende Grillen«, antwortete ich.

»Was?«

Nun, mein Sohn war genauso wie alle anderen Zehnjährigen, er liebte die Superhelden und das machtvolle Aufeinanderprallen von Gut und Böse in all seinen Hightech-Ausformungen, wie es in den Cartoons der Sonntagszeitungen zu sehen war. Um sicherzugehen, daß er richtig eingestimmt war, erklärte ich es ihm mit einem Wort: »Grillenmann«, sagte ich, was ich für einen ziemlich schlauen Trick hielt. Daraufhin reckte er interessiert den Kopf, und ich führte ihn zur Seitenveranda, sagte, er solle sich setzen, und erklärte es ihm.

Ich erzählte ihm, daß ich als Junge mit meinen Freunden durchs Unterholz streifte und Grillen fing, die wir dann in Zündholzschachteln steckten. Wir fütterten sie mit Blättern, Wassermelonenstückchen und Bohnensprossen und hielten sie in ständiger Erregung, indem wir sie anbliesen und mit einem Holzsplitter leicht an den Antennen berührten. So besaß jeder von uns einen Stall voller Kampfgrillen, von denen es zwei Sorten gab.

An diesem Punkt wand sich mein Sohn ein bißchen,

seine Augen wanderten über den Hof, und ich wußte, daß mein Grillenmann-Trick funktioniert hatte. Den Impuls, ihn wegen seiner eigenen Interessen zu kritisieren, unterdrückte ich. Warum sollten ihn bloß die leblosen und albernen Kämpfe seiner Comic-Figuren begeistern, die echte Auseinandersetzung hingegen, die in der Natur stattfand, wo es um wirkliches Leben und wirklichen Tod ging, ihn aber langweilen? Aber ich stellte fest, daß ich den Punkt noch nicht getroffen hatte. »Es ist ein Kampf auf Leben und Tod«, sagte ich und versuchte, möglichst viel Ernst in die Stimme zu legen, als wäre ich James Earl Jones, der Fernsehmoderator.

Die Ankündigung trug mir einen raschen Blick und ein kurzes Heben der Augenbrauen ein. Das versetzte mich in leichte Panik, weil ich immer noch nichts über die beiden Arten der Grillen erzählt hatte, und plötzlich wußte ich, daß das ein sehr wichtiger Punkt für mich war. Ich versuchte, mich von seiner Gleichgültigkeit nicht entmutigen zu lassen, legte die Hände auf seine Schultern und drehte ihn zu mir herum, damit er mich ansah. »Hör zu«, sagte ich. »Eines mußt du wissen, wenn du Kampfgrillen halten willst. Es gibt zwei Arten, und damals hatte jeder von uns mehrere davon. Die einen nannten wir Kohlengrillen. Sie waren sehr groß und stark, aber gleichzeitig waren sie langsam und ließen sich verwirren. Die anderen waren klein und braun, die nannten wir Feuergrillen. Sie waren nicht so stark, aber sehr schlau und schnell.«

»Und wer hat gewonnen?« fragte mein Sohn.

»Manchmal die einen, manchmal die anderen. Die Kämpfe dauerten sehr lang und waren sehr hart. Wir bauten einen kleinen Tunnel aus Papier, und um sie wild zu machen, schoben wir einen Holzsplitter unter den Kopfansatz der Grille und wirbelten sie an den Antennen herum, schließlich setzte jeder seine Grille an ein Ende des Tunnels. Im Innern gingen sie aufeinander los und begannen zu kämpfen, und wir hoben den Papiertunnel auf und sahen zu.«

»Klingt gut«, sagte mein Sohn, obwohl sein Enthusiasmus allenfalls mäßig zu nennen war, und mir war klar, daß ich schnell handeln mußte.

Also holten wir eine Schuhschachtel und begannen, nach Grillen zu suchen. Es ist besser, das nachts zu machen, aber ich wußte genau, sein Interesse würde nicht so lange anhalten. Unser Haus steht auf Pfosten, wegen des hohen Wasserspiegels in der Stadt, und wir krochen an seinem Rand entlang, hoben die größeren Grasbüschel hoch und drehten die Steine um. Unter einem dieser Steine fanden wir unsere ersten Grillen. Mein Sohn entdeckte sie und schrie mir ins Ohr: »Da, da«, aber er wartete, bis ich sie einfing. Zuerst die eine, dann die andere, danach ließ ich sie in den Schuhkarton fallen und war ein bißchen enttäuscht, weniger, weil mein Sohn die Insekten offensichtlich nicht anfassen wollte, sondern weil es sich bei beiden um große schwarze, um Kohlengrillen, handelte. Wir krochen weiter und fanden eine andere im Gras, eine weitere im Morast nahe beim Haus, unterm Wasserschlauch, und dann fingen wir noch zwei unter einem Azaleenbusch.

»Reichen die nicht?« fragte mein Sohn. »Wie viele brauchen wir denn?«

Ich lehnte mit dem Rücken am Haus, den Schuhkarton im Schoß, mein Junge saß neben mir und beugte den Kopf darüber, so daß er in den Karton sehen konnte. Ich war mir über meine Gefühle inzwischen vollkommen im klaren. Ich war geradezu niedergeschmettert vor Enttäuschung, weil es sich bei allen sechs Tieren um Kohlengrillen handelte, die, groß und träge, herumschauten, als wäre alles in bester Ordnung.

»O nein«, stieß mein Sohn hervor, und einen Moment lang dachte ich, er hätte meine Gedanken gelesen und teilte meine Enttäuschung, aber als ich ihn ansah, deutete er auf die Spitze seiner weißen Turnschuhe. »Meine Reeboks sind ruiniert!« schrie er, weil sich auf jedem Schuh Grasflecke befanden.

Ich sah wieder in den Karton, die Grillen hatten sich nicht gerührt, dann sah ich wieder zu meinem Sohn, und er starrte immer noch auf seine Turnschuhe. »Hör zu«, sagte ich. »Das war ein großer Fehler. Du kannst gehen und etwas anderes machen.«

Er sprang sofort hoch. »Meinst du, daß Mom sie saubermachen kann?« fragte er.

»Bestimmt«, sagte ich. »Bestimmt.«

Sofort war er weg, die Seitentür schlug zu, und ich stellte den Karton ins Gras. Aber ich ging nicht hinein. Ich kniete mich wieder nieder, umkreiste das ganze Haus, dann drehte ich im Hof jeden Stein um und scharrte um jeden Baum die Erde auf. Ich fand noch ungefähr ein Dutzend Grillen, aber es waren alle dieselben. In Louisiana gibt es Reisfelder, und einige der Flußarme sehen aus wie ein Mekong Delta, aber viele der Vögel sind verschieden, und warum sollten nicht auch die Insekten verschieden sein? Es ist schließlich ein anderes Land. Mit den Feuergrillen hatte es etwas Besonderes auf sich. Als Kinder gruben wir nach ihnen, selbst wenn wir uns mit einer unserer Kohlengrillen zum Kampf stellten. Eine Feuergrille war eine sehr kostbare und wundervolle Sache.

Am nächsten Morgen, bevor ich mit dem Frühstück

fertig war, stand mein Sohn vor mir, und sobald ich aufsah, sah er auf seine Füße hinunter, und lenkte auch meinen Blick dorthin. »Schau«, sagte er. »Mom hat sie saubergekriegt.«

Dann rannte er hinaus, und ich rief ihm hinterher: »Bis später, Bill.«

Briefe von meinem Vater

Ich sehe die Briefe durch, die mir mein Vater nach Saigon geschickt hat, und finde folgendes: »Liebe Fran. Wie geht es dir? Ich wünschte, du und deine Mutter wären hier bei mir. Das Wetter hier ist für die Jahreszeit ziemlich kühl. Ich wette, das kalte Wetter würde dir gefallen.« Damals fragte ich mich, woher er das wissen wollte. Kaltes Wetter hörte sich sehr schlecht an. Es herrschte Frost, sagte er, also berührte ich mit den Fingerspitzen einen Eiswürfel und ließ sie darauf liegen, solange ich konnte. Es tat sehr weh, und zwar schon nach einer Minute. Ich dachte, wie hält man es Stunden und Tage in einem solchen Wetter aus?

Es machte keinen Unterschied, daß ich die Sache mit dem kalten Wetter mißverstanden hatte. Als er es schließlich schaffte, mich und meine Mutter aus Vietnam herauszuholen, war er an einen Ort gezogen, wo es praktisch nie richtig kalt wird. Die Sache ist nur, daß er in seinen Briefen an mich oft vom Wetter gesprochen hatte. Heute ist es kalt. Heute ist es warm. Heute sind Wolken am Himmel. Heute gibt es keine Wolken. Was hatte das mit mir zu tun?

Er schrieb: »Liebe Fran«, denn ich heiße Fran. Das ist die Kurzform von Francine, und Fran klingt wie ein vietnamesischer Name, ist aber keiner. Daher sagte ich meinen Freundinnen in Saigon, ich hieße Tran, was die Kurzform von Hon Tran ist, und das bedeutet »ein Kuß auf die Stirn«. Mein amerikanischer Vater lebte in Amerika, aber meine vietnamesische Mutter und ich lebten in Saigon, daher war ich immer noch ein Saigoner Mädchen. Meine Mutter nannte mich auch Francine. Sie freute sich für mich, daß ich diesen Namen hatte. Sie sagte, er sei nicht nur amerikanisch, sondern auch französisch. Aber ich wollte einen Namen für Saigon, und der war Tran.

Ich war ein Kind des Staubs. Nachdem alle amerikanischen Väter, einschließlich meines eigenen, nach Hause zurückgekehrt waren, und die Kommunisten die Macht übernommen hatten, wurden wir so genannt, wir, deren Gesichter den Zeichnungen glichen, die man in einigen Buchläden auf der Nguyen Hue Straße besichtigen konnte. Auf den ersten Blick sieht man eine schöne Frau, die vor einem Spiegel sitzt, auf den zweiten jedoch einen fleischlosen Schädel mit tiefen Augenhöhlen und blekkenden Zähnen. So waren wir, die Kinder des Staubs in Saigon. Auf den ersten Blick waren wir Vietnamesen, auf den zweiten Amerikaner, und danach konnten wir diesen Blicken nicht mehr standhalten, weil sie zuerst immer das eine und dann das andere sahen.

Letzte Nacht fand ich ein Bündel Briefe in einer Armeekiste, die meinem Vater gehört. Sie steht in dem Schuppen hinter unserem Haus hier in Amerika. Ich wohne jetzt in Lake Charles, Louisiana, und ich fand dieses Bündel Briefe draußen – viele Bündel, Hunderte von Briefen – und ich öffnete einen, und alle sind Kopien von Briefen, die er geschrieben hat, um uns aus Vietnam herauszuholen. Ich sehe diese Briefe durch und finde folgendes: »Mit welchem Mist kommen Sie mir jetzt? Es ist inzwischen neun Jahre, sieben Monate und fünfzehn Tage her, daß ich meine Tochter, mein eigen Fleisch und Blut, zum letztenmal gesehen habe.«

Das ist eine verärgerte Stimme, eine Stimme voller Gefühl. Ich lebe nun seit einem Jahr hier. Ich bin siebzehn, und es dauerte sogar noch länger als neun Jahre, sieben Monate und fünfzehn Tage, um mich aus Vietnam herauszuholen. Ich wünschte, ich könnte darüber etwas sagen, weil ich weiß, daß jeder, der meine Geschichte hört, erwartet, ich würde jetzt gleich erzählen, wie ich mich gefühlt habe. Meine Mutter und ich wurden in Saigon zurückgelassen. Mein Vater fuhr voraus nach Amerika und dachte, er müßte bloß ein paar Formulare ausfüllen und eine Wohnung für uns herrichten, dann würden meine Mutter und ich sehr bald nach Amerika nachkommen. Aber es kam anders. Eine andere Armeekiste ging verloren und mit ihr ein paar wichtige Unterlagen, wie etwa der Trauschein meiner Eltern und meine Geburtsurkunde. Dann fiel Südvietnam in die Hände der Kommunisten, und selbst diejenigen, die das für möglich gehalten hatten, fanden, daß es tatsächlich sehr schnell gegangen war. Wer konnte das wissen? Mein Vater nicht.

Ich lese einen Brief, den er mir nach Saigon geschickt hat, nachdem es gefallen war, und in dem Brief steht: »Du kannst dir vorstellen, wie ich mich fühle. Dieses Ereignis hat die ganze Welt erschüttert.« Aber, um die Wahrheit zu sagen, ich konnte mir nicht vorstellen, wie sich mein Vater fühlte. Die Welt war mir unbekannt, abgesehen von Saigon, und nicht einmal dieser Ort ließ sich mit der übrigen Welt vergleichen, denn als ich sehr klein war, gab man ihm einen anderen Namen und nannte ihn Ho Chi Minh Stadt. Nun, das ist der Name eines Mannes, wie Sie wissen, aber die Worte haben auch verschiedene andere Bedeutungen, und ich verhielt mich gegenüber dem Namen, wie sich die anderen gegenüber den Gesichtern der Kinder des Staubs verhielten: Einmal verstand ich ihn auf die eine Weise, ein nächstes Mal auf eine andere. Ho Chi Minh kann auch »sehr intelligente Stärke-Paste« heißen, und so verstanden wir den neuen Namen, ich und einige meiner Freunde, die auch amerikanische Väter hatten. Wir trafen uns im französischen Friedhof auf der Phan Gian Straße und sprachen über unsere Stadt – Ho, wie wir sie kurz nannten; Stärke-Paste. Wir redeten über unser Leben in Stärke-Paste-City und wir hatten ein bestimmtes Spiel, bei dem wir uns auf dem Friedhof versteckten, jeder an einem anderen Ort; dann duckten wir uns, und langsam vorwärts kriechend, versuchten wir, die anderen Freunde aufzustöbern. Wer zuerst einen anderen erspäht hatte, bekam einen Punkt. Wurde man selbst von keinem entdeckt, war man gleichsam unsichtbar, hatte man gewonnen.

Der Friedhof machte mich traurig, aber irgendwie fühlte ich mich dort sehr wohl. Uns allen ging es so. Es war ein verwahrloster Ort. Viele der Gräber trugen Namen wie Couchet, Picard, Vernet, Beliveau, und nie standen Blumen auf ihnen. Jeder, der diese Verstorbenen geliebt hatte, war vor langer Zeit nach Frankreich zurückgekehrt. Auf einem Teil des Friedhofs lagen Vietnamesen. Dort standen ein paar Blumen, aber nicht viele. Auf den Grabsteinen waren Fotos angebracht, kleine ovale, in den Stein eingelassene Rahmen, mit den Gesichtern der Toten darauf, zumeist alte Leute, Männer und Frauen, die reichen Vietnamesen, aber es waren auch ein paar junge Leute darunter, zumeist 1968 verstorben, als in Saigon viele umgekommen waren. Ich habe mich immer in diesem Teil versteckt. Dort gab es einen Jungen, ganz hübsch, mit Sonnenbrille, der sich, die Hand in die Hüfte gestützt, an ein Motorrad lehnte. Er starb im Februar 1968, und vermutlich hätte ich ihn ohnehin nicht leiden können. Er sah hübsch aus, aber sehr eingebildet. Daneben lag ein Mädchen. Auf dem Grabstein stand, daß es mit fünfzehn gestorben war. Ich entdeckte sie, als ich ungefähr zehn war. Sie war sehr schön, hatte langes schwarzes Haar und ein rundes Gesicht. Ich ging immer zu ihrem Grab und wollte so sein wie sie, obwohl ich wußte, daß mein Gesicht anders war als ihres. Eines Tages kam ich hin – inzwischen war ich fast in ihrem Alter – und in den kleinen Rahmen war Regen eingedrungen, der ihr Gesicht fast unkenntlich machte. Ich erkannte noch ihr Haar, doch die Gesichtszüge waren fast völlig verblichen, nur dunkle Wasserstreifen waren zurückgeblieben, und an den Kanten hatte sich das Bild aufgeworfen, und ich mußte weinen. Es war, als wäre sie gestorben.

Manchmal schickte mir mein Vater Fotos in seinen Briefen. »Liebe Fran«, schrieb er. »Hier ist ein Bild von mir. Bitte schick mir ein Bild von dir.« Als eine meiner Freundinnen ungefähr sieben Jahre alt war, hatte sie eine Brieffreundin in Rußland. Die Brieffreundin schrieb: »Bitte schick mir ein Foto von dir, und ich schicke dir eines von mir.« Meine Freundin zog ihren weißen ao dai an, ging in die Stadt und ließ sich vor einem großen Banyam-Baum im Park an der Le Thanh Ton fotografieren. Sie schickte es ab und zurück bekam sie ein Bild von einem dicken Mädchen, das sich nicht gekämmt hatte, und neben einer Kuh auf einer Kolchose stand.

Der Vater meiner Mutter war Regierungsbeamter, glaube ich. Und die Kommunisten behaupteten, meine Mutter sei eine Aufwieglerin und Kollaborateurin. Irgendwas in der Art. All das geschah zum großen Teil vor meiner Geburt, oder als ich ein kleines Mädchen war, und immer wenn meine Mutter zu erklären versuchte, was das alles bedeutete, dieser Vater über dem Ozean, die Unwahrscheinlichkeit, daß wir jemals dort hinkommen würden, hatte ich einfach keine große Lust zuzuhören. Meiner Mutter entging das nicht, und nach einer Weile sagte sie nichts mehr. Ich hängte sein Bild an meinen Spiegel, und ich glaube, er lächelte. Er befand sich irgendwo im Freien, im Hintergrund war ein See oder dergleichen, er trug ein T-Shirt, und ich glaube, er blinzelte eher, als daß er lächelte. Es gab mehrere solcher Fotos an meinem Spiegel. Sie waren immer im Freien aufgenommen worden, und immer blinzelte er in die Sonne. In einem seiner Briefe schrieb er: »Liebe Fran, ich habe dein Foto erhalten. Du bist sehr hübsch, wie deine Mutter. Ich habe dich nicht vergessen.« Und ich dachte: Ich bin nicht wie meine Mutter. Ich bin ein Kind des Staubs. Hat er das vergessen?

Eines der Mädchen, mit dem ich mir auf dem Friedhof die Zeit vertrieb, erzählte mir eine Geschichte, von der sie wußte, daß sie stimmte, weil sie der besten Freundin ihrer Schwester passiert war. Jene beste Freundin war damals noch ein kleines Mädchen. Ihr Vater war Soldat in der südvietnamesischen Armee, und er kämpfte an irgendeinem geheimen Ort, in Kambodscha oder irgendwo. Es war sehr geheim, daher hörte ihre Mutter nie von ihm, und das kleine Mädchen war noch so klein, als er fortging, daß es sich nicht einmal mehr erinnerte, wie er aussah. Aber es wußte, daß es eigentlich einen Daddy haben sollte, also fragte das kleine Mädchen jeden Abend, wenn die Mutter es zu Bett brachte, wo sein Vater war. Es fragte mit so tieftraurigem Herzen, daß die Mutter eines Abends etwas erfand.

Es herrschte gerade ein schrecklicher Sturm, und in Saigon fiel die Elektrizität aus. Voller Furcht klammerte sich das kleine Mädchen an die Mutter, als sie zum Tisch ging, um eine Öllampe anzuzünden. Nachdem sie das getan hatte, fiel plötzlich riesenhaft ihr Schatten auf die Wand, und sie sagte: »Weine nicht, mein Baby, siehst du das dort?« und sie zeigte auf den Schatten. »Dort ist dein Daddy, er wird dich beschützen.« Das machte das kleine Mädchen sehr glücklich. Sofort zitterte es nicht mehr vor Furcht, und die Mutter sang das Mädchen in den Schlaf.

Am nächsten Abend, bevor es zu Bett ging, bat es, seinen Vater sehen zu dürfen. Als die Mutter versuchte, ihm das auszureden, regte sich das kleine Mädchen so sehr auf, daß die Mutter nachgab und die Öllampe anzündete, die ihren Schatten auf die Wand warf. Das kleine Mädchen ging zur Wand, legte die Handflächen aufeinander und verbeugte sich tief vor dem Schatten. »Gute Nacht, Daddy«, sagte es und ging schlafen. So geschah es am nächsten Abend und am Abend darauf, und so ging es mehr als ein Jahr lang.

Dann, eines Abends, kurz bevor es Zeit war, schlafen zu gehen, kam der Vater schließlich nach Hause. Die Mutter war natürlich sehr glücklich. Sie weinte und küßte ihn und sagte: »Wir wollen ein Dankesfest zu Ehren unserer Ahnen vorbereiten. Geh du zu unserer Tochter hinein. Sie ist fast fertig zum Schlafengehen. Ich gehe auf den Markt, um Lebensmittel für unsere Feier zu kaufen.«

Der Vater ging also zu dem kleinen Mädchen und sagte zu ihm: »Meine Hübsche, ich bin wieder daheim. Ich bin dein Vater, und ich habe dich nicht vergessen.«

Aber das kleine Mädchen antwortete: »Du bist nicht mein Vater. Ich kenne meinen Daddy. Er wird bald da sein. Er kommt jeden Abend, um mir gute Nacht zu wünschen, bevor ich ins Bett gehe.«

Der Mann war erschüttert über die Untreue seiner Frau, aber er war nicht sehr stolz und daher sagte er nichts zu ihr, als sie nach Hause kam. Er sagte kein Wort, aber er betete kurz vor dem Schrein seiner Ahnen, dann nahm er seinen Sack und verschwand. Die Wochen verstrichen, und die Mutter trauerte so sehr, daß sie sich eines Tages in den Saigon-Fluß warf und ertrank.

Der Vater erfuhr davon und dachte, daß sie sich aus Scham umgebracht hatte. Er kehrte nach Hause zurück, um seiner Tochter ein Vater zu sein. Gleich in der ersten Nacht tobte ein Sturm, die Lichter gingen aus, und der Mann zündete eine Öllampe an, die seinen Schatten auf die Wand warf. Seine kleine Tochter lachte vor Freude, stand auf, verbeugte sich tief davor und sagte: »Gute Nacht, Daddy.« Als der Mann das sah, brachte er sein kleines Mädchen ins Haus seiner Mutter, ging fort und warf sich in den Saigon, um seiner Frau in den Tod zu folgen.

Meine Freundin sagte, diese Geschichte sei wahr. Jeder in der Nachbarschaft der Freundin ihrer Schwester wisse darüber Bescheid. Aber ich glaube nicht, daß sie wahr ist. Ich habe das meiner Freundin nie gesagt, aber meiner Ansicht nach ergibt sie keinen Sinn. Ich kann mir nicht vorstellen, daß das kleine Mädchen mit dem Schatten-Vater zufrieden war. Es hatte nur dieses dunkle Gespenst auf der platten Wand zum Liebhaben. Ich kann mir allerdings sehr wohl vorstellen, daß es diesen Mann nicht angenommen hat, der plötzlich eines Abends hereinmarschierte und sagte: »Ich bin dein Vater und will dir gute

Nacht sagen.« Aber der andere Typ, der Schatten, war genausowenig ein Vater.

Als mein Vater meine Mutter und mich am Flughafen abholte, waren Leute mit Kameras und Mikrofonen da, und mein Vater umschlang meine Mutter sehr fest und gab einen Laut von sich, der sich wie ein Schrei anhörte, er küßte sie herzhaft, und all die Leute mit den Mikrofonen und Kameras lächelten und nickten. Dann ließ er meine Mutter los und sah mich an, und plötzlich gab er einen kleinen erstickten Laut von sich, eine Art Glucksen, wie Kaninchen es von sich geben, wenn man sie gegen ihren Willen hochhebt. Die Hände meines Vaters wedelten vor ihm herum, er kam steifbeinig auf mich zu, und als er mich umschlang, war es so, als wäre ich patschnaß und er hätte seine Sonntagskleider an, obwohl er bloß irgendein albernes T-Shirt trug.

All die Briefe und die Fotos meines Vaters, die ich in Saigon erhielt, sind in einer Schachtel in meinem Schrank. Mein Schrank duftet nach meinem Parfüm und ist voller hübscher Kleider, damit ich in der Schule keine Außenseiterin bin. Nicht jeder kann mit Worten ausdrücken, was er fühlt, vor allem auf dem Papier nicht. Nicht jeder kann in eine Kamera schauen und eine Miene aufsetzen, die seine Gefühle widerspiegelt. Aber Jahre lang nur banale Worte und ein paar Grimassen im Sonnenlicht sind schwer zu vergessen. Daher bin ich heute den ganzen Morgen im Schuppen hinter unserem Haus gesessen, dort draußen bei den Baumschaben und den Waldameisen, wo es nach Moder und faulem Holz riecht, und mir ist so heiß, daß mir der Schweiß von der Nase und vom Kinn tropft. In meinem Schoß liegen viele Briefe. In einem an die US-Regierung schreibt mein Vater: »Wenn es sich um eine gottverdammte weiße Frau handeln würde, eine russische Ballettänzerin und ihre Tochter, säße sie innerhalb von vierundzwanzig Stunden in einem Flugzeug. Es ist meine Frau und meine Tochter. Meine Tochter ist so schön, daß man ihr Gesicht auf Zehn- oder Fünfundzwanzigcentmünzen prägen könnte, und niemand in eurem gottverdammten Land würde Geld wechseln, ohne zu sagen: »Mein Gott, was für ein wundervolles Gesicht.«

Ich lese das, verborgen im Geräteschuppen sitzend, unsichtbar, von Schweiß durchtränkt, wie in Saigon zwischen Trocken- und Regenzeit, und ich weiß, mein Vater wird bald hier sein. Der Rasenmäher steht dort drüben in der Ecke, und heute morgen stand er auf und sagte, es würde heute heiß werden, am Himmel seien keine Wolken, und er müsse den Rasen mähen. Wenn er die Tür öffnet, kann er mich sehen, und ich werde ihn bitten, mit mir zu reden, wie in jenen Briefen, als er auf einen wildfremden Menschen so wütend war, daß er wußte, was er zu sagen hatte.

Liebe

Einst konnte ich Feuer vom Himmel holen. Meine Frau wußte das, und ihre potentiellen Liebhaber fanden es bald heraus, obwohl es zuweilen eine harte Lektion für sie war. Aber das war in Vietnam, und als sich hier in Amerika die Notwendigkeit erneut stellte, mußte ich eine andere Vorgehensweise finden. Ein Mann wie ich hatte es nie leicht. Ich weiß, meinem Erscheinungsbild nach bin ich das, was man hier als einen »Schwächling« bezeichnet. Ich bin kein gutaussehender Mann, und sogar für einen Vietnamesen bin ich kleingewachsen. Ich habe auch das Verhalten eines Schwächlings angenommen, dessen bin ich mir bewußt. Mein ganzes Leben lang bin ich so gewesen. Ich überkreuze die Beine unterhalb der Knie, ich trete zu leicht auf und rede zu viel über Themen, die andere langweilig finden. Aber es gibt zwei Dinge an mir, die außergewöhnlich sind. Erstens war ich viele Jahre lang Spion. Sie glauben, alle Spione sehen so aus wie die Männer in den Filmen. Wirkliche Spione jedoch tarnen sich, auch wenn diese Tarnung schon viele Jahre vor ihrer Geheimdiensttätigkeit vorhanden war. Zweitens habe ich eine sehr schöne Frau. Ich heiratete sie, als sie fünfzehn und ich fünfundzwanzig war. Ihre Eltern waren Freunde meiner Eltern, sie mochten mich sehr gern und beschenkten mich mit diesem großen Segen, der gleichzeitig ein großer Fluch ist.

Ihr Name ist Buom, das heißt »Schmetterling«, und das trifft sicher auf sie zu. Sie flattert hierhin und dorthin, landet auf dieser und jener Blume und bewegt sich nie in gerader Linie fort. Und wie ruft man einen Schmetterling zu sich? Indem man ihm etwas Hübsches zeigt. Es ist nicht ihr Fehler, wirklich nicht. Es ist ihre Natur. Dennoch ist es furchtbar, mit einer schönen Frau verheiratet zu sein. Wir lebten in Bien Hoa, eine Stadt sehr nahe einem Luftwaffenstützpunkt und zwei großen amerikanischen Niederlassungen, die Long Binh und Plantations hießen, und wenn meine Frau in Bien Hoa die Straße entlang ging, trug sie schwarze Hosen und eine weiße Bluse wie all die anderen Frauen, aber man erkannte ganz deutlich, daß sie anders war. Ihre Ärmel waren hochgerollt, die obersten beiden Knöpfe wegen der Hitze geöffnet, ihr Haar war glatt heruntergekämmt, und die GIs in ihren Jeeps traten auf die Bremsen und hupten, die vietnamesischen Männer richteten sich langsam auf und blähten die Nasenflügel, und die vietnamesischen Jungen auf ihren Motorrädern reckten im Vorbeifahren die Hälse, wobei ich mehr als einmal beobachtet habe, wie sie krachend gegen irgendein Auto, einen Obstkarren oder gegen einen Abfallhaufen fuhren und durch die Luft geschleudert wurden, weil sie versuchten, einen zweiten Blick auf meine Frau zu werfen.

Von all den Männern und Jungen waren es die Vietnamesen, um die ich mir Sorgen machte. Kein Amerikaner hat je ernsthaft versucht, mit meiner Frau auszugehen. Sie hatten ihre vietnamesischen Huren in ihren Lagern, und zur Ehre meiner Frau muß gesagt werden, daß sie das Aussehen der Amerikaner ohnehin nicht besonders schätzte. Das gilt auch heute noch, nachdem wir nun mehr als ein Dutzend Jahre in Gretna, Louisiana leben. Es waren die Vietnamesen, die ich fürchtete. Sie liebten meine Frau, alle diese Männer, und es war abzusehen, daß einige von ihnen versuchen würden, sie zu erobern. Sie nahmen an, daß sie zu haben war. Warum sonst ist sie schön, sagten sie sich, warum schwingt sie die Hüften auf diese Weise und läßt die beiden obersten Knöpfe ihrer Bluse offenstehen? Glaubt sie denn wirklich, das würde ihr mehr Kühlung verschaffen?

Aber diese Männer wurden gewarnt. Und einige von ihnen tauchten nie mehr auf, nachdem sie diese Warnungen mißachtet hatten. Ich konnte Feuer vom Himmel holen und sie von meiner Frau fernhalten. Ich war schließlich ein Spion. Ich habe mit vielen Amerikanern in Plantations zusammengearbeitet. Sie wechselten jedes Jahr, und ich verschaffte ihnen immer, was sie brauchten. Sie bezeichneten mich als Agenten-Führer, weil zwei Dutzend Leute für mich arbeiteten. Meine Augen und meine Ohren. Schulmädchen und Holzfäller, alte Frauen und die Soldaten der regionalen Streitkräfte, motorisierte Jungen aus der Nachbarschaft und andere Leute dieser Art – sie brachten mir Informationen, und ich ging mit den Informationen zu den Amerikanern, wobei ich mich beim Posten als Tagelöhner einschrieb. Das meiste, was ich ihnen zukommen ließ, waren Geheimnachrichten taktischer Art. Eine Vietkong-Gruppe mit einem Politkader etwa, die von Lai Khe herunterkam und in der Witwensiedlung nahe Bien Hoa operierte. Ein im Morgengrauen geplanter Raketenangriff auf den Luftwaffenstützpunkt, der von einem bestimmten Ort im Wald ausgehen sollte. Dinge solcher Art. Und da diese Informationen oft genug zutrafen, fragten die Amerikaner nach einer Weile nicht mehr wirklich nach, besonders dann nicht, wenn es sich um Raketenangriffe handelte. Wenn ich behauptete, im Morgengrauen würden innerhalb dieser und jener Koordinaten Angriffe erfolgen, kam am nächsten Morgen die Luftwaffe der Vereinigten Staaten und blies alles innerhalb dieser Koordinaten weg.

Leicht zu verstehen, daß das für einen scheinbaren Schwächling mit einer schönen Frau eine große Hilfe sein konnte. Wenn mir meine Leute Informationen über meine Frau und einen anderen Mann brachten, oder ich mich auf eigenen Augenschein verließ, ließ ich dem Mann eine Warnung zukommen. Feuer wird vom Himmel regnen, teilte ich ihm in einer Botschaft mit, die von einem meiner Agenten überbracht wurde. Ich erklärte, daß meine Frau mit einem alten Fluch behaftet sei. Dem Fluch des kleinen Mannes. Manchmal erging ich mich in historischen Details. Napoleon Bonaparte beispielsweise ist sehr klein gewesen, hat aber 720000 Quadratmeilen von Europa erobert. Attila, der Hunnenkönig und Herrscher eines Reiches über 1450000 Quadratmeilen, war noch kleiner, man hat ihn sogar für einen Zwerg gehalten. Außerdem lehrt die Geschichte, daß nicht nur der Fluch, den ich über den potentiellen Liebhaber bringe, alt ist, auch das Problem des Ehemanns ist alt. Napoleon hatte große Schwierigkeiten mit seiner schmetterlingshaften Gattin, und Attila starb mitten im Liebesakt, zweifellos weil er dumm genug war, sich so viele Frauen zu halten. Das sind natürlich Beobachtungen, die ich nicht in meine warnenden Botschaften aufnahm, die waren eindeutig und nachdrücklich. Und wenn sie nicht beachtet wurden, fand ich die Koordinaten des Ortes, an dem der Mann jeden Morgen Holz schlug, sein Mittagessen einnahm oder fischte oder irgendeine andere Stelle, an der die Luftwaffe der Vereinigten Staaten ihn treffen konnte. Wir sind schließlich Gewohnheitstiere.

Und wie reagierte meine Frau, wenn sie erfuhr, daß irgendein Mann, der ihr den Hof gemacht hatte, plötzlich nicht mehr auftauchte? Die ersten beiden Male dachte sie vielleicht, es habe an ihr gelegen, sie selbst hätte etwas Falsches gesagt oder getan, vielleicht dachte sie auch, er finde sie nicht mehr attraktiv. (Der Gedanke, meine Frau zu Selbstzweifeln getrieben zu haben, macht mich ein bißchen traurig. Aber gewiß hat sie immer gewußt, wie schön sie ist, und nichts könnte sie in ihrem Glauben wirklich erschüttern.) Später muß sie gewußt haben, daß auf irgendeine dramatische Weise ich dafür verantwortlich war. Aber was auch immer sie empfunden haben mag, ich weiß nichts Genaues. An ihrem Gesichtsausdruck und ihrer Haltung war nichts abzulesen. Wie so oft sprach ich mit ihr über Geschichte, Politik oder über Angelegenheiten des täglichen Lebens, und sie hörte zu, das Gesicht über ihre Näharbeit gebeugt, bis es Zeit war, schlafen zu gehen. Nur einmal ließ sie durchblicken, daß sie wußte, was mit ihrem letzten Verehrer passiert war. Ich glaube, daß dieser Mann – ein Holzfäller mit einer Hütte am Fluß – nie begriffen hat, wozu ich imstande war. Er war ein großer, ein arroganter Bursche. Eines Abends, kurz nachdem dieser vermeintliche Raketenangriff von der Luftwaffe der Vereinigten Staaten verhindert worden war, sah meine Frau von ihrer Näharbeit auf. Ich hatte gerade wegen eines Kratzens im Hals einen Moment geschwiegen und glaubte zuerst, sie wollte, daß ich mit meinen Ausführungen über die Nutzlosigkeit des Einsatzes unserer irregulären Truppen beim Schutz örtlicher Regierungsgebäude fortfahren sollte. Statt dessen sagte sie: »Es ist traurig, welche Fehler im Krieg begangen werden.«

Ich wußte sofort, wovon sie sprach. Sie hatte einen schrecklichen Fehler begangen, diesen Mann zu nahe an sich heranzulassen.

»Sehr traurig«, antwortete ich.

»Glaubst du, jemand hat all diese Vorkommnisse tatsächlich unter Kontrolle?« fragte sie.

»Dessen bin ich sicher«, erwiderte ich, und ein deutlicherer Hinweis als dieser war nicht nötig. Meine Frau ist nicht nur schön, sondern auch scharfsinnig.

Schließlich wurde mein Land von der Geschichte eingeholt. Ich hatte es schon lange kommen sehen. Da ich den Luftwaffenstützpunkt von Bien Hoa vor genügend Raketenangriffen bewahrt hatte, wurde ich zum Lohn, zusammen mit meiner Frau und unseren beiden Kindern, eine Woche, bevor die Kommunisten den Ort überrannten, ausgeflogen. Es tat mir nicht leid, von dort wegzugehen, denn ich kam in ein Land voller Männer, die meine Frau nicht interessierten. Und tatsächlich, in Amerika wurde alles viel ruhiger, obwohl wir in Gretna, einer Gegend mit vielen Vietnamesen, wohnen. Aber es hat den Anschein, als hätten die vietnamesischen Männer in Amerika irgendwie den Mumm verloren, sogar bei einer schönen vietnamesischen Frau. Manchmal macht man mir ein respektvolles Kompliment über meine Frau, aber diese Männer sind gedemütigt; sie sind größer als ich, sogar jünger, aber weitaus Schwächlinge.

Wir wohnen in der Nähe des Mississippi, und direkt hinter der Brücke liegt New Orleans. Meine Frau schien bisher einfach glücklich zu sein, in einem Apartment zu wohnen, wo sie nach Lust und Laune im Wohnzimmer sitzen oder mit ihren Freundinnen zum Einkaufen oder zum Friseur gehen kann. Ich arbeite bei der Telefongesellschaft, wir haben einen Fernseher, durch den ich für meine Frau interessanter werde, weil sie sich abends nicht meine Überlegungen zu Politik, Geschichte und derlei Dinge anhören muß. Ich weiß um ihre Grenzen, und ein weiser Mann versucht nicht, die Dinge zu ändern, die nicht zu ändern sind. In mir hatte sich einfach die Hoffnung festgesetzt, die Dinge hätten sich von selbst geändert. Lange Zeit schien sie keinerlei Interesse zu haben, mich auf die gleiche Weise zu quälen wie in Vietnam. Es gab keine Flaniermeile in der Stadt, die man hätte entlangspazieren können, während sich alle Augen auf ihre offene Bluse oder die Bewegung ihrer Hüften richteten. Die Frisuren, die sie liebte, schienen eher dazu angetan, andere Frauen statt andere Männer zu beeindrucken. Alles lief sehr gut, sehr ruhig. Bis vor zwei Monaten.

Es war natürlich ein Vietnamese. Ein früherer Fallschirmspringer, ein großer Mann, fast so groß wie ein Amerikaner. Er hat ein Restaurant in einem Einkaufszentrum. Das Restaurant heißt Bun Bo Xao, ein Name, der mit dem Hinweis auf exotische Speisen wohl amerikanische Gäste anlocken soll, die nicht einmal vietnamesisches von chinesischem Essen unterscheiden können. Ich weiß das, weil Bun Bo Xao gedünstetes Rindfleisch mit Nudeln heißt. Wie wäre es, wenn ein amerikanisches Restaurant gegrillte Hamburger mit Pommes Frites oder Gebackenes Hähnchen mit Kartoffelbrei heißen würde? Verstehen Sie, was ich meine? Einem Restaurant einen Namen zu geben, den ein ganzes Volk als Gedünstetes Rindfleisch mit Nudeln liest, ist eine Beleidigung für dieses Volk. Und das bun bo, das dort serviert wird, ist ohnehin zweitklassig, und die nuoc mam, die

Fischsoße, ist sogar noch mieser. Diese Soße ist für die Zunge der Vietnamesen etwas ganz Besonderes. Ich erwarte nicht, in Amerika eine echte nuoc mam vorgesetzt zu bekommen. Die nuoc mam von der Insel Phu Quoc war natürlich die beste, sie war klar mit einem erstaunlich feinen Gefühl für die Beschaffenheit, die ein Fisch erst nach einem mehrere Tage dauernden Kochvorgang annimmt. Aber die Soße in diesem Restaurant kommt entsetzlicherweise von den Philippinen, nicht aus Thailand, wo es zumindest eine blasse, zweitklassige Variante gibt.

Ich kritisiere den Geschmack und die Unredlichkeit dieses Mannes nicht zum Spaß. Doch sie gaben mir den ersten Hinweis. Meine Frau und dieser Mann hatten vergessen, daß ich Spion war. Sie mochten gewußt haben, daß mir die Luftwaffe der Vereinigten Staaten nicht länger zur Verfügung stand, aber sie vergaßen, daß ich Hinweise deuten kann. Denn trotz des schlechten bun bo und der noch schlechteren nuoc mam wurde dieses Lokal plötzlich das Lieblingsrestaurant meiner Frau. Eines Freitag abends, dem Abend, an dem wir gewöhnlich in ein Restaurant gehen, wußten wir nicht, wohin wir gehen sollten, und sie sagte, so überaus leichthin, so ganz beiläufig, sie habe gehört, dieses vietnamesische Lokal sei recht gut. Sie zitierte eine ihrer Bekannten aus dem Friseursalon, eine Frau, die in irgendeiner Gasse in Saigon Hühner rupfen und Betelnüsse kauen würde, wenn wir den Krieg gewonnen hätten. Ich habe versucht, in den Vereinigten Staaten keine vietnamesischen Restaurants zu besuchen, aber Buom schien auf dieses eine so versessen zu sein, und das doch auf so beiläufige Art, daß ich nachgab. Schließlich ist sie immer noch eine sehr schöne Frau.

Wir fuhren zu dem kleinen Einkaufszentrum und fanden das Lokal nur ein paar Türen weit entfernt von den Ngon Qua Po-Boys und der Good Luck Bowling-Bahn. Ich bemerkte, wie die Hand meiner Frau ganz zufällig von meinem Arm glitt, als wir das Bun Bo Xao-Restaurant betraten, und ich hatte gerade noch Gelegenheit, einen flüchtigen Blick auf die chinesischen Laternen an der Decke und die Lackgemälde an den Wänden zu werfen – Massenprodukte aus Hongkong –, als sich plötzlich dieser große, in einen Smoking gekleidete Vietnamese vor uns verbeugte und meine Frau mit schnellen, wissenden Blicken anfunkelte. Der Besitzer. Tran Van Ha. Er war so außerordentlich erfreut, uns zu sehen, daß ich spürte, wie mir ein kalter Schauer über den ganzen Leib rann.

Wir verspeisten also das zweitklassige Essen, und der Besitzer kam zweimal an unseren Tisch, um nachzusehen, ob alles in Ordnung war. Ausführlich erklärte ich ihm, daß das nicht der Fall war, und in welcher Hinsicht das Essen diversen Gütemaßstäben nicht genügte. Er hörte mir mit pulsierenden Schläfen zu, und meine Frau warf, vorsichtig zwitschernd, ihren Widerspruch ein. Alles war so offensichtlich, daß ich ihnen fast ins Gesicht gelacht und gesagt hätte: Hältst du mich für einen Dummkopf? Hast du vergessen, wie gnadenlos ich mit derlei Vorkommnissen verfahre?

Aber Tatsache war, daß mir das Feuer nicht mehr zur Verfügung stand. Ich hatte nicht einmal mehr meine verschiedenen Augen und Ohren, die losziehen, mehr Informationen zusammentragen und die nötigen Warnungen liefern konnten. Also hielt ich den Mund, abgesehen von der Beschwerde über das Essen. Weder auf dem Heimweg noch am Abend, nicht einmal eine Woche später, als mein kleiner Schmetterling sagte, sie hätte solche Lust auf vietnamesisches Essen und gleich darauf das Bun Bo Xao-Restaurant vorschlug, sprach ich das Thema an. Ich lehnte es einfach ab, dorthin zu gehen, und dank meiner Erfahrung als Spion setzte ich eine undurchdringliche Miene auf und zeigte mich äußerlich ruhig und gelassen. In meinem Innern jedoch herrschte ein Mahlstrom von Gefühlen und Plänen. Niemals in den vergangenen zwölf Jahren hatte ich so stark empfunden, daß ich in einem fremden Land war, hinter den feindlichen Linien tatsächlich, bar aller eigenen Hilfsquellen. Aber bald hatte ich meine Gedanken wieder genügend gesammelt, um zu begreifen, daß, gleichgültig, wo man in der Welt auch steht, die Kräfte der Geschichte und der Kultur wirksam sind, und diese Kräfte lassen einen Mann, der sie zu erkennen weiß, eine Lösung finden.

Nehmen Sie New Orleans, Louisiana, zum Beispiel. Napoleon schnappte die Stadt den Spaniern weg, die er in Europa geschlagen hatte, und zwei Jahre später verkaufte er sie dann an die Vereinigten Staaten. Diese Stadt war der zufällige Besitz eines kleinen Mannes, der sein eigenes Feuer befehligte. Aber die Stadt hatte schon eine lange Geschichte hinter sich, bevor sie in Napoleons Besitz kam. Hundert Jahre lang war es eine Stadt mit französischen und spanischen Einwohnern gewesen, aber auch mit einem großen karibischen Anteil, mit Schwarzen, die über eine ganz andere Art von Feuer verfügten. Man kann nicht in der Gegend von New Orleans wohnen, ohne von Voodoo gehört zu haben. Und eines Abends, kurz nachdem ich von Tran Van Ha erfahren hatte, sah ich im Fernsehen eine Sendung, in der ein sehr kleiner, dünner schwarzer Mann seinen Feinden mit Hilfe von Voodoo eine harte Lektion erteilte. Meine Frau saß neben mir, doch ich setzte eine unbewegte Miene auf und ließ sie nicht wissen, daß ich hier in ihrer Gegenwart, der Stimme der Geschichte lauschte, und als der dünne, kleine schwarze Mann sogar ein paar Fehler beging, so daß selbst die schwerfälligen Amerikaner ihm auf die Schliche kamen, wußte ich, daß ich wieder lernen mußte, das Feuer unter meinen Befehl zu bringen.

Am nächsten Tag meldete ich mich bei der Telefongesellschaft krank, ging über die Brücke, an der großen mandarinhutförmigen Kuppel vorbei und hinunter ins französische Viertel, wo, wie es im Fernsehen und all den Filmen hieß, Voodoo praktiziert wurde. Ich ging die Hauptstraßen des Viertels entlang; dort gibt es Boutiquen, T-Shirt-Läden, Pizza-Bäckereien, Jazz-Lokale und Bars, in denen Frauen tanzen, deren Ehemänner New Orleans schon lange in Schutt und Asche gebombt hätten, wenn sie die Macht besäßen, die ich einst hatte. Aber der Laden, den ich zwischen all dem fand, wurde von Weißen geführt, von großen Amerikanern mit ordentlichen Regalen voller Bücher, Gläser und Puppen, die nichts mit wirklichem Voodoo zu tun hatten, das spürte ich ganz deutlich.

Ich verließ den Laden, sah die Bourbon Street hinauf und hinunter und stellte fest, daß hier alles so war wie in Tran Van Has vietnamesischem Restaurant, lauter Schwindel. Ich ging zur nächsten Ecke, bog in eine Seitenstraße, dann wieder um eine Ecke und dann noch einmal, bis ich in einer engen kopfsteingepflasterten Gasse mit schmalen kleinen Häusern war, vor denen sich holzvergitterte Veranden befanden. Ich marschierte weiter, lächelte die Schwarzen an, die auf den Stufen saßen, und einige Male blieb ich vor den Stufen stehen und fragte, ob es in der Nähe einen Voodoo-Zauberer gab. Ich hatte die Geschichtslektion gelernt und fühlte mich verwandt mit diesen Leuten, es machte mir nichts aus, sie um Hilfe zu bitten, obwohl mich die meisten sehr seltsam ansahen. Schließlich sagte mir ein alter Mann, dessen Augen mit einem grauen Film überzogen waren, und der mit seinem Spazierstock an einem Pfeiler lehnte: »Wozu brauchen Sie den?«

Ich antwortete: »Ich habe eine schöne Frau, die den Blick gerne schweifen läßt.«

Der alte Mann nickte und sagte: »Ich kenne das Problem«, und er erklärte mir, wie ich das Haus eines Voodoo-Zauberers finden konnte, eines gewissen Doktor Joseph. »Sie sagen Doktor Joseph, was Sie wollen. Er ist ein sehr mächtiger Low-Down-Papa.« (Später erfuhr ich, daß ein Papa ein männlicher Voodoo-Zauberer ist. Und ein Low-Down-Papa ist bereit, schwarze Magie auszuführen und böse Taten zu begehen.)

Ich dankte dem alten Mann und ging zu der genannten Straße, die ziemlich genauso aussah wie die, aus der ich gekommen war. Ich fand das Haus, aber ich hatte etwas anderes erwartet. Nichts unterschied es von den anderen Häusern, weder hingen fremdartige Symbole über der Tür, noch baumelten Tierknochen an Schnüren, überhaupt nichts, außer einem winzigen Schild neben der Klingel. Ich stieg auf die Veranda hinauf, und das Schild war eine drei auf fünf Zentimeter große, angenagelte und mit Folie überzogene Karte, auf der stand: DOKTOR JOSEPH, LÖSUNG SCHWIERIGER FÄLLE. Wenn er so große Macht besaß, wie der alte Mann behauptet hatte, dann mochte ich Doktor Joseph bereits. Das war mein Stil. Untertreibung. Ich klingelte und wartete, und Doktor Joseph höchstpersönlich öffnete die Tür. Das wußte ich deshalb, weil er sich vorstellte. Ganz so, als würde er mich bereits kennen und wissen, was ich wollte, öffnete er die Tür und sagte im selben Moment: »Ich bin Doktor Joseph. Kommen Sie rein.«

Ich trat in einen Vorraum, der nach Moder und Räucherwerk roch. Meine Augen gewöhnten sich nur langsam an die Dunkelheit. Ich konnte zwar nichts sehen, aber ich folgte Doktor Joseph, und wir betraten ein Wohnzimmer. Er gab mir ein Zeichen, und ich setzte mich in einen riesigen alten Sessel, bei dem ich die Sprungfedern spüren konnte. Doktor Joseph ließ sich mir gegenüber auf einem geflochtenen Stuhl nieder, und von dem Moment an, als er die Tür geöffnet hatte, kam er mir sehr groß vor, sogar größer als irgendein Amerikaner, aber jetzt saß er vor mir, und ich sah, daß ich mich getäuscht hatte. Vielleicht war es ein kleiner Zauber, den er mit mir angestellt hatte. Das hoffte ich. Doch jetzt zeigte er mir, daß er gar nicht groß war. Er war so schlank wie ein Vietnamese und jünger als ich erwartet hatte, obwohl auch das Zauberei gewesen sein mag. Seine Augen waren sehr klar, sehr groß, und in seinem enganliegenden Kraushaar zeigte sich kein Anflug von Grau. Seine Unterlippe schob sich zu einem seltsam verkehrten Lächeln hoch, offensichtlich war er für den geschäftlichen Teil bereit, also begann ich.

Ich erzählte Doktor Joseph von meiner Frau, von der Last, die ich zu tragen hatte. Ich sagte ihm nicht, daß ich früher zur Lösung meiner Probleme die US-Luftwaffe eingesetzt hatte. Im Herzen bin ich immer noch ein Spion, sogar in Gegenwart eines Low-Down-Papas, obwohl er wahrscheinlich ohnehin Bescheid wußte, denn schließlich war er ein Papa. Nachdem er mich befragt hatte, faltete er die Hände und sah an mir vorbei zum Fenster, wo die dünnen Vorhänge das Morgenlicht hereinließen. Eine ganze Weile sah er hinaus, und schließlich wandte sich mein Blick ebenfalls von ihm ab. Das Zimmer war sehr klein, und außer den beiden Stühlen und dem Holztisch mit Säulenfüßen neben Doktor Joseph waren keine Gegenstände im Raum. Die leeren Wände waren sehr dunkel, trotz des Lichts, das durchs Fenster fiel, und als ich näher hinsah, schienen sie tatsächlich schwarz gestrichen zu sein. Vor einer Tür, die vermutlich zu den übrigen Räumen führte, hing ein schwerer Vorhang, vielleicht befanden sich dahinter all die Zaubertränke und geheimnisvollen Gerätschaften des Voodoo-Doktors. Ich weiß es nicht. In dem Zimmer jedenfalls gab es nichts als den Geruch von Räucherstäbchen und den starren Blick des Low-Down-Papas, der an mir vorbeisah.

Schließlich richtete Doktor Joseph den Blick wieder auf mich, und in diesem Moment spürte ich ein Brennen in meinen Sehnen und eine Schwäche in meinen Armen und Beinen. Dann sagte er: »Wieviel ist diese Frau Ihnen wert?«

Ich nahm an, er sprach von seinem Honorar. Ich zuckte die Achseln, und er wußte, was ich dachte, denn er gab eine Art von Schnauben von sich und sagte: »Übers Geschäft reden wir später. Ich spreche von einem anderen Thema. Dreimal werden Sie die Möglichkeit haben, sich von Ihrer Frau loszusagen. Wenn Sie den Hohen Himmel anrufen, dann sollten Sie am besten genau wissen, was Sie wollen, und ebenso genau sollten Sie wissen, wie schlimm es sein soll.«

Ich verstand nicht genau, was er meinte, aber ich spürte, er wollte eine Art Erklärung von mir, bevor er fortfuhr. Also gab ich ihm die einzige Antwort, die ich geben konnte. Ich dachte nicht einmal darüber nach. Ich sagte: »Sie ist es wert, Feuer vom Himmel zu holen.«

Doktor Joseph nickte, und sein Blick wurde bohrender. Ich hatte das Gefühl, niesen zu müssen. Er sagte: »Ich könnte Ihnen ein gutes Gris-Gris für die Türschwelle dieses Mannes geben, aber ich glaube, daß etwas Stärkeres vonnöten ist.«

Ich nickte und bemerkte, daß ich keine Hand heben konnte, daher zog ich die Nase hoch, bevor ich niesen mußte, und hoffte, Doktor Joseph würde mir das nicht als Respektlosigkeit auslegen. Dann erhob er sich und sagte nicht, ich solle Platz behalten, denn ich war mir ganz sicher, daß ich im Moment keine Gewalt über meinen Körper hatte. Er verschwand hinter dem Vorhang, ich wartete, und mir fiel plötzlich auf, daß ich nicht einmal mehr atmete. Doch dann erschien Doktor Joseph wieder, gefolgt von einer Duftwoge aus Räucherwerk. Er ging an seinem Stuhl vorbei, blieb riesenhaft aufragend vor mir stehen, ich sank in mich zusammen, die Federn quietschten unter mir, Doktor Joseph beugte sich über mich, und ich schloß die Augen fest zu. »Hier«, sagte er, und etwas Leichtes fiel mir in den Schoß.

Ich öffnete die Augen, er hatte sich zurückgezogen. In meinem Schloß lag ein kleines, braunes Päckchen, und Doktor Joseph sagte: »Es ist eine Eberblase darin. Sie werden auch eine Phiole mit Blut finden. Sie müssen die Blase mit dem Kot einer männlichen Ziege füllen, dann schütten Sie das Blut hinein, binden die Blase mit einer Locke Ihrer Frau zu, und dann, Schlag zwölf Uhr mittags, werfen Sie die Blase über das Haus Ihres Rivalen.«

Ich nickte stumm.

Doktor Joseph lächelte wieder sein seltsam verkehrtes, vom Kinn aufsteigendes Lächeln, er machte ein Handzeichen, und ich weiß nicht, wie ich aufgestanden bin, den Raum durchquert habe und aus der Tür gegangen bin. Aber plötzlich war ich auf der Straße vor seinem Haus, unterm Arm ein braunes Päckchen mit einer Eberblase, einem Fläschchen Blut von Gott weiß was, und stand vor der Frage, woher ich Ziegenscheiße bekommen sollte. Ich sagte mir: Was machst du hier? Ich dachte an Buoms Gesicht, und vor meinem geistigen Auge sah ich, wie schön es war, aber die Geschichte lehrt, daß eine schöne Frau ihrem Mann immer Qualen bereitet. Fragen Sie nur den amerikanischen Schauspieler Mickey Rooney. Ich sollte dieses Päckchen in den nächsten Abfalleimer werfen und diese Frau verlassen, dachte ich. Es mag Ihnen komisch vorkommen, aber es war normalerweise nicht meine Art, mich vom Schlachtfeld zurückzuziehen und meinen Schmetterling davonfliegen zu lassen. Es war ein ganz ungewöhnlicher Gedanke. Tatsächlich war es wahrscheinlich das erstemal, daß ich so etwas gedacht habe. Später stellte ich fest, daß dies gleichzeitig auch die erste Gelegenheit war, bei der ich mich von meiner Frau lossagte. Aber der Gedanke verschwand so schnell, wie er gekommen war. Ich nahm das Päckchen in die Hand, sah es an und fragte mich, wo ich in New Orleans Ziegenscheiße finden konnte.

Ich bin ein kleiner Mann, aber sehr schlau, und kurz darauf näherte ich mich dem Streichelgehege im Audubon Park. Ich hatte Glück, dachte ich, denn es war der Morgen eines Wochentags, und niemand war zu sehen. Nur ich und ein Gehege voller Schafe und Ziegen, zapplig wie unwillige Huren, die auf die Steicheleinheiten warteten, die sie jeden Tag verabreicht bekamen. Bevor ich hineinging, setzte ich mich auf eine Bank und überlegte, wie ich die Sache angehen sollte. Meine Hände zupften an der Verpackungsschnur herum, doch dann machte ich mir klar, daß die Ziegenscheiße nicht direkt in die Blase gefüllt werden mußte. Ich konnte sie in etwas auffangen, was leichter zu handhaben war, und sie später in die Blase füllen. Ich war sehr erfreut über diesen Einfall. Was effektive Planung anging, war ich nicht zu schlagen.

Also stand ich auf, ging zu einem Stand zurück und kaufte einen Becher Popcorn, das ich ausschütten wollte, um den Becher zu benutzen. Ich sah einen Moment beiseite, hörte, wie das Popcorn rasselnd in den Becher strömte, aber, Buddha sei Dank, sah ich gerade in dem Augenblick zu dem Mädchen hinüber, als sie meinen Becher unter einen metallenen Hahn stellte und nach dem Hebel griff. »Keine Butter!« schrie ich, und das Mädchen zuckte zusammen, als sei es geschlagen worden. Es half nichts. Ich wollte nicht unabsichtlich Doktor Josephs Rezeptur ändern. Wer weiß, was Butter angestellt hätte?

Mit dem Becher in der Hand wurde ich jedoch ruhiger. So gelassen, daß ich zu der Bank am Streichelgehege zurückging, mich setzte und mir das Popcorn schmecken ließ. Und das sollte sich als großer Fehler erwiesen. Ich überlegte, ob ich mit meinem Taschentuch das Salz aus dem Becher wischen sollte, aber während ich auf der Bank das Popcorn verspeist hatte, näherte sich eine Schulklasse, gerade in dem Moment, als ich das Gehege betrat. Ich hörte sie lachen und reden, und dann sah ich sie einen Weg entlang kommen, und ich mußte mich entscheiden, ob ich wieder zurückgehen, mich auf die Bank setzen und warten sollte, bis alle fort waren, oder ob ich schnell zu den Ziegen hineinging. Die Sonne stand bereits hoch, und ich rechnete mir aus, daß im Lauf des Tages eine Klasse nach der anderen kommen würde, also sah ich mich im Gehege um. Überall lagen Kotkügelchen herum, aber ich wußte nicht genau, wie Ziegenscheiße aussah, und ich wollte keinen Fehler machen. Ich erspähte eine weiße Ziege, die sich an einem Holzpfosten rieb, ich ging hinüber und blieb hinter ihr stehen.

Die Ziege fuhr fort, sich zu reiben, die Kinder waren schon am Tor, und ich begann, die Hinterläufe des Tieres zu tätscheln, einerseits, um weniger verdächtig zu wirken, andererseits, um möglicherweise etwas aus ihr herauszukitzeln. Aber die Ziege schaute auf und zuckte bei dem Geschrei der Kinder und der noch lauteren Stimme der Lehrerin, die sie ermahnte, still und nett zu den Tieren zu sein, mit den Ohren. Dann trabte sie von dem Pfosten weg, ich spürte, wie sie sich anspannte, und ich wußte, gleich würden die Kinder hier auftauchen.

»Na komm«, sagte ich leise, beobachtete, wie die Ziege kurz mit dem Schwanz wedelte und eine Kaskade schwarzer Kügelchen ausstieß. Ich verfüge über ausgesprochen gute Reflexe, und kaum mehr als ein Dutzend fiel daneben, bevor mein Popcorn-Becher zur Stelle war und knatternd mit dem angefüllt wurde, was ich benötigte.

Dann ertönte eine, vor Staunen brüllende, Kinderstimme hinter mir: »Miss Gibbs, dieser Mann tut Ziegenkügelchen in sein Popcorn!«

In diesem Moment dachte ich wieder an das Gesicht meiner Frau. Ich betrachtete es im Geiste und fragte mich, ob es das wert war, was ich hier durchmachte. Ich wußte, daß sich viele Augen auf mich richteten, um zu sehen, was ich gerade machte, und ein Teil von mir sagte: Laß den Schmetterling fortfliegen. Das war die zweite Gelegenheit, mich von meiner Frau loszusagen. Aber in diesem Moment geschah etwas, das sich von meinem freien Willen nicht steuern ließ. Die ein oder zwei mutigen Soldaten, die ich in meiner Heimat kannte, habe ich von dem Moment reden hören, in dem man unter Gewehrfeuer steht, wenn man genau weiß, man ist in ernster Gefahr, aber der Körper rührt sich nicht vom Fleck; er bleibt stehen, trotz der schrecklichen Gewalt, die auf einen einströmt. So fühlte ich mich, als das Kind weiterplapperte und sagte, was für eine komische Sache ich hier machen würde. Ich hielt den Kopf gesenkt, den Blick auf die in meinen Becher strömende Ziegenscheiße gerichtet, und bewegte mich nicht. Ich rührte mich nicht von der Stelle, bis der Schwanz wieder zuckte, der Strom abbrach und die Ziege klugerweise vor dem kleinen Ungeheuer hinter mir davonjagte.

Auch ich machte mich davon, weder sah ich zu meiner Peinigerin noch zu Miss Gibbs, noch zu den anderen zurück. Ich folgte der weißen Ziege; wir entflohen entlang der Umzäunung, und wahrscheinlich dachten die Kinder und ihre Lehrerin, ich würde die Ziege verfolgen, um noch mehr Würzstoff für mein Popcorn zu ergattern. Aber schließlich schlug ich einen Haken, bahnte mir einen Weg durch die Kinderschar, lief auf das Eingangstor zu und entkam. Um mich von den verwunderten Blicken der Kleinen abzulenken, ging ich im Geist nochmals durch, was ich gerade vollbracht hatte. Ich war mir des Gewichts des Popcornbechers und des Päckchens, das ich fest unter den Arm geklemmt hielt, sehr bewußt. Eine Locke meiner Frau konnte ich mir heute nacht beschaffen. Der schwierige Teil war erledigt. Ich hatte den Kot eines Ziegenbocks. Doch plötzlich überkam mich ein kalter Schauer, als ich das Schnappschloß des Tors berührte.

Ein Ziegenbock. Ich hatte das Geschlecht der Ziege nicht überprüft. Ich schoß herum, all die Kinder umringten mich, kamen näher, zweifellos um diesen komischen Mann mit seinem seltsamen Imbiß anzusehen. Doch als ich mich umdrehte, wichen sie kreischend zurück. Die weiße Ziege war am hinteren Teil des Zauns stehengeblieben. Ich wußte, es war *meine* weiße Ziege, denn sie stand an der Stelle, wo ich sie zuletzt gesehen hatte, und weil sie mich fast anteilnehmend ansah, als hätte sie verstanden, wie sehr mich die Aufmerksamkeit dieser anderen kleinen Kreaturen quälte.

Es fiel mir furchtbar schwer, aber mitten durch die Kinder hindurch ging ich ins Gehege zurück. Ich würdigte sie keines Blickes, bemerkte aber doch, daß sich alle nach mir umdrehten und mich beobachteten, einige von ihnen folgten mir sogar. Ich ging auf die Ziege zu, und sie wirkte sehr nervös. Ich redete ihr gut zu. »Ist ja gut«, sagte ich. Und dann kam der schwierigste Teil. Ich stellte mich hinter das Tier, kauerte mich nieder und hörte zwei Dutzend zarter Stimmen aufstöhnen. Buddha sei Dank sah ich am Bauch der Ziege, was ich erhofft hatte, und rannte aus dem Gehege in den Park, als wäre der schwärzeste Voodoo-Dämon hinter meiner Seele her.

In der Nacht, als meine Frau schlief, beugte ich mich mit ihrer besten Schneiderschere in der Hand über sie. Sie sah sehr schön aus in dem fahlen Licht, ihr Gesicht war so glatt und faltenlos wie das des fünfzehnjährigen Mädchens, das ich geheiratet hatte. Wie kam es, daß das Schicksal einem Mann wie mir eine solche Frau beschert hatte? Auch wenn sich hinter meinem Äußeren eine ganz andere Art von Mann verbirgt. Sie seufzte leise im Schlaf, und obwohl es ein reizender Laut war, beunruhigte er mich. Ich konnte die Schönheit meiner Frau nicht länger ertragen, bevor diese ganze Sache nicht geklärt war. Also hob ich vorsichtig an ihrem Hinterkopf einen Haarbüschel hoch, so daß der Verlust der Locke nicht auffiel, und die Seidigkeit ihres Haars ließ meine

Hand zittern. Ziemlich stark sogar. Ich befürchtete abzugleiten und sie ins Ohr oder in den Hals zu schneiden. Aber dann holte ich tief Atem, meine Schere machte einen scharfen, kleinen Schnitt, und ich war bereit, meinen Voodoo-Zauber auszuführen.

Am nächsten Morgen sagte Buom, sie gehe mit ihren Freundinnen ins Einkaufszentrum. Ich sagte: »Du weißt, diese Weiber würden in den Gassen von Saigon Hühner rupfen und Betelnüsse kauen, wenn wir den Krieg gewonnen hätten.«

Buom schnaubte leise, und vor dem Toaster stehend flüsterte sie: »Versuch's doch mal mit einem neuen Spruch.«

Es stimmt, ich hatte diese Bemerkung schon einmal gemacht, und ich antwortete in aller Aufrichtigkeit: »Tut mir leid, mein hübscher Schmetterling. Viel Spaß mit deinen Freundinnen.«

Buom wandte sich zu mir, und in ihrem Gesicht stand ein Ausdruck, den ich nicht deuten konnte. Zum einen redete ich mir ein, daß es ein wehmütiger Blick war, fast zärtlich, voller Anerkennung, daß ich zu der Sorte vietnamesischer Männer gehörte, die sich bei ihrer Frau sogar entschuldigt. Aber andererseits dachte ich, der Blick spiegelte einfach unterdrückte Wut wider, die taktvolle Verachtung einer vietnamesischen Ehefrau. Wie auch immer, ich sagte nichts mehr, und nachdem ich das Haus verlassen hatte, ging ich nicht zur Telefongesellschaft.

Ich fuhr zu einer hiesigen Bibliothek und las stundenlang Zeitungen und Illustrierte. Es gab so viel Kampf in der Welt, und man mußte schlau sein, um zu überleben, soviel war klar, und auf dem Rücksitz meines Wagens, in einer Sporttasche, befand sich eine Eberblase voller Blut und mit dem Kot eines Ziegenbocks, und sie war verschlossen (das war keine leichte Sache, wie sich herausstellte) mit einer Locke meiner Frau. Ich hatte Tran Van Has Adresse, und ich kannte die Gegend, in der er wohnte. Um Viertel vor zwölf faltete ich sorgfältig die Zeitung zusammen, die ich gelesen hatte, legte sie ins Regal zurück, ging auf leisen Sohlen und mit gelassenster Miene an den Bibliothekaren vorbei (ich war schließlich ein hervorragender Spion), fuhr den Manhattan Boulevard hinauf, unter dem West Bank Expressway hindurch, und nachdem ich ein paarmal abgebogen war, kam ich zu der Straße, in der Ha wohnte, und entdeckte sein Haus an der Ecke.

Ich hatte immer noch fünf Minuten, also parkte ich auf der gegenüberliegenden Straßenseite, duckte mich hinters Steuer und beobachtete das Haus. Es war ein Shotgun-Haus, die ganze Gegend bestand aus diesen Häusern. Man nennt sie so, weil man von der Vorderveranda pfeilgerade zur hinteren Veranda durchschießen könnte, und die Schrotkugeln würden durch alle Zimmer fliegen. Mir wurde bewußt, daß dies die perfekte Ausgangslage für einen Mann in meiner Situation war. Wahrscheinlich hatte ein Architekt mit einer schmetterlingshaften Ehefrau diese Häuser erfunden. Nichts sollte ihm im Weg sein, wenn er auf einen Rivalen anlegte. Gerade als ich mir klarmachte, daß ein Gewehr nicht mein Stil war, fiel mir hinsichtlich des Hauses etwas anderes auf.

Doktor Joseph hatte mich angewiesen, die Blase über das Haus zu werfen. Ich stellte mir damals ein Bauernhaus oder ein Landhaus auf Cape Cod oder etwas in der Art vor, ein Gebäude jedenfalls, wo ich in der Nähe der Vorderveranda Stellung beziehen konnte, die Blase über den First werfen würde, die würde dann auf der anderen Seite hinunterrollen, und die Sache wäre erledigt. Aber ein Shotgun-Haus ist sehr lang und reicht tief ins Grundstück hinein. Ich konnte die Blase nicht so weit werfen. Ich war ohnehin nicht gut im Werfen, und das war einfach zu weit. Würde der Zauber auch wirken, wenn ich die Blase seitlich übers Haus warf? Has Besitz stand sehr nahe am Nachbarhaus, von dem es durch einen Zaun getrennt war.

Es war ein hoher, stabiler Zaun, stellte ich fest, so daß die Nachbarn nicht in sein Schlafzimmerfenster sehen konnten, in dem er sich mit seinen Geliebten traf. Dieser Gedanke machte mich sehr wütend, ich sah auf meine Uhr und hatte nur noch zwei Minuten, um mich zu entscheiden. Ich nahm die Sporttasche vom Rücksitz und stieg aus. Übers Haus, dachte ich, übers Haus. Wenn sie seitlich darüberfliegt, bedeutet das immer noch übers Haus. Das ist sicher auch richtig, dachte ich. Und ich hatte Glück, daß Has Haus an der Ecke stand. In dem engen Seitendurchgang bei dem hohen Zaun hätte ich es nicht geschafft, aber die andere Hausseite war zur Straße hin offen, und forsch marschierte ich um die Ecke.

Auf dieser Seite standen drei hohe Bäume nebeneinander. Sie schienen das Haus wie eine Wand abzuschirmen, doch bei näherem Hinsehen erkannte ich, daß zwischen den Bäumen Lücken waren. Ich sah auf meine Uhr, und jetzt hatte ich keine Zeit mehr zu verlieren, es war nur noch eine Frage von ein paar Sekunden. Ich stellte die Sporttasche ab, holte die Blase heraus, sie war lang und grau und mit einem Büschel von Buoms seidigem Haar umwickelt. Ich stellte mich zwischen die Bäume, der Wecker an meiner Uhr begann zu piepsen, und ich wußte nicht, wie ich die Blase halten, wie ich meinen Arm schwingen sollte, über den Kopf oder von unten? Der Wecker piepste weiter, Panik stieg in mir auf, als würde in meiner Brust eine verängstigte Ziege herumrennen, und ich entschloß mich, von unten auszuholen. Mein Arm senkte sich, ich hielt die Augen auf den Dachfirst gerichtet, und gerade als der Wecker zu piepsen aufhörte, schleuderte ich die Blase so weit ich konnte.

Sie flog fast senkrecht in die Luft, die Flugbahn krümmte sich gerade genug, daß sie durch die Blätter des links von mir stehenden Baums brach und sich an einem Ast verhedderte. Ich möchte Ihnen gar nicht näher beschreiben, wie mir dieser aufgeblähte Hautlappen jetzt vorkam, der nun zweigeteilt an dem Ast baumelte. Doch, ich werde es Ihnen sagen: Er sah aus wie ein riesiger Hodensack. Entsetzliche Wut auf Tran Van Ha packte mich, und ich wußte, dort konnte die Blase nicht bleiben. So wie sie dort hing, würde der Zauber wahrscheinlich das genaue Gegenteil von dem bewirken, was ich beabsichtigte. Ich sagte mir, die Blase war zur Mittagszeit geworfen worden, und eigentlich befand sie sich immer noch auf dem Flug über das Haus. Es gab keine zeitliche Begrenzung für die Beendigung des Flugs, sagte ich mir, also ging ich zu dem Baum, eine Eiche mit einigen großen herunterhängenden Ästen, und begann hinaufzuklettern.

Wie viele kleine Männer bin ich sehr wendig. Ich hatte keine große Erfahrung im Bäumeklettern, aber der Anblick der Blase über mir, der Gedanke an Ha und seine Begierde nach meiner Frau trieben mich in einer Art trancehafter Wut den Baum hinauf. Die Rinde kratzte, die Blätter scheuerten, der Abgrund unter mir wurde tiefer und tiefer, und ich kletterte unbeirrt höher, ohne hinunterzusehen, ohne einen einzigen Gedanken an meine Sicherheit, bis ich fast in Höhe des Daches und gegenüber der Blase angelangt war. Jetzt griff ich nach einem Ast, um sicher zu stehen, aber er war tot, brach ab und krachte auf das Dach hinunter. Ich zuckte zurück, weil ich plötzlich begriff, wo ich war: auf einem Baum, hoch über dem Boden.

Die Blase hing jetzt gerade eine Armlänge von mir entfernt, der Dachfirst war nur einen Wurf entfernt, und beim Himmel, ich würde diesen Fluch gegen Tran Van Ha zu Ende bringen. Ich schlang die Arme und Beine um den Ast und begann, mich Stück für Stück zu der Blase vorzuarbeiten. Die kleinen Zweige an dem Ast behinderten mich, und ich beging den Fehler, mein Ziel nicht fest im Auge zu behalten. Ich sah die weit unter mir liegende Erde, der Atem stockte mir, ich bekam keine Luft mehr, und mein Herz raste. Aber ich schloß einen Moment die Augen, und als ich sie wieder öffnete, waren sie starr auf die Eberblase mit den hart verdienten Ziegenkügelchen gerichtet. Ich arbeitete mich noch ein Stückchen voran, nur ein winziges Stückchen, schließlich streckte ich die Hand aus und ergriff die Blase.

Und gerade, als ich das tat, hörte ich eine Stimme von unten. »Was zum Teufel soll denn das?« rief die Stimme. Ich sah hinunter. Es war Tran Van Ha mit aufgeknöpftem Hemd und barfuß, als hätte er sich zu hastig die Kleider übergeworfen. Er sah zu mir herauf, und als ich hinabsah, mußte er mich erkannt haben, weil ihm der Mund offen stehenblieb und er einen Schritt zurücktaumelte. »Sie«, sagte er.

»Ja, ich«, antwortete ich und hielt die Blase fest in der Hand. Ich fragte mich, was geschehen würde, wenn ich sie jetzt übers Dach warf. Würde sich die Erde auftun und ihn verschlingen? Würde er in einer Rauchwolke verschwinden? Einen Moment lang fühlte ich mich dort oben im Baum tatsächlich so mächtig wie ein B-52, der seine Bombenschächte öffnet. Ich war bereit, noch einmal meine Frau, meine Ehre und meine Männlichkeit zu verteidigen. Aber dann hörte ich eine Frauenstimme, und Tran Va Ha sah in die Richtung, aus der die Stimme kam.

»Nicht«, sagte er zu dieser Stimme. Aber eine Gestalt lief bereits über den Rasen, eine Frau mit langem, schwarzem, seidigem Haar, sie sah zu mir hinauf, und es war Buom. Es war mein schöner Schmetterling von einer Ehefrau, und auch ihr blieb der Mund offenstehen, da sie nicht erwartet hatte, mich zu sehen. Ich fühlte mich inzwischen nicht mehr mächtig. Ich war ein kleiner Mann auf einem Baum, der eine Eberblase voller Ziegenscheiße hielt, während meine untreue Ehefrau neben ihrem Liebhaber stand und mich beobachtete. So weit war es mit mir gekommen. Der Mann, der einst Feuer vom Himmel holen konnte, konnte jetzt nur noch Scheiße von den Bäumen regnen lassen. Ich warf einen Blick zum Dachfirst, dann sah ich auf die beiden nach oben gewandten Gesichter hinunter, und ich wußte, hier war meine ganz persönliche Zauberkraft verlangt. Doch genau wie Doktor Joseph mir prophezeit hatte, bot sich mir jetzt die dritte Gelegenheit, mich von meiner Frau loszusagen. So schön das Gesicht meiner Frau auch war, es hatte mir nur Leid eingebracht, dachte ich. Die Hand mit der Blase löste sich von dem Ast, schwebte über diesem Gesicht, und ich dachte daran, wie diese Frau mich gepeinigt hatte. Aber bin ich wirklich der richtige Mann für eine so schöne Frau? Konnte ich tatsächlich ihr die Schuld dafür geben? Ich sah zu Tran Van Ha hinunter, nicht die mindeste Versöhnlichkeit stand in seinem Gesicht, ich hob den Arm und ließ die Blase nicht einfach fallen, sondern schleuderte sie mit aller Kraft von mir los. Und zwar direkt gegen die verwunderte Stirn dieses Mannes, der meine Frau verführt hatte. Ich bin froh, sagen zu können, daß die Bombe ihr Ziel nicht verfehlte. Unglücklicherweise hatte die Treffsicherheit ihren Preis, denn ich folgte der Blase nach, und jetzt liege ich in einem Krankenhausbett, beide Beine im Streckverband, und mein linker Arm ruht eingegipst über meiner Brust.

Aber ich bin immer noch mehr, als ich äußerlich erscheine. Jeden Tag, seitdem ich in diesem Krankenhaus liege, hat meine Frau mich besucht, sie saß bei mir und hielt mit gesenktem Gesicht meine rechte Hand. Heute abend hat sie ihre Näharbeit mitgebracht, den Stuhl nahe zu mir herangezogen, und bevor sie zu nähen begann, fragte sie, was ich über die Eingliederung der Vietnamesen in die amerikanische Gesellschaft dachte. Was die Geschichte zu diesem Thema sagen würde? Ich habe mir eine Menge Gedanken darüber gemacht, und ich redete eine lange Zeit. Tatsächlich redete ich so lange, bis ich eindöste, und ich wachte nur kurz auf, als ich spürte, wie sie das Kopfkissen zurechtrückte und zärtlich meinen unverletzten Arm mit dem Leintuch zudeckte.

Mondfest

Wir haben Glück, du und ich, daß wir Vietnamesen sind, weil ich deshalb schon vor deiner Geburt mit dir reden kann. Das ist auch der Grund, warum ich Vietnamesisch spreche. Bei uns ist es Sitte, daß die Mutter mit dem Kind noch in ihrem Leib zu sprechen beginnt und ihm Ratschläge gibt über die Welt, in die es bald eintreten wird. Bei den Amerikanern ist das nicht üblich, daher würdest du mich vielleicht gar nicht verstehen, wenn ich Englisch spräche. Abgesehen davon kann ich gar nicht gut genug Englisch, um dir von meinen Herzensdingen zu erzählen. Du mußt vor allem auf mein Herz hören. Die Sprache ist nicht so wichtig. Ich weiß nicht, ob du all die englischen Worte hören kannst, die um uns herumschwirren wie Blütenpollen, die mich im Frühling zum Niesen bringen, die die Blumen befruchten und ihnen zu ihren Kindern verhelfen. Soweit ich mich aus meiner Heimat erinnere, verläuft diese Unterhaltung nur zwischen uns, du kannst nur meine Stimme hören, aber sicher weiß ich das nicht. Meine Mutter ist schon tot und kann diese Frage nicht beantworten. Sie hat mit mir geredet, als ich in ihrem Bauch war, und manchmal, wenn ich träume und aufwache und nichts mehr davon weiß, habe ich das Gefühl, ich hätte von ihrer Stimme geträumt, als wäre der Traum wie ein nackter Schwimmer in diesen

See getaucht und mit kräftigen Zügen zu mir hergeschwommen, und ich hätte tief unter den Wellen auf ihn gewartet.

Und wenn du dich in mir bewegst, meine Kleine, wenn du versuchst, höher heraufzuschwimmen, zu mir hinauftauchst, um bei mir zu sein, sehe ich auf die beiden Eichenfässer, die ich mit roten Hibiskusblüten bepflanzt habe. Sie duften nicht besonders stark, aber sie sind sehr hübsch, und manchmal kommen die Bienen mit ihren durchsichtigen Flügeln und ihren Körpern, die so glatt sind, als wären sie gerade aus diesem See heraufgeflogen. Ich sehe auch auf den weißen Lattenzaun, der so strahlend weiß ist und keinen einzigen Moderflecken hat, obwohl hier in Louisiana die Luft immer warm und sehr feucht ist. Und manchmal, wie jetzt gerade, hebe ich den Blick über die gezackte Baumlinie in den Himmel. Es ist ein Himmel wie in Vietnam. Zuweilen voller winziger Wolkenflöckchen, die so ruhig dahinschweben wie die Blüten in einer Schale auf dem Neujahrstisch. Manchmal ist er voller dunkler Gestalten, voller schulterrollender chinesischer Krieger, die sich in einem Sommersturm aufblähen, von dem wir aber wissen, daß er vorbeigehen wird. Eines Tages wirst du lachend in solch einen Sturm hinauslaufen wie alle vietnamesischen Kinder.

Letzte Woche habe ich dich zum erstenmal gesehen. Der Doktor strich mir ein Gel auf den Bauch, das eisiger war als alles, was ich bis dahin kennengelernt hatte, sogar noch kälter als der Schnee, den ich einst in der Hand hielt. Er fuhr mit einem Mikrofon über meinen Bauch, und ich sah dich auf einem Bildschirm, deine Umrisse. Ich konnte in dich hineinsehen. Ich sah dein Rückgrat und dein klopfendes Herz, und das erinnerte mich an die Pflicht, die ich dir gegenüber habe. Und an meine Freude.

Ich mußte mit dir sprechen. Außerdem sagte er mir, du seist ein Mädchen.

Bitte glaube mir, daß ich mich freue, daß du ein Mädchen bist. Meine Mutter kannte mein Geschlecht nicht, als sie mit mir sprach. Und da sie eine vietnamesische Mutter war, weiß ich, wie enttäuscht sie gewesen sein muß, als sich herausstellte, daß ich ein Mädchen war. Und als sie mich zum erstenmal in den Armen hielt, senkte sie ebenso betrübt den Blick wie mein Vater, weil sie keinen Jungen bekommen hatte. So ist das in Vietnam. Ich weiß, als ich noch in ihrem Bauch war, sprach sie zu mir, als wäre ich ein Junge; sie hoffte, ich wäre ein Junge, und nie hätte sie eine so unheilverheißende Tat begangen, mich anders zu behandeln als einen Sohn. Aber ich bin glücklich, daß du ein Mädchen bist, meine Kleine. Du wirst mich besser verstehen.

Eine Hochzeit in Vietnam ist eine seltsame und wundervolle Sache. Es gibt einen eigenen Hochzeitsgott. Wir nennen ihn Seidener-Rosenfaden-Gott, obwohl er eigentlich kein Gott ist. Ich darf das sagen, weil ich schon verheiratet bin, aber wenn ich ledig wäre und wieder in dem Dorf leben würde, in dem ich aufgewachsen bin, würde ich ihn als Gott bezeichnen und alles tun, damit er mir gnädig gesonnen wäre. Man errichtet einen besonderen Altar und entzündet Kerzen und Räucherstäbchen zu seinen Ehren. Am Tag der Hochzeit findet eine Zeremonie statt, die vom männlichen Oberhaupt der Familie des Bräutigams abgehalten wird. Alle verbeugen sich vor dem Altar und beten, und auf ein Stück rosenfarbenes Seidenpapier wird eine Bitte um den Schutz des guten Geistes geschrieben, die dann verlesen wird. Man füllt eine Schale mit Wein, das Oberhaupt der Familie des Bräutigams trinkt daraus und gibt sie dem Bräutigam, der ebenfalls daraus trinkt und sie der Braut reicht. Auch sie trinkt daraus, und man sagte mir, es sei das köstlichste Getränk, das ich jemals zu mir nehmen würde. Ich weiß nicht, wer mir das sagte. Vielleicht meine Mutter. Vielleicht habe ich es auch erfahren, als ich in ihrem Bauch war. Nachdem die Braut den Wein getrunken hat, der von den Lippen der Männer berührt worden war, wird das Seidenpapier verbrannt. Die Flamme ist blaßrosa, und die Seidenfäden kringeln sich in der Hitze, bevor sie verschwinden.

Meine Kleine, ich war damals sehr jung. Ich war sechzehn, ich war sehr schön und lernte Bao kennen, als er siebzehn war. Es war die wunderbarste Zeit für zwei Liebende, um sich kennenzulernen, es war die Zeit des August-Festes. Ich sah ihn an dem Morgen, als ich den Fußweg von der Zisterne heraufkam. Mein Gesicht, meine Hände und Arme waren feucht und kühl vom Zisternenwasser. In der Zisterne befand sich das Trinkwasser für mein kleines Dorf, aber es sah gerade niemand her, und ich wußte, daß ich sauber war, denn ich hatte am gleichen Morgen im Fluß gebadet, und das Wasser erschien mir so ruhig und herrlich, daß ich nicht widerstehen konnte, meine Arme und mein Gesicht hineinzutauchen. Als ich sie wieder herauszog, war die Sonne, die den ganzen Morgen so erbarmungslos auf mich niedergebrannt hatte, plötzlich meine Freundin. Sanft streichelte sie meine Haut und ließ mich ganz ruhig werden.

Ich füllte meinen Krug und ging den Weg hinauf, und als ich diesem großen Jungen begegnete, der mir mit forschem Schritt entgegenkam, war mein erster Gedanke, daß er gekommen war, um mich festzuhalten und zu bestrafen, weil ich die Arme ins Trinkwasser meines Dorfes getaucht hatte. Ich sah ihn an, seine Augen waren so schwarz, und sein Blick heftete sich mit solcher Leidenschaft auf mein Gesicht, daß ich fast den Krug fallen ließ. Ich dachte, ich hätte Angst verspürt, aber später wußte ich, daß es keine Angst gewesen war.

Er streckte die Hände aus und fing den Krug auf, und das Wasser spritzte ihm übers Gesicht und über die Brust, und er lachte. Als er lachte, fühlte ich mich noch schwächer, daher mußte er den Krug auf seine Schulter nehmen, umkehren und mit mir den Weg zum Haus meines Vaters hinaufgehen. Wir redeten nicht viel. Wir lachten ein paarmal in schweigender Erinnerung an den fallenden Krug und das herausspritzende Wasser. Und während wir gingen, sahen wir uns von der Seite an. Manchmal sah ich ihn an, aber er sah weg; manchmal wußte ich, daß er mich ansah, aber ich sah weg; aber zuweilen hob einer den Blick, und auch der andere sah gerade her, und wir lachten wieder. Schließlich wurden mir die Beine schwer, als wir uns meinem Haus näherten. Ich sagte ihm, daß wir uns jetzt trennen müßten, und er nahm langsam den Wasserkrug von der Schulter und gab ihn mir. Er sagte, sein Name sei Bao, und er komme aus einem anderen Dorf, sei aber einige Zeit bei einem Cousin zu Besuch, und er fragte mich, ob ich am Abend herauskommen würde, um das Mondfest zu feiern, und ich sagte ja.

Beim August-Fest dreht sich alles um den Mond, meine Kleine. Es wird am fünfzehnten Tag des achten Mondmonats abgehalten, wenn der Mond am hellsten strahlt im ganzen Jahr. Dieses Fest haben wir von den Chinesen übernommen, denn einer ihrer frühen Kaiser liebte die Poesie und schrieb selbst viele Gedichte. Da alle Dichter Seidenfäden in sich tragen, die sich aufrichten, wenn der Mond zunimmt, sehnte sich der Kaiser danach, zum Mond aufzusteigen. Am fünfzehnten Tag des achten Mondmonats wurde diese Sehnsucht so unerträglich, daß er seinen Magier zu sich rief und sagte, er müsse eine Möglichkeit finden. Der Magier strengte sich sehr an, er sang Zauberformeln und verbrannte spezielles Räucherwerk, und schließlich fiel er in einem blendenden Blitzstrahl zu Boden, und im Hof des Palastes erhob sich der Fuß eines großen Regenbogens, der sich in den Nachthimmel wölbte und bis zum Mond hinaufreichte.

Der Kaiser sattelte sein bestes Pferd, bewaffnete sich mit einem Bündel seiner Gedichte, gab seinem Pferd die Sporen, ritt den Regenbogen hinauf und galoppierte zum Mond. Als er dort angekommen war, fand er eine herrliche Insel vor inmitten eines großen dunklen Sees. Auf der Insel stieg er vom Pferd und wurde von Feen umringt, die ihn hochhoben und tanzten und ihre Gedichte sangen, und er sang die seinen und erlebte die schönste Zeit seines Lebens. Er wurde auf den Schultern dieser reizenden Wesen getragen und hatte das Gefühl, seinem innersten Wesen nach dort hinzugehören, voll solcher Wunder war dieser Ort. Aber er konnte nicht bleiben. Sein Volk brauchte ihn. Es gab eine andere Welt, um die er sich kümmern mußte. So bestieg er mit größtem Widerstreben sein Pferd und ritt zurück in seinen Palast.

Am nächsten Morgen war der Regenbogen verschwunden. Der Kaiser erfüllte alle Pflichten, die er seinem Volk gegenüber hatte, und eines Nachts fand er, er habe eine Ruhepause verdient und könnte wenigstens bis zum Morgen zum Mond zurückkehren. Aber der Magier, der auf seinen Ruf hin erschien, erklärte betrübt, daß es keine Rückkehr zum Mond gab. Wer einmal den Regenbogen heruntergekommen war, für den gebe es keinen Weg zurück. Der Kaiser war sehr traurig, und daher verkündete er, daß jedes Jahr in der fünfzehnten Nacht des achten Mondmonats, dem Jahrestag seiner Reise, im ganzen Reich ein Fest gefeiert werden sollte zur Erinnerung an das wunderbare Land, das er verloren hatte.

Meine Kleine, dir würden all die Lampions gefallen, die wir in dieser Nacht entzünden. Sie haben die Formen von Drachen und Einhörnern, von Sternen, Booten und Pferden, von Hasen und von Kröten. Wir zünden Kerzen darin an und schwenken sie im Dunkeln an Stöcken, und das Dorf erstrahlt von diesen herrlichen Lichträdern und den schwankenden leuchtenden Figuren. In diesem Licht, beim Tanzen der Lampions, sah ich Bao wieder. Der Mond erschien gerade am Horizont, dick wie ein Elefant und blaß wie die Sonne im Nebel. Ich sah ihn in der Mitte des Dorfs, wo alle versammelt waren, um zu feiern, und die Lichter wirbelten, als unsere Blicke sich trafen. Plötzlich taumelte er unter der Last seines unsichtbaren Wasserkrugs, den er immer und immer wieder im Kreis gehend auf den Schultern herumtrug. Eine wundervolle Pantomime, und er stolperte, und ich konnte beinahe sehen, wie der Krug auf seiner Schulter ins Kippen geriet, kippte, herunterfiel und zerbrach, und er sprang vor dem herausschwappenden Wasser zurück, und wir lachten.

Beim Mondfest ist es nichtverlobten Jungen und Mädchen erlaubt, miteinander zu reden. Wir gingen aufeinander zu, und ich spürte die Hitze der schwingenden Laternen auf meinem Gesicht, als die Kinder auf mich zurannten und kurz vor mir zur Seite sprangen, aber Bao und ich gingen weiter und trafen uns in der Mitte des Dorfplatzes, und wir sprachen miteinander. Er fragte, ob es meiner Familie gut ginge, ich fragte ihn nach seiner Familie und war glücklich, als ich herausfand, daß der Vater seines Cousins ein guter Freund meines Vaters war. Bao fragte mich, ob mein Wasserkrug heil sei, und ich fragte ihn, ob seine Schulter von der Last des Krugs schmerzte, und langsam bewegten wir uns auf den dunklen Bereich jenseits des Festes zu, und dann spazierten wir den Weg zur Zisterne hinunter und weiter bis zum Ufer des Flusses.

Das war vermutlich weiter, als die Sitten des Dorfes erlaubten, aber wir machten uns keine Gedanken darüber. Ich war ein eigensinniges Mädchen, meine Kleine, und Bao war ein guter Junge. Das spürte ich, und ich hatte recht. Er behandelte mich sehr respektvoll. Ich fühlte mich ganz sicher. Wir standen am Fluß, und ein Sampan, behängt mit orangefarbenen Lampions in der Farbe des aufgehenden Mondes, glitt vorüber, und Bao führte mir seine Pantomime vor.

Der Mond stand jetzt höher, er war kleiner und so weiß geworden, daß es mich fast in den Augen schmerzte, zu ihm hinaufzusehen. Es tat fast weh, aber nicht wirklich, und war daher das Allerschönste von allem. Er strahlte so gleißend hell wie er nur konnte und war dennoch etwas Gutes. Und Bao legte den Arm um meine Taille, und ich ließ es geschehen, und meine Freude darüber war so groß, wie sie nur sein konnte, und war dennoch nichts Böses. Wir standen da und sahen zum Mond hinauf, wir versuchten, die Feen in der Mitte des dunklen Sees zu erspähen und zu erlauschen, wie sie ihre Gedichte sangen.

Meine Kleine, Bao war meine Liebe, und unsere beiden Familien liebten uns so sehr, daß sie in unsere Heirat einwilligten. In Vietnam kommt es selten vor, daß Heiratsabkommen und Liebe zwischen Braut und Bräutigam zusammenfallen. Auch du wirst Glück haben. Das ist der Vorteil, in Amerika zu sein. Es ist sehr gut, und ich frage mich, ob du bemerkst, daß mir jetzt Tränen in den Augen stehen, ob du dieses kleine Rinnsal spüren kannst inmitten des Sees, der dich umgibt. Aber sorge dich nicht. Diese Tränen sind Tränen der Freude, ich vergieße sie um dich und des schönen Lebens, das du haben wirst.

Ich sehe zum Tor unseres weißen Lattenzauns, und bald wird dein Vater hindurchtreten. Ich möchte dir sagen, daß du ein glückliches Mädchen bist. Auch wenn ich jetzt keine Freudentränen mehr vergieße. Bao und ich wurden einander zur Ehe versprochen. Dann wurde er eingezogen und ging fort, bevor die Hochzeit stattfinden konnte, und er fiel irgendwo im Kampf in den Bergen. Das Tor öffnet sich jetzt, und dein Vater, mein Ehemann, tritt herein, und er ist ein guter Mann. Er hält diesen Zaun und unser Haus vom Moder frei. Er schrubbt ihn zweimal im Jahr mit Bleichmitteln und spritzt ihn ab. Er bleibt jetzt vor meinem Hibiskus stehen und sieht mich nicht hier am Fenster. Ich darf nicht mehr weitersprechen. Er ist ein guter Mann, ein amerikanischer Soldat, der seine vietnamesische Frau wirklich und für immer liebt. Er wird mich am Fenster finden, sanft meine Wange mit der Rückseite seiner schönen, starken Hand berühren, er wird meinen Bauch berühren und dabei versuchen, sich vorzustellen, er berührt dich.

Du wirst ihn lieben, meine Kleine, und weil ich weiß, daß du mein Herz verstehst, möchte ich nicht, daß du meinetwegen traurig bist. Ich hatte meine Nacht auf dem Mond, und als ich den Regenbogen wieder herunterkam, war die Welt für mich gut. Es ist traurig, daß es keine Rückkehr gibt, aber wir können dennoch eine Laterne anzünden, in den Nachthimmel schauen und uns erinnern.

Auf der Lichtung

Obwohl ich dich nie gesehen habe, mein Sohn, glaube nicht, daß ich dich nicht lieben kann. Du warst im Bauch deiner Mutter, als der Norden den Süden besiegte und manche von denen, die im Krieg gekämpft hatten, davonliefen. Ich hatte mich entschlossen, nicht davonzulaufen, nicht nachdem du bald geboren werden solltest. Ich wollte meine Heimat nicht verlassen und Amerikaner werden. Tatsächlich habe ich sehr wenige Dinge in meinem Leben selbst entschieden. Ich war achtzehn, als Saigon fiel, und in einem schilfgedeckten Haus in An Khe hast du im Bauch deiner Mutter weitergeträumt. Deine Mutter liebte mich damals, und ich liebte sie, und ich hätte sie nicht verlassen, wenn ich eine andere Wahl gehabt hätte. Mir ist das Ganze immer seltsam vorgekommen, obwohl ich hier in New Orleans, Louisiana, wo ich jetzt lebe, andere getroffen habe, die in der gleichen Lage sind. Es ist deswegen seltsam, weil ich weiß, wie verzweifelt viele andere herauszukommen versuchten, sich sogar in den Landevorrichtungen der abfliegenden Maschinen versteckten. Ich selbst hatte nicht ans Fortlaufen gedacht, hatte es mir nicht ausgesucht, dennoch ist es so geschehen.

Es tut mir leid. Ich schreibe dir jetzt nicht, um dich von deiner Pflicht gegenüber deinem neuen Vater abzuhalten, wie deine Mutter sicher befürchtet. Ich schreibe dir voll aufrichtigster Gefühle für dich, weil ich dir einiges über einen Menschen erzählen muß, der zwar kein Junge mehr, aber auch noch kein Mann war. Dieser Mensch war ich, als ich eine Waffe in meinen Händen hielt. Das M16-Gewehr war ein schwarzes Ding, schwarz wie eine Kohlengrille, erstaunlich leicht und hatte eine schrecklich gellende Stimme, die den Stimmen der Flußgeister glich, über die mein Vater mir Geschichten erzählte, wenn in unserem Dorf tiefe Nacht war und ich mich gruseln wollte.

Davon möchte ich dir erzählen. Als Junge möchte man sich fürchten. Man liebt die Nacht; man liebt die Erregung, wenn man mit seinen Freunden über geheimnisvolle Dinge, über Geister und Dämonen, redet, man möchte in die Nacht hinaus und auf dem Waldweg solange weitergehen, wie man kann, ohne sich umzusehen. Man marschiert zusammen mit den Freunden den Weg entlang, und keiner wagt zu sagen, daß man zu weit gegangen ist, obwohl in dem Dunkel jeder winzige Laut zu hören ist und diese Geräusche einen bis ins Innerste erzittern lassen. Habe ich recht? Ich träume von dir, und oft sehe ich dich mit deinen Freunden auf diesem Weg, und es ist genauso, wie es bei mir und meinen Freunden war.

Es ist richtig, sich den Dingen auszusetzen, die man fürchtet. Es ist natürlich, und es wird dir helfen, den Mut zu entwickeln, den du als Mann brauchst. Aber wenn du ein Mann bist, laß dich nicht verwirren. Erforsche die Dunkelheit und die Dinge, die du fürchtest, nicht mehr, wie du es als Junge getan hast. Damit solltest du nicht fortfahren. Ich habe es nicht länger als drei Minuten ausgehalten, nachdem ich einmal ein Gewehr in der Hand hielt und die Schreie der anderen Gewehre hörte, die nach ihm riefen. Ich träume von diesen wenigen Minuten nicht mehr. Ich träume nur von dir.

Ich kann mich jetzt an die Momente meiner wirklichen Angst kaum noch erinnern, an meine Angst als Mann, die keinerlei Freude, keinerlei Glück, kein Empfinden von Macht und nichts von der innigen Überzeugung in sich trug, man könne die Furcht beherrschen, man könne mit seinen Freunden einfach umkehren und aus dem Wald hinausspazieren. Ich erinnere mich nur an ein riesiges Reisfeld, die Luft lastete auf mir wie ein Betrunkener, der behauptete, mich zu kennen; ich erinnere mich an meine Stiefel, die voller Wasser waren, und an den beständigen Gedanken, ich müßte nachsehen, ob ich mich täuschte oder ob wirklich Blut in meinen Stiefeln schwappte, ob ich auf eine Mine getreten war, es vor lauter Angst nicht einmal bemerkt hatte, und nun mit blutgetränkten Stiefeln weitermarschierte. Aber diese Erinnerung ist die Summe vieler ähnlicher Momente. All die bestimmten Reisfelder, die bestimmten geteerten Highways und freigeschlagenen Dschungelpfade habe ich vergessen.

Nur dies eine bleibt. Eine Lichtung in einem Mahagoni-Wald, dessen Baumkronen sich als drei Hauben übereinanderwölbten. Die Bäume bildeten einen fast perfekten Kreis um uns, und in der Mitte der Lichtung befand sich ein großer Stamm, der schon vor langem umgestürzt war. Wir waren eine Patrouille und saßen nebeneinander auf dem toten Stamm, die Beine ausgestreckt oder an die Brust gezogen. Wir alle waren jung, und keiner wußte, was er tat. Vielleicht war es leichtsinnig, hier Rast zu machen. Ich weiß es nicht.

Aber unser Leutnant ließ es zu. Er saß auf dem Baumstamm, die Ellbogen auf die Knie gestützt, und rauchte eine Zigarette. Er saß neben mir, und ich wußte, er wäre gern anderswo gewesen. Er war noch ziemlich neu, aber er schien zu wissen, was er tat. Sein Name war Binh, er war vielleicht einundzwanzig, ich jedoch erst achtzehn, und er erschien wie ein Mann. Ich war Gefreiter, und er war unser Offizier, unser Zugführer. Ich wollte mit ihm reden, denn ich spürte große Angst, eine Angst, die mir vorkam wie ein Katzenfisch mit scharfen Kiemen, der den Haken im Maul wild um sich schlagend gerade aus dem Wasser ins Boot gezogen worden war, und meine Brust fühlte sich an wie der Boden dieses Bootes.

Ich überlegte, was ich zu Leutnant Binh sagen konnte, doch in meinem Kopf ging alles durcheinander, und ich brachte kein einziges Wort heraus. Dann begann der Gefreite neben mir zu sprechen. Ich erinnere mich nicht an seinen Namen. Sein Gesicht habe ich ebenfalls vergessen. Nicht ein einziger seiner Gesichtszüge ist mir noch gegenwärtig. Aber ich erinnere mich an seine Worte. Er nahm seinen Helm ab, legte ihn neben sich auf den Boden und sagte: »Ich wette, daß hier noch nie jemand seinen Fuß hingesetzt hat.«

Ich hörte, wie Leutnant Binh daraufhin ein kurzes Schnauben von sich gab, aber ich reagierte weder auf die Verächtlichkeit noch die Verbitterung, die darin mitschwang. Hätte ich es getan, hätte ich wahrscheinlich geschwiegen. Statt dessen sagte ich zu dem anderen Gefreiten: »Nicht seitdem der Drache nach Süden kam.«

Leutnant Binh schnaubte erneut. Diesmal war sowohl mir wie dem anderen Soldaten klar, daß der Leutnant uns damit meinte. Wir sahen ihn an, und er sagte zu dem anderen: »Wenn ihr so denkt, könnt ihr euch gleich begraben lassen. Wahrscheinlich ist es ohnehin schon zu spät für euch. Es waren bereits Männer an diesem Ort, und ihr könnt nur hoffen, daß das schon ein paar Tage und nicht erst ein paar Stunden her ist.«

Nach diesem Rüffel wandten wir uns ab, und meine Wangen brannten heißer als die Sonne, obwohl der Leutnant zu dem anderen Gefreiten gesprochen hatte. Aber auch mir sollte nichts erspart bleiben. Mit eisernen Fingerspitzen klopfte der Leutnant auf meine Schulter. Ich sah ihn an, und mit stählerner Miene beugte er sich nahe zu mir heran, als hätte ich noch etwas viel Schlimmeres gesagt als der andere.

Er sagte: »Und was war das mit dem Drachen?«

Ich hatte inzwischen zu große Angst, um denken zu können. Ich konnte nur wiederholen: »Der Drache?«

»Der Drache«, sagte er, und sein Gesicht kam noch näher. »Die Sache mit dem Drachen, der nach Süden geht.«

Einen Augenblick lang fühlte ich mich erleichtert. Ich weiß nicht, wie der Leutnant das herausbekommen hatte, aber irgendwie wußte er, daß es sich in diesem Fall bei dem nach Süden ziehenden Drachen nicht bloß um eine bekannte Redensart handelte, die sich auf längst vergangene Zeiten bezog. Er wußte, daß ich tatsächlich daran glaubte. Doch in diesem Augenblick begriff ich nicht, wie albern ich ihm dadurch vorkam. Ich sagte: »Der Drache. Sie wissen schon, der sanfte Drache, der Vater Vietnams.«

Die Geschichte, die mir mein Vater von dem sanften Drachen und der Feen-Prinzessin erzählt hatte, unterschied sich ganz deutlich von den Geistergeschichten, bei denen ich mich im Kerzenlicht so gerne gruselte, außerdem glaubte mein Vater an Geister wie viele Leute in Vietnam und sogar einige in Amerika. Aber die Geschichte von der Entstehung unseres Landes wurde immer bei Tageslicht und in Anwesenheit vieler Familienmitglieder erzählt, und nie sagte mir jemand, dies sei bloß eine erfundene Geschichte, nichts als eine hübsche kleine Lüge. Als ich mich mit der amerikanischen Historie befaßte, um hier eingebürgert zu werden, stieß ich auf eine Geschichte über einen Mann namens George Washington. Er fällte einen kleinen Baum und gestand dann seine Tat. Und der Lehrer erklärte sofort, daß es sich dabei um eine erfundene Geschichte handelte. Er betonte das ganz ausdrücklich, obwohl es doch nichts Besonderes war, einen Baum zu fällen und es hinterher wahrheitsgemäß zu gestehen. Wir mußten diese Geschichte von den anderen Dingen unterscheiden, die wahrhaft historisch sind.

Ich finde das traurig für das Land, in dem ich nun lebe. Die ganze Welt der Erwachsenen macht mich traurig. Es macht mich sogar traurig wegen Leutnant Binh, wenn ich mich an seine folgenden Fragen erinnere, die alle mit angespanntem Gesicht und einer maschinengewehrhaften, wütenden Stimme vorgebracht wurden. »Ist das der Drache, der mit der Fee schlief?« fragte er, obwohl seine tatsächlichen Worte in diesem Moment viel härter waren.

»Er heiratete einen Feen-Prinzessin«, antwortete ich.

»Wer verheiratete sie?« fragte der Leutnant.

Ich konnte die Frage nicht beantworten. Es war eine einfache Frage, und, wie ich heute bemerke, eine unwichtige Frage. Aber in dieser Lichtung, inmitten eines Waldes voller Männer, die mich töten wollten, auf deren schattenhafte Gestalten ich bereits mehrfach geschossen hatte, deren Kugeln mir um den Kopf gepfiffen waren, hatte ich bereits zwei Menschen sterben sehen. Obwohl ich mich abwandte, hatte ich zwei blutüberströmte

Menschen gesehen, und jetzt saß ich in einem Wald, war aber mit einer einfachen kleinen Frage konfrontiert, während die Angst mir die Brust zuschnürte, und stellte fest, wie dumm, wie kindisch ich war.

Der Leutnant schrie: »Ist das die Feen-Prinzessin, die Eier legen wird?«

Und einen Moment lang, der so schrecklich war wie der, als ich zum erstenmal als Erwachsener Angst hatte, wandte ich das Gesicht von dem Leutnant ab, sah über die Lichtung zu der Baumreihe hinüber und wußte, daß sich jemand von dort näherte, ich wußte, daß Drachen und Feen keine Kinder hatten, und plötzlich hörte ich die Stimme des Leutnants ganz dicht bei mir, und sie sagte: »Rette dein Leben.«

Ich weiß nicht, ob einige Zeit verstrich, während ich genauso niedergeschmettert und ausgetrocknet dort saß wie der Baumstamm, gegen den ich mich lehnte. Vielleicht nur ein paar Sekunden, vielleicht nicht einmal eine Sekunde. Aber kurz darauf flammte aus der Baumreihe vor mir ein Blitz auf, dann noch einer, und ich konnte gerade noch die Augen zu dem Gefreiten neben mir wenden, als dessen Kopf schon ein einziger roter und grauer Brei war, und flink wie mein Gewehr war ich über den Baumstamm, der Leutnant neben mir. Wir waren sehr ruhig und feuerten gemeinsam unsere Salven ab, an alles übrige erinnere ich mich inzwischen nur sehr verschwommen. Die Hälfte unseres Zugs wurde in diesen paar Sekunden getötet, glaube ich. Als Unterstützung aus der Luft eintraf, waren nur noch der Leutnant, ich und ein weiterer Gefreiter übrig, der kurz danach an den Verletzungen starb, die ihm in diesen paar Sekunden in der Lichtung beigebracht worden waren.

Einige Monate später, als wir versuchten, uns am Rand

von Saigon einzugraben, kam der Leutnant zu mir und sagte: »Es ist Zeit.« Und alle Truppen der Republik von Vietnam strömten an uns vorbei in die Stadt, führerlos inzwischen und ohne Hoffnung, und so folgte ich Leutnant Binh, ich und eine Reihe weiterer Soldaten aus seinem Zug, von denen er wußte, daß sie gute Kämpfer waren. Ich wußte nicht genau, was er meinte, als er sagte, es sei Zeit, bis wir auf dem Motorboot eines seiner Freunde saßen und den Saigon River hinunterrasten. Dies war das endgültige Ende meiner Kindheit. Ich hielt mein Gewehr an die Brust gedrückt, bereit zu kämpfen, wo der Leutnant mich auch hinführen mochte. Aber der Leutnant sagte: »Das brauchst du jetzt nicht mehr.«

Er brachte mich und die anderen ins südchinesische Meer, und als ich feststellte, daß ich auf dem Weg war, mein Land, meine Frau und mein ungeborenes Kind zu verlassen, gelang es mir nur, ihn anzusehen, denn ich wußte, es gab kein Zurück mehr. Er schenkte mir ein kurzes, flüchtiges Lächeln, ein warmes Lächeln, von Mann zu Mann, und er nickte, als würde er mich für einen guten Kämpfer halten, einen guten Mann, einen Mann, den er respektierte, und all das traf zu, und er glaubte, er rettete mein Leben, und vielleicht stimmte das auch, aber vielleicht stimmte das auch ganz und gar nicht. Denn Sie müssen wissen, ich hatte es mir nicht ausgesucht fortzugehen.

Mein Sohn, ich liebe dich. Deine Mutter liebt mich jetzt nicht mehr, und du hast einen neuen Vater. Hat er dir von mir erzählt? Liest du diese Zeilen? Ich bete, daß du es tust; mit allem, was von meinem Kinderglauben übriggeblieben ist, bete ich, daß du es tust. Und ich schreibe dir, um dir folgendes zu erzählen: Vor vielen tausend Jahren wuchs einsam in den rauhen riesigen Ebenen Chinas ein sanfter und freundlicher Drache auf, und er wanderte nach Süden. Er fand ein Land voller herrlicher Berge, grüner Täler und frischer, klarer Flüsse, die so schnell dahinströmten, daß es sich anhörte wie ein Singen.

Aber obwohl das Land herrlich war, war er dennoch allein. Er zog durch dieses neue Land, und schließlich traf er eine schöne Feen-Prinzessin. Auch sie war einsam, und die beiden verliebten sich ineinander und beschlossen, wie Mann und Frau zusammenzuleben und sich ewig zu lieben. Und so lebten sie in dem schönen Land zusammen, und eines Tages entdeckte die Prinzessin, daß sie auf ein herrliches Seidenkissen hundert Eier gelegt hatte, und diese Eier sprangen auf, und heraus kamen die Kinder des Drachens und der Prinzessin.

Diese Kinder waren wundervoll, sie erbten die Tapferkeit und Sanftheit ihres Vaters und die Schönheit, den Charme und das Feingefühl ihrer Mutter. Sie wuchsen heran und waren reizende, liebevolle Kinder, aber schließlich mußte der Drache eine sehr schwierige Entscheidung fällen. Er bemerkte, daß die Familie zu groß war, um an einem Ort zusammenzuleben. Also rief er die Seinen zu sich und erklärte ihnen, er müsse die Familie in zwei Teile teilen, obwohl er sie alle sehr liebte. Seine Frau würde fünfzig Kinder nehmen und nach Osten ziehen. Er würde mit den übrigen fünfzig nach Süden wandern. Alle waren sehr traurig, daß sie das tun mußten, aber sie alle verstanden, daß es keine andere Lösung gab.

Also nahm die Prinzessin fünfzig Kinder und zog weit nach Osten, wo sie die Königin des Meeres wurde. Der Drache führte fünfzig Kinder weit in den Süden, wo er König des Landes wurde. Der Drache und die Prinzessin blieben bei den Kindern, bis sie erwachsen, klug und stark genug waren, um für sich selbst zu sorgen. Dann verschwanden der Drache und die Prinzessin und wurden in der geistigen Welt wieder vereint, wo sie für alle Zeit glücklich zusammenlebten. Die Kinder heirateten, gediehen und gründeten Vietnam, das vom hohen Norden bis zur südlichen Spitze reichte, und sie sind unser aller Ahnen. Deine, mein Sohn, und meine.

Eine Zeitlang war jener Teil in mir, der an diese Geschichte glaubte, tot. Oft denke ich hier in meiner neuen Heimat, daß er immer noch tot ist. Aber jetzt bin ich an dem Punkt angelangt, wo ich nicht mehr möchte, daß er tot ist, und ich komme mir keineswegs albern dabei vor. Also ist mein Glauben vielleicht immer noch ein Teil von mir. Ich liebe dich, mein Sohn, und ich wünsche mir nichts mehr für dich, als daß du dein Leben rettest. Erzähl diese Geschichte, die ich dir erzählt habe. Versuch dir vorzustellen, sie sei wahr.

Eine Geistergeschichte

Nehmen wir an, ich stiege in einen Bus, einen Greyhound Bus, und Sie sähen mich, einen Orientalen, den Gang entlangkommen. Ihr Auge wäre nicht genügend geschult, um mich als Vietnamesen zu erkennen – ich sehe auf den ersten Blick bloß orientalisch aus – und Sie kämen gewiß nicht auf die Idee, daß ich eine Geschichte zu erzählen habe, eine Geschichte über Geister. Alles, was Sie sehen, ist ein älterer, etwas schäbiger Orientale, Kragen und Manschetten abgewetzt, mit ein wenig schütterem Haar über den Ohren, und er kommt auf Sie zu, und der Platz neben Ihnen ist noch frei. Während er sich nähert, würden Sie die Zeitung hochhalten, um Ihr Gesicht zu verstecken, oder sich vielleicht abwenden und hinaussehen, obwohl wir uns im Busbahnhof von New Orleans befinden, wo draußen nichts zu sehen ist außer einem Gehsteig und einem Fahrer, der Gepäckstücke in den Kofferraum wirft? Auf diese Weise würde er wissen, daß er auf dem Sitz nicht willkommen ist, und da er ein orientalischer Gentleman ist, würde er den Wink verstehen, vorbeigehen und sich auf einen anderen Platz setzen. Oder würden Sie ihn ansehen, während er sich nähert, ihm vielleicht sogar ein kleines Lächeln schenken, damit er weiß, daß er auf dem leeren Sitz willkommen ist? Die Fahrt nach Biloxi dauert gerade lange genug, daß es gut ist, jemanden neben sich zu haben. Biloxi ist ein Ort, an dem ich einmal im Monat meine Tochter besuche, und wenn Sie mich ansähen, um mich wissen zu lassen, daß Sie einverstanden sind, daß ich mich neben Sie setze, würde ich Ihnen eine wahre Geschichte aus Vietnam erzählen.

Sie trug sich 1971 im zentralen Hochland zu, nicht weit von der Stadt An Khe entfernt. Eines Tages im Spätfrühling besuchte ein Major der vietnamesischen Armee seine Geliebte in der Stadt, und sie verbrachten den Nachmittag im Garten und den frühen Abend in ihrem Bett, wo sie sich liebten, während an ihren Gesichtern und Armen noch die Blütenpollen der Blumen klebten. Später war der Raum von bleichem Licht erfüllt, und sie schliefen ein. Doch als der Major erwachte, war es dunkle Nacht. Er hatte viel zu lange geschlafen. Fluchend und schwitzend sprang er aus dem Bett und warf seine Kleider über. Er war auf einem Stützpunkt auf der anderen Seite der Berge stationiert und hatte am Morgen als erstes ein Treffen mit dem Lagerkommandanten. Der Major mußte nun mitten in der Nacht zum Lager zurückkehren. Seine Geliebte hatte große Angst um ihn. Bei Tageslicht gehörte die Straße durch die Berge der Republik. Aber nachts kamen die Kommunisten aus den Wäldern heraus, wann immer sie wollten, was die Fahrt sehr gefährlich machte. Trotzdem hatte der Major keine Wahl. Er küßte seine Geliebte zum Abschied und ging zu seinem Wagen hinaus.

Er hatte Angst, aber er war ein ernsthafter Offizier der Armee der vietnamesischen Republik, ein sehr mutiger Mann, und bevor er die Tür seines Wagens öffnete, streckte er die Hände aus und schwor sich, deren leichtes Zittern zu überwinden. Er wollte nicht abfahren, bevor seine Hände nicht absolut ruhig waren. Der Mond schien sehr hell, aber viele Wolken zogen über den Mond hinweg, und der Major konnte seine Hände nicht sehen. Doch er wartete geduldig, bis sich die Wolken geteilt hatten und er deutlich erkennen konnte, daß seine Hände völlig ruhig geworden waren. Er stieg ein und fuhr los, und er warf nicht einmal einen Blick zum Fenster seiner Geliebten hinauf, die mit tränennassem Gesicht dort oben stand.

Der Major fuhr sehr schnell, und bald befand er sich auf der Straße, die sich zu den Berggipfeln hinaufschlängelte, und immer wenn der Mond nicht von Wolken bedeckt war, schaltete der Major aus Angst vor den Kommunisten die Scheinwerfer ab und beugte sich vor, um im silbernen Mondlicht der gewundenen Straße zu folgen. Dieses Mondlicht, das hell genug gewesen wäre, um die verschlungenen Leiber zweier Liebender zu enthüllen, genügte ihm jedoch kaum, um den Weg durch die Berge zu finden. Doch der Major wußte, in welcher Gefahr er sich befand, und als der Mond verschwand und die Straße von den tiefen danebenliegenden Gräben nicht mehr zu unterscheiden war, schaltete er mit größtem Zögern die Scheinwerfer wieder an.

So fuhr er weiter, die ansteigenden Kurven immer höher hinauf, und bei jeder Kehre krampften sich seine Hände um das Lenkrad aus Angst vor einer Straßensperre, einem Hundert auf ihn angelegter Gewehre, die zu feuern begannen, das Glas zersplitterten und sein Leben beendeten. Aber schließlich erreichte er den höchsten Gipfel der Berge. Im Licht seiner Scheinwerfer sah er eine weiße Straßenmarkierung, einen gezackten Stein in einer Kurve, und dann fuhr er eine Weile auf ebener Strecke weiter. Zu beiden Seiten ragten schwarz die

Bäume auf, und der einzige Abgrund war im Moment die Dunkelheit vor ihm, die seine Lichter nicht durchdringen konnten. Die Straße wurde abschüssig, anfangs nur leicht, er folgte einer Biegung nach rechts, und vor ihm im Scheinwerferlicht blitzte etwas auf. Sein Herz tat einen Sprung, aber es war ein Hase, der über die Straße rannte. Er sah das letzte Hochwerfen der langen Hinterläufe, als das Tier zwischen den dunklen Bäumen verschwand, und der Major lachte laut auf vor Erleichterung, aber auch vor Verachtung wegen seiner plötzlichen Angst.

Die Straße machte eine scharfe Kehre nach links, und der Mond erschien zwischen den aufgerissenen Wolken, aber sein Licht wurde durch die umstehenden Bäume beschattet. Der Major wußte, daß er nach etwa einer Meile diesen Teil der Strecke hinter sich hatte, die Straße würde sich wieder an den Berghang geschmiegt nach unten winden, der Abgrund wäre wieder auf der anderen Seite. Er sah zum Mond hinauf, der von den Zweigen der Bäume geädert war, und als er wieder auf die Straße blickte, tauchte vor ihm eine Frau im Scheinwerferlicht auf. Sie stand auf seiner Fahrspur, er fuhr in schnellem Tempo auf sie zu und konnte kaum fassen, daß sie tatsächlich dort stand: eine schlanke junge Frau in einem schönen weißen ao dai, und sie hob die Hand, eine eindeutige Geste, daß er anhalten sollte. All dies geschah innerhalb weniger Sekunden, doch als diese reizende Frau die Hand hob und der Major auf sie zufuhr, fielen ihm die Tricks des Vietkong ein, und niemandem zuliebe hätte er nachts in den Bergen angehalten. Mit einem heftigen Ruck riß er das Steuer herum, wich ihr mit quietschenden Reifen aus, war wieder in seiner Spur, und vor ihm im Scheinwerferlicht war nichts zu sehen außer der Straße.

Ein Trick, dachte er, ein Trick. Ein Mädchen aus der Gegend zu benutzen, um mich in eine Falle zu locken. Und dann stand sie wieder vor ihm, ein anderes Mädchen, vielleicht die Schwester – wie konnte es dasselbe Mädchen sein? Er raste die Straße entlang und ließ sie hinter sich – doch vor ihm stand erneut eine schöne junge Frau in einem weißen ao dai und hob die Hand, und diesmal sah er ihr Gesicht, aus irgendeinem Grund war ihr Gesicht ganz deutlich zu erkennen – rund, glatte Haut, schmale Nase, als hätte sie französisches Blut in sich, und ihr Mund war breit. Ansprechend auf den ersten Blick, aber der Mund wurde breiter, wurde zusehends breiter, während er ihn im Scheinwerferlicht beobachtete, und schon wollte er wieder das Steuer herumreißen und dem Mädchen ausweichen – es war dasselbe Mädchen wie zuvor, dessen war er sicher –, aber der Mund, ein großer Spalt in dem schönen runden Gesicht, wurde immer noch breiter, er öffnete sich, klaffte weit auf wie die Abgründe an den Berghängen, und eine Zunge kam heraus, riesig und aufgedunsen, sie schwoll an auf die Breite des Gesichts, auf die Breite der Schultern, wallte rot und weich, inzwischen so breit wie die Straße, aus dem Mund heraus, und die monströse Zunge leckte an dem Wagen und hob ihn hoch, doch der Major nahm nichts mehr wahr, außer dieser Zunge, und danach nur noch Dunkelheit.

Er kam wieder zu sich und spürte, daß er auf dem Boden lag. Er öffnete die Augen und keuchte, denn er sah das Gesicht der jungen Frau vor sich, sie beugte sich über ihn, Mondlicht fiel auf ihr Gesicht, und er starrte auf ihren Mund, ein breiter, aber ein menschlicher Mund, der sich öffnete, doch keine Riesenzunge kam heraus, nur Worte: »Major Trung«, sagte sie, und ihre Stimme klang sehr sanft, sogar noch sanfter als der Kuß seiner Geliebten, wenn sie mit ihrer Zunge die seine berührte. Die junge Frau sagte: »Sie müssen jetzt eine Weile schlafen. Weiter vorn ist ein Hinterhalt. Ich bin Nguyen thi Linh aus der Lotusstraße in An Khe. Sie werden mich wiedersehen. Ich möchte, daß Sie am Leben bleiben.« Der Major versuchte zu antworten, aber er konnte nicht sprechen. Wieder umfing ihn Dunkelheit. Er wurde bewußtlos.

Als der Major zum zweitenmal aufwachte, war die Straße immer noch dunkel, obwohl ein zartes silbernes Leuchten in der Luft hing. Er stützte sich auf und sah sich um. Er lag neben der Straße, und sein Wagen, den er zerschmettert an den Bäumen zu finden glaubte, stand am Straßenrand, als wäre er sorgfältig dort geparkt worden. Der Major stand auf und war überrascht, nicht den geringsten Schmerz zu empfinden, keine blauen Flecken, keine Kratzer, nichts, was darauf hingewiesen hätte, daß er einen Unfall gehabt hatte und aus seinem Wagen geschleudert worden war. Er sah auf seine Uhr und stellte fest, daß er zwei Stunden ohnmächtig gewesen war. Er entschied, daß er eine Halluzination gehabt hatte. Die Anstrengung der Fahrt durch die Berge, die Freuden des Nachmittags, die Blütenpollen – vielleicht war eine der Blumen eine seltsame Pflanze und verströmte ein Gift, das in einer Weise auf ihn wirkte, daß er seinen Wagen geparkt hatte, ausgestiegen war, geschlafen und all das Zeug über das Mädchen in dem weißen ao dai geträumt hatte, jenes Mädchen namens Nguyen thi Linh aus der Lotusstraße. So war es gewesen. Irgendeine Lotusart hatte auf ihn eingewirkt und sich selbst in dem Traum zu erkennen gegeben.

Also stieg der Major in seinen Wagen und fuhr weiter. Er hatte noch genügend Zeit, um das Lager bei Tagesanbruch zu erreichen, und er lächelte über die seltsame Drogenphantasie, die er gehabt hatte. Aber er fuhr keine Meile, als er einem schrecklichen Anblick gegenüberstand. Entlang der Straße lagen die Leichen vieler Männer, tote Soldaten, aus dem Wald herausgezogen, über den Abhang hinunter und über die Fahrbahn geworfen. Er hielt an und stieg aus, der Gestank von Blut und Pulverrauch umgab ihn. Er brauchte nur ein paar Schritte zu gehen, bis er das nach oben gekehrte Gesicht eines Mannes erkannte, der erst vor zwei Stunden getötet worden war. Es waren die Überreste eines aus der Einheit des Majors stammenden Patrouillengängers, der hier in den Hinterhalt geraten und erschossen worden war, ganz wie die junge Frau im Traum des Majors vorhergesagt hatte. Doch jetzt war er nicht mehr sicher, ob es ein Traum gewesen war. Für alle Fälle verbeugte er sich tief und dankte mit lauter Stimme jener Frau, die ihm erschienen war. Dann stieg er wieder ein und kehrte sicher in das Lager zurück.

Das ist eine ganz schlichte Geistergeschichte, und wenn Sie Ihr Gesicht zum Fenster gewandt hielten, während ich erzählte, und wenn mir klar wurde, daß ich Sie gelangweilt habe, was mir öfter gelingt – beim amerikanischen Ehemann meiner Tochter beispielsweise –, dann werde ich hier Schluß machen und es dabei bewenden lassen. Wenn Sie mich aber angesehen haben, während ich erzählte, wenn Interesse in Ihren Augen glimmt und keine Herablassung, dann werde ich Ihnen mehr erzählen, denn ich weiß, daß diese Geschichte wahr ist.

In der nächsten Woche, als der Major nach An Khe zurückkehrte, ging er nicht geradewegs zum Haus seiner Geliebten. Als erstes ging er in die Lotusstraße. Es war eine enge Straße am Stadtrand auf einer kleinen Anhöhe, so daß man über die Wipfel der Bananenstauden und über eine Ebene auf die Berge sehen konnte. Die Straße war sehr still, obwohl die Sonne noch nicht hoch stand. Der Major hörte das Rauschen des Windes und das Gackern der Hühner, sonst nichts. Er sah eine Reihe Holzhäuser mit Schieferdächern vor sich und entschloß sich, an die erste Tür zu klopfen und nach dem Mädchen zu fragen.

Aber dann kam ein junger Mann auf einem Fahrrad um eine Hausecke gefahren, und der Major winkte ihn heran. Der junge Mann hielt an, und der Major sagte: »Kennen Sie ein Mädchen namens Nguyen thi Linh?«

Die Reaktion des Burschen überraschte den Major. Er lachte kurz und höhnisch auf. »Zu meinem Bedauern kenne ich das Mädchen. Aber ich will über Tote nichts Böses sagen.«

Dem Major verschlug es den Atem, und ein eisiger Schauder durchfuhr ihn bei der Nachricht, daß Linh tot war. Doch irgendwie war er nicht verblüfft. Er wußte, daß auf die Weise, wie es ihm widerfahren war, keine lebendige Person ihren Geist einzusetzen vermochte. Der Schauer ließ bald nach, aber je mehr er um Atem rang, um so wütender wurde er auf den Burschen wegen seiner respektlosen Worte über dieses schöne Mädchen, das ihm das Leben gerettet hatte. Fast wäre der Major vorgetreten und hätte den Jungen geschlagen, aber plötzlich wurde er ganz ruhig. Es handelte sich einfach um einen eifersüchtigen Jungen, der Miss Linhs Schönheit gesehen, sie begehrt hatte und abgewiesen worden war. Der Major wußte das so genau, als hätte sich Miss Linh plötzlich nahe zu ihm gebeugt und ihm die wirklichen Umstände ins Ohr geflüstert.

Der Major fragte: »Und wohnen seine Eltern in dieser Straße?«

»Das rote Haus am Ende«, antwortete der Junge und wartete keine weiteren Fragen ab, sondern drehte sich um und fuhr auf seinem Fahrrad davon.

Der Major ging die Straße hinunter und fand an deren Ende ein kleines Holzhaus, das vielleicht einst rot gestrichen war, inzwischen aber verblichen und nun eher rosa war, ein Rosa, das an einen Sonnenuntergang erinnerte. Er ging zur Tür und klopfte, und nach einiger Zeit erschien eine Frau. Sie war alt und gebückt, aber schlank, mit einer schmalen Nase, und sie sah dem Major mit forschendem Blick ins Gesicht.

»Ich bin Major Trung«, sagte er. »Darf ich hereinkommen?« Seine Worte kamen dem Major seltsam vor, ganz so, als müßte er hier keine Erklärungen abgeben. Ohne eine Frage zu stellen, nickte die Frau, öffnete die Tür und ließ ihn eintreten, und als der Major im Innern des Hauses stand, wanderte sein Blick sofort zu einem Schrein an der Wand. In dem Schrein standen Blumen und Kerzen, der Rauch von Räucherstäbchen kringelte sich in die Höhe, und in der Mitte stand ein großes Foto des Mädchens, das er auf der Straße in den Bergen getroffen hatte. Es war eindeutig Miss Linh auf diesem Foto – das runde Gesicht, der breite Mund, die schmale Nase, wie die ihrer Mutter.

Er wandte sich zu der Frau und sagte: »Ist das Ihre Tochter?«

Die alte Frau nickte und betupfte die Augen mit einem Taschentuch. »Ja, vor vier Jahren ging sie in die Geisterwelt ein.«

»Tut mir leid«, sagte der Major.

»Es tut uns allen leid«, antwortete die Frau. »Der ganzen Welt sollte es leid tun. Dieser Krieg hat die liebste Tochter geraubt, die eine Mutter haben kann.«

Der Major sagte: »Ja, Madame, und erst letzte Woche hat sie das Leben dieses Soldaten gerettet.« Und der Major ließ die alte Frau Platz nehmen und erzählte ihr seine Geschichte.

Nachdem sie erzählt war, nickte die alte Frau nur und wandte den Kopf zum Fenster. »Es freut mich zu hören, daß der Geist meiner Tochter diese Welt nicht vergessen hat«, sagte sie.

Dann senkte die alte Frau den Kopf, und eine solche Ruhe und Trauer schien über sie zu kommen, daß der Major wußte, es gab nichts weiter zu sagen. Er stand auf, verbeugte sich vor der Frau, wandte sich um und verbeugte sich vor dem Schrein von Miss Linh, sagte ein Dankgebet und verließ die Lotusstraße. Er wanderte in ein kleines Wäldchen in der Nähe und setzte sich nieder, weil ihn eine große Niedergeschlagenheit überkommen hatte. Noch einmal sprach er ihren Namen aus – »Linh« – und ein blasses Licht erfüllte das Wäldchen, und er fiel in tiefen Schlaf.

Als der Major aufwachte, war es vollkommen dunkel. Er sprang auf, als wäre er aus einem bösen Traum erwacht, aber er konnte sich an keinen Traum erinnern, und dann bemerkte er, wo er war und was geschehen war. Er hatte den ganzen Tag bis in die Nacht in dem Wäldchen neben Miss Linhs Haus geschlafen, und wiederum spürte er, wie ihn Ruhe überkam. Er mußte zum Stützpunkt zurückfahren, aber er wußte, Linhs Geist würde in den Bergen bei ihm sein und ihn beschützen. Also ging er zu seinem Wagen zurück und verbeugte sich im Vorübergehen vor ihrem Haus, in dem es inzwischen vollkommen dunkel war. Im Wagen blieben seine Hände ruhig, und das Herz war ihm leicht, als er davonfuhr und nicht ein einziges Mal an seine irdische Geliebte dachte, die nun zweifellos in einem anderen Teil der Stadt weinte.

Am Nachthimmel standen weder Mond noch Sterne. Alles war schwarz, und der Major nahm von der Welt nur wahr, was er im Lichtkegel seiner Scheinwerfer erkennen konnte. Er fuhr über eine Ebene und hinauf in die Berge. Die Straße stieg an, fiel ab und stieg wieder an, und auf der einen Seite befanden sich die gleichen Berge, auf der anderen der gleiche tiefschwarze Abgrund, und der Major blieb ruhig. In seinem Kopf war nichts außer einem leise flackernden Licht, wie ein Sommerwind, der die Blätter der Banyan-Bäume bewegt oder die Bahnen des ao dais bei einem hübschen Mädchen anhebt. Er hielt die Augen auf die Windungen der Straße gerichtet, und bei jeder Kurve erwartete er eigentlich, Miss Linh auftauchen zu sehen. Er hätte sofort angehalten und wäre zu ihr hingegangen.

Die Straße stieg immer weiter an, er passierte die weiße Markierung, die Straße verlief nun eben, und er nahm eine Veränderung der Dunkelheit wahr, er spürte geradezu, wie verschieden die Dunkelheit des Abgrunds von der der Berge war, die sich nun zu beiden Seiten erhoben. Es war nahe an der Stelle, an der ihm Linh erschienen war, und sein Herz begann zu rasen. Er kam sich vor wie ein Junge, der im Schulhof einem Mädchen eine Blume bringt, das er das ganze Jahr über beobachtet hatte, und dessen Kraft jetzt zwar groß genug war, die Beine zu bewegen, aber nicht ausreichte, um ihn sprechen oder atmen zu lassen. Die Straße fiel leicht ab und machte eine Biegung nach rechts, es war die Stelle, wo er den Hasen hatte davonrennen sehen, und dann kam eine scharfe Biegung nach links, und hier war es, dachte er, hier, aber die Scheinwerfer zeigten ihm nur die Straße, weit und breit keine junge Frau in einem ao dai, und er fuhr langsamer, als er an der Stelle vorbeikam, wo sie ihm das erste Mal erschienen war, aber es war nichts zu sehen. Der Major spürte, wie ihm heiße Röte in die Wangen stieg, die Hitze der Enttäuschung, und er dachte, es lag vielleicht daran, daß er heute nacht nicht in Gefahr war. Einen Moment lang wünschte er sogar, der Vietkong wäre am Werk und wollte ihn töten, damit Miss Linh kommen müßte.

Noch bevor der Gedanke klare Gestalt angenommen hatte, ging es ein wenig bergab, und vor ihm, am Ende des Scheinwerferkegels, erschien Miss Linh. Der Major schrie auf, wortlos, ein Freudenlaut wie das Aufjaulen eines Hundes, der gefüttert wird. Er fuhr langsamer, stieg auf die Bremse, und als er sich ihr näherte, konnte er ihr Gesicht sehen, reizend, rund, der breite Mund lächelte, er erwiderte das Lächeln, fuhr an den Straßenrand und hielt an.

Der Major sprang aus dem Wagen und blieb stehen, denn sie kam auf ihn zu, und er wollte sehen, wie sie sich bewegte. Sie schwebte. Dieses Mädchen aus dem Hochland von An Khe bewegte sie so fließend wie die schönsten Mädchen in Saigon, die Bahnen ihres ao dai flatterten leicht, und sie lächelte. Ihre schmale Nase konnte es mit den erlesensten Zügen westlicher Frauen aufnehmen und alles übrige an Miss Linhs Gesicht mit den schönsten Formen asiatischer Weiblichkeit. Der Major zitterte, als sie näher kam. Sie blieb direkt vor dem Wagen im hellsten Strahl der Scheinwerfer stehen, und sie erschien dem Major so vollkommen real – ein Geist mit all der köstlichen Leiblichkeit eines irdischen Körpers. »Miss Linh«, sagte er, tief aufseufzend, als wäre es ihm sein ganzes Leben lang vorbestimmt gewesen, mit ihr auf diesem Berggipfel zusammen zu sein.

»Major Trung«, sagte sie, und ihre Stimme klang sanft wie eine Sommerbrise in Banyan-Blättern, und er wußte, es war ihre Stimme gewesen, die auf der ganzen Fahrt in seinem Kopf geklungen hatte.

»Ich bin so froh, daß Sie hier sind«, sagte er.

»Und ich bin froh, daß Sie hier sind«, antwortete sie. »Das war unsere verabredete Zeit.« Und sie lächelte ihn an. Ihr reizender breiter Mund dehnte sich weiter, und das Lächeln hörte nicht auf, als es die Mundwinkel erreicht hatte, sondern zog den Mund noch weiter auseinander, immer schneller, und die Hände des Majors verkrampften sich, als sich ihr Mund öffnete und die große Zunge herauskam, rot und weich, und sie schwoll an, füllte sein ganzes Blickfeld aus, streckte sich vor und berührte ihn, die Zunge einer Geliebten, naß, fordernd und anschmiegsam, und die Füße des Majors hoben sich vom Boden, die Zunge lüpfte ihn hoch, er wurde nach vorn gestoßen und hatte gerade noch Zeit, einen Blick auf Miss Linhs glühende Augen zu werfen, riesige Augen, so groß wie zwei Monde, und dann umgab ihn nur noch Dunkelheit und ein Schmerz, der ihn vom Kopf bis zu den Füßen durchfuhr, obwohl er ziemlich schnell starb, lange bevor er zu Brei zerkaut und verschlungen wurde.

Wenn Sie mir jetzt zugehört und außerdem meine Behauptung nicht außer acht gelassen haben, daß diese Geschichte wahr ist, mag Sie die Wendung, die sie genommen hat, vielleicht überraschen. Sie dachten vielleicht, ich selbst wäre der Major gewesen, und die Dinge hätten sich anders entwickelt. Aber das sind törichte, romantische Vorstellungen. Ich zögere nicht, Ihnen das zu sagen. Der Major fand einen schrecklichen Tod im Rachen dieser verführerischen Frau. Und wenn Sie auf das, was ich sage, etwas geben, und mich nicht ablehnen, weil ich Sie töricht genannt habe, obwohl ich das ganz arglos getan habe, ganz ohne Tücke, dann sind Sie tatsächlich ein sehr rares Exemplar von einem Amerikaner, und ich werde Ihnen sagen, warum ich weiß, daß diese Geschichte wahr ist.

Als Saigon im April 1975 an die Kommunisten fiel, arbeitete ich in Ihrer Botschaft und wartete, daß mein Chef, ein amerikanischer Botschaftsoffizier, kommen und mich herausholen würde. Er war die Woche zuvor abgefahren und sagte mir, ich sollte warten. Aber es kam etwas dazwischen – ich gebe ihm keine Schuld – und die Zeit wurde sehr knapp – die Kommunisten hatten bereits die Randgebiete der Stadt erreicht –, und ich wußte, ich mußte von meiner Wohnung in der Nguyen Straße zur amerikanischen Botschaft gelangen, weil die letzten Hubschrauber bald abfliegen würden.

Also ging ich hinaus und stieg in meinen Wagen, einen amerikanischen Wagen, der der Botschaft gehörte. Es war nur ein paar Straßen weit, aber ich dachte, der Botschaftswagen würde mir helfen, meine Ansprüche bei den Wachen am Tor glaubwürdiger zu machen, denn ich wußte, viele meiner Landsleute versuchten, in letzter Minute herauszukommen. Ich fuhr nur ein paar Straßen, hatte kaum das Continental Palace Hotel hinter mir gelassen, als ich das Chaos in den Straßen bemerkte. Überall rannten jetzt Leute herum, verzweifelt, trugen ihre Habseligkeiten auf dem Rücken, und viele rannten in Richtung der Botschaft. Daher bog ich in die Gia Long ein und fuhr bis zur nächsten Ecke, wo ein großer Tumult war. Ich drosselte das Tempo und während ich das tat, sah ich sie.

Es war Miss Linh. Ich weiß, daß sie es war. Der Mann,

der mir Major Trungs Geschichte erzählt hatte – sein Bruder –, hatte mir Miss Linhs Foto gezeigt, das einst auf dem Schrein ihrer Mutter stand. Ich erkannte ihr rundes Gesicht, die schmale Nase und natürlich den breiten Mund, den ich jetzt mit besonderer Aufmerksamkeit betrachtete. Sie trat vor mir auf die Straße und hob die Hand. Ich hielt an, stieg schnell aus und wich ihr, scharf nach rechts abbiegend, aus, dabei sah ich über die Schulter, um herauszufinden, was sie tun würde. Sie tat nichts. Sie sah mich weggehen, und sie lächelte. Allerdings nur schwach.

Ich durchquerte einige Höfe, erreichte die nächste Straße und ging zu Fuß zur Botschaft, wobei ich mich durch dichte Menschenmassen kämpfte. Als ich zur nächsten Ecke kam, konnte ich auf die Kreuzung zurücksehen, über die zu fahren mich Miss Linh abgehalten hatte. Zwei Fahrzeuge standen bereits in Flammen, und in der Menge konnte ich Knüppel schwingende Menschen erkennen. Miss Linh hatte mich gerettet. Aber Sie verstehen, daß mir das keinen Seelenfrieden bereitete.

Über mir donnerte ein Hubschrauber, und ich hatte keine Zeit, an Geister zu denken. Ich wußte, die Evakuierung würde bald zu Ende sein, und so schnell ich konnte, rannte ich in die Straße der Botschaft, und dort sank mir das Herz. Die Tore der Botschaft waren von einer riesigen Menge meiner Landsleute belagert, und soweit ich sah, waren die Eingänge verrammelt, es gab keine Möglichkeit durchzukommen. Menschen versuchten, die Wände hinaufzuklettern, ich hörte Maschinengewehrsalven, und die Leute sprangen wieder herunter. Ich sah zum Dach der Botschaft hinauf, wo ein Hubschrauber mit laufenden Rotorblättern stand, in den eine endlose Reihe von Menschen einstieg. Ich konnte sogar aus dieser Entfernung erkennen, daß fast alle der einsteigenden Leute Amerikaner waren.

Und dann drang sanft die Stimme an mein Ohr, sie flüsterte meinen Namen. Es riß mich herum, und es war Miss Linh, ihr Gesicht schwebte vor mir wie ein aufgeblähter Sommermond. Ich fuhr zurück und keuchte, sie lächelte mich an, und ich wollte nicht, daß dieser Mund sich weiter öffnete. Ich redete, und es hörte sich an, als käme meine Stimme aus großer Entfernung. »Ist das unsere verabredete Zeit?« fragte ich.

Miss Linh nickte, immer noch das Lächeln auf den Lippen, sie trat einen Schritt auf mich zu, ich kniff die Augen zusammen, weil ich den Anblick ihrer monströsen Zunge nicht ertrug. Doch einen Moment lang fühlte ich nichts, und nach einem weiteren Moment öffnete ich die Augen und sah sie nicht mehr. Ich drehte mich um, Miss Linh stand neben mir auf der Straße, und während ich sie ansah, machte sie einem sich nähernden Wagen ein Handzeichen. Es war ein großes schwarzes Auto, eine Limousine mit amerikanischen Flaggen an den Kotflügeln, die leise im Wind flatterten. Aber Miss Linh trat nicht zur Seite, der Wagen hielt an, sie ging zur hinteren Tür und öffnete sie. Drinnen saß ein wichtiger Amerikaner, der Chef meines Chefs. Er erkannte mich und befahl mir einzusteigen. Ich sah Miss Linh an. Sie lächelte mich an, ein reizendes, breites Lächeln, und nickte in Richtung der offenstehenden Tür. Also stieg ich ein und wurde nach Amerika gebracht.

Sind Sie jetzt wieder verwirrt, mein rundäugiger Freund? Sehen Sie mich an, sehen Sie, wie weit ich gekommen bin, hören Sie, wie zwanghaft ich mit Fremden spreche, sogar mit Fremden aus diesem fremden Land, hören Sie nur, welche Behandlung ich sogar jetzt erwarte, sogar von Ihnen, der Sie vorgegeben haben, mir so lange voller Interesse zuzuhören. Woher weiß ich, daß die Geschichte des Majors wahr ist? Weil ich in der Dunkelheit der Limousine saß, und sie abfuhr. Ich blickte aus dem Fenster und sah, wie Miss Linhs Zunge aus dem Mund kam und über die Lippen leckte, als hätte sie mich gerade aufgefressen. Und genau das hat sie getan.

Schnee

Ich frage mich, wie lange er mich im Schlaf beobachtet hat. Das frage ich mich immer noch. Er saß da und weckte mich nicht auf, um nach seiner Bestellung zu fragen. Hat er die Bewegung meiner Augen beobachtet, während ich träumte? Als ich ihn schließlich bemerkte, drehte ich mich um und sah ihn an, aber am Anfang konnte ich nicht sein ganzes Gesicht sehen. Sein Kopf war ein wenig zur Seite geneigt. Sein Bart war sauber geschnitten und bedeckte die untere Wangenpartie, die langgezogen und gebogen war wie ein Sampan-Segel, und sie fesselte meinen Blick, wie Segel es immer taten, wenn ich auf dem Meer welche sah. Dann sah ich auf und betrachtete seine Nase. Ich bin Vietnamesin, wissen Sie, und wir haben ein anderes Gefühl für Proportionen. Unsere Nasen sind klein, seine jedoch war lang und leicht gebogen, ähnlich wie seine Kinnlade, die ich erneut betrachtete. Sein Bart war dunkelgrau, als wäre er aus einem Kohlenkasten gekrochen. Ich benutze diese Vergleiche mit Dingen aus meiner Heimat und meinem Dorf nur, um zu verdeutlichen, wie dieses Gesicht aussah. Nicht daß er mich an meine Heimat erinnert hätte. Daran habe ich nicht im mindesten gedacht, als ich Mr. Cohen zum erstenmal sah. Und ich muß ihn in diesen ersten Momenten mit einem seltsamen Blick angestarrt haben, denn als er mir sein Gesicht ganz zuwandte und ich ihm schließlich in die Augen sehen konnte, sprang seine Augenbraue nach oben, als wollte er mich fragen: Was ist? Etwas nicht in Ordnung?

Ich saß wieder am gleichen Tisch vor dem großen Fenster im vorderen Teil des Restaurants. Die »Plantage Hunan« sieht allerdings nicht wie ein Restaurant aus. Niemand würde es so bezeichnen, wenn es nicht wirklich ein altes Plantagen-Haus wäre. Es ist sehr groß und voller Antiquitäten. Im Moment ist es still hier. Noch nicht einmal fünf, und ich kann das Ticken der großen Uhr hören – nie hatte ich eine solche gesehen, bevor ich hierher kam. Kein Mensch in Vietnam hat eine mannshohe Uhr. Zeit ist in Vietnam nicht so wichtig. Aber die Uhr hier ist sehr groß und wird Großvater genannt, was mir gefällt, und Großvater tickt jetzt sehr langsam vor sich hin, und ich würde gern wieder einschlafen. Aber das werde ich nicht tun.

Dieses Plantagen-Haus muß sich vorkommen wie ein Flüchtling. Es ist voller fremder Gerüche – Ingwer, chinesischer Pfeffer und gebratene Schalentiere für die Won-ton-Suppe; auf einer Seite steht ein Hotel und auf der anderen eine Tankstelle; nichts erinnert an das Leben, das das Haus einst kannte, obwohl es von großen Eichen umgeben ist, Bäume, die schon hier gestanden haben mußten, als es noch eine Plantage war. Das Haus befindet sich an einer belebten Straße, und die chinesische Familie, der es gehört, hat aus dem früheren Fisch-Restaurant ein Lokal gemacht, das es sich leisten kann, eine vietnamesische Kellnerin wie mich zu beschäftigen. Die Familie ist sehr nett, dennoch ist uns bewußt, daß wir verschieden sind. Sie sind Chinesen und ich bin Vietnamesin. Sie sind sehr freundlich, aber wir leben hier in Louisiana, und sie treffen sich mit anderen Chinesen in der Stadt – es gibt vier Restaurants, zwei Wäschereien, und einige ihrer Landsleute arbeiten in der Ölraffinerie, glaube ich. Sie haben ihre eigenen Treffpunkte und scheinen gar nicht wahrzunehmen, wo sie sich eigentlich befinden.

An dem Tag, als er hier hereinkam, schlief ich. Es war der Tag vor Weihnachten, am Spätnachmittag. Fast Heiligabend. Ich bin keine Christin. Meine Mutter und ich sind Buddhisten. Ich lebe bei meiner Mutter, und sie ist sehr traurig, weil ich mit meinen vierunddreißig Jahren immer noch nicht verheiratet bin. Es gibt noch andere Vietnamesen hier in Lake Charles, Louisiana, aber wir sind keine Gemeinde. Vielleicht sind wir alle zu traurig oder zu müde. Vielleicht auch nicht. Vielleicht kommt es mir nur so vor. Möglicherweise sind die anderen bereits richtige Amerikaner. Meine Mutter hat zwei vietnamesische Freundinnen, alte Frauen wie sie, und die beiden Freundinnen sehen mich mit der gleichen Traurigkeit an, wenn sie sich vorstellen, welches Leben ich hier führe. Sie wissen, daß ich einst hätte heiraten können, aber der Verlobte, den ich in meiner Heimatstadt in Vietnam hatte, ging zur Armee, und obwohl er am Leben geblieben ist, habe ich als letztes von ihm gehört, daß er in Ho Chi Minh Stadt Taxi fährt und mit jemand anderem verheiratet ist. Ich habe ihn nie wirklich kennengelernt, und ich empfinde keinen Verlust. Er ist einfach der einzige junge Mann, von dem meine Mutter spricht, wenn sie Angst um mich befällt.

Auch ich habe manchmal Angst um mich, aber nicht weil ich keinen Ehemann habe. An diesem Weihnachtsnachmittag wachte ich langsam auf. Die vorderen Tische sind für Cocktails oder für wartende Kunden reserviert, die ihr Essen mitnehmen, daher sind die Stühle groß und weich gepolstert. Mein Kopf lehnte sehr bequem an einer hohen Lehne und ohne mich zu bewegen, schlug ich die Augen auf. Mein übriger Körper befand sich noch im Schlaf, aber meine Augen öffneten sich, und der Himmel war blau, obwohl sich die kleinen Wolkenflöckchen rosa gefärbt hatten. Es sah nach einem warmen Himmel aus. Und das stimmte auch. Ich spürte Schweiß auf meinem Hals, ließ die Augen ein wenig umherwandern, und die Eiche vor dem Restaurant zitterte – all ihre Blätter bebten, und Sie meinen vielleicht, das hätte den Eindruck von Kälte vermittelt, aber ich wußte, daß es ein warmer Wind war. Die Luft war stickig und feucht, und durch den Duft von Ingwer und Pfeffer drang ein unbestimmter Geruch von Moder.

Vielleicht war das noch übrig aus meinem Traum, aber ich erinnerte mich an meinen ersten Weihnachtsabend in Amerika. Ich schlief und wachte wie hier in einem chinesischen Restaurant auf. Ich arbeitete dort. Aber es war an einem anderen, weit entfernten Ort, in St. Louis. Ich wachte auf, und es schneite. Es war der erste Schnee, den ich je gesehen hatte. Er machte mir angst. Viele Vietnamesen freuen sich, wenn sie zum erstenmal Schnee sehen, aber mich ängstigte er auf eine so tiefgreifende Weise, die ich nicht erklären kann, und selbst die Erinnerung an diesen Moment – vor allem, nachdem ich am Fenster eines anderen Restaurants aufwachte – macht mir immer noch angst. Daher wandte ich das Gesicht schnell vom Fenster der Hunan-Plantage ab, und in diesem Moment sah ich Mr. Cohen.

Wie gesagt, ich starrte ihn an, und vielleicht bot mir das die Möglichkeit, mich vor dem Schnee zu verstekken, vielleicht hatte mein eigenartiger Gesichtsausdruck mit dem Schnee zu tun. Aber als seine Augenbrauen hochsprangen, und ich nicht erklärte, was in mir vorging, war er unschlüssig, was er tun sollte. Ich konnte sehen, wie er überlegte, was zu tun sei. Ich konnte fühlen, wie er dachte: Soll ich sie fragen, was los ist, oder soll ich nur nach meiner Bestellung fragen. Ich bin keine besonders scheue Person, aber ich hoffte, er würde nach seinem Essen fragen. Mit einem kleinen Ruck kam ich zu mir, stand auf und sah ihn an – er saß auf einem der gepolsterten Stühle am Nachbartisch. »Entschuldigen Sie«, sagte ich und versuchte, von meinen Träumen abzulenken. »Haben Sie eine Bestellung?«

Er zögerte, sein Blick war fest auf mein Gesicht geheftet. Er hatte sehr dunkle Augen, so dunkel wie die Augen eines Vietnamesen, aber nach oben gewandt, wie es im Moment war, erschien mir sein Gesicht so groß, daß ich Mühe hatte, es als Ganzes wahrzunehmen. Dann sagte er: »Ja. Für Cohen.« Seine Stimme war tief, wie die eines Filmschauspielers, der einen Großvater spielt, jene Art von Stimme, die mich sofort dazu gebracht hätte, alles zu erzählen, wenn er mich nach meinem Traum gefragt hätte.

Aber er fragte nichts weiter. Ich ging in die Küche, die Bestellung war jedoch noch nicht fertig. Eigentlich wollte ich mich beim Personal beschweren. Im Restaurant war niemand, und in der Küche schienen alle nur zu faulenzen. Aber ich mache niemandem Schwierigkeiten. Daher ging ich einfach wieder zu Mr. Cohen hinaus. Er erhob sich, als er mich kommen sah, obgleich er sicherlich bemerkt hatte, daß ich kein Essen mitbrachte.

»Es ist noch nicht fertig«, sagte ich. »Tut mir leid.«

»Schon gut«, sagte er und lächelte mich an, sein grauer Bart teilte sich und entblößte sehr weiße Zähne.

»Ich wollte sie ausschimpfen«, sagte ich. »Sie sollten am Weihnachtsabend nicht so lange warten müssen.«

»Ist schon gut«, antwortete er. »Für mich ist kein Feiertag.«

Verwundert neigte ich den Kopf zur Seite. Auch er neigte den Kopf zur Seite, als wollte er mir direkt in die Augen sehen. Dann sagte er: »Ich bin Jude.«

Ich richtete den Kopf wieder auf und freute mich, als ich sah, daß auch er den Kopf wieder aufrichtete. Ich begriff immer noch nicht ganz, was er deutlich an meiner Miene ablesen konnte. Er sagte: »Ein Jude feiert Weihnachten nicht.«

»Ich dachte, alle Amerikaner feiern Weihnachten«, sagte ich.

»Nicht alle. Nicht ganz.« Er zuckte ein wenig die Achseln, und dabei hoben sich seine Augenbrauen, gleichzeitig legte er wieder den Kopf ein wenig zur Seite, doch nur einen Moment lang. Damit schien er sagen zu wollen: Was soll man machen, so ist die Welt nun mal, das weiß ich, und ich bin es einfach ein bißchen leid. Er sagte: »Wir bleiben zwar alle zu Hause, aber wir feiern nicht alle.«

Er sprach nicht weiter, aber er sah mich an, und ich war überrascht festzustellen, daß auch mir nichts mehr einfiel. Es war ein bißchen seltsam, daß dieser so amerikanisch wirkende Mann den Festtag nicht beging. In Vietnam ließen wir nie einen Festtag aus, gleichgültig ob es sich um einen der Buddhisten, der Cao Dai oder der Katholiken handelte. Ich stellte mir diesen Mr. Cohen vor, wie er am Abend allein in seinem Zimmer saß, während alle anderen Amerikaner Weihnachten feierten. Aber ich wußte nichts zu sagen, und er genausowenig. Er sah mich an, und ich sah auf meine Hände hinunter, die mit dem

Bestellungsbuch spielten, und konnte mich nicht erinnern, wann ich es herausgenommen hatte. Also sagte ich: »Ich sehe noch einmal nach Ihrer Bestellung«, wandte mich ab und ging in die Küche; dort wartete ich, bis das Essen fertig war, allerdings an der Tür, entfernt von dem Geplapper des Kochs, des Oberkellners und der Mutter des Besitzers.

Als ich die weiße Papiertüte ins Lokal brachte, konnte ich nicht widerstehen und sah hinein, wieviel Portionen darin waren. Es reichte für zwei Leute. Daher sah ich Mr. Cohen nicht in die Augen, als ich ihm das Essen übergab, den Betrag eintippte und sein Geld nahm. Ich zählte ihm das Wechselgeld in die Hand – auch seine Hand war sehr groß –, und er sagte: »Sie sind Chinesin, nicht wahr?«

Ich antwortete: »Nein. Ich bin Vietnamesin«, aber ich hielt das Gesicht gesenkt, und er ging fort.

Zwei Tage darauf, und zwar früher als beim erstenmal, kam Mr. Cohen wieder herein. Es war kurz nach halb fünf. Der Großvater hatte gerade zur halben Stunde geschlagen wie ein Mann, der von einem Thema wirklich begeistert ist und bei jeder Gelegenheit darüber spricht. Ich saß wieder auf meinem Stuhl im vorderen Teil des Lokals, und als ich Mr. Cohen durch die Tür kommen sah, war mein erster Gedanke, er hielte mich für ein faules Mädchen. Ich wollte schon aufspringen, aber er entdeckte mich und gab mir ein Zeichen, sitzen zu bleiben. Dabei hob er kurz die schwere Hand und ließ sie nach unten fallen, als hätte er sie gerade auf die Schulter eines unsichtbaren Kindes gelegt. Er sagte: »Ich bin wieder zu früh.«

»Ich bin kein faules Mädchen«, sagte ich.

»Das weiß ich«, sagte er und setzte sich auf den Stuhl mir gegenüber.

»Woher wissen Sie das?« Diese Frage war mir einfach so herausgerutscht. Manchmal kann ich ziemlich vorlaut sein. Meine Mutter behauptet, das sei einer der Gründe, warum ich nicht verheiratet bin, deshalb spricht sie immer von dem Jungen, den ich damals in Vietnam hätte heiraten sollen, denn er war ein scheuer junger Mann, ein schwacher junger Mann, der sich klaglos von seiner Frau alles hätte gefallen lassen. Wahrscheinlich fährt er deshalb in Ho Chi Minh Stadt Taxi. Aber sobald der vorlaute Satz heraus war, stellte ich fest, daß ich Angst hatte. Ich wollte nicht, daß Mr. Cohen mich haßte.

Aber er lächelte. Ich konnte sogar seine weißen Zähne sehen, als er lächelte. Er sagte: »Sie haben recht. Ich habe keinen Beweis.«

»Ich sitze immer hier, wenn Sie hereinkommen«, fuhr ich fort, obwohl ich mich fragte, warum ich weiter auf diesem Thema herumritt.

Er lächelte sogar noch breiter und sagte dann: »Und beim letzten Mal haben Sie sogar geschlafen.«

Daraufhin muß ich ihn wohl ärgerlich angesehen haben, denn sein Lächeln verschwand sehr schnell. Er brauchte es nicht noch zu betonen, damit ich wie eine Närrin vor ihm dastand. »Ist schon gut«, sagte er. »Um diese Zeit ist es ruhig. Ich habe selbst Mühe, wach zu bleiben. Sogar im Gericht.« Ich sah ihn mir genauer an, nicht nur sein Gesicht. Er schien sehr wohlhabend zu sein. Er trug einen grauen Anzug, so grau wie sein Bart, mit dünnen, fast unsichtbaren blauen Nadelstreifen. »Sind Sie Richter?«

»Anwalt«, antwortete er.

»Sie werden mich verteidigen, wenn ich wegen meiner Verschlafenheit rausgeschmissen werde.«

Das brachte Mr. Cohen zum Lachen, aber als er aufhörte, war sein Gesicht sehr ernst. Er schien sich näher zu mir zu beugen, obwohl ich mir sicher war, daß er sich nicht bewegte. »Das letztemal hatten Sie einen schlechten Traum«, sagte er.

Woher wußte ich, daß er mich schließlich nach meinem Traum fragen würde? Ich hatte es vom ersten Moment an gewußt. »Ja«, sagte ich. »Ich glaube, ich träumte von meinem ersten Weihnachtsabend in Amerika. Ich schlief vor einem Restaurantfenster in St. Louis, Missouri, ein. Als ich aufwachte, war Schnee gefallen. Es war der erste Schnee, den ich je gesehen hatte. Als ich einschlief, war es nur ein grauer Nachmittag gewesen mit ein wenig dünnem Regen, wie Nebelschleier. Ich hatte keine Ahnung, daß das Wetter so schnell umschlagen konnte. Ich wachte auf, und alles war mit Schnee bedeckt, und ich hatte Angst.«

Plötzlich fand ich, daß ich mich wie eine Verrückte anhörte. Mr. Cohen würde glauben, ich sei faul und verrückt zugleich. Ich redete nicht weiter und sah aus dem Fenster. Ein Jogger lief vorbei, ein Mann in Shorts und T-Shirt, und sein Körper glänzte vor Schweiß. Auch ich spürte Schweißperlen auf meiner Stirn, als würden kleine Insekten an mir herunterkriechen. Ich hielt den Blick nach draußen gerichtet und hoffte, Mr. Cohen würde gehen.

»Warum hat Ihnen das angst gemacht?« fragte er.

»Ich weiß nicht«, antwortete ich, obwohl das nicht ganz richtig war. Ab und zu hatte ich darüber nachgedacht, und obwohl ich nie mit jemandem darüber sprach, konnte ich mir vorstellen, warum.

Mr. Cohen sagte: »Auch mir hat Schnee angst gemacht, als ich klein war. Er war mir von Kind an vertraut, dennoch machte er mir angst.«

Ich wandte mich ihm zu, aber jetzt sah er aus dem Fenster.

»Warum hatten Sie Angst davor?« fragte ich und erwartete keine Antwort.

Aber er wandte sich vom Fenster ab, sah mich an und lächelte ein bißchen, als wollte er sagen, nachdem er mir diese Frage gestellt hatte, könne auch ich sie stellen. Er sagte: »Es ist eine ziemlich lange Geschichte. Sind Sie sicher, daß Sie sie hören möchten?«

»Ja«, sagte ich. Natürlich wollte ich das.

»Es war weit weg von hier«, begann er. »In meiner ursprünglichen Heimat und dann an dem Ort, wo ich später wohnte. In Polen und dann in England. Mein Vater war Professor in Warschau. Es war Anfang 1939. Ich war acht Jahre alt, und mein Vater wußte, daß etwas Schlimmes bevorstand. All das Gerede über einen Korridor zum Meer kam gerade auf. Er hatte ein feines Gespür. Er wußte Bescheid. Daher schickte er mich und meine Mutter nach England. Er hatte gute Freunde dort. Ich ging im Februar weg, überall lag Schnee, und ich hatte meine eigenen Vorahnungen, obwohl ich erst acht war. Ich weinte im Hof unseres Wohnhauses. Ich warf mich in den Schnee und wollte mich nicht von der Stelle rühren. Ich weinte, als würde er uns für immer fortschicken. Meine Eltern sagten, es sei nur für ein paar Monate, aber das glaubte ich nicht. Und ich hatte recht. Sie mußten mich buchstäblich hochheben und zum Taxi tragen. Aber der Schnee war in meine Kleider gedrungen, und als wir abfuhren und ich mich hochrappelte, um durchs Rückfenster meinem Vater nachzusehen, schmolz der Schnee auf meiner Haut, und ich begann zu zittern. Sowohl vor Angst wie vor Kälte. Der Schnee sagte mir, daß er sterben würde. Und das geschah auch. Er winkte mir nach, er wurde kleiner, wir bogen um eine Ecke, und es war das letzte Mal, daß ich ihn gesehen habe.«

Vielleicht war es dumm von mir, aber es machte mir keinen großen Eindruck, daß Mr. Cohen seinen Vater verloren hatte. Auch ich hatte den Vater verloren, und ich wußte, daß ein Kind so etwas überwindet. In Vietnam glaubt man, daß einem die Ahnen immer nahe sind, und in Mr. Cohens Fall wußte ich, daß sein Vater ihm immer noch nahe war. Viel mehr interessierte mich, daß Mr. Cohen weggegangen war, in ein anderes Land, und dort mit seiner Mutter lebte. Auch ich lebe mit meiner Mutter zusammen. Heute noch.

Er fuhr fort: »Daher war der Schnee etwas, wovor ich mich fürchtete. Jedesmal, wenn es in England schneite, wußte ich, daß mein Vater tot war. Es dauerte einige Jahre, bis wir es tatsächlich erfahren haben, aber ich wußte es bei jedem Schneefall.«

»Sie haben mit Ihrer Mutter zusammengelebt?« fragte ich.

»Ja. Bis nach dem Krieg in England, und dann kamen wir nach Amerika. Wir kamen über New York herein, und all die anderen Mitreisenden aus Polen, Ungarn und Rußland blieben dort. Meine Mutter liebte Züge, und sie hatte einmal ein Buch über New Orleans gelesen, und so blieben wir im Zug sitzen und kamen in den Süden. Ich war froh, an einem Ort zu sein, wo es praktisch nie schneit.«

Ich dachte darüber nach, daß er auch Ausländer war. Kein echter Amerikaner. Aber das ganze Gerede über den Schnee ließ mich im Innersten ein wenig erschauern. Vielleicht war ich bereit, darüber zu sprechen. Mr. Cohen hatte mir so viel über seine Kindheit erzählt, und ich wollte nicht, daß er mich für ein Mädchen hielt, das nur nimmt, ohne etwas dafür zu geben. Er sah wieder aus dem Fenster, seine Lippen waren zusammengepreßt, so daß sein Mund in seinem Bart verschwand. Er schien traurig zu sein. Deshalb sagte ich: »Wissen Sie, warum mir der Schnee in St. Louis angst gemacht hat?«

Er wandte sich mit einem kleinen Seufzer um, auf seiner Stirn, zwischen den Augen, erschien eine Falte, und mit sehr fester Stimme sagte er: »Sagen Sie es mir«, und es hörte sich an, als würde er sich innerlich dafür tadeln, daß er unaufmerksam gewesen war. Ich bin nicht so eitel, um mir ständig einzubilden, die Männer schenkten mir so große Aufmerksamkeit, daß sie gleich wütend auf sich werden, wenn sie mich einen Moment lang nicht beachtet haben. Doch so hatte es sich angehört, und es überraschte mich. Wenn ich ein eitles Mädchen wäre, hätte mich das nicht überrascht. Noch einmal sagte er: »Sagen Sie mir, warum Ihnen das angst gemacht hat.«

Ich antwortete: »Ich glaube, es war deswegen, weil der Schnee so still fiel und alles bedeckte, als wäre diese weiße Decke die Erde, und alles wäre tot – all die Bäume, das Gras, die Straßen und die Häuser –, als wäre alles tot und begraben. Alles schien verloren. Ich wußte, über mir auf dem Dach lag Schnee, und auch ich war tot.«

»Ihr Heimatland war ganz anders«, sagte Mr. Cohen.

Es freute mich, daß er genauso dachte wie ich früher. Man sah ihm an, er wünschte sich, es gäbe eine Möglichkeit, mich wohler fühlen zu lassen, den Traum zu verscheuchen. Aber ich sagte: »Das habe ich auch gedacht. Wenn ich nur in ein warmes Klima gehen könnte, mehr wie zu Hause. Daher ging ich mit meiner Mutter nach New Orleans, genau wie Sie, und dann kamen wir nach Lake Charles herüber. Und hier ist es ein bißchen wie in Vietnam. Die Reisfelder, die Hitze, die Art, wie die

Stürme hereinfegen. Aber dennoch. Hier gibt es keinen Schnee, der mich ängstigt, und trotzdem sitze ich mitten am Nachmittag allein auf diesem Stuhl, schlafe und lausche dem Ticken des Großvaters dort drüben.«

Ich hielt inne und hatte den Eindruck, als würde ich vollkommen unverständliches Zeug reden, deshalb sagte ich: »Ich sollte nach Ihrer Bestellung sehen.«

Mr. Cohen streckte die Hand über den Tisch. »Darf ich nach Ihrem Namen fragen?«

»Ich bin Miss Giau«, sagte ich.

»Miss Giau?« fragte er, und als er das aussprach, machte er ein anderes Wort daraus, denn die vietnamesischen Wörter verändern sich mit der Art der Tonlage.

Ich lachte. »Mein Name ist Miss Giau, mit fallender Stimme gesprochen. Es bedeutet ›reich‹ auf Vietnamesisch. Wenn Sie das Wort wie eine Frage aussprechen, sagen Sie etwas anderes. Sie sagen, ich sei Miss Schmoll.«

Mr. Cohen lachte, und in seinem Lachen war etwas, das mich ein bißchen erschauern ließ, ein angenehmes Gefühl, als würde man unter eine Dusche treten, wenn man mit Staub bedeckt ist, und spüren, wie das Wasser einen entblößt. Aber im Hinterkopf dachte ich an seine Bestellung, und der Anflug eines unangenehmen Gefühls überkam mich, ich wußte nicht, was es war, aber es ließ mich jetzt mit schweren Schritten zur Küche gehen. Ich bekam die Tüte, und als ich sie in den vorderen Teil des Restaurants trug, hatte ich ein anderes Gefühl. Ich ging hinter die Theke, stellte sie ab und wünschte, ich hätte das einige Minuten zuvor getan, aber obwohl seine Augen auf mich gerichtet waren, warf ich einen Blick in die Tüte. Ein Hauptgericht und eine Portion Suppe waren darin.

Dann sagte Mr. Cohen: »Ist das ein giau, was ich auf Ihrem Gesicht sehe?« Und er sprach das Wort vollkommen richtig aus, mit dem aufwärtsschwingenden Ton, so daß es »schmollen« hieß.

Ich sah zu ihm auf und wollte ihn anlächeln, weil er das Wort so gut ausgesprochen hatte, aber obwohl ich das vorhatte, verschlimmerte es mein Schmollen nur um so mehr. Ich sagte: »Ich dachte gerade, Ihre Frau muß wohl krank sein. Sie ißt heute abends nichts.«

Er hätte darüber lachen können. Aber das tat er nicht. Er griff einen Moment lang an seinen Bart und glättete ihn. Er sagte: »Die zweite Portion am Weihnachtsabend war für meinen Sohn, der durch die Stadt kam. Meine Frau ist vor ein paar Jahren gestorben, und ich habe nicht wieder geheiratet.«

Ich bin kein hartherziges Mädchen, weil ich wußte, daß ein Kind den Verlust des Vaters überwinden kann, und weil ich außerdem wußte, daß ein Mann den Verlust seiner Frau überwindet. Ich bin ein gutes Mädchen, aber Mr. Cohen tat mir nicht leid. Ich war sehr glücklich. Denn er legte seine Hand auf meine, und er fragte mich, ob er mich anrufen dürfe. Ich sagte ja, und wie sich herausgestellt hat, ist Neujahr ein jüdischer Feiertag. Das vietnamesische Neujahr findet zu einem anderen Zeitpunkt statt, aber in Vietnam feiern die Leute die Feste, wie sie fallen. Daher werden Mr. Cohen und ich heute abend in irgendein Restaurant gehen, das nicht chinesisch ist, und alles, was ich jetzt tun muß, ist, hier zu sitzen und sehr aufmerksam hinzuhören, wenn Großvater mir etwas über die Zeit erzählt.

Andenken

Es mag Sie überraschen zu hören, daß ein Mann aus Vietnam einen von John Lennons Schuhen besitzt. Nicht nur irgendeinen seiner Schuhe. Einen der Schuhe, die er trug, als er vor dem Dakota-Haus erschossen wurde. Dieser Mann bin ich, und ich habe natürlich das Geld, um so etwas zu kaufen. Ich war ein sehr reicher Mann in meiner früheren Heimat, bevor die feigen Armen ihre Gewehre wegwarfen und die Kommunisten das Land übernehmen ließen. Wenn ich so rede, denken Sie: Das ist ein harter Mann, ein liebloser Mann; wie kann er von »feigen Armen« sprechen? Ich will damit nicht sagen, daß diese Leute arm sind, weil sie Feiglinge sind. Ich meine, die Armut kann einem Mann den Mut rauben. Denn für die Armen bedeuten Niederlage, seiner Rechte beraubt zu sein und unter der schlimmsten Form von Tyrannei zu leiden nichts so Schlimmes wie Armut. Warum sollten sie für geringen Lohn Schmerz, Verstümmelung und Tod riskieren? Wenn ich ein armer Mann wäre, hätte ich auch kein Rückgrat.

Aber ich hatte Reichtümer in Vietnam, und das gab mir genügend Mut, um sogar auf dem südchinesischen Meer davonzusegeln, all die Dinge hinter mir zu lassen, die ich besaß, in ein fremdes Land zu gehen, und dort wieder mit nichts anzufangen. Das habe ich getan. Schließlich kam ich nach New Orleans, Louisiana, und weil ich aus Nordvietnam stamme und katholisch bin, landete ich bei meinen eigenen Leuten weit im Osten, in der Kirchengemeinde Orleans, in einem Vorort namens Versailles, das nach einem Komplex von Wohnhäusern benannt ist, in dem sie uns als Flüchtlinge untergebracht hatten. Ich lebte einige Zeit in einer solchen Wohnung. Die Decken waren kaum zwei Meter vierzig hoch, es gab keine Veranda, nicht einmal einen Ort, um ein Windglockenspiel aufzuhängen. Die Leere der Räume drohte mich niederzuschmettern, mir den Mut zu rauben. In Saigon besaß ich eine Menge wundervoller Dinge: Teakholzmöbel mit Intarsien aus Elfenbein und Perlen, die zeigten, wie die Trung-Schwestern im Jahr 40 v. Chr. die Chinesen aus unserem Land jagten; den Teil eines Orakel-Knochens aus den frühesten Zeiten meines Landes, der Knochen eines Tiers, das bei einem Ritual getötet und in den mit chinesischen Schriftzeichen Weissagungen eingeritzt waren; und einen Dolch mit einem Griff in Form eines Hirschgeweihs aus Bronze. Sie glauben vielleicht, derlei Dinge hätten mich vor meinem Schicksal bewahren sollen. In Gegenständen liegt viel Kraft. Meine Kirche vertritt diese Lehre ganz ausdrücklich. Der Splitter eines Knochens von einem Heiligen, ein Stück Haut, eine Haarlocke – all diese Dinge haben große Kraft, Wunder zu tun, können beschützen und heilen.

Aber Sie sehen, obwohl die Trung-Schwestern die Chinesen verjagt haben, kehrten die Chinesen nach nur einem Jahr zurück, und die Trung-Schwestern mußten sich zurückziehen, und im Jahr 43 warfen sie sich in einen Fluß und ertranken. Und obwohl ich nicht genau wußte, was auf dem Orakel-Knochen stand, ging es dabei vermutlich um längst vergangene Ereignisse, vielleicht war es sogar eine Weissagung über die Welt, in der ich schließlich gelandet bin. Und der Dolch machte einen rituellen Eindruck und ist sicher nie im Zorn gezogen worden. Es wäre besser gewesen, wenn ich nur ein winziges Stück des Körpers eines Heiligen besessen hätte, aber die Kirche verkauft solche Dinge nicht.

Und jetzt sitze ich hier, im Arbeitszimmer meines Hauses. Ich bin gerade dabei, wieder reich zu werden, und in der Mitte meines Schreibtisches steht dieser Schuh. Er gleicht mehr einem kurzen Stiefel, knöchelhoch, ohne Schuhbänder, aber mit einer Lederschlaufe hinten, durch die John Lennon beim Anziehen seinen Zeigefinger gesteckt hat, sogar an jenem Morgen, der der letzte seines Lebens sein sollte. Während ich Ihnen das erzähle, fällt Ihnen wahrscheinlich etwas auf. Mein Talent, Geld zu verdienen, besteht darin, daß ich weiß, was andere denken. Sie fragen sich, wie ich zu diesem Schuh gekommen bin, woher ich wirklich weiß, daß es sich so verhält, wie ich behaupte. Ich kann die Namen derer nicht preisgeben, mit denen ich den Handel abgeschlossen habe, aber so viel kann ich Ihnen verraten: Ich bin ein Sammler bestimmter Dinge. Ein Mann in New York, der an mich verkauft, fragte, ob ich an etwas Ungewöhnlichem interessiert sei. Als er mir von diesem Schuh erzählte, stellte ich die gleiche Frage – wie kann ich sicher sein? Nun, ich traf den Mann, der den Schuh verkaufte, ich habe Fotografien und sogar einen Zeitungsartikel, der ihn als nahen Bekannten von John Lennon ausweist. Er behauptete, bestimmte Stücke seien sehr schmerzlich für die Familie gewesen, also wurden sie weggegeben. Er sei in ihren Besitz gekommen, und er wisse, daß einige Leute sie sehr gern haben würden. Er ist auch Katholik. Der andere Schuh war unglücklicherweise bereits weg, aber dieser hier war noch zu haben, und ich bezahlte viel Geld dafür.

Natürlich habe ich in meiner neuen Heimat viel Geld verdient. Ich habe eine Begabung dafür, und Amerika ist das Land der unbegrenzten Möglichkeiten. Ich begann mit Papierlampions, Knallfröschen und cay nêu, den Neujahrsstangen. Diese Dinge verkaufte ich an Tet, dem vietnamesischen Neujahrsfest, wenn die Flüchtlinge sich an Zuhause erinnern wollen. Ich verkaufte ihnen auch Sandwiches und Getränke, später eröffnete ich ein Restaurant und dann einen Spiel-Salon mit vielen Video-Spielen. Versailles hat bereits ein Pool-Billard-Lokal, das von einem anderen guten Geschäftsmann geführt wird, aber ich habe Video-Spiele in meinem Lokal. Die jungen Männer lieben diese Spiele und kämpfen gegen außerirdische Raumschiffe, Zauberer und Kung Fu-Schurken mit größerem Geschick, als ihre Väter gegen die Kommunisten gekämpft haben. Und jetzt beschäftige ich mich mit anderen Dingen, mit größeren, hauptsächlich in der Shrimps-Industrie. In zehn Jahren werden die Vietnamesen die einzigen Shrimps-Fischer im Golf von Mexiko sein. Ich brauche keinen Orakel-Knochen, um das voraussagen zu können. Und wenn das zutrifft, werde ich noch mehr Geld verdienen.

Vielleicht gelingt es mir sogar, aus Versailles wegzukommen. Ich sitze an meinem Schreibtisch und sehe über John Lennons Schuh durchs Fenster hinaus, und was sehe ich? Im Gegensatz zu den anderen Häusern dieser Straße hat mein Haus zwei Stockwerke. Ich befinde mich im ersten Stock im hinteren Teil, und draußen sehe ich meinen sorgfältig gepflegten Garten, das üppige St. Augustin-Gras ist mit zartem Blau durchsetzt, mein gemauerter Grillplatz ist dort und meine Garten-Sitzgruppe aus Zypressenholz. Aber dahinter ist der Flußarm, der durch Versailles fließt. Mein Haus steht an der Ecke eines achttausend Quadratmeter großen Grundstücks, und ich kann eine Viertelmeile weit in all die nebeneinanderliegenden Hinterhöfe sehen, bis zu der Stelle, wo die Lagune sich öffnet und die Apartmenthäuser von Versailles stehen. All die Hinterhöfe dieser Häuser – und zwar alle – sind umgegraben und bepflanzt, als wären wir hier in irgendeinem vietnamesischen Dorf. In Amerika ist das nicht üblich. Ein amerikanischer Gemüsegarten ist ein Hobby. Für die Vietnamesen hier in Versailles ist das Bepflanzen ihrer Hinterhöfe eine Form des Lebensstils. Hinter den Höfen befindet sich ein Weg, und hinter dem Weg, entlang des Flußarms, liegt das Land, das die Stadt umgrenzt. Auf diesem Land haben die Vietnamesen einen Gemeinschaftsgarten angelegt, der sich bis zur Lagune erstreckt, und selbst jetzt kann ich dort die spitzen Strohhüte niedergekauerter Frauen entdekken, die den Garten bearbeiten, und jeden Moment erwarte ich, einen Jungen auf einem Wasserbüffel den Weg herunterreiten zu sehen, oder vielleicht ein Sampan, das den Fluß entlanggleitet, auf dem Weg zum südchinesischen Meer. Verstehen Sie, was ich meine? Ich lebe in der Vergangenheit.

Ich habe genug Geld, um Versailles zu verlassen und ein Amerikaner zu werden. Aber ich habe festgestellt, daß das gar nicht so einfach ist. Irgend etwas fehlt. Ich weiß, daß ich unrecht habe, wenn ich sage, noch mehr Geld aus dem Shrimps-Geschäft oder sonst woher wird mich schließlich von der Vergangenheit befreien. Vielleicht besteht das Problem darin, daß alle meine Geschäfte mit der vietnamesischen Gemeinde hier in Verbindung stehen. Das war nicht zu vermeiden, als ich anfing. Vielleicht stimmt es, daß ich irgendein amerikanisches Unternehmen finden sollte, in das ich investieren könnte. Es gibt nichts, was mich an diesem Ort hält, obwohl ich hier mein Geld verdiene. Ich stehe bei meinen Geschäften nicht hinter der Kasse.

Vielleicht ist es die Abwesenheit meiner Familie. Aber das haben sie selbst so entschieden. Meine Frau war eine einfache Person, sie wollte ihre Eltern nicht verlassen und hatte große Angst vor Amerika. Die Kinder kamen aus ihrem Bauch. Sie gehören zu ihr, und sie spürte, daß sie nach Vietnam gehörte. Ich bedauere nur, daß ich nichts von ihr habe, was ich anfassen könnte – weder eine Haarlocke noch einen Ring, nicht einmal ein Halstuch – sie hatte so viele schöne Halstücher, einige davon trug sie um die Taille. Doch wenn meine Familie mit mir gekommen wäre, wären sie tatsächlich nicht ein weiterer Hinderungsgrund für mich, Amerikaner zu werden? So wie die Dinge liegen, habe ich bei dem Problem nur an mich zu denken, und das sollte es leichter machen.

Doch es gibt gewisse Dinge im Leben, die ein Mann nicht kontrollieren kann. Meine Religion lehrt das unmißverständlich. Für einen reichen Mann, für einen Mann mit der Gabe, sogar ein zweites Mal reich zu werden, ist das eine schwer einzusehende Wahrheit. Aber er sollte erkennen, daß er ein menschliches Wesen ist und von Kräften abhängt, die außerhalb seiner selbst liegen, und er sollte sich auf die Vorteile konzentrieren, die sein Reichtum ihm eröffnen kann.

Eigentlich kenne ich John Lennons Musik gar nicht gut. Ich habe sie gehört, und sie ist sehr hübsch, aber in Vietnam habe ich immer die populären Sänger in meiner eigenen Sprache bevorzugt, und in Amerika mag ich die Musik, die man als »eingängig« bezeichnet, obwohl sich manchmal ein Lieblingsstück von den Living Strings oder Percy Faith als ein Song von John Lennon entpuppt. Für einen Mann wie John Lennon ist es ohne Bedeutung, daß ich seine Musik nicht gut kannte, bevor ich seinen Schuh besaß. Die Bedeutung dieses Gegenstands bleibt die gleiche. Er ist eine sehr wichtige Figur. Das ist allgemein anerkannt. Er schrieb viele Songs, die das Leben der Leute in Amerika beeinflußt haben, und er sang über Liebe und Frieden, und dann starb er auf den Straßen von New York als ein Märtyrer.

Ich berühre diesen Schuh. Das Leder ist weich, es hat die Farbe von Teakholz, und mein Zeigefinger gleitet vom Rist bis zur Spitze, an der sich ein gezackter Kratzer befindet. Ich hebe den Finger und lege ihn an die Stelle, wo der Kratzer beginnt, an der äußersten Spitze, ich folge der Kerbe, folge der gezackten Linie, die die Unterseite des Leders entblößt. Dabei spüre ich ein leichtes Ziehen in mir, als berühre ich eine Fleischwunde. Ich weiß, wie dieser Kratzer auf dem Schuh entstanden ist. John Lennon fiel hin, und sein Fuß scharrte über das Pflaster, als er starb. Das ist das Stigma des Schuhs, das Zeichen der Märtyrerschaft.

Mit einer Hand umfasse ich die Ferse des Schuhs, gleite mit der anderen unter die Spitze und hebe ihn an, und jedesmal überrascht mich seine Leichtigkeit, genau wie einer von der Leichtigkeit seiner Seele überrascht sein mag, der kurz zuvor den Märtyrertod gestorben ist. Ich drehe den Schuh ins Licht, das durchs Fenster fällt, und sehe hinein. Ich erkenne das Wort SAVILE ROW auf dem Futter, aber das ist nicht alles. Es gibt keine Größenangabe, und ich stelle mir vor, daß dieser Schuh eigens für John Lennon angefertigt wurde. Sie haben seinen Fuß sorgfältig vermessen, und hier in dem weichen Leder befindet sich sein getreuliches Abbild. Ich bin innerlich sehr ruhig, aber großer Druck liegt auf meiner Brust, der von etwas herrührt, was ich nur als mein eigenes Ich ausmachen kann. Er rührt von dem her, was ich gleich tun werde.

Ich warte, bis ich wieder zu Atem gekommen bin. Dann drehe ich mich auf meinem Stuhl herum, stelle vorsichtig den Schuh auf den Boden und schiebe ihn vor meinen nackten rechten Fuß. Ich bekreuzige mich und schlüpfe in John Lennons Schuh; ich stecke den Zeigefinger durch die Schlaufe an der Rückseite und ziehe leicht an, genau wie John Lennon es tat, an dem Tag, als er zu den Engeln ging. Das Futter ist so weich wie Seide, und Kühle geht von ihm aus. Ich stelle mich vor meinen Schreibtisch, der Schuh ist zu groß für mich, aber das ist ganz richtig so. Ich mache einen Schritt, dann noch einen und stehe in der Mitte des Zimmers. Das Herz ist mir schwer, und ich warte auf etwas, das eines Tages Besitz von mir ergreifen wird, auf das Gefühl, mein ganzes vergangenes Leben zu überblicken, das ich mir nicht vorzustellen vermag, bis es tatsächlich soweit ist. Ich habe den Mann in New York gebeten, nach dem anderen Schuh zu suchen, dem linken. Selbst wenn er von einem anderen Paar stammt, möchte ich einfach noch einen Schuh haben. Dann werde ich beide Schuhe von John Lennon anziehen, ich werde auf die Straße hinausgehen und so weit laufen wie es nötig ist, um einen Ort zu finden, an den ich gehöre.

Vorbereitung

Obwohl Thuys toter Körper unter dem Laken nackt war, hatte ich ihn nicht mehr so gesehen, seit wir Mädchen waren und mit unseren Familien zu den Stränden von Nha Trang gingen. Dabei blieb es, obwohl wir ein Leben lang die besten Freundinnen waren und sie die Frau von Le Van Ly wurde, des Mannes, den ich einst liebte. Thuy hatte eine wunderschöne Figur und Brüste, die in den engen Miedern unserer ao dais so verlockend waren, daß Ly ihr nicht widerstehen konnte. Aber das letztemal, als ich Thuys nackten Leib sah, hatte sie noch gar keine Brüste, nur kleine braune Knospen, genauso wie ich mit sieben Jahren, und wir rannten in die weiße Gischt der hereinbrechenden Wellen, und wir beobachteten die Sampans draußen hinter den Korallenriffen.

Wir waren keine einfachen Mädchen, keine, die auf den Feldern arbeiteten und ihren Körpern gegenüber so gleichgültig erschienen. Und darüber hinaus waren wir katholisch, und die Mutter Maria war so züchtig, verhüllt vom Hals bis zu den Füßen, und wir bemalten unsere Zehen so schön wie die der Marienstatue in der Kirche, ansonsten waren wir sehr schamhaft. Außer daß Thuy nackt wirken konnte, obwohl sie angezogen war. Wir liefen durch die gleiche Brandung, aber irgendwie hatte ihr Fleisch etwas gelernt, was meines nie lernen sollte. Sie konnte sich bewegen wie das Meer, ihr Körper füllte ihre Kleider aus wie die lebendige See, fließend und lockend. Ihre Mutter machte sich immer Sorgen um sie, weil die Jungen still wurden, wenn sie sich näherte, und lärmten, wenn sie verschwand, und niemand sorgte sich um mich. Ich hatte ein ausgezeichnetes Geschick, wenn es darum ging, die Kräuter für das Limonengras-Hühnchen zusammenzutragen, den Tee mit der Zartheit eines Windglockenspiels zu servieren und den Rücken eines kranken Kindes mit Eukalyptusöl einzureiben.

Das hat mir einen guten Ehemann eingebracht, wenn auch bei weitem keinen Le Van Ly. Aber er war ein guter Mann, und er war überrascht festzustellen, daß meine Hände ihn sehr glücklich machen konnten, auch wenn meine Brüste im engen Mieder des ao dais nicht so reizvoll aussahen. Dieser Mann fiel in dem Krieg, der über unser Land kam, ein Krieg, den wir verloren haben, und ich brachte meine Söhne nach Amerika und ließ mich an diesem Ort bei New Orleans namens Versailles nieder, in dem nur Vietnamesen leben. Bald kam auch meine beste Freundin Thuy zusammen mit ihrem Mann Le Van Ly und ihren Kindern hierher. Kurz danach gingen sie nach Kalifornien, aber nach drei Jahren kamen sie wieder zurück, und wir lebten zehn Jahre zusammen und erwarteten, das noch weitaus längere Zeit zu tun, denn Thuy und ich wären im nächsten Monat, im Abstand von einer Woche, fünfzig geworden.

Doch jetzt war Thuy tot und lag hier vor mir an diesem Ort, den Mr. Hoa, der Leichenbestatter der Gemeinde, »Vorbereitungsraum« nannte, und sie wartete darauf, daß ich ihr Make-up auflegte und ein letztes Mal ihr Haar kämmte. Sie starb sehr schnell, aber sie konnte noch darum bitten, daß ich sie für den Sarg schön machen sollte. Sie hatte niemandem etwas gesagt – es sich vermutlich nicht einmal selbst eingestanden –, da die ersten Anzeichen des Krebsgeschwürs, das in ihren Eierstöcken wucherte, keinerlei Schmerzen bereiteten. Sie war eine Person, die sich wegen lächerlicher Kleinigkeiten ängstigte, andererseits aber schlimme Dinge ignorierte, bis es zu spät war. Doch als die Schmerzen einsetzten und die Wahrheit herauskam, kam das Ende Gott sei Dank schnell.

Im Krankenhaus, hinter den ums Bett gezogenen Vorhängen, umklammerte sie meine Hand. Mein eigener Händedruck ist sehr stark, aber an jenem Morgen war ihrer so kraftvoll, daß sie mir weh tat. Das erstaunte mich sehr. Ich sah auf unsere ineinandergelegten Hände, und ihre reizenden, schlanken Finger waren weiß vor Anstrengung, doch die Nägel waren immer noch perfekt, jeder so säuberlich gerundet wie der andere, jeder sorgfältig lackiert in der Farbe ihrer Lieblingsäpfel. Es war ein sehr trauriger Moment für mich. Diese Hand mit der plötzlichen beängstigenden Kraft, die dennoch immer noch von ihrer reizenden Eitelkeit zeugte, machte mich noch trauriger als ihre Schmerzenslaute.

Aber als ich im Vorbereitungsraum neben ihr stand, konnte ich ihre Hände nicht sehen. Sie lagen irgendwo unter dem Laken, und ich hatte meine Arbeit zu erledigen, also sah ich auf ihr Gesicht. Über ihren geschlossenen Augen wölbten sich westliche Lider, die sie von einigen Franzosen unter ihren Vorfahren geerbt hatte. Es war ein sehr attraktives Merkmal an ihr, das war mir immer bewußt, doch Ly erwähnte nie ihre Augen, obwohl er darüber in der Öffentlichkeit durchaus Komplimente hätte machen können. Er hätte sagen können: »Meine Frau hat so wundervolle Augen«, aber er tat es nicht. Und seine

Hochachtung für ihre Brüste zeigte sich natürlich nur im Privaten. Abgesehen von seinen Blicken.

Wir drei waren jung, erst sechzehn, und Thuy und ich besuchten den Sportclub von Saigon. Damals trafen wir Ly zum erstenmal. Uns wurde gesagt, wenn Mutter Maria das Tennisspiel gekannt hätte, hätte sie den weiblichen Gläubigen erlaubt, das entsprechende Kostüm zu tragen, obwohl es die Beine zeigte. Wir zeigten gern unsere Beine. Ich habe tatsächlich hübsche Beine. Nicht so hübsche wie Thuy, aber ich war froh, daß meine Beine nackt waren, als ich Le Van Ly zum erstenmal traf. Er war Balljunge auf dem Tennisplatz, und als Thuy und ich spielten, rannte er herum, hob die Bälle auf und gab sie uns zurück. Ich war eine geübtere Spielerin als Thuy, und erst zu spät bemerkte ich, wieviel vorteilhafter es war, den Ball ins Netz zu schlagen und Ly dazu zu zwingen, auf meine Seite zu laufen, den Ball aufzuheben und ihn mir zurückzugeben. Thuy wußte das natürlich von Anfang an, und sie spielte niemals schlechter als damals, als Le Van Ly am Ende des Netzes stand und darauf wartete, daß wir einen Fehler machten.

Und schon bei diesem ersten Treffen merkte ich, daß seine Blicke auf Thuys Brüste fielen. Es waren sehr verstohlene, aber höchst bedeutungsvolle Blicke. Ich weiß das, weil mich seine Augen von Anfang an anzogen. Sie waren eher wie meine, hatten nichts Westliches an sich, sondern alle Merkmale unserer Ahnen, bis zurück zum Freundlichen Drachen, dessen hundert Kinder Vietnam gründeten. Aber ich wollte nur zu gern vergessen, daß der Freundliche Drache eine Feen-Prinzessin geheiratet hatte, keine ordentliche Hausfrau, daher hatte ich im Alter von sechzehn noch Hoffnungen. Er blickte auf Thuys Brüste, aber er lächelte mich an, wenn ich einen Ball nicht erwischte, und ganz leise, so daß nur ich es hören konnte, sagte er: »Sie sind eine sehr gute Spielerin.« Mit sechzehn hörte sich das für mich an, als könnte sich darauf seine Liebe gründen. Ich war ein dummes Mädchen.

Aber jetzt lag sie vor mir auf einem Edelstahltisch, der Kopf lagerte auf einer verchromten Stütze, das Haar fiel unordentlich nach hinten, und ihr Gesicht erschien fast reizlos. Im Raum hing ein schwacher Geruch, er kribbelte ein wenig in der Nase wie etwas Beißendes, wie der Geruch, wenn meine Söhne für den Biologieunterricht Insekten töteten. Aber darüber lag ein feiner Duft von Blumen, keine wirklichen Blumen, wie ich wußte. Ich mochte diesen Raum nicht und versuchte, mich auf das zu konzentrieren, weswegen ich gekommen war. Ich stand vor Thuy und hatte mich nicht gerührt, seit Mr. Hoa weggegangen war. Er band meine Schürze am Rükken zusammen und sagte mir, daß er Thuys Haar bereits gewaschen habe. Er schaltete die Klimaanlage an dem kalkweiß bemalten Fenster ein, verließ unter vielen Verbeugungen den Raum und machte die Tür fest hinter sich zu.

Ich öffnete die Tasche, die ich auf einen hohen Metallstuhl gestellt hatte, nahm Thuys Bürste mit dem perlenbesetzten Griff heraus und beugte mich näher über sie. Unser ganzes Leben lang hatten wir uns gegenseitig das Haar gekämmt. Sie hatte ihr Haar immer offen getragen, sogar als sie älter wurde. Sogar an ihrem Todestag lag ihr Haar sorgfältig ausgebreitet auf dem Kissen, was sie kurz vor ihrem Ende selbst getan haben mußte, denn als Ly, ihr ältester Sohn und ich an diesem Abend ins Zimmer kamen und sie fanden, war sie tot, und ihr Haar war wundervoll.

Also streckte ich jetzt die Hand aus und strich ihr zum

erstenmal nach ihrem Tod durchs Haar, und es sträubte sich gegen die Bürste, und angesichts dieser Widerspenstigkeit durchlief mich ein eisiger Schauer. Ihr Haar lebte noch. Der Körper war starr, kalt und vollkommen passiv, aber das Haar widersetzte sich der Bürste, und obwohl Thuy bei diesem ersten Bürstenstrich nicht aufschrie, wie sie es sonst immer getan hatte, schien ihr Haar immer noch lebendig zu sein, was mir ein sehr seltsames Gefühl einflößte. Schon bei dem ersten kurzen Zusammenkrampfen, das ich verspürte, als ich Thuy sah, wußte ich, daß ich ärgerlich war. Und zwar beim Anblick ihres Haars, das sie selbst in mittleren Jahren noch offen trug, anstelle eines Knotens im Nacken wie alle vietnamesischen Frauen unseres Alters. Ich war ärgerlich, und dann stellte ich fest, daß ich wütend wurde, weil sie noch nicht ganz tot war, und gleichzeitig erfüllte mich das mit solch heißer Scham, daß ich in Schweiß auszubrechen drohte.

Die Scham hielt nicht lange an. Ich richtete mich auf und wandte das Gesicht in den kühlen Luftstrom der Klimaanlage und sah auf die Instrumente, die hinter den Glastüren des Schranks am anderen Ende des Raums hingen, all die blitzenden Klammern, Röhren, Scheren und Messer. Hier war kein Ort der Lebenden. Ich sah in Thuys Gesicht, und ihre bleichen Lippen waren zu einem leichten Schmollen hinuntergezogen, ich hob die Bürste und strich ihr erneut durchs Haar, und obwohl es sich genauso anfühlte wie immer, wenn ich es gekämmt hatte, bürstete ich weiter.

Und ich redete ein bißchen mit Thuy. Vielleicht befand sich ihr Geist im Raum und hörte mich. »Ist schon gut, Thuy. Wofür ich dich im Leben nicht getadelt habe, dafür werde ich dich jetzt auch nicht tadeln.« Sie war eine gute Freundin gewesen. Sie hatte mich immer geschätzt. Wenn wir uns gegenseitig das Haar bürsteten, sagte sie immer, wie schön meines sei, und sie redete mir zu, es ebenfalls lang zu tragen, obwohl ich fast fünfzig und keineswegs eine Schönheit bin. Und sie sagte mir, was für großartige Talente ich hätte. Sie drängte mich, mich doch mit einem Mann in Versailles zu verabreden. Ich würde diesem oder jenem Mann eine wundervolle Frau abgeben, behauptete sie. Es waren erfolgreiche Männer, die sie mir empfahl, sehr wohlhabende Leute. Allerdings immer ältere, Sechzig- oder Siebzigjährige. Einer war einundachtzig, und den schlug sie mir nicht direkt vor, sondern erwähnte nur beiläufig, daß sie ihn die Woche zuvor gesehen habe, und er sei ein so starker Mann, ein so eleganter und kraftvoller Mensch.

Ihr eigener Mann, Le Van Ly, war natürlich erfolgreicher als alle anderen. Und er ist immer noch der bestaussehende Mann in Versailles. Wie schön er ist. Das Gesicht eines Kriegers. Diese hohen Backenknochen und die vollen Lippen Le Van Lys habe ich bei den Kriegerstatuen im Saigoner Museum gesehen, jenen Männern, die vor vielen Jahrhunderten die Chinesen aus unserem Land verjagt haben. Und ich hob Thuys Haar hoch, bürstete es in einzelnen Strähnen aus, legte es dann vorsichtig auf die glänzend silberne Tischplatte hinter der Kopfstütze, und ließ die Enden über die Kante fließen. Das Haar war sehr weich, es fügte sich jetzt meinen Händen, und ich erinnerte mich, wie perfekt es über den Rücken ihres blaßblauen ao dais hinabgefallen war, als sie und Ly über den Platz in der Nähe des Continental Palast Hotels schlenderten.

Ich wünschte, es wäre damals zu einer klaren Konfrontation gekommen, einer kleinen Szene; es hätte mir nichts ausgemacht, einmal keinen so beherrschten und nüchternen Eindruck zu machen; ich hätte gern geweint und sogar laut gesprochen. Aber ihre Art, mir mitzuteilen, wie die Dinge standen, war absolut entwaffnend. Wir tranken Limonade auf der Terrasse des Continental Palast Hotels, und ich glaubte, es wäre so wie immer: wir drei zusammen in der Stadt, den Fluß entlangschlendernd oder über die Blumenmärkte in der Nguyen Hue oder durch die Buchläden auf der Le Loi spazierend. Wir waren seit fast zwei Jahren befreundet, seit der Zeit, als wir uns im Club kennengelernt hatten. Für mich war es zu keiner klaren Entscheidung gekommen. Ly war ein sehr traditionsbewußter junger Mann, sehr höflich, und drängte nie auf eine Entscheidung, daher hegte ich immer noch Hoffnungen.

Abgesehen davon, daß ich unbewußt gewisse Dinge mitbekommen hatte. Als Thuy mit mir sprach und die beiden kurz darauf am Abend vor Lys Eintritt in die Armee zusammen vom Hotel wegspazierten, erkannte ich mit einigem Entsetzen, daß ich tatsächlich schon alles begriffen hatte. Wie wenn man plötzlich feststellt, daß man alt geworden ist. Lange Zeit sind es nur Kleinigkeiten, die sich mehren, aber eines Morgens schaut man in den Spiegel, und schlagartig ist einem alles klar. Auf dem Blumenmarkt in der Nguyen Hue sprach ich sehr begeistert davon, wie ich die Blumen arrangieren würde, welche zusammenpassen würden, wie ein Heim mit dieser oder jener Sorte von Blumen bei der einen oder anderen Gelegenheit geschmückt werden sollte. Aber Thuy beugte sich über die Blüten, ihr Haar fiel durch die Blätter, sie atmete sehr tief ein und richtete sich auf, und der Duft der Blumen umströmte sie, und natürlich sah es so aus, als wären ihre Brüste noch größer und schöner geworden, und Ly sah sie an und schloß dann vor Bewunderung sanft die Augen. Und in den Buchläden – ich war diejenige, die zu den Buchläden gehen wollte – war ich hingerissen von den vermeintlichen Wundern all dieser kleinen Welten, die mich einluden, und die kleine Welt neben mir nahm ich nicht wahr, wenn Thuy etwa die Postkarten betrachtete oder mit Ly über Reisen an entfernte Orte sprach.

Ich nehme an, meine beiden Freunde waren im Continental Palast Hotel so freundlich wie möglich zu mir, wenn man bedachte, was sie vorhatten. Thuy bat mich, sie auf die Toilette zu begleiten, und wir lachten über etwas, das Ly gesagt hatte. Wir traten vor den großen Doppelspiegel, unsere beiden Gesichter Seite an Seite, zwei achtzehnjährige Mädchen, und doch sah ich neben ihr viel älter aus. Schon alt. Und sie sagte: »Ich bin so glücklich.«

An diesem Tag hatten wir sicher Spaß zusammen, aber ich verstand ihre Einstellung nicht ganz. Schließlich ging Ly fort, um im Krieg zu kämpfen. Doch ich antwortete: »Ich auch.«

Dann lehnte sie sich an mich, legte ihre Hand auf meine Schulter und sagte: »Ich muß dir ein wundervolles Geheimnis verraten. Ich konnte es gar nicht erwarten, es meiner lieben Freundin anzuvertrauen.«

Sie sagte diese Worte ohne jeglichen Sarkasmus. Dessen bin ich sicher. Und ich wußte immer noch nicht, was kommen würde.

Sie sagte: »Ich bin verliebt.«

Beinahe hätte ich gefragt, in wen sie verliebt war. Doch das war nur ein sehr kurzer Anflug von Naivität. Ich wußte, wen sie liebte. Und nachdem sie den Kopf auf meine Schulter gelegt hatte und mich im Spiegel mit solcher Zärtlichkeit anlächelte, sagte sie: »Und Ly liebt mich auch.«

Warum war dieses Thema nicht früher aufgekommen? Der Grund dafür ist der, daß jede von uns immer davon gesprochen hatte, was für ein wunderbarer Junge Ly war. Doch meine eigenen Äußerungen waren genauso lebhaft und begeistert wie diejenigen meiner Freundin – tatsächlich noch lebhafter. Wenn ich aufgrund ihrer Äußerungen annahm, daß sie Ly liebte, dann hätten meine eigenen Liebeserklärungen genauso eindeutig sein müssen. Aber offensichtlich war das nicht der Fall, und das hätte ich wissen müssen. Thuy hatte mich keinen Moment lang als Rivalin angesehen. Selbst daß ich ihn vergeblich lieben könnte, war undenkbar für sie.

Sie hob den Kopf von meiner Schulter und lächelte mich an, als erwarte sie von mir, glücklich zu sein. Nachdem ich still blieb, drang sie weiter in mich. »Ist es nicht wunderbar?«

Ich hatte nie von meiner Liebe zu Ly gesprochen, und ich wußte, dies war die letzte Gelegenheit, die ich haben würde. Aber was sollte ich sagen? Ich konnte mich jetzt an all die kleinen Zeichen erinnern und sie vollkommen verstehen. Und Thuy war eben diejenige, die sie war, und ich war ganz anders, und die Gefühle zwischen den beiden waren schon festgelegt. Also gab ich die einzig vernünftige Antwort, die mir möglich war: »Es ist ganz wunderbar.«

Das machte Thuy noch glücklicher. Sie umarmte mich. Und dann bat sie mich, ihr Haar zu kämmen. Bevor wir ins Hotel kamen, waren wir eine Stunde draußen gewesen, und ihr langes, glattes Haar war ein wenig zerzaust. Sie reichte mir die Bürste mit dem Perlengriff, die sie von ihrer Mutter bekommen hatte, und wandte mir den Rücken zu. Ich begann zu bürsten. Beim ersten Bürstenstrich verfing sich das Haar, und Thuy schrie mit reizend zartem Stimmchen auf. Ich hielt kurz inne, hätte fast die Bürste gegen die Wand geschleudert und wäre hinausgegangen. Doch dann bürstete ich weiter, und da sie vom Spiegel abgewandt war, konnte sie mein schrecklich verkniffenes Gesicht nicht sehen, als ich vorschlug, daß sie und Ly die letzten gemeinsamen Stunden allein verbringen sollten. Fast hätte sie über diese Geste ihrer lieben Freundin vor Freude und Dankbarkeit geweint, und ich bürstete weiter, bis ihr Haar perfekt war.

Meine Hände hatten jetzt hier im Vorbereitungsraum gute Arbeit geleistet, ihr Haar war wundervoll zurechtgemacht. Und mir kam ein seltsamer Gedanke. Sie tat mir dasselbe zum zweitenmal an. Sie ließ sich von mir das Haar verschönern, damit sie in die geistige Welt eintreten konnte, um dort den einzigen Mann zu verführen, der mich einst zu lieben vermochte. Das wäre Thuys letzter Triumph über mich. Meine Hände zitterten bei dem Gedanken, der mich nicht losließ. Ich sah es deutlich vor mir: Thuy kommt in den Himmel, und ihr Haar fließt lang und weich über ihren Rücken, ihre Brüste sind wunderschön, sogar im weißen Kleid der Engel, und der Geist irgendeines großen Kriegers, der an der Seite der Trung-Schwestern kämpfte, tritt auf sie zu, und obwohl er neunzehn Jahrhunderte auf mich gewartet hat, erblickt er Thuy und beschließt, nicht länger zu warten. Er hat nur auf das Werk meiner Hände gewartet, er hebt Thuys Haar hoch und küßt sie.

Ich trat zurück und starrte Thuy ins Gesicht. Ich sah es im Spiegel des Continental Palast Hotels, und es war sehr schön, aber jetzt war das Gesicht vor mir dem Tod zum

Opfer gefallen, die Schönheit war verborgen, sie wartete auf meine Hände. Thuy wartete darauf, daß ich sie schön machte. Ich hatte es immer verstanden, sie schön zu machen. Durch meine bloße Anwesenheit. Wieder war ich versucht, mich abzuwenden. Aber das hätte mir nur ihr herablassendes Lächeln eingetragen. Jemand anderer würde die Arbeit erledigen, wenn ich sie nicht tat, und Thuy würde mit ihrem schönen Gesicht in den Himmel auffliegen, und ich wäre allein mit meiner Scham.

Ich wandte mich nun dem Laken zu, und der Körper, den ich in seiner fraulichen Nacktheit nie gesehen hatte, lag darunter verborgen, und ihm hatte Lys Liebe gegolten. Das Haar und das Gesicht hatten ihn angezogen, aber es war dieser verborgene Körper, ihr geheimes Fleisch, nach dem er sich sehnte. Ich hatte Ly vor weniger als einer halben Stunde gesehen. Er war in Mr. Hoas Büro, als ich eintraf. Er griff mit beiden Händen nach meiner Hand und hielt sie eine Weile fest, während er mir versicherte, wie froh er war, daß ich hier sei. Seine Augen waren voller Tränen, und ich hatte großes Mitleid mit Le Van Ly. Ein Krieger sollte niemals weinen, nicht einmal um eine schöne Frau. Er überreichte mir den Beutel mit Thuys Bürste und Make-up und sagte: »Du weißt immer, was zu tun ist.«

Was meinte er damit? Einfach daß ich wußte, wie man Thuys Haar bürstet und ihr Gesicht bemalt? Oder war es etwas, was er bei all meinen Handlungen bemerkt hatte, genauso wie er einst gesehen hatte, daß ich eine sehr gute Tennisspielerin war? Hieß es, daß er begriff, daß er keine solche Frau gehabt hatte, eine Frau, die immer wußte, was sie ihm als Ehefrau schuldig war? Als er in Mr. Hoas Büro vor mir stand, kam ich mir wieder wie ein närrischer Teenager vor, in dem wieder die gleichen Hoffnungen aufwallten. Aber vielleicht war das gar nicht närrisch; seine Blicke konnten nicht mehr auf Thuys Brüste abschweifen, denn sie waren nicht mehr da.

Ihre Brüste. Wie waren sie beschaffen, daß sie mir meinen Platz in der Welt der Frauen für immer zugewiesen hatten? Sie befanden sich unter dem Laken. Ich streckte die Hand aus und griff nach dem Saum, aber ich hielt inne. Ich sagte mir, daß es jetzt nicht mehr wichtig war. Sie war tot. Ich ließ das Laken los und wandte mich ihrem gummiartigen Gesicht zu. Ich nahm ihren Lippenstift und die Wimperntusche heraus, beugte mich über sie und malte wieder Leben auf diese tote Maske.

Als ich sie schminkte, dachte ich daran, wo sie liegen würde: In dem Friedhof hinter der katholischen Kirche, in einer überirdischen Steingruft. In New Orleans ist es oft notwendig, die Toten über der Erde zu bestatten, weil der Grundwasserspiegel so hoch ist. Hätten wir Thuy in die Erde gelegt, wäre sie eines Tages an die Oberfläche geschwemmt worden, und ich sah es ganz deutlich vor mir – wie sie sich aus der Erde erhob und erwachte, wie sie in der Hitze des Tages den Weg zurück in die Hauptstraße von Versailles fand, und ich würde mich gerade mit Ly unterhalten, er würde sich zu mir beugen und mir zuhören, wenn ich ihm von all meinen Herzensangelegenheiten erzählte, doch plötzlich würden seine Augen abschweifen, und da stünde sie, das Gesicht geschminkt, das Haar gebürstet und die Brüste so schön wie immer. Aber der Gedanke, daß sie über der Erde ruhen sollte, machte mich auch nervös. Als wäre sie nicht ganz fort. Und das würde sie nie sein. Ly würde sie dort draußen hinter der Kirche in der Luft spüren, er würde sie nie vergessen, er würde all den Trost seiner Kinder und Enkel brauchen.

Meine Hand zitterte jetzt, als ich ihre Augen mit dem Pinsel berührte, und als ich den Lippenstift hielt, preßte ich ihn fest auf ihren Mund, ich verdrängte die Scham und den Ärger und erinnerte mich, wie ihr Mund gewesen war, das schnelle Lächeln, das sich in all den Jahren nie verändert hatte, das bei mir nie ein anderes Gefühl hervorrief als Loyalität und untertänige Freundschaft. Dann war all die Schminke am richtigen Ort, ich trat zurück, hielt mein Gesicht erneut in den kühlen Luftstrom, versuchte einfach nur, dem Surren der Klimaanlage zu lauschen und all diese Gefühle zu vergessen, all die schrecklichen Erinnerungen an eine tote Frau, die immer meine Freundin gewesen war, die ich im Leben nie mit einem dieser Gefühle konfrontiert hatte. Ich dachte: Was bin ich doch für ein Feigling.

Doch statt auf diese berechtigte Anklage zu hören, sah ich Thuy an und nahm ihr Haar in die Hände, ich nahm es zusammen und wand es zu einem Knoten, den ich in ihrem Nacken feststeckte. Sie war schließlich eine fünfzigjährige Frau. Sie war ebenso eine fünfzigjährige Frau, wie ich es war. Ganz sicher war sie das. Und daraufhin sah ich auf das Laken.

Es lag weiter unten über ihrer Brust, als ich geglaubt hatte. Aber ihre Brüste waren fünfzig Jahre alt, und sie waren platt, wenn sie auf dem Rücken lag. Nie durfte ihre liebe Freundin sie sehen, jene beiden Geheimnisse, die den Mann, den ich liebte, bezaubert hatten. Jetzt würde ich ihren Anblick ertragen, verletzlich und schlaff wie sie waren. Ich trat einen Schritt vor, ergriff an ihrem Hals das Ende des Lakens und zog leise raschelnd das Tuch zurück.

Eine ihrer Brüste war weg. Die rechte Brust, mit großer, zimtfarbener Brustwarze, war sogar jetzt noch reizend, sogar noch im Tod, aber die linke Brust war weg, an ihrer Stelle verlief eine große Narbe nach oben, die sich unter dem Arm verlor. Mir stockte der Atem bei diesem Anblick, als wäre die Narbe auf meiner eigenen Brust, an dem Ort, wo mir die Lungen herausgerissen worden waren, und ich sah, daß es eine alte Narbe war, Jahre alt, und ich dachte an ihre drei Jahre in Kalifornien, über die sie nie gesprochen hatte, daß all das, was sie erlitten haben mußte, hinter ihrem Lächeln versteckt gewesen war.

Eine ganze Weile konnte ich mich nicht rühren, und schließlich handelten meine Hände von selbst. Sie zogen das Laken hinauf und strichen es sanft an ihrem Hals platt. Ich nehme an, daß ich mich jetzt wieder hätte schämen sollen wegen des Ärgers über meine Freundin Thuy, aber so war es nicht. Die Scham kam mir jetzt kindisch vor, viel zu einfach. Es war nicht nötig, irgend etwas zu erklären. Ich beugte mich einfach vor, küßte Thuy auf die Augenbraue und löste den Knoten in ihrem Nacken, glücklich, sie noch einmal schön zu machen, glücklich, sie zu einem gesunden Körper im Himmel zu schicken, wo sie das Auge des prächtigsten Kriegers fesseln würde. Und ich wußte, sie würde es verstehen, wenn ich alles tat, was ich konnte, um Le Van Ly glücklich zu machen.

Das amerikanische Ehepaar

Meine Schwester und ich zogen ein Entenkostüm an, und auf unserem Schild stand »DON'T DUCK A DEAL«, laß dir kein Geschäft entgehen, und so landete ich schließlich mit meinem Mann in Puerto Vallarta, Mexiko. Das Geschäft, das meine Schwester und ich nach der Vorstellung machten, sah folgendermaßen aus: Sie nahm das Geld, das zu der Spezial-Ferienreise gehörte und das sich, wie sich herausstellte, hinter Vorhang Nummer zwei befand, und ich nahm meinen Mann mit nach Puerto Vallarta. Hätten wir bei der Spielrunde direkt davor mitmachen können, hätte ich ein Auto gewonnen. Bei Vorhang Nummer drei hatte ich links von der Mitte eine winzige Ausbuchtung gesehen, und tatsächlich, als er geöffnet wurde, um dem Paar im Killerbienen-Kostüm zu zeigen, was ihnen entgangen war, stand da ein Ford Escort, der ein kleines bißchen zu weit nach vorn gestellt worden war. Das machen sie manchmal. Mir war das aufgefallen. Die Killerbienen hatten es nicht bemerkt, und sie gewannen die Ziege hinter Vorhang Nummer eins, eine Ziege, die am Saum des blitzblauen Kleides eines wunderschönen blonden Mannequins knabberte, das die Leine der Ziege hielt. Alle lachten, außer dem Paar im Killerbienen-Kostüm, auch meine Schwester und ich lachten, doch als ich mich zu ihr beugte und ihr sagte, daß ich gewußt hätte, wo das Auto war, schlug sie sich verzweifelt an den Kopf und lachte nicht mehr. Ich bin eine sehr scharfe Beobachterin. Ich halte das für eine gute Eigenschaft, obwohl es in Vietnam, wo ich geboren und aufgewachsen bin, nicht zu den Vorzügen einer Frau gezählt wird, außer sie behält ihre Beobachtungen für sich.

Mein Ehemann ist in dieser Hinsicht gespalten. Manchmal fällt mir etwas auf, was ihm geschäftlich von Nutzen sein kann. Er ist ein ausgezeichneter Geschäftsmann. Er hat in Amerika großen Erfolg, genauso wie früher in Vietnam, obwohl er in diesem Land ganz von vorn anfangen mußte. In Vietnam hat er mit dem Export von Entenfedern viel Geld verdient. Das inspirierte mich zu meinem Kostüm bei »Let's Make a Deal«. Entenfedern standen in der Exportbilanz der Republik von Südvietnam an vierter Stelle, und sie ergeben sehr weiche Kissen und sehr warme Decken. Einmal kam ein Mann, dem mein Ehemann vertraute, ins Büro und behauptete, er würde nur mit meinem Mann in Verhandlungen stehen, aber ich bemerkte eine Entenfeder an seinem Hosenaufschlag, und die stammte nicht von unseren Enten. Mein Mann war an diesem Tag sehr stolz auf meine Beobachtung, aber ich weiß, ich mache ihn nervös, weil er glaubt, ich könne ständig eine Menge an ihm entdecken und über ihn herausbekommen.

Es stimmt, ich weiß eine ganze Menge aufgrund meiner Beobachtungen. Und es stimmt auch, daß ich glücklich war, ihn nach Puerto Vallarta mitzunehmen, und daß ich zusammen mit meiner Schwester den Preis gewonnen habe, der das ermöglichte. Wir flogen über die Berge herein, er schlief neben mir, und ich sah aus dem Fenster. Die Berge waren mit üppigem Grün bedeckt, das wie Velour aussah, und alles war ganz ähnlich wie in Vietnam. Ein Fluß schlängelte sich durch die Berge, ein brauner Fluß, so braun wie ein mexikanisches Kind, und unser Flugzeug folgte ihm, bis ich vor uns die Stadt erkennen konnte, die sich am Meer entlang erstreckte. Der Anflug war sehr schön, und in der Hoffnung, er würde sich zu mir herüberbeugen und mit mir hinausschauen, stieß ich meinen Mann an, aber er war sofort damit beschäftigt, seine Schuhe zu suchen, die er immer abstreift, wenn er schläft, und nachdem er festgestellt hatte, daß nichts verlorengegangen war, ihn nichts überrumpelt hatte, flogen wir schon zu tief für romantische Eindrücke, und alles, was ich draußen zu sehen bekam, waren verwilderte Felder und eine Ansammlung ärmlicher Holz- und Blechhütten, ebenfalls wie in Vietnam, wie in den Außenbezirken von Saigon, der Stadt, aus der ich komme.

Auch der Flughafen war ziemlich verwahrlost. Die Grünstreifen zwischen den Rollbahnen waren überwuchert, das Flughafengebäude war langgestreckt und sah aus wie aus Schlackenstein gebaut, was man offenbar zu verbergen suchte, indem man große Flächen der Außenwand mit einem leuchtend bunten Rauhputz verkleidet hatte – rot, gelb und limonengrün –, der mich an Krepppapier erinnerte. Alles machte einen ziemlich billigen Eindruck, und ich sah, wie mein Mann mit seinem geschäftsmäßigen Blick gleich alles erfaßte, auch das Unkraut war ihm nicht entgangen. Er kannte die hochglanzpolierten amerikanischen Städte – Las Vegas, Miami Beach, Lake Tahoe – und er wußte, war der Gast erwartete. Im Taxi schnaubte er wegen der Schlaglöcher in der Fahrbahn – das Taxi mußte mehrere Male fast anhalten –, wegen der Schutthaufen und der mit Unkraut bewachsenen Felder. Die gesamte Zufahrt zu dem schicken Hotel müßte hergerichtet werden, fand er. Und ich wußte, er war eigentlich über die ganze Reise nicht so recht froh. Es tat ihm leid, seine Arbeit zu vernachlässigen, wenn auch nur für eine Woche, außerdem gefiel ihm die Vorstellung nicht, daß meine Schwester seine Wohltäterin war. Vor allem deswegen nicht, weil meine Schwester und ich uns als Enten verkleidet hatten.

Mir hat das eigentlich auch nicht besonders gefallen. Aber ich muß zugeben, daß ich Spiel-Shows mag. Amerikanisches Fernsehen gefällt mir überhaupt. Die Seifen-Opern zum Beispiel. Man könnte meinen, ich hätte von den alltäglichen Katastrophen die Nase voll, aber die Seifen-Opern erinnern mich daran, daß es irgendwo irgend jemanden gibt, der weiß, wie das Leben wirklich aussehen kann. Das läßt mich diese wundervolle Leichtigkeit, die mir in Amerika vor Augen geführt wird, noch mehr genießen. Besonders gern mag ich eine Seifen-Oper mit einer älteren Schauspielerin. Diese Schauspielerin ist schon seit Jahren im Geschäft, und obwohl die Sendungen aufgezeichnet sind, habe ich immer den Eindruck, sie steht kurz vor dem Zusammenbruch. Sie sagt ihren Text, und ich spüre, wie in ihrem Kopf ein Licht ausgeht, und man sieht, wie ihre Augen fast unmerklich von der Kamera abschweifen. Sie sucht die Texttafeln, verstehen Sie. Sie hat vergessen, was sie zu sagen hat. Und das muß ihr ständig passieren, denn diese Aussetzer, so geringfügig sie auch sind, bleiben auf dem Band, und vielleicht bin ich, abgesehen von einem professionellen Schauspieler, die einzige Zuschauerin im Land, die das bemerkt. Ständig spielt sich dieses tatsächliche Drama ab. Ich mag sie sehr gern. Diese Frau hat Courage, trotz ihres schlechten Gedächtnisses weiterzuspielen. Manchmal steht der andere Schauspieler in der Szene zufällig am richtigen Platz, dann hebt sie den Blick über seine Schulter, und man sieht die leicht suchenden Augenbewegungen, wenn sie abliest. Diese Bewegung ist fast unmerklich, aber ich kann sie sehen, und in diesen Momenten freue ich mich für sie. Sie kann ihren Text sehen. Aber genauso freue ich mich – es erfaßt mich sogar eine gewisse Begeisterung, als würde ich bei der Kür eines Eiskunstläufers zusehen –, wenn sie plötzlich schwatzhaft und leicht unkonzentriert wird. Das kommt daher, weil sie von den Texttafeln abgeschnitten ist und herumimprovisiert, bis sie wieder in ihre Rolle zurückfindet. Das ist das Gute in Amerika. Es gibt immer ein bißchen Improvisation, etwas Neues, und wenn es schwierig wird, greift man nicht auf das Hergebrachte zurück, sondern erfindet etwas anderes.

Dennoch wäre es besser gewesen, wenn ich an der Show hätte teilnehmen können, ohne mich als Ente zu verkleiden. Ich wünschte, ich hätte durch Beantwortung von Fragen, Lösen von Rätseln oder Erraten von Preisen die Mexiko-Reise gewonnen. Irgendwas in der Art. All das kann ich sehr gut. Erst letzte Woche sind mir ein paar Dinge gelungen, die sonst niemand geschafft hat – ich habe Jeremy Brett sowohl in der Fernsehrolle als Sherlock Holmes wie in der Filmrolle als Freddy in »My Fair Lady« erkannt, ich las den Ausdruck »Verzweiflungstaktiken«, obwohl die Vokale fehlten, und ich wußte, daß eine Kitchen-Aid-Spülmaschine und eine jährliche Versorgung mit Golden Toast zwischen sechshundertfünfzig und siebenhundert Dollar kostet. Aber man wird getestet für solche Shows, und sie nehmen keine Leute, die einen Akzent haben. Ich spreche genauso gut Englisch wie die meisten Amerikaner, aber an meiner Aussprache hört man, daß ich Ausländerin bin.

Nur einmal schaffte ich es bis zu einem Test. Ich war schlau genug, meinen Namen umzudrehen, und die beiden mittleren wegzulassen. Ich änderte Tran Nam Thanh Gabrielle in Gabrielle Tran. Meine Eltern haben mir einen französischen Namen gegeben, weil sie die Franzosen vor allem wegen ihrer Küche und des Reitclubs in Saigon bewunderten. Indem ich meinen Namen in Gabrielle Tran änderte, schaffte ich es bis zu einem Test – die Produzenten glauben wahrscheinlich, ich wäre so etwas wie Nancy Kwan, die Schauspielerin, die ich in den alten Filmen bewunderte und die sehr klar Englisch sprechen kann, wenn sie will.

Ich war sehr gut, bei allem, was sie von mir verlangten, bis dann während der Spielrunde aufregende Dinge passierten. Man könnte annehmen, daß es für die Veranstalter längst nichts Ungewohntes mehr ist, dergleichen zu verlangen. Aber der Mann mit den Kopfhörern und dem Schreibblock war fast verlegen, als es soweit war. Als wären wir bei einem Rendezvous, und er würde mich um etwas Sexuelles und leicht Abartiges bitten. Wir waren zu dritt bei dem Test, drei Frauen, und er sagte: »Wenn etwas ganz Tolles passiert, könnten Sie ...« Er stammelte ein bißchen herum, und dann sagte er: »Könnten Sie das körperlich ausdrücken. Das heißt, könnten Sie irgendwie, Sie wissen schon, könnten Sie hochhüpfen? Herumhüpfen?« Wir alle lachten darüber, aber als wir es machten, war ich sehr gut. Er ließ uns sogar innehalten, legte die Hand auf meine Schulter und sagte zu den anderen: »Ja, so. Sehen Sie auf Miss Tran.«

Ich war sehr gut, verstehen Sie. Und es war ganz natürlich für mich. Es machte mir Spaß. Aber dann, als sie begannen, mit uns zu sprechen, nach unseren Namen zu fragen, wo wir wohnten und derlei Dinge, konnte ich sehen, wie sie ein wenig die Augen verdrehten, während ich redete. Sie stellten Fragen, die ich richtig beantwortete, und ich sprang in die Luft, aber ich wußte, ich würde es nicht schaffen. Und ich glaube, ich redete vielleicht auch ein bißchen zu viel. Ich zog sogar den Moderator auf – seinen Namen will ich nicht nennen – wegen des Kusses, den er seiner Assistentin in der Pause gab. Beide waren verschwunden, während der Regisseur herumging und die Kameras einrichtete, und als sie zurückkamen, würdigten sie sich keines Blicks, aber das Make-up des Moderators war um den Mund herum verschmiert. Nicht daß ich das bei laufender Kamera gesagt hätte, aber mir war sofort klar, daß man so etwas nicht machen durfte.

Mein Mann sagte, ich hätte das wissen sollen. Er ist hier in Amerika im Nahrungsmittelgewerbe tätig. Nicht im Restaurant-Gewerbe allerdings. Er ist der Ansicht, ein vietnamesisches Restaurant in Amerika, mit Papierlampions, chinesischen Suppenschalen und all dem Zeug, ist das gleiche wie ein dressierter Elefant im Zirkus. Er findet, man würde dabei bloß mit seiner Fremdartigkeit spielen und in eine Rolle schlüpfen. Statt dessen stellt er Essen für bestimmte Einrichtungen her – für Krankenhäuser, Schulen, Fluglinien oder für Bankette. Er ist ein sehr guter Geschäftsmann. Er schätzt Amerika außerordentlich, weil es ein Ort ist, an dem ein Mann wie er erfolgreich sein kann. Aber die Dinge, die ich an Amerika mag, bedeuten ihm nichts. Er sagte, ich hätte wissen sollen, daß Spiel-Shows eine Frau mit meinem Aussehen und meinem Akzent nie akzeptieren würden.

Aber in gewisser Hinsicht habe ich ihm das Gegenteil bewiesen. Der Beweis war, daß er und ich im schönen

Puerto Vallarta im Aufzug des Fünf-Sterne-Hotels Fiesta Vallarta standen, wo wir aufregende vier Tage und drei Nächte verbringen würden. Die Zuschauer bei »Let's Make a Deal« wußten, was das wert war. Sie stießen ein langes, neidvolles Seufzen aus. Ich wußte, man hatte sie gebeten, das zu tun, genauso wie man die Gewinner gebeten hatte, auf und ab zu hüpfen. Tatsächlich hatte ich Shows gesehen, wo die Zuschauer wegen einer Kaffeemaschine oder einer Lava-Lampe lange Seufzer von sich gaben und das hinterher nicht einmal komisch fanden. Sie spielten dieses wundervolle Spiel in dieser wundervollen Welt, wo derlei Dinge die Menschen glücklich machten. Wenn am Morgen der Kaffee durch den Filter tropft und so herrlich schmeckt, seufzt man. Oder man dreht alle Lichter ab, außer der Lava-Lampe, und jenes wundersame Formenspiel erscheint neben dem Bett, und du wendest dich zu deinem Mann und sagst, schau nur, wie schön. Du sagst, schau, das habe ich gewonnen. Das hat nichts gekostet. Nun, die Reise war wirklich einen Seufzer wert, und ich habe sie gewonnen.

Mein Mann und ich fuhren also ins zehnte Stockwerk hinauf, und wir betraten unser Zimmer. Die Glastüren am anderen Ende standen offen, die zarten Vorhänge flatterten, und wir traten auf den Balkon hinaus, der einen herrlichen Ausblick bot: Der scharf begrenzte Horizont des Meeres, weit draußen, jadegrün, die Banderes Bay, und links die Biegung der Bucht, in die sich die Hotels schmiegten, wie auch die entfernte Stadt mit ihren roten Ziegeldächern und Palmen, und dahinter erhoben sich die dicht bewaldeten Berge. Es war sehr hübsch. Den Streifen braunen Wassers, der sich vielleicht in einer Breite von fünfundsiebzig Metern am Strand entlang hinzog, hatte ich zwar bemerkt, aber ich warf keinen Blick darauf. Ich glaubte, die Gezeiten hätten dieses schlammige und mit Dschungelblättern übersäte Wasser aus dem Bergfluß hereingespült, den ich gesehen hatte. Eigentlich ganz romantisch, wenn man es bedachte, Dschungelwasser, das unseren Strand umarmte. Aber natürlich richteten sich die Augen meines Mannes direkt auf diese Verschmutzung in der Bucht, und er sah nichts Romantisches darin. Er schüttelte bloß den Kopf.

»Schau«, sagte ich und deutete auf ein halbes Dutzend Pelikane, die mit zurückgebogenen Hälsen, die wundervollen ausladenden Unterkiefer eingezogen, ganz nahe in Höhe des zehnten Stockes vorbeiflogen. Wir konnten ihre Augen sehen, und ich sagte: »Schau, Vinh«, und sie kreisten um uns herum und flogen noch einmal vorbei.

Wir leben in Louisiana, in New Orleans. Pelikane sind das Wahrzeichen des Staates, aber in Louisiana bekommen wir nie welche zu Gesicht. Hier waren sechs von ihnen, fast zum Greifen nahe. Aber Vinh nickte nur, lehnte sich mit steifen Armen gegen das Balkongitter, und ich hätte gern meine Hand auf seine Schulter gelegt. Ich sehe viele Dinge, und ich weiß, irgendwo in seinem Innern war er ein wenig unglücklich darüber, daß er seine geschäftsmäßigen Gedanken nicht abstellen konnte. Woher ich das weiß? Weil der Seufzer, den er ausstieß, nicht nur von seinem Ärger über die Geschäftsleute in Puerto Vallarta herrührte, die keine bessere Arbeit geleistet hatten. Einen saubereren Flughafen, bessere Straßen, eine elegantere Zufahrt zu den Hotels, einen Strand mit perfektem weißen Sand und grünem Wasser. Was bedeuteten meinem Mann diese Dinge, daß sie ihn zum Seufzen brachten? Dennoch wußte ich, daß ihn diese Dinge nur oberflächlich berührten. Aber während er die Arme fest verschränkt hielt, sagte er: »Sie sollten aus diesem Ort etwas Besseres machen.«

Beinahe hätte ich ihn daran erinnert, daß alles kostenlos war. Aber ich wollte ihm keinen weiteren Anlaß liefern, meine Leistung herabzusetzen. Ich sagte nichts, und beinahe hätte ich die Hand gehoben und sie auf seine Schulter gelegt, aber mein Mann ist ziemlich altmodisch. Er möchte derjenige sein, der mich zuerst berührt. Also antwortete ich nur mit einem Nicken. Er hatte recht. Gemeinsam sahen wir auf den Swimming-Pool hinunter, der im Sonnenlicht glänzte, und die Sonne brannte auf unsere Gesichter. Bald darauf ließen wir uns auf den roten, weißen und grünen Schwimmreifen des Fiesta Vallarta-Hotels treiben, und überall um den Pool standen Hibiskusbüsche mit gelben Blüten, Begonien, Philodendron und Bougainvillea, und mein Mann paddelte zu mir her und sagte: »Der Pool ist sehr gut. Sie halten ihn in Ordnung. Das Wasser ist sauber und nicht zu sehr gechlort.« Er paddelte wieder weg, und ich hatte das Gefühl, als hätte er mich gerade umarmt. Er ist ein guter Mann. Er gab mir zu verstehen, daß ich es gut gemacht hatte und er die Ferien genießen würde, daß es ihm sogar ein bißchen leid tat, bislang so brummig gewesen zu sein. Das ist seine Art. Es ist gut, daß er mit einer aufmerksamen Frau verheiratet ist.

Ich sah mich am Pool um, und mein Blick fiel auf drei andere Paare. Alle waren Amerikaner. Ich erkannte das an ihren Gesichtern und an der Art, wie sie sich hielten, locker, aber zwischendurch immer so, als würde ihnen jemand sagen, sie sollten aufrecht stehen. Und mehr als das. Irgendwie wußte ich, daß sie alle Gewinner von Spiel-Shows waren. Sie wußten das noch nicht voneinander, aber ich wußte es. Und es überraschte mich nicht, wirklich nicht. Lange Zeit waren vier aufregende Tage und drei Nächte im Fünf-Sterne Fiesta Vallarta im schönen Puerto Vallarta ein Gewinn bei fast allen Spiel-Shows. Ich hatte mir bereits ein Hotel ausgemalt, das ständig mit Spiel-Show-Gewinnern belegt ist, und als ich diese drei Paare am Pool sah, wußte ich sofort, was sie waren. Ganz zu schweigen davon, daß bei jedem Paar zumindest eine Person, gewöhnlich die Ehefrau, sehr begeistert aussah, und eine Frau hüpfte tatsächlich vor Begeisterung in die Luft, als ihr der Ehemann unerwarteterweise einen Drink von der Pool-Bar brachte.

Was ich bereits über sie herausgefunden hatte, wußten sie noch nicht voneinander. Sie lagen an verschiedenen Stellen, ich ließ mich in ihre Nähe treiben und veranstaltete ein kleines Spielchen mit mir selbst, indem ich herauszufinden versuchte, bei welcher Art von Shows sie teilgenommen hatten. Eine Frau trug einen schwarzen Bikini und hatte immer noch Schmuck umhängen, ein Paar gehämmerter Silberohrringe mit Türkisen und ein schweres, dazu passendes Halsband, sogar das Oberteil ihres Bikinis wurde von einer Metallbrosche zusammengehalten. Sie war vielleicht fünfzig und hoffte, wie dreißig auszusehen. Ihr Haar war so leuchtend blond gefärbt, daß es in der Sonne fast wie das gehämmerte Silber aussah. Für mich war es leicht, sie einer der Rätsel-Shows zuzuordnen, nicht nur weil sie ein Kreuzworträtsel in einer säuberlich gefalteten Zeitung löste, sondern wegen des selbstgefälligen Lächelns, das sie dabei aufsetzte, und der Tatsache, daß sie einen Füller benutzte.

Die nächsten waren ein junges Paar, dazu gehörte die Frau, die wegen des Drinks einen Luftsprung gemacht hatte, und sie versprühte ein blendendes Lächeln über den Pool. Als sie sich in ihrem Liegestuhl zurücklehnte und ich an ihren faltigen Fußsohlen vorbeischwamm, wußte ich, daß sie viele hundert Meilen in Einkaufszentren zurückgelegt hatte, und ich tippte, daß sie von einer der Shows kam, bei denen man Preise erraten mußte.

Ich paddelte auf die andere Seite des Pools, der ziemlich groß war, und kam an einem Amerikaner vorbei, der sehr geduldig mit einem kleinen mexikanischen Mädchen spielte, das Schwimmflügel trug. Der Vater des Kindes stand ein paar Meter entfernt im Wasser, und das kleine Mädchen schwamm voller Vergnügen von ihrem Vater zu dem Amerikaner und wieder zurück. Lauthals und gleichzeitig sanft ermutigte der Amerikaner das kleine Mädchen, und der Vater war erfreut, wenn auch ein wenig nervös. Der Amerikaner hatte eine Halbglatze, ein kräftiges Lachen und einen großen blonden Bart und trug Erkennungsmarken um den Hals. Sein Haar war zu zottelig für einen diensttuenden Militär, und ich schätzte ihn auf etwa Anfang vierzig. Aus seinem Alter und den Erkennungsmarken schloß ich, daß er ein Vietnam-Veteran war, einer von denen, die entweder aus Unfähigkeit oder Unwillen nicht vergessen können, wo sie einst waren. Doch in seiner Frau erkannte ich die Show-Teilnehmerin. Sie saß in ihrem Liegestuhl und las ein Buch, und ich wußte, daß sie die Frau des Veterans war, wegen der Blicke, die sie ab und zu auf ihn warf, wenn er besonders laut wurde. Mit bellender Stimme rief er: »Schwimm, kleiner Liebling, schwimm jetzt rüber zu deinem Daddy«, und die Frau senkte das Buch, ihr Kopf neigte sich leicht zur Seite, und um ihre Augen und ihren Mund war ein Zug, der sich sehr schwer deuten ließ. Ganz so, als liebte sie diesen Mann, fühlte sich aber gleichzeitig so von ihm gequält, daß sie, was ihn betraf, nur sehr geringe und gelassene Regungen zeigen konnte. Wenn sie überhaupt etwas empfand.

Ich sah zu Vinh hinüber. Er ließ sich auf seinem Reifen treiben, obwohl es aussah, als würde er langsam durch die Öffnung sinken, weil sein Bauch nicht zu sehen war. Ich fragte mich, ob das angenehm für ihn war, ob ich zu ihm hinüberschwimmen und ihm helfen sollte, wieder richtig auf den Reifen zu kommen. Wenn ich ihn einfach treiben und langsam einsinken ließ, würde er schließlich vielleicht ganz ins Wasser eintauchen, sich erfrischt fühlen, es sich dann langsam wieder bequem machen auf dem Reifen und den Pool vielleicht noch schöner finden. Aber er könnte weiter einsinken und steckenbleiben, was ihn ärgern und sein geschäftsmännisches Denken wieder erwecken könnte, und er würde die Leute kritisieren, weil sie Schwimmreifen zur Verfügung stellten anstelle von Gummimatratzen, und das wäre dann der endgültige Verdruß, der ihm die Reise restlos vergällen würde. Beides war möglich. Also sah ich zu, wie sich sein Reifen langsam drehte, wobei er selbst ganz ruhig blieb, und schaute wieder zu der Frau mit dem Buch und entschied, daß sie bei einer Frage-Antwort-Show aufgetreten war.

Wie sich jedoch herausstellte, hatte ich mich bei zweien der drei geirrt. Die eine mit dem Schmuck entpuppte sich als diejenige von der Preisrate-Show, und die junge, die auf und ab hüpfte, war die Rätsel-Expertin. Das bekam ich deshalb heraus, weil sich nach einer Weile die drei Frauen, eine nach der anderen, ins Heißwasserbekken neben dem Pool begaben. Anfangs begrüßten sie einander mit leichtem Kopfnicken, und da ich keines ihrer Gespräche verpassen wollte, stemmte ich mich aus dem Pool, zupfte meinen einteiligen Badeanzug zurecht – ich bin froh, sehr schlank zu sein, allerdings bin ich flachbrüstig – und ging zum Heißwasserbecken. Eine schöne dunkelhäutige Mexikanerin stieg vor mir die Stufen zum Becken hinauf. Sie trug einen knappen Zweiteiler und machte ihn gerade noch knapper, indem sie das Höschen in die Falte ihres sehr hübschen Hintern rollte, so daß es wie ein String-Bikini aussah, und die Blicke der drei Amerikanerinnen hoben sich und schossen herum. Die Mexikanerin ließ sich im Wasser nieder, und die drei rückten ein klein wenig näher zusammen angesichts des niederschmetternden Gefühls, das sie bei der intensiven sexuellen Ausstrahlung dieser Frau empfanden.

Sie würdigten mich kaum eines Blicks, als ich zwischen ihnen und der Mexikanerin hineinglitt, die den Kopf zurückgeworfen und die Augen geschlossen hatte, als hätte der bestaussehende Liebhaber der Welt sie gerade gefragt, ob er ihren Hals küssen dürfe. Die Amerikanerinnen wagten nicht zu sagen, was ihnen durch den Kopf ging, aus Angst, die Frau könnte Englisch verstehen, aber schließlich brach deren Anwesenheit das Eis zwischen ihnen.

Die Hupfdohle, die ich zuerst als Kaufwütige ausgemacht hatte, sprach zuerst. Sie sah die anderen beiden an und sagte: »Na, ihr seht aus, als kämt ihr von der gleichen Seite der Grenze, wie ich altes Mädchen.«

Ich sah zu der Mexikanerin, und sie rührte sich nicht; sie ließ sich weiterhin von Valentinos Geist küssen, und ich fühlte mich geradezu unsichtbar. Das war kein schlechtes Gefühl, aber ich warf einen Blick in den Pool hinüber, und in Momenten wie diesen flößte mir Vinhs nüchterner Geschäftssinn große Ruhe ein. Er sah immer auf den Grund der Dinge, schien mir, und ich konnte mir gut vorstellen, wie ich neben ihm, hoch über allem, auf einem Hügel stand.

All das geschah in einem kurzen Augenblick, und als ich auf die anderen zurücksah, kicherten sie über die Bemerkung, obwohl die Frau mit dem Veteranen-Ehemann ihr Lachen hinter der Hand verbarg, als fühle sie sich deswegen ein bißchen schuldig. Die Frau mit dem Schmuck sagte: »Sie hören sich nicht so an, als kämen Sie von allzu weit hinter der Grenze. Texas?«

»Louisiana«, sagte die Hupfdohle, und ich ließ mich tiefer ins Becken sinken, eine Art von Reflex. Dann sagte sie: »Aber nicht aus New Orleans. Ich komme von weiter nördlich, wo die wirklichen Südstaatler herkommen.«

Die mit dem Schmuck sagte: »Also feiern Sie kein Mardi Gras?«

»Nichts zu machen, Süße. Das ist für Leute, die überhaupt keine Scham besitzen.« Und ihre Augen wanderten zu der Mexikanerin, und die Blicke der anderen beiden folgten ihr, obwohl die Frau aus der Frage-Antwort-Show als letzte nachzog und als erste wieder wegschaute. Im selben Moment entdeckte sie mich, offensichtlich einigermaßen erschrocken, als hätte sie mich vorher nicht bemerkt. Vielleicht hatte sie das auch nicht. Ich war inzwischen bis zum Kinn eingetaucht, vielleicht sah ich aus wie ein abgeschlagener Kopf, der auf der Oberfläche des Heißwasserbeckens schwamm. Ich lächelte sie an, als wäre sie das rote Lämpchen an der Kamera.

»Ich wette, Sie sind aus Kalifornien«, sagte die aus Nord-Louisiana zu der Frau mit dem Schmuck.

»Minnesota«, erwiderte die andere. »Allerdings nicht aus Minneapolis. Ich komme weiter aus dem Norden, wo die richtigen Nordstaatler herkommen.«

Alle lachten, und ich wollte mich noch ein wenig tiefer absinken lassen, aber ich war schon fast ganz untergetaucht. Ich überlegte, das Becken zu verlassen, aber ich wollte mir den Moment nicht entgehen lassen, wenn sie entdeckten, daß sie alle Spiel-Show-Teilnehmerinnen waren, und glücklicherweise geschah das sehr bald. Nord-Louisiana fragte Minnesota, was sie nach Mexiko verschlagen hatte, zweifellos begierig, diese Frauen wissen zu lassen, daß sie die Gewinnerin bei einer Show war. Aber Minnesota kam ihr zuvor. Sie verkündete, daß sie bei »Der Preis ist heiß« gewonnen hatte, und Nord-Louisiana sprang vor Begeisterung hoch und erzählte von ihrem Triumph beim »Glücksrad«.

Ich zog kurz einen Flunsch, weil ich die beiden verwechselt hatte, und die dritte Frau meldete sich zu Wort und sagte, sie habe bei »Tick, Tack, Knete« gewonnen, und dann wäre ich im Heißwasserbecken fast ertrunken, weil alle drei vor Begeisterung über diese Eröffnung hochzuhüpfen begannen, das Wasser klatschte mir ins Gesicht, spritzte mir in den Mund, in die Nase und in die Augen.

Ich war froh, daß es niemand bemerkte. Ich richtete mich auf und keuchte leise, während die anderen alle durcheinanderredeten. Die Mexikanerin sah mich an, aber ich nickte ihr zu, daß alles in Ordnung war, und nach einem langsamen, verächtlichen Blick auf die Amerikanerinnen schloß sie die Augen und legte den Kopf wieder zurück. Doch diesmal neigte sie ihn leicht zur Seite, als würde sie ihren Liebhaber bitten, eine andere Stelle, direkt unter dem Ohr, zu küssen. Ich wollte schon aus dem Becken steigen, fort von all der Begeisterung, aber ich verweilte noch etwas und beobachtete diese Frau, die sich in ihrem Körper so wohl fühlte und anscheinend Dingen, die mit Sex zu tun hatten, so gelassen begegnete.

Ein bißchen später spazierten Vinh und ich am Strand entlang. Es war die mexikanische Frau, die mir nicht aus dem Kopf ging, nicht die Spiel-Show-Gewinnerinnen. Mir war klar, daß ich sie zu eindimensional beurteilte. Sie waren komplizierte menschliche Wesen wie wir alle, obwohl sie sich so sehr bemühten, nach außen einfach zu erscheinen. Aber jetzt langweilten sie sich. Ich dachte an die Mexikanerin und wünschte, ich hätte Vinhs Hand nehmen können. Vielleicht war dieses Zögern dumm von mir. Ich bin eine kluge Frau, eine moderne Frau. Vinh hat niemals ein Wort zu mir gesagt, das mich davon abgehalten hätte, seine Hand zu nehmen, während wir am Strand entlanggingen. Aber in mir wirken sehr starke Kräfte. Sie sind genauso stark wie die Kräfte, die diese Frauen aus Nord-Louisiana und Minnesota dazu bringen, auf ihre Art zu sprechen, sich so zu kleiden und so zu verhalten, wie sie es tun. Sie haben keine Kontrolle über diese Dinge. Ich bezweifle, ob sie eines dieser Dinge ändern könnten, wenn sie sich ihrer bewußt wären. Ich habe die ersten zwanzig Jahre meines Lebens in einem Land und in einer Kultur verbracht, die von Männern und Frauen ein bestimmtes Verhalten erwartete, und all das läßt sich nicht beiseite schieben, nur weil man sagt: Warum eigentlich nicht? Kein Mensch hat einen so starken Willen. Man muß warten. Die Dinge müssen sich von innen heraus ändern.

Wie Vinh. Er ging neben mir am Strand entlang, die Wellen rauschten, sprangen heran und wieder zurück und benetzten unsere Füße. Die Sonne schien, und über uns wölbte sich ein blauer Himmel, während am anderen Ende der Bucht die Berge hinter grauen Wolken verschwunden waren; Blitze flammten auf dort drüben, und der Kontrast zwischen dem sonnigen Strand und den sturmdunklen Bergen war sehr romantisch. Aber Vinh konnte diese Dinge nicht sehen. Er grübelte wieder, dachte über Delta Airlines nach, den Superdome oder die Hilton Hotels, dachte an ein Abendessen aus fünfhundert Hühnergerichten oder an tausend schwedische Fleischklößchen. Ein Mann, an Sicherheitsgurte geschnallt, erhob sich in einem Gleitschirm direkt vor uns vom Strand. Ein Seil, das zu einem Schnellboot in der Bucht hinausführte, spannte sich und zog ihn in die Luft. Ich blieb stehen, um ihm zuzusehen, wie er aufstieg, und als Vinh bemerkte, was ich tat, blieb er ebenfalls stehen und folgte meinem Blick nach oben, sah aber eigentlich nichts, denn er sagte: »Kannst du mich daran erinnern, Nicholson anzurufen, wenn wir zurückkommen? Bei ihnen steht eine große Techniker-Konferenz an.«

»Gut«, sagte ich und beobachtete immer noch den Mann an dem Gleitschirm, der im blauen Himmel kleiner und kleiner wurde, und ich dachte, daß ich das auch gern machen würde. Sich über alles zu erheben und einfach nur dahinzuschweben.

»Du vergißt es nicht?« fragte Vinh, weil ich geantwortet hatte, ohne ihn anzusehen. Er sagte das keineswegs ärgerlich. Ich war in dieser Hinsicht einfach wichtig für ihn. Er verließ sich auf mich. Ich habe ein sehr gutes Gedächtnis.

Ich senkte die Augen, und er sah mich mit sehr gespanntem Ausdruck an, fast wie ein Kind. Manchmal schien er seine Arbeit wirklich zu genießen. Ich sagte: »Ich denke daran. Du weißt, ich bin ein Elefant.«

Mein Vinh lächelte darüber. Ich habe das schon oft zu ihm gesagt, und immer lächelt er darüber. Und auch ich muß jedesmal darüber lächeln, daß es ihn so amüsiert. Ich lächelte, und dann tauchte ein kleines mexikanisches Mädchen neben Vinh auf, das Eidechsen auf den Schultern und auf dem Kopf trug, große Eidechsen.

»Sie machen Foto von sich und Leguan?« fragte sie. »Sehr billig.«

Vinh sah sie an und trat angesichts der großen grünen Tiere, die auf dem Mädchen hockten, verblüfft zurück. »No, gracias«, sagte er.

»Wie im Film«, sagte das Mädchen.

»Wo ist deine Kamera?« fragte Vinh, und das Mädchen zuckte die Achseln und sah mich an. Die Tasche, die ich dabei hatte, war vermutlich groß genug, um eine Kamera zu enthalten. Vinh sagte zu dem Mädchen: »Du solltest eine Kamera haben. Wenn du Geld verdienen willst, beschaff dir eine Kamera und mach die Fotos selbst. Comprende?«

Ich glaube nicht, daß sie das begriffen hat. Aber selbst wenn es der Fall gewesen wäre, wäre es ein nutzloser Ratschlag gewesen, sich eine Kamera zu besorgen, um ihr Geschäft zu verbessern. Ich sagte zu Vinh: »Sie bringt nie so viel Geld zusammen, um eine Kamera zu kaufen.«

Vinh nickte und seufzte. »Sie wird es nie zu etwas bringen.«

Aber inzwischen bin ich sicher, daß uns das Mädchen für leicht verrückt hielt, denn es schlenderte davon. Ich trat an Vinhs Seite, und wir gingen weiter. »Leguane«, murmelte er.

»Weißt du, was die Leguane hier bedeuten?« fragte ich.

Er schüttelte den Kopf.

Ich sagte: »Weil Puerto Vallarta ein sehr romantischer Ort ist, und das hat mit den Leguanen zu tun.«

Manchmal überrasche ich meinen Mann mit einer Information, und obwohl sie sich gewöhnlich auf einen Bereich der amerikanischen Kultur bezieht, für die er wenig Geduld aufbringt, packt ihn dennoch immer seine angeborene Neugier. Dies war ein solcher Moment. Er sah mich von der Seite an, ohne mir wirklich den Kopf zuzuwenden; damit versuchte er auszudrücken, daß er nicht wirklich interessiert war, ich sollte aber trotzdem fortfahren. In solchen Situationen lege ich nicht sofort los. Ich ignoriere diesen bestimmten Blick, mit dem er mich ansieht. Er muß mich bitten. Die Kultur, in der ich aufgewachsen bin, gibt einer Frau subtile Möglichkeiten, ihre Würde zu wahren.

»Gibt es einen Grund dafür?« fragte er schließlich.

»Einen Grund?« fragte ich, als hätte ich es schon vergessen.

»Ja«, antwortete er nachdrücklich. »Einen Grund für die Leguane am Strand.«

»Oh, ja«, sagte ich und wartete.

Vinh blieb abrupt stehen. Ich ging ein paar Schritte weiter, als hätte ich nichts bemerkt. »Gabrielle«, rief er mir nach, ich blieb stehen und tat überrascht, ihn nicht an meiner Seite zu finden. Sofort kehrte ich um, wie es sich für eine gute Ehefrau gehört. Als ich neben ihm stand, tat er so, als sei er gar nicht so versessen darauf zu hören, was ich zu erzählen hatte. Er benutzte sogar die saloppe Form meines Namens, obwohl er ihn französisch aussprach, und ich glaube nicht, daß er jemals begriffen hat, daß er mich auf Englisch damit ein bißchen hätte aufziehen können. »Gaby, warum glauben sie, daß Touristen sich mit Leguanen fotografieren lassen wollen?«

»Aus keinem besonderen Grund. Es ist eine ganz alberne Geschichte.«

»Gabrielle«, sagte er mit einer Stimme, auf die ich gewartet hatte. Mein Mann ist in Momenten wie diesen sehr anziehend. Jemand anderer würde vielleicht ärgerlich, herrisch, herablassend oder nörgelig werden. Aber Vinh zeigt die sanfte Hartnäckigkeit eines Kindes, dem etwas weh tut und dem die Mama helfen soll. »Bitte sag es mir«, fügte er hinzu.

Also erzählte ich ihm von Liz und Dick. In »National Velvet« ist Elizabeth Taylor ein wunderschönes Mädchen. Sogar später in »Kleopatra« ist sie sehr schön. Sie nehmen vielleicht an, eine Vietnamesin würde diese Art vollbusiger Schönheit nicht schätzen. Aber die Leute bewundern oft Eigenschaften, die von ihren eigenen sehr verschieden sind. Und Richard Burton war damals genauso attraktiv, etwa in »Blick zurück im Zorn« oder »Jeder trägt seine eigene Schuld«. Besonders seine Stimme konnte eine Frau erregen. Auch er spielte in »Cleopatra« mit, und natürlich beginnt damit eigentlich die Geschichte, die ich Vinh erzählte. Liz und Dick – Kleopatra und Antonius – verliebten sich ineinander, und da sie beide mit anderen Partnern verheiratet waren und man das Jahr 1962 schrieb, gab es einen schrecklichen Skandal. Im Jahr darauf kam Richard Burton nach Puerto Vallarta, um einen Film zu drehen. (Ich verriet Vinh den Namen des Films nicht, um die endgültige Antwort auf seine Frage zurückzuhalten und seine Aufmerksamkeit zu fesseln. Er fragte sich noch immer, was das alles mit Leguanen zu tun hatte.) Elizabeth Taylor folgte ihm an diesen Ort, und sie mieteten zwei Häuser mit einer Brücke dazwischen, die über eine gepflasterte Straße führte. Zwei Monate lang ließ die Welt diese Brücke nicht aus den Augen. Inzwischen war Vinh ein wenig ungeduldig geworden. Gerade genügend ungeduldig – ich spürte immer, wenn ich seine Aufmerksamkeit zu verlieren drohte. Also verriet ich ihm, daß der Titel des Films »Die Nacht des Leguans« gewesen sei, darin seien Leguane aus Puerto Vallarta vorgekommen, und das sei der Grund für das Geschäft des kleinen Mädchens.

Vinh war enttäuscht über den Ausgang dieser Geschichte. Das wußte ich von Anfang an. Er war fast immer enttäuscht. Er runzelte die Brauen, schürzte die Lippen, und ich war über seine Reaktion nicht aufgebracht. Mir gefiel es sehr gut, daß er weiterhin darauf bestand, diese kleinen Geschichten bis zum Ende anzuhören, obwohl er sie aufgrund seines zutiefst praktischen Wesens schließlich fast immer banal, blödsinnig oder einfach unverständlich fand. Trotzdem bat er mich jedesmal fortzufahren. Er bestand darauf. Ich verstehe es nicht ganz, aber ich begreife es als eine Art der Treue zu mir.

»Leguane«, murmelte er, und später am Nachmittag hörte ich das Wort in der Halle des Fiesta Vallarta Hotels wieder. Vinh und ich hatten eine Handvoll Getränkegutscheine, ein unerwarteter Sondergewinn von Vorhang Nummer zwei, und wir waren in den Teil der Halle hinuntergegangen, der nicht überdacht war und Ausblick aufs Meer bot. Die drei amerikanischen Spiel-Show-Paare waren bereits da, und ich spürte, wie Vinh sich verkrampfte, weil sie laut waren und sich unbekümmert vergnügten, und ich wußte, daß sich Vinh von der Reise kein anderes Vergnügen erhofft hatte als Ruhe und Frieden.

Nord-Louisiana und ihr Mann saßen an der Bar, beide mit Blick zur Halle, die Ellbogen rückwärts auf den Tresen gestützt. Der Ehemann war jung und so blond, daß Haar und Bart fast weiß erschienen, und die tiefe Bräune seiner Haut ließ beides noch bleicher wirken. Ich nahm an, daß er in Louisiana im Freien arbeitete; Minnesota und ihr Mann saßen in dicken Polstersesseln an einem kleinen Tisch in der Nähe. Er war mindestens dreißig Jahre älter als Mr. Nord-Louisiana, und die Farbe seines Haares, obwohl bereits ziemlich schütter, war ein genauso ausgebleichtes Weiß, und seine Haut, obwohl ledriger, hatte die gleiche Bräune. Ihn konnte ich mir nicht schwitzend in der Sonne von Minnesota vorstellen, also schloß ich, daß sie beide die gleichen Sonnenstudios besuchten, die alle ihre Kunden so entließen.

Die Tick-Tack-Knete-Frau saß an einem Tisch daneben. Sie lächelte und redete mit den anderen, und sie war es, von der ich das Wort »Leguan« hörte. Vermutlich erzählte sie den anderen die gleiche Geschichte, die ich Vinh erzählt hatte, da ihre Spezialität darin bestand (bei ihr hatte ich richtig getippt), Fragen zu beantworten, und hierbei handelte es sich um ein Sortiment jener zahlloser Fakten, die sie sich gemerkt hatte. Ich habe ein ähnlich untrügliches Gedächtnis, und während ich sie beobachtete, entdeckte ich ihren Mann, der mit zwei Drinks von der Bar zurückkam. Er reichte ihr einen und setzte sich. Auf seinem T-Shirt war eine Karte von Vietnam zu sehen, und dazu die Worte ICH WAR DORT UND ICH BIN STOLZ. Das erstaunte mich nicht, weil ich sicher war, daß ich die Erkennungsmarken richtig gedeutet hatte. Der Veteran sank in den Polstersessel, und während er es sich bequem machte, sah er in unsere Richtung. Vinh zupfte mich am Ellbogen. Ich bin sicher, er wollte gehen, aber ich sah weiterhin zu dem Veteranen hinüber, der bei unserem Anblick die Augen ein wenig aufriß, dann wegsah, als Minnesota laut lachte, und zu seiner Frau sagte: »Eileen, Liebling, darüber würde sich doch kein Mensch mehr aufregen. Was ist heute schon ein bißchen Ehebruch?«

Vinh hatte mich inzwischen fest am Ellbogen gepackt, aber ich beugte mich zu ihm und sagte: »Wir kriegen gleich freie Drinks, und ich brauche jetzt einen.«

Vinh flüsterte: »Ich würde an einem ruhigeren Ort lieber dafür bezahlen.«

Ich antwortete: »So einen Ort gibt es nicht.« Das war ein kleines Spiel. Ich wollte nicht, daß seine Einstellung zu den Ferien noch negativer wurde, aber ich wollte unbedingt sitzen bleiben und diese Leute beobachten. Es war wie Fernsehen, als hätte man Spiel-Shows und Seifenopern miteinander gemischt.

Vinh seufzte und nickte, daß er einverstanden war; solange er hier festsaß, blieb ihm ohnehin nichts anderes übrig als nachzugeben. Also führte ich ihn zu einem Tisch nicht direkt neben den drei Paaren, aber auch nicht zu weit davon entfernt. Vinh stellte seinen Stuhl im rechten Winkel zu den anderen Tischen, sah auf die Bougainvillea am anderen Ende der Halle und auf das dahinterliegende Meer hinaus. Ich hörte eine Weile aufmerksam zu.

Minnesota ließ sich weiterhin darüber aus, wie akzeptiert Ehebruch inzwischen geworden sei, und ich beobachtete ihren Mann, der offensichtlich etwas über das Eis in seinem Drink herausfinden wollte; ich nehme an, er kannte diese Art von Unterhaltung, und schließlich packte sie ihn am Arm und sagte, daß sich das natürlich nicht auf die Anwesenden beziehen würde. Dann erzählte Nord-Louisiana eine Geschichte, wie sie bei einer Spiel-Show, für die sie getestet worden war, abgelehnt wurde, weil sie nicht wollte, daß der Moderator sie auf den Mund küßte. Das habe zu einer Diskussion mit dem Regisseur der Show geführt, der die Teilnehmer einwies, und der habe behauptet, daß der Moderator die Teilnehmerinnen immer auf den Mund küssen würde. Aber nicht sie, habe sie ihm gesagt, denn wo sie herkomme, darauf könne er Gift nehmen, gebe es so was nicht. Und dann sagte die Frage-Antwort-Frau, die offensichtlich Eileen hieß, sie wäre gern in »Jeopardy« aufgetreten; das sei die Show, bei der sie wirklich mitmachen möchte, und das habe nichts damit zu tun, daß sie niemanden küssen wolle. Wenn etwas in der Art sie daran gehindert hätte, wäre es nicht so enttäuschend gewesen.

Und irgendwann, als ich gerade an dem Drink nippte, den der Kellner mir gebracht hatte, und mich unsichtbar fühlte, stellte ich fest, daß der Veteran gelegentlich in meine Richtung sah. Ich fragte mich, ob er in Vietnam genügend mitbekommen hatte, um einen Vietnamesen zu erkennen, wenn er einen sah. Ich wußte, daß er darüber nachdachte und sich fragte, ob Vinh und ich aus Vietnam kamen. Und nach einer Weile sorgte ich mich ein wenig, welche Einstellung er wohl haben mochte. Gewöhnlich waren die auf den ersten Blick erkennbaren Veteranen schlecht einzuschätzen. Sie vertraten uns gegenüber entweder das eine oder das andere Extrem. Wir waren faszinierend, leidgeprüft und schwer zu fassen, oder wir waren hinterhältig, gefährlich und schwer zu fassen. Ich hielt meinen Blick auf seine Frau gerichtet, die mit deutlich weniger greller Stimme redete als die anderen beiden Frauen, und ihre Enttäuschung über die Show, in der sie aufgetreten war, faszinierte mich. Ich hätte erwartet, sie wäre furchtbar stolz gewesen zu gewinnen, in welcher Disziplin auch immer. Aber in dieser Erwartung drückt sich vielleicht nur mein eigenes Vorurteil aus. Warum sollte diese amerikanische Frau nicht genauso in ihrer Würde verletzt sein wie ich selbst? Sie interessierte mich. Sie war enttäuscht, und sie hatte sich nicht einmal als Ente verkleiden müssen.

Um die ein wenig eingeschlafene Unterhaltung wieder in Gang zu bringen, erklärte Nord-Louisiana, was für ein wunderbarer Zufall es war, daß sie sich alle getroffen hatten, alle Amerikaner und alle Spiel-Show-Gewinner. Daraufhin wandte sich der Veteran an mich und fragte: »Sind Sie auch aus Amerika?«

Das überraschte mich. Als ich zum erstenmal den Film »Der Unsichtbare« mit Claude Rains sah, begann ich darüber nachzudenken, wie es wäre, unsichtbar zu sein. Und der furchterregende Teil bestand immer darin, sich an einen Ort zu begeben, an dem man nicht sein sollte, und dann plötzlich wieder sichtbar zu werden. Nun, so fühlte ich mich in diesem Augenblick. Der Mann sprach mit lauter Stimme, und plötzlich konzentrierte sich die Aufmerksamkeit all dieser Leute auf mich. Ebenso auf Vinh. Bevor ich antwortete, sah ich ihn an, um zu erfahren, ob er für uns sprechen wollte. Er sah zu dem Veteranen hinüber, aber sein Blick kehrte zum Meer zurück, und ich mußte mich der Gruppe stellen. Ich gab mir große Mühe mit meiner Aussprache und sagte: »Ja, wir sind aus Amerika. Ich habe diese Reise bei ›Let's Make a Deal‹ gewonnen.«

Alle lachten sehr laut, und ich war sicher, daß es ein uneingeschränkt freundliches Lachen war, ein Lachen über eine weitere Zufälligkeit des Zusammentreffens, kein Lachen über mich, niemand stellte sich vor, wie ich als Ente verkleidet aussah, niemand dachte, wie absurd es war, daß diese asiatische Frau bei einer Spiel-Show gewonnen hatte. Minnesota übertönte das Gelächter, indem sie schrie: »Vier Gewinner. Das ist ja zum Brüllen.«

Der Vietnam-Veteran erschien besonders entzückt. Dennoch erkannte ich, daß er sich über meine Herkunft immer noch nicht sicher war, aber seine Vermutungen über uns nahmen festere Gestalt an. All das war an seinem Gesicht abzulesen, an der Art, wie er vor den anderen zu lachen aufhörte und uns mit einem kleinen Lächeln anblinzelte. Zumindest konnte ich soviel sagen, daß er nicht zu der Sorte von Veteranen gehörte, die Vietnamesen und Feind gleichsetzten. Ich sah in die Gesichter der anderen, als das Lachen verebbte, und sie waren alle freundlich, womit ich nichts Respektloses oder Arrogantes sagen will, aber ich war ein bißchen stolz auf sie, als wären sie Kinder, die sich ausgesprochen gut benahmen, obwohl man es nicht erwartet hatte.

Der Veteran sagte: »Darf ich fragen, woher Sie kommen?«

Ich verstand, was er meinte, aber ich wollte nicht gleich alles verraten. »New Orleans«, antwortete ich. Vielleicht um mein kleines Spielchen mit dem Veteranen nicht gleich aufzudecken, sah ich ihn nicht direkt an, als ich antwortete. Ich sah über die Gesichter der anderen hinweg, und die junge Frau aus Nord-Louisiana konnte eine gewisse Abscheu darüber nicht verbergen. Selbst das gefiel mir irgendwie. Es waren menschliche Wesen, und sie hatten eben ihre eigenen Engstirnigkeiten und ihre eigenen Vorurteile. Diese Frau verhielt sich so, nicht weil ich Asiatin war und behauptete, was Spiel-Shows anbelangte, mit ihr auf der gleichen Ebene zu stehen, sondern weil ich aus New Orleans kam.

»Ich meine ursprünglich«, sagte der Veteran und fügte hinzu: »Sie verzeihen meine Frage?«

Ich wandte mich wieder dem Mann zu, bereit, ihn anzulächeln und zu sagen, es mache mir überhaupt nichts aus, und ihn noch ein paar Minuten auf die Folter zu spannen, bevor ich seine Vermutung bestätigte. Aber bevor ich ein Wort sagen konnte, war ich überrascht, Vinhs Stimme zu hören; weder abweisend noch ärgerlich, aber sehr entschieden sagte er: »Wir stammen ursprünglich aus der Republik von Vietnam. Jetzt sind wir amerikanische Bürger, ebenso wie unsere Kinder, und dereinst unsere Kindeskinder.«

Daß er die Sache selbst in die Hand nahm und die Frage beantwortete, überraschte mich nicht. Aber die komplizierte Umständlichkeit, von unseren Kindern und unseren Kindeskindern zu sprechen (obwohl in der vietnamesischen Kultur die ungeborenen Kinder und sogar die unempfangenen Kinder bereits als Teil der Familie gelten), überraschte mich. Er sah dem Veteranen direkt ins Gesicht, und vielleicht dachte Vinh, er hätte damit sein Revier abgesteckt, wie ein Mann, wie ein männliches Tier: Hier ist die Grenze meines Territoriums – schau sie dir an, und komm nicht zu nahe. Aber vielleicht täuschte ich mich. Denn als der Veteran plötzlich breit lächelte, aufsprang und die paar Schritte zu uns herüberkam, sich niederbeugte und darauf bestand, meinem Mann die Hand zu schütteln, reichte ihm Vinh ohne zu zögern seine Hand und sah sehr eindringlich ins Gesicht dieses Amerikaners, als sei er ein Kunde, der tausend Backhähnchen-Dinners brauchte, sich aber noch nicht entschieden hatte, bei wem er ordern sollte.

Der Veteran sagte: »Ich bin Frank Davies, und das ist meine Frau Eileen.« Er sah über die Schulter nach hinten, und seine Frau machte einen etwas verwirrten Eindruck, weil sie nicht wußte, ob sie sich mit den anderen Amerikanern weiter unterhalten oder zu uns herüberkommen sollte, wie ihr Ehemann es ihr bedeutete. Dann war der

Anflug von Verwirrung verschwunden, und der Ausdruck, den ich am Pool beobachtet hatte, kehrte zurück, die gelassene Miene, in der sich Ärger und Zuneigung genau die Waage hielten. »Komm her, Schatz«, sagte Frank Davies, und das Paar an der Bar versuchte, den Barmann auf sich aufmerksam zu machen, und die Frau aus Minnesota sagte etwas zu ihrem Angetrauten, und Eileen Davies erhob sich, kam herüber und begrüßte uns, und sie und ihr Mann nahmen bei uns Platz.

Ich entdeckte bei all dem kein Unbehagen in Vinhs Gesicht. Ich wußte, wann er schnell davonwollte, und das war nicht der Fall. Ich war in höchstem Maße interessiert. Er wandte sich leicht diesen beiden Leuten zu, aber nicht ganz. Er saß immer noch mehr zur Terrasse, zu den Bougainvillea und zum Meer gewandt als zu dem Veteranen und seiner Frau, aber er akzeptierte ganz offensichtlich, daß sie bei uns waren. Er sah nicht von ihnen fort, und mich traf kein einziger kleiner Seitenblick, der besagt hätte: Schau, in was du mich wieder hineingezogen hast. Er war offensichtlich zufrieden.

Frank Davies sagte: »Ich war in Vietnam, wie Sie sehen können«, und er deutete auf seine Brust. Vinh und ich lasen pflichtschuldigst erneut die Aufschrift auf seinem T-Shirt.

Eileen streckte jetzt die Hand aus und ließ sie leicht auf die ihres Gatten fallen, nachdem er sie wieder auf die Sessellehne gelegt hatte. Die Geste sollte ihn offensichtlich daran erinnern, nicht wieder gewisse Dinge zu wiederholen, die er schon tausendmal erzählt hatte. Als er die Hand spürte, sah Frank seine Frau an und sagte: »Meine Frau...« Aber er hielt inne, wiederum seine Worte abwägend. Ich erwartete, er würde uns sagen, seine Frau hätte es nicht gern, wenn er allzuviel darüber redete, aber offensichtlich gehörte sogar das zu den Dingen, die er vereinbarungsgemäß nicht verlauten ließ, denn er beendete den Satz mit: »...sie ist die Gewinnerin in der Familie.«

Das war ein Hinweis auf ihren Sieg bei der Spiel-Show, doch nachdem Frank das gesagt hatte, lief ein Zucken über sein Gesicht, und unerwarteterweise gab er seinen Worten einen anderen Sinn. Er konnte es sich einfach nicht versagen: »Ich wünschte, ich hätte zu den Gewinnern gehört, als es um Ihr Land ging.«

Eileen lächelte schwach, und ich sah Vinh an, der einen Moment nachdachte, dann seinen Stuhl herumrückte und dem Meer den Rücken zukehrte. »Was trinken Sie?« fragte er.

»Coca-Cola«, verkündete Frank. »Die harten Sachen hab ich aufgegeben.«

»Und Sie?« Vinh lächelte zu Eileen hinüber, und sie sah mich an, bevor sie antwortete. Sie musterte kurz mein Gesicht, und es schien, als wollte sie herausfinden, ob sie ihm antworten durfte, oder ob es in unserem Land irgendein geheimes Ritual gab, das sie zu beachten hatte, wenn sie meinen Mann um einen Drink bat.

Ich war mir meiner Sache so sicher, daß ich sie beinahe daran erinnert hätte, daß wir aus New Orleans kamen, aber bevor ich etwas sagen konnte, sah sie zu Vinh zurück und sagte: »Weißwein.«

Vinh rief den Kellner und bestellte die Getränke, und Frank erwischte den Kellner am Ärmel, bevor er wegging, und sagte: »Coca-Cola aus einer Flasche. Keine Büchse, por favor.«

Der Kellner nickte, als hätte er diese Bitte verstanden, und Vinh sagte: »Sie haben auch die Büchsen aufgegeben?« Wenn Vinh in der Stimmung war, sich als besonders ausgefuchster Geschäftsmann zu geben, sondierte er die Leute auf diese Art, und das geschah nicht immer in wohlwollender Absicht. Doch Frank lachte lauthals und sagte, daß er sich da absolut sicher sei. Vinh lächelte und nickte, und es ist vielleicht verwunderlich, aber ich hatte inzwischen Schwierigkeiten, mir über seine Stimmung klarzuwerden. Aufgrund der Dinge, die ich beobachte, stelle ich über Leute eine Menge Vermutungen an, und gewöhnlich behalte ich recht. Aber ich war lange genug mit Vinh zusammen, um zu wissen, wann er seine Gefühle vor mir verbarg, und dies war ein solcher Moment.

Die Getränke kamen, und wir unterhielten uns, Vinh und ich, dieser Mann, der so stolz war, Vietnam-Veteran zu sein, und seine Frau Eileen. Wir fragten, wo Frank im Einsatz gewesen war, und es stellte sich heraus, daß er in Qui Nhon Hubschrauber-Mechaniker war. Er erzählte uns eine Geschichte, daß er einmal mit einem »Butter-Streifen« Schwierigkeiten bekommen habe, weil er aus eigenem Gutdünken den Bordschützen gespielt hatte, obwohl er Mechaniker war. Als sich die Gelegenheit bot, fragte ich, was ein »Butter-Streifen« sei, und er sagte, ein zweiter »Looey«, was mir auch nicht weiterhalf. Es mußte sich um irgendeine Art amerikanischen Armeeangehörigen gehandelt haben, vielleicht eine Rangbezeichnung. Aber während er weiterredete, saß ich da und stellte mir vor, wie Frank Davies an den Ort ging, wo Armeeangehörige ihre Mahlzeiten einnehmen, und wie es zu einem Zwischenfall an einem der Tische kam. Frank und ein paar Leute bekamen sich in die Wolle, es wurde herumgeprahlt, und Frank zerquetschte das Butterstück. Die Butter rann ihm durch die Finger, und alle Männer seufzten auf wie das Publikum bei den Spiel-Shows, aber Frank war in großen Schwierigkeiten.

Plötzlich war Eileen neben mir. Sie rückte ihren Stuhl näher heran, beugte sich zu mir herüber und sagte mit leiser Stimme: »Die Männer unterhalten sich jetzt weiter über den Krieg, nicht wahr?«

Das unterbrach meine Phantasievorstellungen, und ich sah zu Frank hinüber, der seine Aufmerksamkeit ausschließlich auf meinen Mann gerichtet hatte, und Vinh hörte ihm zu, leicht vorgebeugt, als hätte er größtes Interesse an seinen Erzählungen. Er unterhielt sich mit Frank, und ich konnte nicht genau verstehen, was sie sagten, aber Frank nickte heftig und redete weiter, und ich wandte mich an Eileen und sagte: »Mein Mann spricht nicht oft über all das.«

»War er Soldat?« fragte Eileen.

»Ja«, antwortete ich. »Ein sehr guter. Er war Major bei den Luftlandetruppen. Aber später, ungefähr ein Jahr vor Ende des Krieges, wurde er ins Rathaus von Saigon versetzt, wo er an einem speziellen Programm zum Aufbau der Wirtschaft arbeitete. Sie versuchten bis zum Schluß, die Wirtschaft in Gang zu bringen, um die Leute dazu zu bewegen, ihr Land und ihre Kultur zu verteidigen. Mein Mann wurde von allen respektiert.«

Eileen sah zu ihrem Mann hinüber und schürzte die Lippen. »Frank war auch ein guter Soldat. Er wollte so viel erreichen. Er hatte wirklich das Gefühl, für alle verantwortlich zu sein.«

Ich sah zu Frank hinüber, er gestikulierte mit erhobenen Händen, wollte irgend etwas verdeutlichen. Er sprach über Hubschraubermotoren. Ich sagte: »Er hat soviel Energie.«

Eileen seufzte leicht, sowohl aus Anerkennung wie aus Verzweiflung, wie es schien. »Ich wünschte nur, ich könnte ihn dazu bringen, sie dort einzusetzen, wo es notwendig wäre.«

Ich fragte mich, wo das sein könnte, aber ich drang nicht weiter in sie. Vielleicht hätte ich es tun sollen. Vielleicht gab es etwas, worüber Eileen sprechen wollte, und sie wartete auf meine Frage. Aber ich stellte sie nicht. Es macht mir keine Mühe, ins Leben anderer Menschen einzudringen, indem ich die Signale deute, die sie mir geben. Aber ich habe Schwierigkeiten, mich durch Fragen vorzuarbeiten. Also nippte ich an meinem Weinglas, und Eileen und ich sahen noch eine Weile zu, wie sich die Männer unterhielten, dann beugte sie sich vor, berührte ihren Mann am Arm und sagte, es sei an der Zeit zu gehen.

Frank drehte sich zu ihr um, sah auf seine Uhr und sagte, sie habe recht. Er stand auf, schüttelte uns die Hände – seine Hand war groß und hart, aber überraschend sanft –, und Eileen dankte uns beiden und sagte, sie hoffe, wir könnten uns bald wieder einmal unterhalten, und sie gingen fort. Frank schritt mit einer Art von Entschiedenheit voran, als erfordere der Marsch durch die Tische und Polstersessel die Geschicklichkeit eines erfahrenen Spurenlesers. Eileen folgte zwei Schritte hinter ihm. Im Vorbeigehen stieß Frank einen der Stühle um, aber er ging weiter, und Eileen blieb stehen, um ihn wieder aufzustellen.

Nachdem er die Halle durchquert hatte, blieb Frank stehen und wartete auf seine Frau, aber als sie bei ihm war, sah er über unsere Köpfe aufs Meer zurück. Sie sagte etwas, um ihn zum Weitergehen zu bewegen, und sie gingen davon. Sie gingen jetzt nebeneinander, aber sie hielten sich nicht an den Händen, wie amerikanische Paare es oft tun.

Vinh und ich blieben nur noch kurz in der Bar. Im Fahrstuhl waren wir allein, aber gerade als sich die Türen schlossen, stieg ein junges Paar ein. Sie hatte eine jener wilden Wellen- und Löckchenfrisuren, die den Eindruck vermittelte, als würde sie auf dem Kopf stehend schlafen. Der Mann hatte einen sehr dicken Hals, und beide trugen Bademäntel. Aber ihr Haar war nicht naß, und sie rochen nicht nach Sonnenöl, daher wußte ich, daß sie den Tag im Bett verbracht hatten. Frisch Verheiratete. Und mir war sofort klar, daß auch sie von einer Spiel-Show kamen. Als sie einstiegen, öffnete sich der Bademantel der Frau und gab einen tiefen Blick in das Dekolleté frei, und der Ehemann zog ihn zusammen, schaute mich an und sagte: »So ist sie eben.« – »Du genauso«, antwortete sie und schlug ihm auf die Hand. »Mein kleiner Show-Star«, sagte er und versuchte, sie auf die Wange zu küssen. Mit gespieltem Ärger wandte sie das Gesicht ab, und dann küßte sie ihn, und ich sah auf die Aufzugtüren. »Das Flitterwochen-Spiel«. Kein Zweifel.

Ich dachte daran, wie Frank und Eileen die Halle verlassen hatten. Wie sie voneinander Abstand haltend weggegangen waren, er hatte ihre Hand nicht genommen und sie nicht seine, aus welchem Grund auch immer. Als Vinh und ich in dieser Nacht nebeneinander lagen, lange bevor sein Atem ruhig und gleichmäßig wurde und er einschlief, sagte ich: »Was hältst du von den beiden?«

Aufgrund des kurzen Schweigens, das darauf folgte, wußte ich, daß er verstanden hatte, wen ich meinte, trotzdem fragte er schließlich: »Wen meinst du?« Wenn er es tatsächlich nicht gewußt hätte, hätte er sofort nachgefragt. Statt dessen dachte er nach, was er sagen sollte, vielleicht versuchte er aber auch, sich darüber klarzuwerden, warum er sich dem Paar gegenüber so aufgeschlossen verhalten hatte. Entweder wußte er es inzwischen und wollte es nicht verraten, oder er war genauso verblüfft darüber wie ich; ich hatte keine Ahnung, was von beidem zutraf.

»Frank und Eileen Davies«, sagte ich.

»Ach die«, antwortete er, und wieder trat Schweigen ein.

Ich wartete eine Weile und beschloß, nicht lockerzulassen. »Nun?«

»Was soll das?« fragt er gespielt schläfrig. Aber ich wußte, daß er nicht wirklich schlief.

»Du schienst sehr freundlich zu sein zu Frank.«

»War ich tatsächlich freundlich?«

»Du hast ihm einen Drink bestellt.«

»Das war nicht zu vermeiden. Nachdem sie schon mal da waren.«

»Als ihr beide euch unterhalten habt, hast du dich interessiert vorgebeugt. Das machst du nicht bei jedem.«

Vinh warf seine Decken herum. »Ich hasse es, wenn du das tust«, sagte er.

Sein kleines Spielchen ließ sich auch zu zweit spielen. Ich ließ ein paar Momente verstreichen und sagte dann: »Was soll das heißen?«

»Du weißt, wovon ich spreche. Wenn du mir sagst, was meine Gesten und meine Blicke bedeuten. Das könnte ja nicht einmal *ich* sagen.«

Von irgendwoher war Musik zu hören. Sehr leise. Ich konnte den Seufzer nicht unterdrücken, der sich meiner Brust entrang. Er war sehr deutlich zu hören in dem dunklen Zimmer, aber ich war nicht sicher, ob Vinh ihn bemerkt hatte. Ich wünschte, er hätte es getan. Ich wünschte, er hätte meine Begabung und hätte sagen können, warum ich gerade jetzt geseufzt hatte.

Dann sagte er ganz leise, so daß seine Worte die Musik nicht übertönten: »Ich bin nicht so kritisch.«

Ich antwortete nicht. Ich drehte den Kopf und sah zu den Fenstertüren hinüber. Eine hatte ich offengelassen, und der Vorhang bauschte sich ein bißchen im Nachtwind. Die Musik kam von draußen, von der Bucht herein. Es waren ein Horn, Gitarren und eine Violine. »Ich weiß nicht«, sagte Vinh.

»Was weißt du nicht?« fragte ich, und ich hatte tatsächlich keine Ahnung.

»Ich weiß nicht, was mit dem Mann los ist.«

Doch im Augenblick interessierte mich das gar nicht. Ich stand auf, ging zum Fenster und lauschte der Musik. Es war eine Art hüpfende Melodie, ein Mariachi-Walzer. Ich schob den Vorhang zur Seite und trat auf den Balkon hinaus. Weit draußen in der dunklen Bucht befand sich ein Dreieck roter Lichter, das sich langsam bewegte. Bei genauerem Hinsehen erkannte ich ein Schiff, von dessen Decks ein schwaches Blitzen ausging, farbige Lichträder drehten sich dort, und ich stellte mir Walzer tanzende Paare vor, noch schwitzend von den schnellen Melodien, und jetzt hielten sie sich fest umschlungen und glitten über das Deck, die Haut rot von den bunten Lichtern.

»Was ist das?« hörte ich leise Vinhs Stimme, als wäre er weit weg drüben in der Bucht. Ich konnte jetzt sogar das Raspeln der Maracas hören. Und dann wurden die Maracas leiser, danach die Geigen und das Horn, und ich beobachtete, wie das Schiff die Küste hinunterfahrend verschwand. Als ich ins Bett zurückschlüpfte, war Vinh eingeschlafen.

Am nächsten Morgen ließ ich Vinh leise schnarchend im Bett zurück. Es war ziemlich früh. Ich wollte ihm in den Ferien, die ich ihm geschenkt hatte, zumindest das

Vergnügen gönnen, lange zu schlafen. Daher zog ich meinen Badeanzug an, schloß die Tür leise hinter mir und ging zum Pool hinunter. Die Liegestühle waren alle zusammengeklappt, und, die weißen Hosen fast bis zum Knie hochgerollt, wischten die mexikanischen Jungen den Boden, und einer von ihnen schöpfte mit einem dünnen, an einer Stange befestigten Netz die Wasseroberfläche ab. Ich stand da und wollte nicht wieder hinaufgehen. Die Morgensonne war sehr angenehm – ein sanfter, langanhaltender Kuß auf meiner Stirn –, und schließlich sah mich einer der Jungen, verbeugte sich, stellte einen der Stühle auf und bedeutete mir herüberzukommen. Ich dankte ihm, streckte mich darin aus, sah auf die Hotelfassade und versuchte herauszufinden, welches unser Balkon war. Aber das wurde mir erst allmählich bewußt. Hoffte ich, daß Vinh zu mir herunterschaute? Aus irgendeinem Grund ärgerte ich mich über diese Erwartung. Daher schloß ich die Augen und dachte an das Schiff von gestern abend und ärgerte mich noch mehr. Das überraschte mich, und ich wünschte, ich hätte mich von allem befreien und mich einfach nur der Erinnerung hingeben können. Vielleicht hätte ich einen Hinweis gefunden, warum ich im Moment so fühlte. Aber alles, was ich hinter meinen geschlossenen Augen sah, waren nach unten sinkende schwache Lichtflecken, und dann hörte ich eine Frau sagen: »Kann ich mich neben Sie setzen?«

Ich öffnete die Augen, und Eileen Davies stand vor mir. »Natürlich«, sagte ich, stand auf und half ihr, einen Liegestuhl neben meinen zu stellen. Ich setzte mich wieder und sah ihr zu, wie sie ihren Bademantel auszog. Sie trug einen einteiligen Badeanzug, ein bißchen altmodisch, obwohl ihre Figur nach den Maßstäben amerikanischer Männer als ziemlich gut gelten konnte. Das war mein erster Eindruck, aber als sie ihren Bademantel sehr sorgfältig zusammenlegte und in die große Leinentasche zu ihren Füßen steckte, sah ich, daß ihr Hintern vermutlich ein bißchen zu groß war, und auf der Rückseite ihrer Schenkel begannen sich Dellen zu zeigen, die in der Fernsehwerbung als »unvorteilhafte Zellulitis« bezeichnet werden. All das war zweifellos eine Entwicklung der letzten paar Jahre. Als ihr Mann in Vietnam kämpfte, hatte sie sicher eine makellose Figur gehabt.

Sie saß jetzt neben mir, lächelte mich an und sagte: »Wir sind die Frühaufsteher.«

»Ja«, antwortete ich. »Es ist eine Angewohnheit, die ich nicht lassen kann.«

»Ich mag den Morgen«, sagte sie. »Manchmal hat man das Gefühl, als sei man allein auf der Welt.« Einen Augenblick später schien Eileen zu bemerken, wie sich das anhörte, und machte eine Handbewegung in der Luft, als wolle sie alle Rückschlüsse, die ich gezogen haben mochte, zunichte machen. »Nur für ein Weilchen«, fügte sie hinzu. »Ich möchte mich nicht länger als vielleicht eine Stunde lang so fühlen.«

»Eine Stunde lang ist das schon in Ordnung«, sagte ich.

»Ich liebe meinen Mann.« Eileen hätte das nicht hinzufügen müssen, um ihre Allein-in-der-Welt-Gefühle näher zu erklären. Ich schätzte, die Ursache dafür war dieselbe, die sie zu den Blicken auf ihren Mann veranlaßte, die ich ein paarmal an ihr beobachtet hatte.

Was mich betraf, so hätte ich auf ganz verschiedene Weise darauf reagieren können. Ich hätte einfach schweigen, leicht nicken oder mmhm sagen können. Statt dessen sagte ich: »Ich liebe meinen Mann auch.«

Meine Antwort kam Eileen gar nicht so merkwürdig vor, mir allerdings schon. Sie nickte nur, legte den Kopf zurück und zog die Sonnenbrille von der Stirn über die Augen. Auch ich legte mich zurück, aber wenn wir jetzt hier in der Sonne schweigsam und schläfrig werden sollten, wollte ich nicht, daß das Gespräch auf eine so seltsame Art beendet wurde. Daher versuchte ich es mit etwas oberflächlicher Unterhaltung. »Waren Sie schon einmal hier unten?«

»Nein? Sie?«

»Nein.« Das war immer noch nicht genug, und ich überlegte, was mir zu dem Thema noch einfallen könnte.

Aber aus irgendeinem Grund war mir alle gesellschaftliche Gewandtheit abhanden gekommen, das Schweigen hielt an, und bevor mir ein neues Thema für die Unterhaltung einfiel, sagte Eileen: »Das ›Love Boat‹ hat hier angelegt.«

Ich hätte wissen sollen, wovon sie sprach. Wie gesagt, ich mag amerikanisches Fernsehen. Aber zuerst dachte ich, sie würde sich irgendwie bildhaft ausdrücken. »Was ist das?«

»Die Fernsehserie«, antwortete sie. »›Das Love Boat‹. Es macht immer in Puerto Vallarta halt.«

Ich lachte. »Natürlich.«

»Glauben Sie an Romantik, Gabrielle?«

Ich wandte den Kopf und sah sie an. Ich hatte über dieses Thema noch gar nicht nachgedacht, und doch hatte ich das Gefühl, als würde mir dazu etwas einfallen. Tatsächlich war ich nicht sicher, was aus meinem Mund kommen würde, so als würde ich auf einem Stuhl hinter mir sitzen und heimlich lauschen. Die ganze Sache wurde ein wenig seltsam. »Romantik?« fragte ich. »Ich bin nicht sicher. Nicht, was man allgemein darunter versteht. Nicht für jemanden, der die zwanzig überschritten hat.«

»Was man allgemein darunter versteht.« Nachdenklich wiederholte Eileen den Satz, und auch ich ließ ihn mir nochmals durch den Kopf gehen. Die Sendung »Love Boat« beispielsweise. Und eine Menge anderer Dinge, die mich beim Fernsehen leicht zum Weinen brachten. Bei den Werbeanzeigen der Telefongesellschaft schnürte es mir immer die Kehle zu. Man brauchte bloß anzurufen, und schon liebten sich zwei Menschen wieder, ganz gleichgültig, was zwischen ihnen vorgefallen sein mochte. Ganz einfach so. Für Eileen und Frank war es nicht so einfach, das wußte ich.

»Es ist nie so einfach«, sagte sie in entschiedenem Ton, als wäre sie selbst auf den Gedanken gekommen.

Sicher, man konnte leicht sagen, daß es nie einfach sei. Aber ich erwiderte nichts darauf, und Eileen fuhr fort: »Puerto Vallarta ist ein sehr romantischer Ort, wissen Sie.«

»Ja?«

»Hier wurde ein Film gedreht.«

»›Die Nacht des Leguans‹«, sagte ich. »Ich weiß alles darüber.«

»Es war nicht einfach für die beiden.«

»Für Liz und Dick?«

»Für Liz und Dick. Es war nicht einfach für sie«, sagte Eileen, hob ihre Sonnenbrille, drehte den Kopf und sah mir in die Augen.

»Da haben Sie recht.«

»Man kann noch die Überreste des Drehorts besichtigen. In der Nähe von Mismaloya Beach.« Eileen hatte sich aufgesetzt. »Warum gehen wir nicht hin?«

»Nur Sie und ich?« fragte ich, unsicher, wie ich mich verhalten sollte.

Eileen hob die Augenbrauen und preßte den Mund fest

zusammen. Sie antwortete nicht sofort. Schließlich entspannte sich ihr Gesicht, und sie setzte die Sonnenbrille wieder auf. »Wir könnten versuchen, sie mitzunehmen.«

»Wollen wir das wirklich?«

Sie legte sich wieder zurück und dachte darüber nach. Ich war verblüfft, daß wir die beiden Männer behandelten, als wären sie irgendwie gleich. Eigentlich kam mir das überhaupt nicht so vor. Deshalb hatte ich Vinh schließlich letzte Nacht gefragt, welchen Eindruck er von Frank hatte. Ich gehöre nicht zu den Frauen, für die Männer einfach Männer und im Grund alle gleich sind.

Eileen sagte: »Sicher wollen wir das, oder? Es sind unsere Ehemänner. Wäre es nicht nett, dort mit unseren Liebsten herumzustöbern?«

»Sicher«, antwortete ich, obwohl ich nicht überzeugt davon war. Aber wir ließen es dabei bewenden. Eileen sagte nichts mehr, und eine Weile lang ließen wir uns beide nur von der mexikanischen Sonne bescheinen. Ziemlich lange sogar. Ich mußte sogar eingeschlafen sein, denn plötzlich wurde ich von einem großen, rotgelb gefiederten Vogel überrascht, der vor mir vorbeiflog. Ich blinzelte, und er war verschwunden, und ich lag eingerollt auf der Seite in meinem Liegestuhl; ich hatte meine gewohnte Schlafstellung eingenommen. Ich setzte mich auf, sah dem großen Vogel nach und entdeckte, daß es ein Gleitschirm war, der immer höher und höher stieg und aufs Meer hinaussteuerte. Ich sah auf die Uhr und stellte fest, daß fast zwei Stunden vergangen waren.

Als hätte sie meine Gedanken gelesen, sagte Eileen: »Sie haben ziemlich fest geschlafen.«

Mein Kopf fühlte sich riesenhaft an, dennoch schien sein Inhalt nicht wirklich in meinen Schädel zu passen und drohte mir die Ohren herauszupressen. Ich drehte mich zu Eileen um. Die Lehne ihres Stuhls war hochgestellt, ein Strohhut beschattete ihr Gesicht, und sie hielt eine Ausgabe des »People«-Magazins in der Hand. »Sie haben einen interessanten Anblick verpaßt«, sagte sie.

»Was denn?«

»Unsere beiden Ehemänner haben sich in offensichtlicher Eintracht in der Halle getroffen. Sie sind vor einer halben Stunde vorbeigegangen, haben mir zugewinkt und sind zum Strand hinunterspaziert.«

Ich rieb mir die Schläfen und versuchte, ihre Worte zu begreifen. Vietnamesen sind manchmal komisch. Zuweilen geben sie sich sehr ausweichend. (Vielleicht ist das der chinesische Einfluß in unserer Kultur, obwohl wir eher geneigt sind anzunehmen, daß ein solcher nicht existiert.) Aber bei anderen Gelegenheiten können Vietnamesen schonungslos offen sein. Wirklich. Amerikaner haben ihre eigenen Widersprüche. Die haben alle Völker. Manchmal ausweichend und dann wieder geradeheraus zu sein, ist vielleicht für alle Betroffenen weniger störend, als sich manchmal tolerant und manchmal intolerant zu verhalten, obwohl ich meine neue Heimat nicht kritisieren möchte.

Auf jeden Fall hörte ich dank meiner vietnamesischen Offenherzigkeit plötzlich auf, mir die Schläfen zu reiben, beugte mich nahe an Eileen heran und sagte: »Verraten Sie mir eines. Begreifen Sie, warum sich unsere Männer so gut verstehen? Was sagt Frank über Vinh?«

Eileen schüttelte den Kopf, als versuchte sie, sich die Ohren freizumachen. Und ihre Stimme klang gedrückt, sogar ein bißchen weinerlich. »Mein Mann hatte nie etwas gegen Vietnamesen. Er haßte natürlich den Vietkong, aber er wußte, daß zwischen ihnen und den anderen ein Unterschied bestand.«

»Natürlich«, sagte ich entschieden, als hätte ich das alles seit langem gewußt. Und vielleicht war es so. Allerdings hatte ich darauf gar nicht hinausgewollt, obwohl ich nicht genau sagen konnte, worauf ich eigentlich hinaus wollte.

»Und wie ist es bei Ihrem Mann?« fragte Eileen, und ihre Stimme klang schneidend. »Was sagt er über Frank?«

Ich beugte mich näher zu ihr und setzte mein wärmstes Lächeln auf. »Bei ihm ist es wie bei Ihrem Mann. Er sieht in erster Linie den einzelnen Menschen.«

Das hohle Wortgeklingel wäre eigentlich nicht notwendig gewesen, um Eileens verletzte Gefühle zu besänftigen und die Dinge zwischen uns zu klären, aber genau das hatte es bewirkt. Wir beide hatten uns keine Lorbeeren verdient, wenn es darum ging, das Ganze auch nur ansatzweise zu verstehen, aber zumindest lächelten wir uns wieder an, und sie sagte: »Möchten Sie die beiden suchen gehen? Vielleicht schaffen wir es, sie in ein Taxi zu setzen und zusammen zu dem Drehort zu fahren.«

»Sicher«, antwortete ich. Wir nahmen unsere Sachen und gingen am Pool und dem Heißwasserbecken vorbei – die übrigen Spiel-Show-Leute waren zu meiner Erleichterung noch nicht eingetroffen – und stiegen ein paar Steinstufen zum Strand hinunter.

Sofort umringten uns die weißgekleideten Händler mit den Strohhüten auf dem Kopf. Sie verkauften weiße Kleider und Strohhüte, und irgendwo in der Menge sah ich das Mädchen mit dem Leguan auf der Schulter. Eileen und ich bahnten uns »No gracias« murmelnd einen Weg durch die Leute und sahen uns um. Die Männer waren nirgendwo zu sehen, und es schien, als würden wir uns beide plötzlich nur noch für das Meer interessieren.

Ohne ein Wort zu sagen, stapften wir durch den weichen Sand hinunter zum Wasser.

Hier unten erschien die Bucht riesig. Ich fragte mich, ob die Musik, die ich letzte Nacht gehört hatte, hier mächtiger geklungen hätte; ich fragte mich, wie es gewesen wäre, wenn Vinh und ich an dieser Stelle gestanden hätten, als das Schiff vorbeifuhr. Hätte er mich nicht bloß gefragt, was das war? Hätte er mich in die Arme genommen, und wäre er mit mir im Walzertakt über den Sand getanzt? Doch das war eine einfache Vorstellung von Romantik, fand ich. Ich hätte mich lieber an die Seifenopern erinnern sollen, wo alles immer schwierig war. Das ist ein weiterer Widerspruch bei diesen Sendungen. Kann man denn gleichzeitig an beides glauben? Das Love Boat legt an, und jeder findet, wonach er sucht; und in der nächsten Folge von »As The World Turns« kommt es zu noch mehr Unglück.

»Ich sehe die beiden«, sagte Eileen.

Sie hatte recht. Die beiden Männer gingen links von uns, weit unten, am Strand entlang. Nebeneinander hermarschierend, entfernten sie sich von uns. Mein Mann hatte die Hände auf dem Rücken verschränkt, eine Haltung, die er einnimmt, wenn er bei Geschäftstreffen auf und ab geht. Er trug seine braunen Bermuda-Shorts und die einzige Neuanschaffung für die Reise, ein grob gewebtes Baumwollhemd aus Pakistan. Frank Davies war ganz in Schwarz gekleidet – bevor ich ihn sah, wußte ich nicht, daß es Bermudas auch in Schwarz gab –, und er gestikulierte mit den Armen. Wir hörten kein Wort, aber wir sahen, wie sich seine Hände über die Schultern hoben, sich öffneten und wieder herunterfielen.

»Ich kenne diese Geschichte«, sagte Eileen seufzend. »In Qui Nhon ist gerade ein Munitionsdepot explodiert.«

»Ich hoffe, es wurde niemand verletzt.«

»Mein Mann soll sich hinterher sehr heldenhaft gezeigt haben, soweit ich es gehört habe.« Eileen wandte sich mir zu. »Hören Sie, Gabrielle, es tut mir leid, wenn es vorhin den Eindruck machte, ich sei verärgert.«

»Verärgert?«

»Als Sie fragten, wie unsere Männer miteinander auskämen.«

Ich wünschte, ich wäre in diesem Moment rückhaltlos offen gewesen und hätte darauf gedrungen, mehr über die Männer in unserem Leben herauszukriegen. Aber ich kann mir nicht vorstellen, daß wir zu diesem Zeitpunkt zu einer vernünftigen Lösung gekommen wären. Ganz sicher hätten wir nicht vorhersehen können, was später passierte. Doch aus welchem Grund auch immer, ich drängte nicht darauf. Ich sagte nur: »Schon gut, Eileen. Kein Problem.« Und wir gingen weiter den Strand entlang, hinter unseren Männern her.

Wir holten sie ein, als sie sich umdrehten, und ihre Diskussion weiterführend auf uns zukamen. Eileen rief Franks Namen, und beide Männer sahen uns verblüfft an. Im selben Augenblick riefen uns ein paar junge Mexikaner und bedeuteten uns, ein Stückchen weiter den Strand hinunterzukommen. Wir folgten den Blicken der Mexikaner, die nach oben sahen, und entdeckten einen Gleitschirmflieger, der aus der Bucht kommend über den Strand segelte. Einer der jungen Männer ließ eine Pfeife ertönen, und der Mann, der an dem Segel hing, griff nach oben, packte das Seil, das rechts über ihm hing, und zog daran. Das Segel steuerte nach rechts, kam schräg auf den Strand zugeflogen und senkte sich schnell zu Boden. Ich hörte, wie Frank sagte: »Sie waren bei den Luftlandetruppen, richtig?« Vinh brummte zustimmend, aber ich sah die beiden Männer nicht an. Ich hielt den Blick auf den großen, rot-gelben Gleitschirm gerichtet, der, straff gespannt, einen Mann vom Himmel heruntertrug. Das kann ich auch, dachte ich.

Wieder ertönte ein Pfiff. Der Mann ließ das Seil los, segelte in großer Geschwindigkeit nach unten, und die jungen Männer am Boden eilten hinzu, griffen nach oben, und der Flieger setzte laufend auf, während sich der Schirm hinter ihm zusammenknüllte.

»Hallo, Jungs«, sagte Eileen. »Jungs.«

Einen Augenblick lang dachte ich, sie würde sich an die Mexikaner wenden, sie würde ebenfalls aufsteigen wollen. Aber als ich hinsah, hatte sie unsere Männer gemeint. »Gabrielle und ich möchten etwas unternehmen. Wir alle zusammen«, sagte sie.

»Das ist gut«, antwortete Frank.

Vinh sah mich mit leichtem Tadel in den Augen an. Er haßte es, auf diese Weise überrumpelt zu werden. Ich hätte zuerst mit ihm allein reden sollen. Ich verstehe seine Gefühle, glaube ich. Ein Angehöriger der Luftlandetruppen ist immer einsatzbereit. Ein erfolgreicher Geschäftsmann ebenso. Aber ich warf ihm eine Kußhand zu, und er zwang sich zu einem leisen Lachen, um seine Gutmütigkeit zu zeigen. Ehrlich gesagt, kümmerte ich mich nicht besonders darum. Ich war immer noch von den Mexikanern und ihrem Gleitschirm fasziniert. Ich wußte, ich wäre enttäuscht gewesen, wenn sofort wieder jemand damit aufgestiegen wäre. Es war meiner. Ich war kurz davor, mich hoch über die Bucht zu erheben, über die ganze Stadt, weit hinaus über all dies hier.

»Finden Sie nicht auch, Gabrielle?« Eileens Stimme holte mich gewaltsam wieder zurück. Sie sah mich bedeutungsvoll an, als wäre es an der Zeit, die Sache festzumachen.

»Natürlich«, antwortete ich, obwohl ich nicht genau wußte, was sie gesagt hatte, doch aus der Art, wie sie mich ansah, entnahm ich, daß es die richtige Antwort war. Sie wartete, wollte mehr wissen, und ich sagte zu den Männern: »Laßt uns gehen. Ich hätte wirklich Lust dazu.«

Vinh sagte: »Ist das der Ort, von dem du mir erzählt hast? Die Geschichte mit dem Leguan?«

»Sicher«, antwortete ich. »Es wird Spaß machen.«

Jetzt konnte ich sehen, wie in Vinh der Zorn anschwoll. Was gingen ihn eigentlich Liz und Dick an? Schließlich waren sie nur ein Produkt all dessen, was er an Amerika ohnehin schwer ertrug. Ich wußte, daß ich ihn jetzt überreden mußte. Er war für meine kleinen Vorlieben zugänglich, aber ich mußte mir seine Zustimmung immer erkämpfen. Doch dazu hatte ich im Moment keine Lust. Das stand fest. Mich interessierte nur der große rot-gelbe Gleitschirm, der schlaff im Sand lag, und ich wollte ihn zum Leben erwecken, wollte, daß er sich mit dieser warmen Morgenluft füllte und mich in den Himmel hinauftrug.

Ohne ein Wort ging ich an Frank, Eileen und Vinh vorbei und fragte den jungen Mexikaner, der die Gurte hielt, wieviel es kostete. Er nannte den Preis, ich bezahlte, drehte mich um, und der Mann befestigte das Gurtwerk an mir. Alles war so unerwartet und schnell geschehen, daß niemand reagieren konnte. Frank, Eileen und Vinh standen nebeneinander und starrten mich fassungslos an, und schließlich, kurz bevor ich abhob, krächzte Vinh: »Gabrielle, was machst du da?« Eileen lächelte plötzlich und schrie etwas Unverständliches, ein »Hurra« oder etwas in der Art. Der Mexikaner erklärte mir die Sache mit der Pfeife und dem Seil über meinem rechten Ohr, und das Boot setzte sich in Bewegung, das Seil spannte sich, ich spürte kurz Hände an mir, die mir beim Aufstieg halfen, dann waren sie weg, und ich segelte in die Luft hinauf.

Ich schaute nicht zurück. Das Boot fuhr eine Zeitlang geradewegs in die Bucht hinaus, und ich sah auf das ruhige Wasser hinunter, das aussah wie eine gespannte Plastikplane, die mich hochschleudern würde, falls ich abstürzte. Aber es war ganz wunderbar, hier oben zu sein. Ich war mir meiner Einsamkeit sehr bewußt. Etwa hundert Meter zu meiner Rechten flog ein kleiner Schwarm Pelikane zum Strand zurück. Sie kehrten zurück, aber ich war immer noch auf dem Weg nach draußen. Der Wind pfiff leise um meine Ohren, und plötzlich schoß mir der Gedanke durch den Kopf, daß dies eigentlich gar nicht jenes überwältigende Körpergefühl war, das ich erwartet hatte. Meine Füße baumelten nach unten, aber sie fühlten sich nicht schwer an, es war wie beim Karneval, wenn man auf einem Stuhl sitzend herumgeschwenkt wird. Meine Füße hingen in der Luft, als wäre ich ein Kind, das auf einem zu hohen Hocker sitzt. Ich hatte keine Angst. Die Gurte hielten mich fest, ich hielt mich an den Seilen und schaute aufs Meer hinunter. Die grüne Bugwelle des Boots teilte den großen braunen, von den Bergen hereingespülten Schmutzwasserstreifen.

Jetzt machte das Boot kehrt und fuhr an der Küste entlang, und mein Gleitschirm änderte ebenfalls die Richtung. Ich flog auf gleicher Höhe wie das höchste Hotelgebäude, aber ich betrachtete das ganze, am Strand entlanggestreckte Puerto Vallarta so gelassen, als wäre es ein Wandgemälde. Ich flog, aber innerlich war ich sehr ruhig.

Es erinnerte eher an bestimmte Träume, in denen man fliegen kann und alles friedlich ist. Oder so, als hätte ich meinen Körper verlassen, wie die Leute bei der Donahue-Show, als alle glaubten, sie wären tot. Ich war getrennt von meinem Körper.

Jetzt sah ich über die Schulter zurück und erkannte den Strand mit drei winzigen Gestalten darauf, die immer noch in einer Reihe nebeneinander standen und wahrscheinlich immer noch fassungslos dreinschauten. Daher drehte ich mich um, ließ das Seil los und ließ die Hände ebenso herunterbaumeln wie die Füße. Ich spürte den Luftzug auf meinem Gesicht, und ich schwebte dahin und dachte, ja, ich bin gerade gestorben, und es ist sehr schön, ich muß mich um nichts mehr auf der Erde kümmern.

Und dieses Gefühl hielt an, solange ich in der Luft war. Es dauerte vermutlich nicht mehr als zehn Minuten, aber es erschien viel länger, was mir später seltsam vorkam, denn ich genoß dieses Erlebnis ganz außerordentlich, und gewöhnlich vergeht dann die Zeit schneller. Aber ich schwebte dahin, das Boot kehrte um und fuhr in die andere Richtung, und auch ich schwang sehr anmutig in einer langen Kurve herum, einer Geste vergleichbar, die ich vielleicht machen würde, wenn ich ein großer Filmstar wäre. Der Rückflug verlief dichter an der Küste entlang. Ich war nur ein kurzes Stück vom Strand entfernt und konnte im Vorbeifliegen deutlich die Schwimmbekken der Hotels erkennen und die Körper, die in der Sonne lagen.

Dann bewegte ich mich näher und immer näher aufs Ufer zu und befand mich über dem Strand. Ich schaute nach vorn und sah, wie das Boot in einem Bogen ins Meer hinausfuhr, aber es mußte die Geschwindigkeit gedrosselt haben, denn ich begann, an Höhe zu verlieren. In diesem Moment hörte ich das Pfeifen. Ich hob den Kopf und sah den Strand, von dem aus ich gestartet war. Er war nicht weit entfernt. Wieder ertönte das Pfeifen, eindringlich diesmal, und ich spürte, wie mein Magen sich zusammenkrampfte. Jetzt mußte ich etwas tun. Das Seil über meiner rechten Schulter. Ich griff nach oben und packte es, genau wie man mir gesagt hatte. Ich zog daran.

Es rührte sich nicht. Es war ein schweres Seil. Schwer herunterzuziehen. Der Knoten in meinem Leib verkrampfte sich stärker, und ich zog so fest ich konnte. Das Seil gab ein wenig nach, aber nicht annähernd so viel, wie es eigentlich sollte. Ziehen Sie es bis zum Ohr herunter, hatte der Mann gesagt. Ich zog fester, und es ruckte ein bißchen weiter, und die Muskeln in meiner Hand verkrampften sich, dann meine Armmuskeln, und die ganze Seite hinunter bis zur Hüfte.

Ich sank immer tiefer und tiefer und vollführte eine kleine Kurve, aber mir war längst klar, daß ich in Schwierigkeiten steckte. Die Kurve war nicht eng genug, um mich auf den Weg hinunterzubringen, zu den wartenden Männern, zu Frank, Eileen und Vinh, die ich einen Moment lang sehr genau wahrnahm. Mit weit aufgerissenen Augen und offenen Mündern standen sie da, mein Arm und meine Seite zitterten inzwischen, brannten wie Feuer, und ich wußte nicht einmal mehr, ob ich das Seil überhaupt noch länger festhalten konnte. Die Mexikaner rannten den Strand hinauf, ich sah eine Reihe Kokosnußbäume hinter einem Hotel, und ich flog direkt auf sie zu. Ich befand mich etwa auf der Höhe des vierten Stockwerks und fiel schnell nach unten, wie ein außer Kontrolle geratener Fahrstuhl. In Höhe des dritten Stocks duckten sich die Bäume, als hätten sie Angst vor mir, aber sie konnten nicht wegrennen, und ich fiel am zweiten Stock vorbei.

Ich hob den anderen Arm, ergriff das Seil mit beiden Händen und zog so fest daran, wie ich konnte. Ich schloß die Augen, das Seil gab ein Stückchen nach, und ich spürte, wie ich abtrieb. Von unten drang eine Stimme herauf, die sagte: »Caramba!«, und dann trafen meine Füße hart auf dem Sand auf, ich ging in die Knie, kam wieder hoch, wurde aber sofort weitergerissen und durch den Sand geschleift. Dann spürte ich Hände auf mir, viele Hände, und ich stand wieder aufrecht.

Aber ich lachte. Meine Augen waren geöffnet, und ich lachte, obwohl ich wünschte, ich wäre wieder oben in der Luft, besonders nachdem alle herbeieilten, als wäre ich ohnmächtig geworden oder etwas dergleichen. Eileen schrie: »Sind Sie in Ordnung?«, als sie auf mich zulief. Ich sah auf und entdeckte Vinh, der neben ihr herrannte. Sein Gesicht sah reizend aus. Die Unterlippe war hochgeschoben, als würde er schmollen, wie ein kleiner Junge, der über eine sehr schlechte Neuigkeit einen Flunsch zieht. Dann schoß Frank an der anderen Seite von Eileen vorbei, er rannte sehr schnell und war der erste, der bei mir war.

»Sie sind mir vielleicht eine Draufgängerin«, sagte er. »Fliegen da so einfach durch die Luft.« Und er schob den Jungen weg, der mir die Gurte abnahm. Mit seinen großen Händen machte Frank klick, klick, und ich war frei. Er nahm mich am Arm und drehte mich zu Vinh herum, der inzwischen schnaufend angekommen war.

»Mir geht's gut«, sagte ich entschieden, an alle gewandt. »Nur keine Aufregung.«

Vinh blieb vor mir stehen und sagte leise: »Geht's dir wirklich gut?«

»Ja«, antwortete ich ebenso leise, aber so schneidend wie ich konnte.

Er sah mir in die Augen und nickte, dann schüttelte er den Kopf. »Nach einem abenteuerlichen Flug mit dem Gleitschirm kann man wahrscheinlich nur zu einem Drehort fahren, nehme ich an.«

Eileens Kopf schnellte zu Vinh herum, und sie sagte: »Großartige Idee.«

Ich wußte nicht so recht, was ich davon halten sollte. Dachte er, ich hätte mich deshalb zu dem Flug entschlossen, um ihn herauszufordern? Wie ein Kind, das drohte, sich etwas anzutun, wenn es seinen Willen nicht bekam? Ich war nicht sicher, ob er es so gemeint hatte. In diesem Augenblick hätte ich den ganzen Ausflug nach Mismaloya für einen weiteren Flug übers Meer eingetauscht. Aber das war natürlich nicht möglich.

Frank sagte: »Hervorragend«, und ich rechnete mir aus, ich hätte zumindest die Möglichkeit, die beiden Männer zu beobachten, wie sie sich etwas näher kamen.

Also gingen Eileen und ich in unsere Zimmer zurück, um uns umzuziehen, und in Rekordzeit trafen wir uns im Gang wieder, denn wir wollten nicht, daß die beiden die Gelegenheit bekamen, es sich anders zu überlegen. Wir trafen sie in der Halle und traten gemeinsam vors Hotel, wo ein halbes Dutzend Männer in Sandalen und Jeans im Chor nach einem Taxi riefen. Vinh trat einen Schritt vor Frank und ging auf den ersten Mann in der Reihe zu, ich hielt mich nahe bei den beiden Männern, denn sie interessierten mich sehr.

»Dodgers«, brummte Frank, und ich bin sicher, daß Vinh nicht wußte, was er meinte, aber als das Taxi vor uns anhielt und der Fahrer heraussprang, trug er eine Mütze der Los Angeles Dodgers. Ich kannte diese Mütze aus dem Fernsehen. Viele Schauspieler in Fernsehserien trugen Baseball-Mützen, und diese hier war besonders beliebt, obwohl mir das leuchtende Rot und die ineinander verwobenen Buchstaben auf der Mütze der St. Louis Cardinals am besten gefielen.

Der Fahrer bemerkte offensichtlich, daß ich auf seine Kopfbedeckung starrte, und reagierte überraschend. Er tippte an den Mützenrand und öffnete die hintere Tür. Er war ungefähr im gleichen Alter wie Vinh und ich, vielleicht vierzig – das sah ich an seiner Augenpartie und den grauen Strähnen im Haar –, aber er hatte etwas Elastisches an sich, das ihn sehr jung wirken ließ.

Vinh sagte: »Warum setzen Sie sich nicht auf den Vordersitz, Frank.«

»Hey, Major, Sie haben einen viel höheren Rang als der Soldat hier. Sie sollten den Vorzugsplatz einnehmen.«

»Ich saß immer auf dem Rücksitz, als ich Major war«, antwortete Vinh, und in seiner Stimme lag ein Anflug von Gereiztheit. »Außerdem haben Sie viel längere Beine.«

Frank lachte, und Vinh ebenfalls. Dann drehte sich Frank zu uns um und sagte: »Ihr beide nehmt euch in acht vor dem Mann da hinten.«

Ich hätte gern noch mehr gehört. Nahm Frank meinen Mann wegen irgendwelcher Geschichten hoch, die sie sich über Frauen erzählt hatten? Ich sah Vinh an, aber sein Gesicht war ausdruckslos, und dann sagte der Taxifahrer: »Sind Sie Amerikaner?« und die Unterhaltung nahm einen anderen Verlauf.

Vinh ließ zuerst Eileen, dann mich auf den Rücksitz steigen und stieg als letzter ein. Frank unterhielt sich mit dem Taxifahrer, während er umdrehte, und ich spürte, wie Vinh auf dem engen Rücksitz an mich gedrückt wurde. Mein Mann war mir noch nie als der Typ vorgekommen, vor dem sich zwei Frauen im Fond eines Wagens hüten müßten. Ich war sicher, daß es sich um einen typisch männlichen Scherz handelte, eine ganz übliche Bemerkung unter Armeeangehörigen. Vinh hatte mir nie Anlaß gegeben, an ihm zu zweifeln. Die Passagen der Seifenopern, bei denen es um Ehebruch ging, hatten mich nie besonders berührt. Vinh hatte seine Freizeit immer mit mir verbracht. Er gehörte nicht zu den Männern, die allein ausgingen. Er war ein sehr konservativer Mensch. Seine Arbeit war seine Geliebte, das wußte ich, und das war schwer genug für mich. Doch seltsamerweise ließ mich Franks dummer Scherz nicht los. All das Schweigen zwischen Vinh und mir, all die Förmlichkeit, all das Warten, er würde vielleicht meine Hand nehmen: Wäre er besser dran, wenn er jemand anderen hätte? Wenn er tatsächlich jemand anderen hatte? Elizabeth Taylor hatte einen Ehemann gehabt; er war Sänger. Auch Richard Burton hatte damals eine Frau, obwohl sie weniger berühmt war. Ich konzentrierte mich wieder auf die Unterhaltung.

»Mismaloya Beach?« fragte der Fahrer und drehte den Kopf beängstigend weit herum. Er sah Eileen an, die ihm, glaube ich, gerade erklärt hatte, wohin wir wollten. Dann sah er mich an, und ich hatte Angst, er würde den Kopf noch weiter nach hinten drehen, bis er auch Vinh zu meiner Linken sehen konnte. Aber vermutlich hätte ich mir mehr Sorgen um den Wagen als um die Halsverrenkungen des Fahrers machen sollen. Er fuhr die lange Hoteleinfahrt hinunter und paßte nicht im geringsten auf. Er sagte: »Wissen Sie, daß Sie an einen ganz besonderen Ort fahren?«

»Das wissen wir«, antwortete Vinh entschieden.

»Sie kennen die Geschichte von Liz und Dick?« fragte der Fahrer.

»Die kennen wir«, erwiderte Vinh, und ich konnte seinem Tonfall entnehmen, wie wenig Interesse mein Mann hatte, sich die Geschichte noch einmal anzuhören.

»Das hat die Stadt erst berühmt gemacht, wissen Sie. Ich war damals ein junger Nichtsnutz, der den ganzen Tag am Strand herumhing und nicht so hart arbeitete wie heute. Es hat uns gefallen, daß die ganze Welt plötzlich auf unser Vallarta sah.« Inzwischen war der Blick des Mannes wieder auf die Fahrbahn gerichtet, und er bog auf die Hauptstraße ein, auf der wir vom Flughafen hereingekommen waren.

Beim Einbiegen schwieg er einen Moment, und Frank sagte: »Teufel auch, es muß schön gewesen sein, als Teenager bloß am Strand rumzuhängen. An einem Ort wie diesem zu leben. Als ich ein Teenager war, interessierte mich nichts anderes, als eines Tages ein verdammter Soldat zu werden. Das ist eine *andere* Art jugendlicher Beschränktheit.«

Ich war ein wenig verblüfft, wie weit Frank ausgeholt hatte, um die Unterhaltung auf seine militärischen Erfahrungen zu bringen. Ich fragte mich, ob er das Vinh zuliebe tat, nachdem auch er bemerkt hatte, wie sehr mein Mann all das Gerede über Burton und Taylor haßte. Vinh sagte: »Als ich ein Teenager war, waren Strandleben und Krieg nicht voneinander zu trennen.«

Er sagte das so, als hätte er Frank damit übertrumpft. Er konnte sich ziemlich hineinsteigern, wenn es um den Krieg ging, das wußte ich. Ich hatte ihn mit unseren vietnamesischen Freunden reden hören. Aber war es das, worüber Frank und er gesprochen hatten? War es das, was ich verpaßt hatte? Hatten die beiden nur herumpalavert, um sich gegenseitig zu übertrumpfen? Oder spielten sie ganz instinktiv dieses Spielchen, um unseren Fahrer am Reden zu hindern und uns zwei Frauen aus der Unterhaltung auszuschließen?

Ich hatte keine Ahnung. Aber unser Fahrer ging auf den Wink nicht ein. »Dann wurde die Fluglinie eingerichtet. Es war ein verschlafenes, gottverlassenes Nest, als ich ein kleiner Junge war, wissen Sie. Dann begann dort, wo heute das Stadtzentrum ist, die Mexicana Airlines mit einer DC-3 auf einem Ackerrollfeld zu landen.« Frank drehte sich halb nach hinten. »Sind Sie je in einer DC-3 geflogen, Vinh?«

»Sicher. Die DC-3s dienten als Truppentransporter, als ich Rekrut war.«

Daraufhin folgte eine kurze Pause, als würde Frank nur Atem holen, aber Eileen besaß eine wunderbare Reaktionsschnelligkeit – vermutlich der Schlüssel zu ihrem Erfolg beim Drücken des Klingelknopfs in der Spiel-Show –, und bevor Frank antworten konnte, sagte sie zum Fahrer: »Die grundlegenden Fakten der Burton-und-Taylor-Geschichte sind uns bekannt, aber erzählen Sie uns etwas, was wir vielleicht noch nicht wissen.«

Frank rollte die Schultern, ich spürte, wie Vinh ein wenig von mir abrückte, und der Fahrer sagte: »Haben Sie das Haus gesehen, in dem sie gewohnt haben?«

»Nein«, antwortete Eileen. »Können wir das?«

»Sicher«, sagte der Fahrer, und lobenswerterweise protestierten die Männer nicht. »Es ist in Gringo Gulch. Da wohnten alle reichen Leute, nachdem sie uns entdeckt hatten. Leonard Bernstein etwa, Sie wissen doch, der Mann mit dem Orchester?«

»Ja«, antwortete Eileen. »Wissen Sie etwas über ihn?«

»Si, Señora. Ich mag gute Musik. Ich habe drei Jahre in Ihrem Land gelebt, in Los Angeles. Daher spreche ich Englisch wie Sie. Ich habe die ganze Zeit Radio gehört, und ich mochte die gute Musik.« Der Fahrer hob den Kopf wie ein Dirigent und sang »da, da, da, dum«, den Anfang von Beethovens fünfter Sinfonie, der seit letzter Woche die Erkennungsmelodie von »Jeopardy« war. »Aber keine Sorge«, setzte der Fahrer schnell hinzu. »Ich bin ein ganz einfacher Mensch. Ich mochte in Los Angeles auch die schlechte Musik.«

»Wer wohnt sonst noch in Gringo Gulch?« fragte Eileen, vermutlich aus Angst, die Männer würden die Unterhaltung wieder aufnehmen, falls der Fahrer zu weit abschweifte. Nicht daß mir das etwas ausgemacht hätte. Ich hätte gern gehört, wie sie miteinander redeten, obwohl sogar ihr gemeinsames Schweigen für mich sehr interessant war. Beide sahen aus dem Fenster, und ich war mir sicher, daß sich jeder der Gegenwart des anderen bewußt war.

Der Fahrer sagte: »Da gab es irgendeinen Lord und eine Lady aus England. Sogar die Queen legte mit ihrer Yacht hier an und besuchte sie. Und in Puerto Vallarta lebt auch ein sehr berühmter Amerikaner, den Sie sicher nicht kennen, das wette ich.« Der Fahrer schwieg einen Moment, als sollten wir raten.

»Ich wette, es ist nicht Westmoreland«, sagte Frank.

»Irgendein Hinweis?« fragte Eileen.

Der Fahrer nickte heftig. »Ich werde Ihnen seinen Namen sagen, aber dennoch wird es schwer für Sie sein. Milton Gunzburg.«

Frank johlte auf. »Der berühmte Milton Gunzburg lebt in Puerto Vallarta. Zum Teufel, Sie erinnern sich doch an ihn, Vinh? Das ist der Typ, der mit seinem Hubschrauber mitten auf der Tu Do Straße landete, sich die vier Barmädchen schnappte und wieder nach Vung Tau in seinen Erholungsurlaub flog.«

Vinh brummte, Frank lachte, und der Fahrer sagte: »Das muß ein anderer Milton Gunzburg sein.«

Eileen beugte sich vor. »Beachten Sie ihn nicht, Señor«, und sie bohrte ihre Knöchel in Franks Schulter. Er gab ihr einen Klaps auf die Hand, aber keineswegs ärgerlich, nur einen beiläufigen kleinen Klaps, als hätte ihn ein Moskito belästigt.

Ich spürte, wie sich meine Loyalität zu Eileen allmählich verflüchtigte. Ich wäre glücklich gewesen, mich nur zurückzulehnen und alles zu beobachten, aber sie brauchte etwas Beistand. Deshalb fragte ich den Fahrer: »Wer ist dieser Milton Gunzburg aus Puerto Vallarta?«

Der Fahrer drehte sich zu mir und Eileen um. »Der Erfinder des 3-D-Kinos.«

Ich zeigte auf die Straße, nur um den Fahrer daran zu erinnern, daß auch hier alles dreidimensional war. Er nahm meinen Hinweis auf und sah nach vorn, gerade noch rechtzeitig, um einem langsam dahinkriechenden Lastwagen mit einer Ladung gestaucht und gebündelter Kartons auszuweichen. Er zuckte nicht einmal zusammen. »Das war eine sehr wichtige Erfindung«, fuhr er fort. »Mein Lieblingsfilm ist ›The House of Wax‹. Kennen Sie den?«

»Ja«, antwortete ich, »aber ich habe ihn nie in 3-D gesehen.«

»Als ich in L. A. lebte, habe ich ihn in einem Kino gesehen. Ebenso ›Spacehunter‹. Das sind meine Lieblingsfilme in 3-D. Ich hoffe, Peter Strauss zieht eines Tages nach Puerto Vallarta. Er spielte die Hauptrolle in ›Spacehunter‹. Ich würde ihn gerne überall herumfahren. Er ist mein Lieblingsschauspieler. Haben Sie ihn in ›Reich und Arm‹ gesehen? Das war eine wunderbare Serie im amerikanischen Fernsehen. Wenn auch nicht in 3-D. Aber Peter Strauss ist in 3-D sogar noch besser.«

Plötzlich flüsterte mir Vinh leise ins Ohr: »Müssen wir unbedingt zu dem Haus fahren? Ist der Drehort nicht genug?«

Ich wandte mich um, und er sah mich mit leicht gesenktem Kopf an, als würde er eine Brille tragen und über die Ränder der Gläser schauen. Das war die Haltung, die er einnahm, wenn er um etwas bat, um das er eigentlich nicht hätte bitten sollen.

»Schon gut«, sagte Eileen und legte die Hand auf meinen Arm. »Wir lassen es.«

Ich funkelte Vinh an, und er zuckte die Achseln. »Nein, nein«, erwiderte er. »Es tut mir leid. Ich finde nur, wir sollten für unseren Ausflug zum Drehort richtigen Sonnenschein haben.«

»Es ist noch nicht einmal Mittag«, erwiderte ich und ließ ihm keine Möglichkeit, sich herauszureden.

»Mittag«, sagte Frank. »Es gibt doch ein Eßlokal an dem Strand, oder?«

»Gutes Essen am Strand«, antwortete der Fahrer. »Sie verkaufen ganze Fische, am Spieß gebraten.«

»Oh Mann«, seufzte Frank, als hätte er gerade von einem Flugzeugabsturz erfahren.

Eileen beugte sich vor und sagte zu dem Fahrer: »Sie brauchen nicht zu dem Burton-Taylor-Haus zu fahren.«

»Nein, hören Sie nicht auf sie, Fahrer«, sagte Vinh.

»Ich heiße Esteban«, erwiderte der Fahrer.

»Habt ihr Jungs eure Truppenverpflegung auch so gehaßt wie wir?« fragte Frank, aus einem anderen Teil der Welt sendend.

»Sie können mich Esteban nennen.«

»Ich möchte Sie nicht in der Gegend herumscheuchen«, sagte Eileen und beugte sich ein wenig vor, um Vinh anzusehen.

»Es war unhöflich von mir, daß ich versucht habe, Ihre Wünsche zu übergehen.« Vinh sprach mit jener Mischung aus Freundlichkeit und Entschiedenheit, die ich immer an ihm bewundert habe.

»Wir sind jetzt schon fast da«, sagte Esteban.

Ich hätte das auch gerne gekonnt. Zum Fahrer gerichtet, sagte ich entschieden: »Gut. Fahren Sie uns hin.«

»Natürlich haßten wir die Truppenverpflegung«, sagte Vinh.

»Verständlich«, erwiderte Frank.

»Aber nicht so sehr, wie wir Fisch am Spieß haßten«, sagte Vinh, und ich wünschte, ich hätte ihm meine Knöchel in den Arm bohren können, selbst wenn mir das nur einen beiläufigen Klaps eingetragen hätte.

Frank lachte. »Alles klar.«

Es tat mir leid, daß ich auf dem Rücksitz in der Mitte saß. Zu gern wäre ich allein gewesen, hätte meinen Kopf aus dem Fenster gestreckt und die Straße vorbeifliegen sehen. Aber so sah ich an Eileen vorbei auf die verwahrlosten Felder, die Männer unterhielten sich weiter über Armeeverpflegung, und wir kamen an einer niedrigen, weißgetünchten Arena vorbei, auf der große Figuren angebracht waren – Silhouetten von Stieren. Eine Stierkampf-Arena vermutlich. Dann tauchten Palmen und Kokosbäume auf, danach eine Reihe von Läden, und ich konzentrierte mich weiterhin auf die Landschaft, während die Männer es schließlich geschafft hatten, Esteban zum Schweigen zu bringen.

Dann bogen wir um eine Kurve, an der eine Statue eines Seepferdchens stand, und fuhren am Strand entlang, an einem Künstler vorbei, der auf der Straße seine Werke ausgestellt hatte. Die Bilder zeigten auf schwarzem Samthintergrund Tiger, Jesus Christus und Elvis Presley, und ich hoffte, daß Vinh nichts davon bemerkt hatte, aber mich brachten sie zum Lächeln. Bin ich irgendwie pervers? Nicht daß ich einen schwarzsamtenen Elvis Presley kaufen, geschweige denn bei mir zu Hause aufhängen würde. Aber aus irgendeinem Grund mußte ich darüber lächeln. Ich habe Elvis Presley oft gesehen, weil sie ihn in den Spätsendungen ständig anpreisen – The King, der Einzigartige, Das Idol von Millionen, Der Vielgeliebte und Betrauerte, Anruf und Angabe der Kreditkartennummer genügen, schon gehört er Ihnen. Warum verschafft mir das ein angenehmes Gefühl? Sogar Sicherheit?

Der Wagen fuhr jetzt über Kopfsteinpflaster, und wir wurden schrecklich durchgeschüttelt, die Stimmen der Männer erlahmten, und sie schwiegen. Kurz darauf bogen wir in einen schmalen Weg ein, und Esteban sagte: »Dort vorn ist es, da wohnten 1963 die beiden Liebenden.«

Rumpelnd fuhren wir weiter, auf einer Seite befand sich eine Mauer und rechts eine Front von Reihenhäusern, und Esteban sagte: »Hier sehen Sie die Brücke über der Straße.«

Eine steinerne Fußgängerbrücke führte von einem rosenbewachsenen Dach über den kopfsteingepflasterten Weg und endete im zweiten Stock des gegenüberliegenden Hauses. Esteban hielt an. »Möchten Sie aussteigen und Fotos machen?«

Ich spürte, daß sich Eileen zu mir umdrehte, obwohl sie vermutlich Vinh ansah. »Nein«, antwortete sie. »So genügt es schon.«

»Tatsächlich waren es zwei Häuser«, fuhr Esteban fort. »Das auf der linken Seite gehörte Elizabeth Taylor, und das auf der rechten Richard Burton, und monatelang ließ die ganze Welt diese Brücke nicht aus den Augen, um zu beobachten, wie sie hin und her gingen.«

Ich bin sicher, daß unseren Männern der Anblick von Eileen und mir genügte, um sie noch mehr zu verärgern – wir beide beugten uns vor und bemühten uns, einen Blick auf die beiden Häuser zu werfen. Die Brücke war braun und besaß ein hüfthohes Geländer mit einer Reihe kleiner, bauchiger Balustersäulen. Das Wort »Baluster« habe ich irgendwo aufgeschnappt – ich weiß nicht mehr wo –, und wenn es jemals bei einer Quiz-Show auftauchen sollte, werde ich wahrscheinlich die einzige sein, die es richtig hat. Warum fällt mir plötzlich diese Nebensächlichkeit ein? Weil sogar damals meine Gedanken daran hängenblieben, obwohl mich doch die beiden Häuser so interessierten. Und warum wurde ich von dieser Nebensächlichkeit abgelenkt? Manchmal durchschaue ich mich selbst recht gut. Es kam daher, weil mir die Brücke zwischen den Häusern ein unbehagliches Gefühl einflößte. Sie sah so leer aus. Sie zeichnete sich gegen den blauen Himmel ab und schrie geradezu nach einem Liebenden, der sie überqueren und seine Geliebte in die Arme schließen sollte. Aber sie war leer. Die vollerblühten Rosenbüsche nickten leicht im Wind, und die Brücke blieb leer.

»Möchten Sie das Haus kaufen?« fragte Esteban. »Es steht zum Verkauf. Richard Burton kaufte es vor vielen Jahren als Geburtstagsgeschenk für Liz Taylor, und wissen Sie, wieviel er bezahlt hat?«

»In welchem Jahr?« Das war Vinh, dessen Geschäftssinn plötzlich erwachte.

»Ich weiß nicht. Vielleicht 1964. Irgendwann um die Zeit.«

»Fünfundsiebzigtausend«, antwortete Vinh wie aus der Pistole geschossen, und ich sah nichts anderes als eine leere Brücke. Jenen Mann, der bei Nacht hinüberschlich, damit es die Welt nicht bemerkte. Jetzt war er tot.

»Ziemlich nahe dran, Señor. Sechzigtausend amerikanische Dollar.«

Vinh beugte sich vor, und ich lehnte mich zurück. Er fragte: »Und was wird heute für das Haus verlangt?«

»Eine Million.«

»Ha«, erwiderte Vinh, und ich bin mir nicht sicher, welche geschäftliche Schlußfolgerung darin zum Ausdruck kam. Doch als Esteban erklärte, das Haus stehe seit fast fünf Jahren zum Verkauf, ohne daß jemand es haben wolle, nickte Vinh, als würde ihn das keineswegs überraschen.

Plötzlich ertönte ein zirpendes Stimmchen am Wagen. Wir alle drehten die Köpfe um, und ein junges Mädchen stand am Rückfenster, direkt neben Vinh, mit einem Korb über der Schulter. Sie hielt eine gelbe Blume mit großen Blüten und weißem Inneren hoch, die wirklich sehr schön war. »Sie kaufen?« fragte sie. »Copa de oro.«

Esteban drehte sich um. »›Copa de oro‹, wissen Sie, was das heißt?«

»Goldbecher«, antwortete Eileen.

»Richtig, Señora. Aus dem Film.«

»Ja«, sagte Eileen. »Richard Burton kauft einen für Sue Lyon am Anfang von ›Die Nacht des Leguans‹.«

Ich war beeindruckt. Das war ein Detail, das ich vergessen hatte. Ich wollte über Vinh hinweggreifen und die Blume nehmen. Fast hätte ich es getan. Ich hatte schon meinen Arm ausgestreckt, um diese wunderschöne Blume aus der Hand des Mädchens zu nehmen. Jetzt fiel mir auch die Szene wieder ein. Burton, der aus dem Amt entlassene, alkoholsüchtige Priester, der sein Verlangen nach Frauen nicht unterdrücken konnte, weil sie ihn daran erinnerten, daß er noch am Leben war, kauft dem aufreizenden jungen Mädchen auf der Busfahrt, die hier in Puerto Vallarta ihr Ende fand, diese Blume, den Goldbecher. Selbst dieser heruntergekommene, gescheiterte Mann weiß, daß einer Frau eine solche Blume, die ›copa de oro‹, gefällt. Ich war jetzt kurz davor zuzugreifen, als sogar Esteban sagte: »Möchten Sie eine Blume kaufen?«

Aber Vinh und Frank antworteten im Chor: »Nein«, und Frank sagte: »Wir müssen weiter zu dem Drehort«, und es war nichts mehr zu machen.

Esteban streckte den Kopf aus dem Fenster und sagte etwas zu dem Mädchen – es bestand ganz deutlich eine Verbindung zwischen den beiden, zumindest eine Geschäftsabsprache für die Zeit, in der er Touristen an diesen Ort kutschierte. Ich bin sicher, Vinh bemerkte es auf seine selbstgefällige Art, daher beugte ich mich zu ihm, als das Taxi anzufahren begann, und sagte: »Mir hat die Blume gefallen.«

Ich sage so etwas nicht oft, deshalb muß es tiefen Eindruck gemacht haben, denn Vinh wandte mir das Gesicht zu und sah mich einen Augenblick lang sehr traurig an. Meiner Ansicht nach war es eindeutig Traurigkeit. Seine Mundwinkel fielen nach unten, sein Blick wurde sanfter, und ich fragte mich, was er tun würde. Aber wir fuhren schon schneller, und ich wandte mich ab, um auf die größer werdende Brücke zu schauen, dann fuhren wir unter ihr hindurch, ihr Schatten strich über den Wagen, und Vinh sagte nicht: Warten Sie, wir wollen zurückfahren und eine Blume kaufen. Er sagte nicht einmal: Ach, tut mir leid, Gabrielle; vielleicht ein anderes Mal. Er sagte überhaupt nichts, obwohl er vielleicht immer noch traurig aussah. Ich weiß es nicht. Ich habe ihn nicht angesehen.

Das Taxi fuhr inzwischen über die kurvenreichen, sich hochschlängelnden Straßen die Hügel hinauf. Anfangs lagen die eng aneinander gedrängten Hütten der Armen mit den roten Ziegeldächern unter uns, dann kamen wir zu den Villen mit den makellosen hohen, grob verputzten Mauern, und danach fuhren wir sogar noch über die Wohngegend der Reichen hinaus. Ich sah das Meer, das sehr schön, sehr romantisch war, und es gefiel mir, nahe bei Vinh zu sein, auch wenn ihn das alles nicht berührte.

Die Straßen waren sehr schlecht, sogar hier oben, und die Schlaglöcher zwangen uns immer wieder, fast anzuhalten, doch entlang des ganzen Wegs wurden neue Hotels gebaut. Man fuhr keine halbe Meile, ohne an einem Neubau mit halbnackten, lethargischen Arbeitern vorbeizukommen, die in den offenen Stockwerken standen, bei denen nur die Tragmauern fertig waren, und daher freien Blick auf den Ozean gewährten. Die Männer schleppten Kübel, verputzten mit Kellen die Wände oder standen einfach herum, froh, im Schatten eines Raums zu sein, der zum Meer hin offen war.

Schließlich sah ich ein Naturdenkmal, von dem im Reiseführer die Rede gewesen war: drei riesige Felsen, die sich nahe am Meer ins Wasser hinunterkrümmten, und einer hatte eine große, bogenförmige Öffnung, so daß es wirkte, als stünden dort draußen zwei leere, hüfthohe Stiefel. Mismaloya war ganz in der Nähe. Dann fuhren wir an einem großem Hotel vorbei, einem fertiggestellten Hotel, danach ging es wieder ein wenig bergab, und die Straße zum Strand hinunter führte an einer Betonmauer entlang, hinter der sich wieder ein Hotelneubau befand. Die Straße war zerfurcht und verwahrlost, und instinktiv sagte ich zu Vinh: »Es ist alles noch im Bau.« Damit wollte ich das Unkraut und die Schlaglöcher und die an die Mauer pinkelnden Hunde entschuldigen. Dann hielten wir am äußersten Rand des Strandes an.

»Da sind wir«, sagte Esteban, sprang aus dem Wagen, lief herum, um die Türen zu öffnen, und noch bevor wir aussteigen konnten, umringten uns die Händler. Esteban redete mit ihnen, scheuchte sie fort, aber nicht allzu weit. Die weißgekleideten Händler hatten Teppiche und Silberschmuck an sich hängen, und ein Mann winkte uns zu einem Stapel von Schwimmreifen, die er vermietete. Ein Hund mit wunden Stellen im Fell schlich vorüber, und ich sah auf den Strand. Die Wellen schlugen hoch, doch zu unserer Linken rann ein weiterer kleiner Fluß die Berge herunter, und auch in diesem Strandabschnitt war die Brandung braun verfärbt.

Ich sah mich um und fand, daß das Ganze ein großer Fehler gewesen war, daß ich vor Vinh mein Gesicht verlieren würde, wie die Chinesen sagen. Natürlich hatte er recht. Dieser Ort war noch nicht soweit, die Art von Vergnügungen zu bieten, die selbst ich mir erhofft hatte. Nicht daß Vinh anders darüber gedacht hätte, wenn alles schön und makellos gewesen wäre. Dann wäre es wie Fernsehen gewesen, glatt und auf andere Weise ärgerlich. Und während ich darüber nachdachte, hörte ich hinter mir ein Gewirr von Männerstimmen. Ich drehte mich um, und Vinh hatte die Hand ausgestreckt, als wollte er Frank beiseite schieben. In der anderen Hand hielt Vinh seine Brieftasche, und er sagte: »Ich übernehme das.«

Frank sagte: »Ich bin kein kleiner Gefreiter mehr, Major. Ich verdiene gutes Geld.«

»Davon bin ich überzeugt«, antwortete Vinh. »Aber ich war es, der vorgeschlagen hat, hierher zu fahren.«

»Wir können es uns teilen.«

Inzwischen lächelte Esteban die beiden an, er lächelte mich und Eileen an, und zwischendurch warf er den Händlern verstohlene Blicke zu, um sie fernzuhalten, bis er schließlich sein Geld bekommen hatte und verschwinden konnte.

»Wissen Sie was«, sagte Vinh. »Ich zahle jetzt, und Sie bezahlen das Taxi zurück.«

Frank vollführte eine Art spaßhaften Salutierens. »Abgemacht. Sie zahlen den Fahrer, und ich sichere den Strand.« Daraufhin drehte er sich um, und während Vinh bezahlte, nahm Frank Eileen beim Arm, und sie gingen an mir vorbei, Eileen ein paar Schritte weit hüpfend, weil sie im Gehen die Schuhe abstreifte.

Vinh schloß sich mir an und hielt mich am Ellbogen, um mich über den unebenen Sandboden zu führen, und Esteban rief uns nach: »Es ist links von Ihnen. Sie müssen durch die Flußmündung waten, und dann der Kaimauer zu den alten Docks folgen.«

Vinh sah mich an. »Hast du das verstanden?«

»Ich werde es finden«, antwortete ich.

Wir vier blieben einen Moment am Wasserrand stehen, und die Händler umkreisten uns. Während wir aufs Wasser zugegangen waren, hatten sich Frank und Vinh irgendwie verbrüdert, sie hielten starr den Blick aufs Meer gerichtet und machten abwehrende Armbewegungen, wenn die Händler mit den versilberten Indianermasken, den VIVA MEXICO-Wollteppichen und den T-Shirts mit den Leguanköpfen zu nahe kamen. Mich persönlich reizten die T-Shirts. Warum auch nicht? Ein großer grüner Leguankopf war darauf zu sehen, was mir ein Lächeln entlockte. Aber dann fragte ich mich, seit wann Liz und Dick nicht mehr auf den T-Shirts waren. Wieviel Jahre war es her, daß die beiden Liebenden die Welt nicht mehr inspirierten? Unter »inspirieren« verstehe ich das gleiche wie die Werbung in den Spätsendungen, wo es heißt, daß Elvis Presley, auf drei Kassetten oder zwei CDs konserviert, eine Inspiration sei. Aber für mich war es ein bißchen traurig, daß Dinge, die einst so wichtig erschienen waren, ein Ende fanden. Noch vor Richard Burtons Tod war die Liebe zwischen dem Paar, das einst über die Brücke in Gringo Gulch zueinander geschlichen war, erloschen.

Ich beobachtete, wie sich Frank zu meinem Mann beugte und sagte: »Ich wünschte, die würden einfach alle abhauen.« Er sagte das mit gedämpfter Stimme, als hätte er sich bemüht, es niemanden hören zu lassen, der sich beleidigt fühlen könnte. Ich fand das merkwürdig und fragte mich, wen er damit gemeint hatte. Die Händler? Sie sprachen kaum Englisch, und ihre Gefühle würden dadurch ohnehin nicht verletzt. Er sprach nicht von Eileen und mir, weil er dann »sie« und nicht »alle« gesagt hätte.

Ich sah Vinh an, um herauszubekommen, ob er verblüfft war, aber das schien nicht der Fall zu sein. Er nickte. Es mußte sich um die Fortsetzung einer früheren Unterhaltung handeln. Plötzlich hätte ich nur allzugern gewußt, was das alles bedeutete. Ich stellte fest, daß ich während des ganzen Ausflugs zerstreut gewesen war. Diese beiden Männer verband etwas, was Sam Donaldson in den Nachrichten ihre ganz persönliche Tagesordnung genannt hätte. Ich trat näher, um mehr aufzuschnappen. Señora, Silber. Silber, Señora, echtes Silber. Ich machte abwehrende Bewegungen bei den Rufen, und Vinh sagte etwas, was ich nicht verstand, weil er den Kopf zum Meer gewandt hatte, Frank nickte, und dann sagte Vinh: »Wenn ich nur einen offenen Verräter ausmachen könnte.«

»Die Demonstranten«, sagte Frank.

»Zu viele. Es ist, als würde man eine ganze Rasse hassen. Und wenn wir gewonnen hätten, hätte niemand auf sie gehört.«

Ich war zu nahe gekommen. Frank warf einen Blick über die Schulter, er lächelte, stieß Vinh an und sagte: »Zeit, das Thema zu wechseln, Major.«

Vinh drehte sich ebenfalls um und sagte, ganz bewußt den guten Ehemann hervorkehrend: »Es ist hübsch hier, Gabrielle. Die Sonne ist angenehm. Ich freue mich auf einen Spaziergang und etwas Kino-Geschichte.«

»Wo müssen wir hin?« fragte Frank.

Eileen war jetzt neben mir und ging nach links über die enge Flußmündung, an einer langen Reihe von Eßständen nahe dem Ufer vorbei, bis zum Ende des Strands hinunter, dann weiter, unterhalb eines dicht bewaldeten Hügels, eine niedrige Kaimauer entlang. Und in der Ferne, kurz bevor die Küste eine Biegung machte, entdeckte ich einen hohen Mast in der Mitte eines zerbrochenen Beton-Docks, und direkt dahinter befanden sich, terrassenförmig übereinandergelagert, zwei breite Steinmauern.

»Ich sehe es«, sagte Frank. »Sollen die Männer die Vorhut bilden?«

»Natürlich«, antwortete ich, und meinem Tonfall haftete eine gewisse Schärfe an, obwohl ich es nicht so gemeint hatte. Ich wollte die beiden einfach vor mir haben. Ich wollte sie beobachten.

Also gingen die beiden Männer voran, wir alle zogen die Schuhe aus und wateten durch den Fluß. Die Felsen fühlten sich glatt an unter unseren Füßen, das Wasser war trüb und schwer vom Schlamm aus den Bergen, und ich versuchte, nahe an den beiden dranzubleiben. Wir wateten um eine kleine Gruppe von Jungen herum, die Netze ins fließende Wasser warfen, und Vinh sprach weiter darüber, wer verantwortlich zu machen war. »Ich wollte eigentlich Mr. Thieu die Schuld geben. Er war ein so habgieriger Idiot. Aber wir haben den Krieg nicht verloren, weil unser Gold auf irgendeiner Schweizer Bank lag.« Frank stolperte ein bißchen, und Vinh streckte schnell die Hand aus, um ihn am Ellbogen zu erwischen.

»Schon gut«, sagte Frank, riß den Arm weg und fuhr dann ohne Pause fort: »Ich glaube immer noch, es lag an den gottverdammten Demonstranten. Sie haßten unsere Courage.«

Wir stiegen aus dem Wasser, und an unseren Waden klebten Blätter. Ein wunderbarer Duft umgab uns, den ich schon bemerkt hatte, als wir aus dem Taxi gestiegen waren, den ich aber erst jetzt bewußt einsog – es roch nach Holzfeuer, nach Kochen auf offenem Feuer. Ungefähr ein Dutzend Eßbuden standen hier, offensichtlich fest installiert, aus Holzgerüsten, mit Blechdächern. Ein Junge kam zu uns herunter mit einer Handvoll langer Spieße, auf denen jeweils ein ganzer Fisch steckte.

Frank ging auf der Innenseite und wich vor dem Jungen zurück. »No gracias, Junge«, sagte er sehr nachdrücklich, offensichtlich abgestoßen von diesen Fischen. Sie boten tatsächlich einen ziemlich scheußlichen Anblick, wenn man nicht daran gewöhnt war. Vier Fische baumelten nebeneinander in einer Reihe und schienen ziemlich verblüfft zu sein, daß man sie getötet, aufgespießt, gebraten und zum Verzehr vorbereitet hatte. Und vom Rösten über dem offenen Feuer hatten sie eine Kruste bekommen, die ein bißchen an die Leprakranken auf den Straßen von Saigon erinnerte.

Wir gingen weiter, und Eileen sagte: »Bist du nicht hungrig, Schatz? Vielleicht hast du Appetit auf etwas anderes?«

»Nicht mehr«, antwortete Frank.

Vinh sah ihn mit einem Lächeln an, das er im Umgang mit besonders dummen Kunden aufsetzte. »Sie mögen den Anblick von toten Fischen nicht?«

»Nur wenn sie ausgelöst auf dem Teller liegen.«

»Haben Sie als Junge nie gefischt?«

»Ich war aufs Land fixiert. Ich war zu beschäftigt, Baumhäuser zu bauen und aus Erdklumpen geformte Handgranaten aufzuschichten.«

»Ein Junge, der nicht fischt und jagt, weiß nicht, was Leben und Tod wirklich heißen«, erwiderte Vinh, und wieder hörte ich diesen Unterton von Männlichkeitsgeprahle heraus, der zwischen den beiden herrschte.

»Wer spricht von Jagen?« antwortete Frank. »Ich konnte jagen.«

»Die Tiere, die Sie jagten, hatten doch auch Augen, mit denen sie Sie angestarrt haben, oder etwa nicht?«

»Ich habe nie etwas Glitschiges getötet. Außerdem habe ich immer mit einer Flinte gejagt. Was soll dieser ganze Wurm-am-Haken-Mist? Was bedeutet Fischen schon für ein geborenes Frontschwein?«

»Frontschwein?«

»Frontschwein. Ein Infantrist. Hießen die bei euch nicht so?«

»Ich habe das Wort gehört. Aber ich dachte, Sie waren Mechaniker.«

Es überraschte mich, daß Vinh Frank so zusetzte. War es mit der bisherigen Urlaubs-Kumpanei etwa schon aus – war es tatsächlich vorbei? Hatte ich alles verpaßt? Dann kam mir der Gedanke, daß ich selbst vielleicht der Grund sein könnte, weshalb Vinh sich vor Frank zurückzog. Er hatte mir letzte Nacht nichts über Frank sagen wollen, als ich danach fragte. Dieser Mann hat etwas an sich – lautete Vinhs einziger Kommentar. Vielleicht lag es tatsächlich nur an mir. Er wollte *mir* nicht zeigen, was Frank und ihn verband.

Frank jedoch schien von Vinhs Stimmung nicht berührt zu sein. Er antwortete ganz ruhig, keineswegs abwehrend, nur erklärend: »Jeder, der ein Gewehr trug und es in Zorn abfeuerte, war ein Frontschwein für uns. Und ich habe das oft getan.«

Vinh ließ es nicht gut sein. »Warum waren Sie so scharf darauf zu kämpfen, Frank?«

Wahrscheinlich hörte Eileen auch zu. Und sicherlich quälte sie das Ganze, wofür es vermutlich sehr komplexe Gründe gab. Tatsächlich hatte ich sie vollkommen vergessen, so gefesselt war ich von den beiden Männern. Aber jetzt schien sie genug zu haben. Laut, die Männer übertönend, sagte sie zu mir: »Es ist aufregend, zu diesem Drehort zu gehen, nicht wahr? Wann haben Sie das letzte Mal ›Die Nacht des Leguans‹ gesehen?«

Sobald ich ihre Stimme hörte, drehte ich abrupt den Kopf herum und wurde rot vor Scham. Es tat mir sehr leid, daß ich sie vernachlässigt hatte – der Ausflug war schließlich unser gemeinsamer Plan gewesen, er wurde hauptsächlich unseretwegen unternommen, wir waren diejenigen, die ihn genießen sollten.

Ich sagte ihr, wann ich den Film zuletzt gesehen hatte, und blieb ein wenig zurück, während Vinh und Frank weiterredeten, was ich nur noch als schwaches Murmeln hörte, und konzentrierte mich, zumindest zum Teil, auf Eileen.

Aber ich ließ die Männer nicht aus den Augen. Ich beobachtete die Rückseite ihrer Beine. Beide hatten wirklich schöne, feste Waden, die sich beständig anspannten und lockerten, während sie über den Sand marschierten.

Wir wateten durch noch einen kleinen Fluß, kletterten dann bei einer Strand-Bar ein paar Felsen hinauf und gingen im Gänsemarsch einen steinigen Weg entlang. Währenddessen redete Eileen unablässig über andere Taylor-und-Burton-Filme weiter, die ich liebte – »Kleopatra«, »...die alles begehren«, sogar über »Wer hat Angst vor Virginia Woolf«, den ich tatsächlich für den Anfang vom Ende ihrer Beziehung hielt, auch wenn sie danach noch acht Jahre verheiratet waren. Aber eigentlich hörte ich kaum hin; ich antwortete ihr halb nach hinten gewandt und beobachtete die Männer, Frank, der über die Steine vorausging, als könnten sich versteckte Sprengladungen dahinter verbergen, und Vinh, der offensichtlich vorsichtig und ruhig seine Schritte nur an die Stellen setzte, die Frank zuvor betreten hatte.

Dann endete der Weg, und wir gingen sogar noch vorsichtiger an der Kaimauer entlang, da es tatsächlich sehr eng wurde – rechts unter uns eine felsige Küste und links der steile, unkrautbewachsene Hang, der zu den Bäumen hinaufführte. Selbst Eileen hörte auf zu reden, während wir ein wenig unsicher weitermarschierten. Die frühe Nachmittagssonne brannte heiß, und der Himmel und das Wasser blendeten so sehr, daß mir die Augen schmerzten. Wenn ich von Vinhs Fersen, denen ich aufmerksam folgte, wegsah, schaute ich zum Hang, zu den dichten Bäumen hinauf. Oben auf dem Hügel kam mir alles vertraut vor. Ich weiß nicht warum, aber es erinnerte mich an Vietnam, obwohl ich eigentlich in der Stadt aufgewachsen bin. In den Ferien nahmen mich meine Eltern nach Nha Trang mit, ein paarmal auch nach Qui Nhon, wo wir Verwandte hatten, und wo Frank im Einsatz gewesen war, obwohl ich ihm gegenüber das nicht erwähnt hatte. Aber sowohl Nha Trang wie Qui Nhon liegen am südchinesischen Meer, und dort mußte es Plätze wie diesen gegeben haben, mit ähnlich leuchtendem Meer und ähnlich dicht bewaldeten Hügeln. Es mußte irgendein ganz besonderer Augenblick gewesen sein, den ich als Mädchen erlebt hatte, der aber zu tief in meiner Erinnerung begraben war, um ihn mir zu vergegenwärtigen, der mich jetzt jedoch empfänglich machte für das glänzende Wasser des Pazifischen Ozeans und für die oben, beim Drehort der »Nacht des Leguans« stehenden, dicht aufragenden Bäume. Dann kamen wir zu einem Einschnitt zwischen den Bäumen, einer Rinne, in der das Wasser vom Hügel ablief, und oben im Wald sah ich ein zerfallenes Backsteingebäude stehen. Aber wir gingen daran vorbei, und Frank führte uns weiter, bis wir den Mast am Dock erreichten, der vielleicht zwölf Meter hoch war, und ich fragte mich, wozu er einst gedient haben mochte. Vielleicht gehörte er zu einer Art von Kran, mit dem Güter entladen wurden. Mich jedoch packte ein kaltes Grausen, als ich ihn so starr und einsam dastehen sah. Das Dock selbst reichte hier weit ins Meer hinaus, aber es fehlte die Tragfläche; nur das Gerüst ragte hohl ins Wasser hinaus, und als ich mich umdrehte, sah ich zwei in den Hügel gebaute, übereinandergelagerte Terrassenreihen, rohe Steinmauern, zerklüftet und unregelmäßig.

Vom Strand aus hatten sie so eindrucksvoll gewirkt, aber hier oben aus der Nähe wurde deutlich, daß es nur Fassaden waren, Illusion, denn hinter den Mauern war nur der Berg, und die Terrassen standen mit nichts in Verbindung.

Frank war die breiten Steinstufen daneben hinaufgegangen, die nirgendwohin führten. Das konnte ich sogar von meinem Standort aus erkennen. Sie führten ins Nichts, endeten einfach im Unkraut und bei den am Hügel stehenden Bäumen. »Nichts als eine Ansammlung von Dunghaufen hier oben«, erklärte Frank. Dann sah er zu Eileen am Fuß der Treppe hinunter und sagte: »Tut mir leid, Schatz. Zumindest habe ich nicht ›Scheißhaufen‹ gesagt.«

Bevor ich mich über Eileens angebliche Prüderie wundern konnte, sagte sie: »Schon gut, mein Süßer. Wenigstens hast du nicht ›Scheißhaufen‹ gesagt.« Dieser fast zärtliche, intime Scherz zwischen den beiden interessierte mich. Ich freute mich darüber, und gleichzeitig verblüffte er mich.

Frank kam die Treppe herunter und sah Vinh an. Er saß auf einem Steinhaufen im Schatten und betrachtete das Meer. Ich wollte mich neben ihn setzen, aber Frank ging an Eileen vorbei – wieder war ich verwundert, weil ich erwartete, der kleine Scherz zwischen ihnen würde in einer Umarmung enden, zumindest in einer Berührung, einem liebevollen Blick oder etwas in dieser Art. Frank ging an ihr vorbei, die Aufmerksamkeit bereits auf meinen Mann gerichtet, und bevor ich reagieren konnte, saß er neben ihm. Eigentlich fand ich nichts dabei. Ich hätte nur in aller Ruhe in Vinhs Nähe sein wollen und hatte gehofft, sie würden sich wieder mit sich selbst beschäftigen.

Ganz in der Nähe waren noch mehr Steine angehäuft, ich setzte mich, Eileen nahm neben mir Platz, und ich hatte Angst, sie würde zu reden beginnen, aber sie schwieg. Wir alle sahen aufs Meer hinaus, auf die großen Felsblöcke, die dort draußen lagen, und auf die gezackten Bergkämme weit drüben auf der anderen Seite der Bucht. Schließlich sagte Frank: »Gar nicht so übel hier. Ich dachte, hier würden eine Menge Leute rumstreichen und Liz-und-Dick-Souvenirs verkaufen.«

»Halten Sie nichts vom freien Unternehmertum?« fragte Vinh, und ich versuchte wieder jenen kampflustigen Unterton her auszuhören. Aber es war tatsächlich keiner zu bemerken. Ich wußte, auch er konnte die Schwärme von Händlern nicht leiden, obwohl er selbst Geschäftsmann war. Er hatte ein zu ausgeprägtes Gefühl für Umgangsformen.

Frank hielt den Blick aufs Meer gerichtet und zuckte die Achseln. »Natürlich tue ich das. Aber manchmal wird es einfach so verdammt lächerlich.«

Vinh lachte. Es war ein herzhaftes, zustimmendes Lachen. Ich konnte mein Glück nicht fassen. Die beiden Männer mußten sich bloß ein paar Augenblicke im Schatten niederlassen, und schon beim ersten Wortwechsel boten sie mir, wonach ich suchte. »Da hast du's, Frank«, erwiderte Vinh. Und ich begriff, gleichgültig wie albern Frank erscheinen mochte, wenn er sich so begierig an seine Vergangenheit als Vietnam-Veteran klammerte, und gleichgültig wie peinlich das für Eileen zuweilen auch sein mußte, zumindest hatte er sich nicht der leichtlebig hohlen, konfliktscheuen, aalglatten und oberflächlich kontaktfreudigen Kultur ergeben, die Amerika zu bieten hatte. All die Dinge, für die ich eine Schwäche hatte, konnte mein Mann nicht ausstehen, nicht dieser Mann, der einen Krieg durchgestanden und überlebt hatte, der in einem fremden Land seinen Weg gemacht hatte. Und hier war ein anderer Mann, der sich mit all dem genauso unbehaglich fühlte wie Vinh. Ich war sicher, daß die beiden eine Woche lang Kumpel sein konnten. Ich halte mich für eine Frau mit guter Beobachtungsgabe, und hier, während ich auf einem zerfallenden Schiffsdock zu Füßen des Drehorts eines meiner Lieblingsfilme saß, wurde mir das endlich klar.

Nun, das ist eine Erleichterung, dachte ich. Ich wandte mich sogar an Eileen und sagte: »An dem Ort muß noch mehr dran sein.«

»Natürlich. Durch die Bäume kann man oben am Hügel Häuser sehen.« Eileen wandte sich an ihren Mann: »Schatz, bring uns zum Hügel rauf.«

»Die Treppe führt nirgendwo hin.«

Dann erinnerte ich mich an die Wasserrinne, an der wir vorbeigekommen waren. »Ich habe eine Stelle gesehen, wo man hinaufkommt«, sagte ich.

Frank und Vinh schlugen sich zustimmend auf die Schenkel, wir standen auf, diesmal ging ich voran und führte die anderen an der Kaimauer zurück zu dem Einschnitt im Wald und der nach unten verlaufenden Rinne. »Hier können wir rauf«, sagte ich.

Vinh trat einen Schritt vor mich, sah den Hügel hinauf und sagte: »In Ordnung. Wenn du unbedingt willst.«

»Da oben gibt's bestimmt keine T-Shirts«, antwortete ich. »Ich wette, das kann ich versprechen.«

Frank lachte, und es sah aus, als wollte er an Vinh vorbeigehen und die Führung übernehmen, aber Vinh begann so schnell loszuklettern und sich an die Spitze zu setzen, daß Frank sich beeilen mußte, ihm zu folgen. Ich sah Eileen an, und wir beide beobachteten die Männer, die miteinander um den besseren Platz rangelten, und sie verdrehte die Augen. Jede von uns wollte der anderen beim Hinaufklettern den Vortritt lassen – ich war gar nicht so scharf darauf, in der Nähe der beiden zu sein, jetzt, nachdem ich glaubte, alles verstanden zu haben. Aber Eileen erwies sich schließlich als die Hartnäckigere von uns beiden, und ich kletterte vor ihr die Furche hinauf, eine Anstrengung, die ich nach kurzer Zeit in den Beinmuskeln spürte. Eine Weile arbeitete ich mich mit gesenktem Kopf voran, die Wasserrinne verbreiterte sich, wurde zu einer Art Weg, und entlang des Wegs lagen sogar ein paar flache Steine, als hätten sich die Schauspieler und die übrigen Filmleute damals den gleichen Aufstieg ausgesucht.

Schließlich hob ich den Blick, und die beiden Männer waren etwa dreißig Meter entfernt, sie kletterten sehr schnell voran, Frank immer noch an zweiter Stelle. Ich blieb stehen und beobachtete sie, und ich weiß nicht, warum mir das auffiel, aber sie bewegten sich bemerkenswert lautlos. Sie arbeiteten sich durch totes Blattwerk und Zweige hinauf, und dennoch war kein Laut von ihnen zu hören. Es mußte an der Art gelegen haben, wie sie sich bewegten, denn irgendwie wußte ich, daß eine Absicht dahintersteckte. Sie gingen ein wenig gebückt, dabei flink, ohne überflüssige Bewegungen, sogar die Köpfe blieben im Gehen immer auf derselben Höhe. Oben angekommen, blieben sie stehen, Frank hatte Vinh eingeholt. Ich folgte ihren Blicken und entdeckte zu ihrer Linken ein kleines, einstöckiges Backsteingebäude, bei dem die Frontwand fehlte. Sie reckten die Köpfe und sahen in die klaffend offenen Räume.

Ich senkte den Kopf, strich über meine angespannten Beine und ging weiter. Dabei fiel mir auf, wieviel Lärm ich machte, wenn ich die Blätter zertrat und scharrend über die flachen Steine stieg. Ich hatte mich immer gefragt, wie es gewesen sein mochte, wenn Vinh mit seiner Truppe im Dschungel auf Patrouille ging. Plötzlich hatte ich das Gefühl, ich wußte es. Als ich oben ankam, war ich überrascht, daß die Männer verschwunden waren. Der Weg führte über eine kleine offene Wiese weiter und begann dann wieder anzusteigen. Ich konnte weit genug sehen, um sicher zu sein, daß die Männer nicht weitergegangen waren.

Ich spannte die Beine an, versuchte, meine Muskeln zu dehnen, und sah mich um. Die beiden waren nirgendwo zu entdecken. Vor mir öffneten sich gähnend die zwei nebeneinanderliegenden Betonräume, und ich warf einen Blick auf den Weg hinunter, den sich Eileen heraufkämpfte, und mit einer letzten Anstrengung war sie schließlich neben mir. »Wo sind sie?« fragte sie.

»Ich weiß nicht.«

»Frank?« Eileens Stimme durchschnitt vibrierend die stille, heiße Luft, aber es kam keine Antwort. Nur das entfernte Rauschen der Brandung war zu hören, das von jenseits des Hügels herüberklang, und das Surren eines vorüberschwirrenden Insekts.

Das kleine Gebäude erweckte meine Neugier. Es war zu primitiv, um in dem Film verwendet worden zu sein, doch als ich näher kam, bemerkte ich im Innern eine Wand mit Kacheln und Anschlüssen von alten Duschköpfen. Das war im linken Raum, und als ich in den rechten trat, rief Eileen erneut Franks Namen. Hier waren die Wände mit Graffiti bedeckt, vom Boden bis zur Decke alles voller Namen von Paaren. Ramon und Maria, Ed und Mary, Sigmund und Katherine und so weiter, eine Menge Liebespaare hatten sich hier verewigt, die Namen von schartigen Filzstiftherzen umrahmt und von Pfeilen durchbohrt. Seitlich, im Augenwinkel, sah ich Farbe aufblitzen. Draußen, vor dem rückwärtigen Fenster, hinter einer Reihe niedriger Büsche, strich ein rotes Hemd an den Bäumen vorbei, und bei näherem Hinsehen erkannte ich gerade noch, wie jemand in einem schwarzen Hemd folgte.

»Sie sind hinterm Haus«, sagte ich zu Eileen.

»Frank«, rief sie wieder.

»Ja, Eileen?«

»Wo bist du?«

»Ich bin hier.« Die Stimme kam jetzt um eine Ecke des kleinen Gebäudes, und ich sah wieder auf all die Namen, ließ den Blick schnell über die Wand schweifen, die von so viel echter Liebe zeugte, und fragte mich, wieviele dieser Paare in diesem Augenblick noch ineinander verliebt waren.

»Vinh und ich haben die Gegend erforscht.«

»Macht es dir Spaß, Liebster?« fragte Eileen, und in ihrer Stimme lag weder Spott noch Ärger. Es klang, als übte sie Nachsicht mit einem lebhaften Kind.

Ich trat aus dem Raum der Liebespaare heraus und bedauerte, daß die Frontmauer herausgebrochen war und der Ort nach Staub und Moder roch.

Frank antwortete nicht auf Eileens ein wenig bemutternde Frage. Statt dessen wandte er sich an meinen Mann und sagte: »Das geräuschlose Anschleichen haben Sie ziemlich gut drauf, Vinh.«

»Vielleicht sind meine Fehler in Ihrem Lärm untergegangen.«

»Von diesem Trupp hier haben Sie auch keinen Laut gehört«, erwiderte Frank ein wenig krächzend auf Vinhs spitze Antwort.

»Können wir nicht weitergehen«, fragte Eileen, jetzt ebenfalls ziemlich schneidend. »Das hier gehört doch gar nicht zum Drehort.«

Beide Männer sahen auf den Weg, der über den Hügel führte, und ich spürte die Spannung zwischen den beiden. Frank wandte sich zuerst um und marschierte ziemlich schnell davon, und ich war überrascht, daß ihm Vinh genauso schnell folgte.

Eileen rief: »Wartet auf uns«, worauf Frank ein wenig langsamer ging und aufrecht stehenblieb. Er sah über die Schulter zurück, und Vinh kam auf ihn zu. Ich fand es nicht fair, daß er Frank gerade dann überholte, wenn er sich um seine Frau kümmerte.

Daher rief ich »Vinh«, und mein Mann ging langsamer, blieb sogar stehen und drehte sich um, um auf uns zu warten. Auch Frank blieb stehen, direkt hinter ihm. Eileen und ich sahen einander an, und ich wußte nicht genau, was sie dachte, aber offensichtlich war ihr die seltsame Spannung zwischen den Männern ebensowenig entgangen wie mir. Wir beide ließen uns Zeit, die anderen einzuholen, wir schlenderten den Weg hinauf, und da sie beide warteten, gestattete ich mir, mich umzusehen.

Alles war immer noch ziemlich wild überwuchert, aber zu unserer Rechten konnten wir drei zur Bucht hin ausgerichtete Gebäude entdecken, die etwas höher lagen. Das war der Hauptdrehort, dachte ich, das Hotel, das in dem Film von Ava Gardener geführt wurde.

»Ist das nicht der Ort?« sagte ich zu Eileen und machte mit dem Kopf ein Zeichen in Richtung der Gebäude.

»Ja, vielleicht. Vielleicht.«

Wir suchten nach einem Weg, der dorthin führte, aber

der einzige, den wir fanden, war schon nach zwanzig Metern überwuchert und verschwand dann einfach in wirklich scheußlichem Dickicht.

»Ich kann keinen Weg erkennen«, sagte ich zu Eileen, aber sie war nicht neben mir, wie ich vermutet hatte. Ich entdeckte sie oben auf dem Hügelkamm, mit gefalteten Händen in die Ferne blickend, während der Wind ihr das Haar aus dem Gesicht blies. Sie sah sehr hübsch aus, sehr zufrieden. Wie ein Exlibris, das ich einst besessen hatte – ein Mädchen, das im Wind auf einem Hügel stand. Bücher bringen dich zum Träumen hieß es, glaube ich, über der Stelle, auf die ich meinen Namen schrieb: Dieses Buch gehört Tran Nam Thanh Gabrielle. Ich vermisse die Exlibris. Eine Fernseh-Show kann man im Gegensatz zu einem Buch nicht in die Hand nehmen, man kann kein Exlibris auf die Innenseite des Buchdeckels kleben, das ein Mädchen auf einem Hügel zeigt, das von einer wundervollen Zukunft träumt.

Ich sah zu den Männern hinüber, sie scharrten mit den Füßen und schnupperten in die Luft. Ich kletterte zu Eileen hinauf und fand die Aussicht sehr hübsch. Die Bucht war breit und tiefblau, und der Strand auf dieser Seite, eine lange, geschwungene Biegung mit seidiger Brandung, war leer. Sehr hübsch. Ich sah auf den Weg hinunter, und er wand sich den zerklüfteten Hügel hinab auf ein zerfallenes zweistöckiges Backsteingebäude zu, dessen Frontmauern allerdings noch standen. Und nahe am Strand befand sich der Betonrahmen eines Fundaments, bei dem alle Mauern fehlten.

»Gehen wir über den Hügel?« fragte Frank.

Es war sehr hübsch, aber auch sehr einsam hier oben. Von dem Film war eigentlich nichts mehr zu erkennen. Kein Anzeichen, daß Richard Burton und Elizabeth

Taylor je hier gewesen waren. Nicht die Spur einer Aura, wie es schien. Nur Verfall, Unkraut und Stille. Ich hielt mein Gesicht in den vom Ozean herüberwehenden Wind, nahm das Tuch ab, mit dem ich das Haar hochgebunden hatte, und der Wind blies es mir aus dem Gesicht. Ein angenehmes Gefühl, fand ich, obwohl ich weder mir noch sonst jemandem vormachen wollte, daß es besonders intensiv war. Das Gefühl von Wind im Haar ist nur für ein Mädchen aufregend, das noch keinen Mann gefunden hat.

Ich meine das nicht so zynisch, wie es klingt. Ich fühlte mich bloß ein wenig im Stich gelassen, glaube ich. Der momentane Eindruck war sehr angenehm, aber fern aller Romantik. Das mag sich seltsam anhören von einer Frau, die in dem Schlammwasser, das die Bucht verschmutzte, Romantik entdeckt hatte, aber so war die Stimmung eben, die plötzlich über mich gekommen war. Ich hatte genug von diesem Urlaub. Und die Männer hatten nichts anderes im Sinn, als über den Hügel zu stürmen. Frank wartete auf eine Antwort, doch Eileen wollte ihm offensichtlich keine geben. Ich sah sie an, ihre Augen waren geschlossen, und ich hoffte, sie fühlte mehr als ich.

»Über den Hügel«, sagte ich, und Frank eilte an mir vorbei, und Vinh, der mir im Vorbeigehen einen kurzen Blick zuwarf, hinterher. Ich kannte die Gesten meines Mannes, die subtile Sprache seiner Mimik; ich kannte all das so genau, daß es mich nie überraschte, wenn er sich in meiner Gegenwart plötzlich unbehaglich fühlte. Aber in diesem Blick, den er mir im Vorbeigehen zuwarf, lag etwas, das ich noch nie zuvor gesehen hatte und das ich nicht verstand. Ein Blick, überrascht und verstehend zugleich, als stünde er am Rand einer Klippe, deren Grund nachgab, als hinge er kurz vor dem Absturz noch einen

Moment in der Luft, und wir beide wüßten, daß nichts mehr zu machen war.

Wenn sich das alles ein wenig seltsam anhört, dann deshalb, weil es seltsam war. Mich überkam ein eigenartiges Gefühl, und ich setzte mich nieder. Ich ging an den Rand des Hügels, zu einer Stelle, die nicht von Unkraut bewachsen war, setzte mich, zog die Beine an die Brust und betrachtete die zum Ufer strömenden Brecher, aber bald wandte ich den Blick zu den Männern zurück. Sie marschierten den Weg hinunter, und ich sah, daß sie sich bewegten, als befänden sie sich in einem heißumkämpften Gebiet in Vietnam auf Patrouille. Sie glitten lautlos dahin, hielten sich gebückt, waren schon halb den Hügel hinunter und gingen auf das Backsteingebäude zu.

Plötzlich richtete Frank sich auf und hob die Hand, als hätte er etwas gehört. Vinh mußte in diesem Moment den Weg beobachtet haben, denn er lief direkt auf Frank zu und hätte ihn fast umgerannt. Sie standen sich nun dicht gegenüber und redeten mit fuchtelnden Armen aufeinander ein.

Ich beugte mich vor und stöhnte vor Enttäuschung auf, laut genug, um Eileen zu erschrecken. »Wird Ihnen schlecht?« fragte sie.

»Nein«, antwortete ich, und ich glaube, sie sah immer noch aufs Meer hinaus, und etwas in ihren Träumereien bewegte sie wohl dazu, das Gesicht mit geschlossenen Augen in die Brise zu halten. Ich fragte mich einen Augenblick lang, ob sie daran dachte, wie Frank einst gewesen war, oder ob sie vielleicht an jemand ganz anderen dachte. Aber ich schenkte ihr nicht meine volle Aufmerksamkeit. Die Männer stritten sich, und ich befand mich außer Hörweite, das machte mich wütend. Eine vietnamesische Frau flucht nie, vor allem nicht laut und besonders nicht in Gegenwart anderer Personen, aber in diesem Moment war ich nahe daran.

Ich wollte dem Geschehen nahe sein, doch ich wußte, daß ich nicht einfach zu ihnen hinunterrennen konnte. Das hätte den Wortwechsel sicherlich beendet. Ich wollte zusehen, welchen Verlauf die Sache von sich aus nahm. Dann beschloß ich, meine ganze Beobachtungskraft einzusetzen und auf diese Weise herauszubekommen, was vor sich ging. Und ich war gar nicht schlecht, glaube ich. Ich begann damit, mir nochmals zu vergegenwärtigen, wie sie den Weg hinuntergegangen waren. Gebückt, leise, als wären sie im Krieg auf Patrouille. Damit mußte es etwas zu tun haben, nahm ich an.

Die Männer sprachen jetzt abwechselnd, und im Moment war Vinh an der Reihe. Ich beobachtete seine Hände. Es ist schwer, Vinh außer Fassung zu bringen, aber wenn er sich einmal aufregt, macht er sehr ausdrucksvolle Handbewegungen. Mit offener Handfläche schoß seine Rechte vor Frank hoch, als wollte er sagen: Das war es, was du getan hast. Dann zeigte Vinh auf den Weg zurück, den sie gegangen waren. Mit einer Handbewegung zeichnete er rasch die Route nach, die sie seitlich am Hügel heruntergekommen waren, dann drehte er sich mit einem Ruck herum und sah Frank ins Gesicht. Er hob beide Hände, führte sie zusammen und riß sie dann in weitem Bogen auseinander, während er beständig weiterredete und ich den Eindruck hatte, ich könnte hören, was er sagte: Sie haben uns diesen Weg runtergeführt, dabei ist doch gerade hier zu erwarten, daß der Vietkong ihn verminen würde; ich habe den ganzen Weg aufgepaßt und nicht Sie, weil Sie uns durch Ihr Vorgehen in Gefahr gebracht haben.

Inzwischen hatte Frank die Arme vor der Brust gefaltet, und als Vinh seinen Standpunkt dargelegt hatte, öffnete Frank die Arme und neigte den Kopf, als übte er Nachsicht mit einem klugen Kind. Frank machte eine weitausholende Geste, mit der er auf das niedrige Unkraut entlang des Wegs zeigte, und ich glaube, ich wußte auch, was er sagte: Hier ist es nicht sicherer als anderswo, aber im Gegensatz zum Gras kann man auf dem Weg zumindest sehen, wenn etwas daliegt. Dann drehte er sich um und zeigte auf das zweistöckige Backsteingebäude, um Vinh an das Angriffsziel zu erinnern, bei dem sie am meisten aufpassen mußten, und daraufhin deutete Frank zu den dichten und hohen Bäumen hinüber, die direkt hinter dem Gebäude standen: Da sind sie drin; der Feind ist dort drüben in den Bäumen.

Einiges davon erklärte ich mir ein wenig später aus den Ereignissen, aber in diesem Moment war ich ziemlich sicher, daß sich der Streit darum drehte. Wer hatte recht? Ich weiß es nicht. Vinh gab Frank eine Antwort und kreuzte die Arme über der Brust, daher bekam ich es nicht heraus. Frank antwortete, die Fäuste in die Hüften gestemmt, und ich war nicht mehr imstande, der Unterredung zu folgen, was mir ein sehr leises: »Verdammt«, entlockte.

Die beiden Männer redeten weiter und wurden schließlich ein wenig gelöster. Ihre Hände fielen herab, baumelten am Körper herunter, und Frank lachte sogar, ein freundliches Lachen, bei dem er den Kopf zurückwarf. Vinh nickte, nickte noch einmal, und sah sich um.

Ich muß zugeben, daß ich enttäuscht war. Es kam mir seltsam vor, sogar damals. Nicht nur, weil ich den Streit verpaßt hatte und nur erraten konnte, worum es ging, obwohl das sicherlich einen Teil meiner Enttäuschung ausmachte. Ich bin eine ziemlich scharfe Beobachterin, und ich spürte, ich hatte die Unterhaltung aus den Gesten richtig gedeutet, aber es ging noch etwas anderes vor sich, etwas, das sich hinter ihren gesprochenen Worten verbarg. Um tieferen Einblick zu bekommen, mußte ich die Worte tatsächlich hören, mußte ich mein Talent auf die Worte selbst richten. Dann gab Frank Vinh sogar einen Klaps auf die Schulter. Ich sagte etwas lauter: »Verdammt.« Jetzt waren sie wieder Freunde. Ich hatte alles mißverstanden, sie waren offenbar nicht einmal böse aufeinander, was ich später unter die Lupe hätte nehmen können. Verrückte Männer. Nicht einmal ihren Groll verstanden sie aufrechtzuerhalten.

Sie fuchtelten herum. Ich beugte mich vor. Frank zeigte auf Vinh und dann hinüber auf die Bäume. Er berührte seine Brust und machte dann eine Armbewegung in Richtung Meer. Dann deutete Vinh auf das Backsteingebäude, und sie nickten. Ich konnte mir nicht gleich einen Reim darauf machen. Es erstaunte mich sogar, als die beiden sich bückten, den Weg absuchten, sich trennten und Gegenstände vom Boden aufhoben, die sie sich in die Taschen stopften. Das war sehr seltsam. Dann richtete sich Vinh kurz auf und hielt etwas, das er vom Boden aufgehoben hatte, in der Hand. Er hielt es hoch, und es sah aus wie ein Stein, ein ziemlich großer Stein, Frank trat zu ihm hin, sah es sich ebenfalls an und schüttelte den Kopf. Nun hielt er etwas hoch, wahrscheinlich einen anderen Stein, einen kleineren. Vinh nickte, ließ den großen Stein fallen, und beide suchten weiter. Aber als Frank ihm den Rücken zuwandte, sah ich, daß Vinh zurückging und den großen Stein aufhob.

Langsam begriff ich. Schließlich hatten sie genügend Steine in den Taschen. Sie gingen wieder aufeinander zu, redeten kurz miteinander und stellten sich dann, Rücken an Rücken gewandt, auf, Vinh in Richtung der Bäume, und Frank in Richtung des Hügels und des Meeres. Genauso wie in den alten Filmen, wenn zwei Männer sich duellierten. Ich fragte mich einen Moment lang, ob es das war, was sie vorhatten – würden sie einfach zehn Schritte gehen, sich umdrehen und sich gegenseitig mit Steinen bewerfen?

Aber sie hatten etwas anderes im Sinn. Auf irgendein Kommando gingen sie los, aber sie marschierten einfach stetig weiter. Frank marschierte über die Kuppe des Hügels und verschwand. Vinh ging davon, bis er zu einem schmalen Bach kam, durch den er hindurchwatete, und am Waldrand wieder auftauchte. Ich begriff jetzt, daß es sich um irgendeine Art von Kriegsspiel handelte. Sie würden sich aneinander heranpirschen, etwas in der Art. Vielleicht versuchten sie, das Backsteingebäude zu erobern und einzunehmen. Bei diesem Gedanken wurde mir plötzlich bewußt, wie auffällig Vinhs rotes Hemd aus den Bäumen hervorstechen würde. Aber wie es bei Eheleuten manchmal vorkommt, kam Vinh offensichtlich gerade der gleiche Einfall. Vielleicht war es Gedankenübertragung. Ich weiß es nicht. Jedenfalls blieb er bei den Bäumen stehen, hielt kurz nach Frank Ausschau, und als dieser nicht in Sicht war, zog Vinh sein rotes Hemd aus, rollte es zusammen und steckte es unter den Arm.

Die Brust und die Arme meines Mannes sind wirklich ziemlich kräftig, und als ich sie plötzlich sich scharf abzeichnend gegen die Bäume im leisen, von der Bucht heranwehenden Wind vor mir sah, neigte ich den Kopf zur Seite und spürte ein sanftes Kribbeln in mir, einen Anflug von zärtlichen Gefühlen, die sich in meiner Brust ausbreiteten. Doch als Vinh in den Wald eintauchte und sein dunkler Rücken im Schatten verschwand, wanderte dieses Kribbeln sehr schnell aus meiner Brust nach unten, und ich sah aufs Meer hinaus und schloß die Augen.

Da saß ich nun mit angezogenen Beinen, und wenn mich jemand beobachtet hätte, der sich mit Körperhaltungen auskannte, hätte er sich gefragt: Denkt sie daran, wie Vinh früher einmal war, oder denkt sie vielleicht an jemand ganz anderen? Tatsächlich traf beides nicht zu. Sobald ich die Augen geschlossen hatte, nahm ich nur noch mich selbst wahr; ich trat aus mir heraus und sah mich selbst, sonst dachte ich an gar nichts. Das romantische Gefühl war wie weggeblasen. Manchmal bin ich zu sehr auf mein eigenes Wohlergehen bedacht. Ich hätte daran denken sollen, wie Vinh früher war. Das wäre in diesem Moment schön gewesen.

Statt dessen fiel mir ein, daß Eileen in der gleichen Haltung neben mir saß, und ich öffnete die Augen. Auf dem Hügel, am Backsteingebäude und am Wald war niemand zu sehen. Ich warf einen Blick zu Eileen hinüber, und sie lag auf dem Rücken, den Unterarm übers Gesicht gebreitet. Sie schien zu schlafen.

Als ich wieder den Hügel hinuntersah, kehrte das anfängliche Gefühl, im Stich gelassen worden zu sein, zurück. Die ganze Szenerie vor mir schien zu verschwimmen. Sogar all die Dinge, die ich als schön empfand, erschienen plötzlich banal wie eine Ansichtskarte, die man eilig auf einem Flughafen kauft.

Aber ich fragte mich, wo die Männer waren. Also sah ich mich genauer um. Frank hatte die Küste und den Hügel für sich beansprucht, und ich rechnete mir aus, daß ich ihn wahrscheinlich dort erspähen würde. Der Hang fiel nach unten ab, verlief dann über eine Kuppe und ging in einen weiteren Hang über, den ich nicht sehen konnte, und dahinter war die Wiese mit dem rohen Fundament in der Mitte. Weiter hinten erhob sich eine andere Kuppe und ein anderer unsichtbarer Hang, der zur Meeresküste abfiel. Ich schätzte, Frank befand sich auf einem der entfernteren Hänge. Ich wartete eine Weile, und da er nicht zu sehen war, spähte ich in den Wald, in dem Vinh verschwunden war.

Mir kam dieses Spielchen ziemlich albern vor. Ich war nicht sicher, was sie eigentlich vorhatten. Tatsächlich pirschten sie sich nicht aneinander an, sonst wären vermutlich beide in den Wald gegangen. Aber vielleicht schlichen sie sich doch an. Frank mußte seine früheren Aktionen im freien Feld rechtfertigen, daß er über den Weg heruntergegangen war und all das. Vielleicht war er jetzt der Trupp, der den Strand eingenommen hatte – wie die ersten Marinesoldaten, die in Da Nang an Land gegangen waren. Und Vinh stand auf der anderen Seite – würde er tatsächlich die Rolle des verhaßten Vietkong übernehmen? Vielleicht. Wenn ihm dieser Amerikaner keine Wahl gelassen hatte, würde er den Vietnamesen spielen, gleichgültig welcher politischen Couleur. Ich wußte es nicht. Und ich glaube, es ist wichtig festzuhalten, daß ich keine Ahnung hatte, was Vinh in dieser Lage tun würde. Der Mann im Wald blieb ebenfalls vor mir verborgen.

Dann sah ich Frank. Sein schwarzes Hemd und die schwarzen Shorts hätten im Schatten der Bäume eine gute Tarnung abgegeben, aber auf der Wiese war er nur allzu deutlich zu erkennen. Er bewegte sich in jener geduckten, gleitenden Art, die ihm eigen war, und er kauerte sich hinter das Steinfundament. Er spähte in Richtung des Backsteingebäudes, das vielleicht hundertfünfzig Meter von der Wiese entfernt auf einer kleinen Anhöhe stand. Ich wußte nicht, worauf er wartete, ob es darum ging, das Gebäude einzunehmen. Vinh war nirgendwo zu sehen, und ich wußte auch nicht, worauf Vinh wartete.

Um die Wahrheit zu sagen, mein Mann war zwar bei den Fallschirmjägern gewesen, aber ich glaube, daß er sich hauptsächlich im Basislager aufgehalten hat, Befehle gab, den Nachschub organisierte und sich mit Papierkram beschäftigte. Er ist Geschäftsmann, das war er, und wird es immer bleiben. Und Frank behauptete, Hubschrauber-Mechaniker gewesen zu sein. Diese Männer hatten nicht zur kämpfenden Truppe gehört, auch wenn sie am Krieg teilnahmen.

Mein suchender Blick strich die Baumreihe entlang, und ich entdeckte Vinh. Er schlich um einen Baum herum, und plötzlich kam mir der Gedanke, einer dieser alten Filme würde vor mir ablaufen. Diese Männer duckten sich, versteckten sich und schlichen herum wie all die alten Filmstars in den alten Kriegs- und Spionagefilmen, in all den wunderbaren, unrealistischen Streifen, die meine Stunden nach Mitternacht so friedvoll machten. Vinh war ein fester Schläfer, und ich hatte ein gutes Gehör, und daher konnte ich all diese Filme im Bett ansehen. Ich zog die Decke bis zur Nase hoch, lag auf meiner rückenfreundlichen Matratze und befand mich – trotz der Haushaltsdefizite – in einer Ära des Friedens und des Wohlstands in den Vereinigten Staaten von Amerika, und draußen tobte der Sturm eines Südstaatengewitters, und ich lag sicher und gemütlich in meinem Bett und beobachtete eine Welt von Männern mit Stahlhelmen oder Filzkäppis auf dem Kopf, die in großen Schwierigkeiten steckten, aber mein Gott, welche Kampftaktiken die drauf hatten, und nie wurden sie von etwas verletzt, dessen konnte man sicher sein.

Vinh schlüpfte zwischen den Bäumen hervor, und ich sah, daß Frank ihn nicht bemerkt hatte, weil zwischen ihnen das Backsteingebäude lag. Vinh stand an dem Bach und sah zum zweiten Stock des Gebäudes hinauf, danach auf seine Füße und das Bachufer hinunter. Dann legte er sein eingerolltes rotes Hemd neben einen Felsblock, duckte sich tief und sprang über das fließende Wasser.

Ich sah zu Frank hinüber, er war in Bewegung. Er umrundete in gebückter Haltung die hintere Seite des Fundaments und schlich sich an das Gebäude heran, wie ich vermutete. In der Zwischenzeit schob sich Vinh, den Kopf weit nach links gereckt, am anderen Ende entlang, um Frank sofort zu erspähen, falls er plötzlich auftauchen sollte. Aber Frank machte jetzt einen großen Bogen, um sich aus der anderen Richtung zu nähern, daher hatten die beiden Männer sich noch nicht bemerkt.

Vinh schaffte es bis zu der seitlichen Treppe, die zum oberen Stockwerk führte. Er stieg rasch hinauf, blieb aber plötzlich stehen und duckte sich, als er an ihr Ende kam. Dann spähte er hoch, um sicherzugehen, daß Frank nicht schon da war, und als er sich überzeugt hatte, daß er allein war, möchte ich schwören, daß ihn tatsächlich ein Freudenschauer überkam. Er stieg nun ganz hinauf, lief bis zum Rand, so daß er sein rotes Hemd am Bach sehen konnte, griff dann in die Hosentasche und legte ein paar seiner Steine neben sich.

Frank kam mit großen Schritten einen Abhang herunter und verschwand kurz darauf. Ich wartete, und ein paar Augenblicke später tauchte sein Kopf über der Kuppe des Hügels, am hinteren Ende des Backsteingebäudes auf. Er duckte sich, dann schoß sein Kopf erneut nach oben.

»Sind sie nicht reizend?« Es war Eileens Stimme. Unnötig zu sagen, daß mich dieser Eindruck überraschte. Ich wandte mich zu ihr um, sie lag noch immer auf dem Rücken, hatte den Arm aber von den Augen genommen. Sie schaute in den Himmel hinauf. Ich folgte ihrem Blick. Es standen ein paar hohe, weiße Wolken dort oben.

»Die eine ist der Kopf eines Ponys«, sagte sie. Der Kopf eines Ponys. Gebe ich manchmal solche Dinge von mir? Ganz sicher. Eileen und ich sprechen vermutlich auf die gleichen Dinge an. Nicht etwa der Kopf eines *Pferdes*. Sie sah ein hübsches kleines Pony. Natürlich. Ein einsames kleines Pony, und das kleine Mädchen ruft per Ferngespräch das Pony an, und es ist nicht mehr einsam. Wenn man das filmen und zwischen den Seifenopern senden würde, würde ich sicherlich auch weinen. Ein kleines Pony, das vor Entzücken seinen Haarschopf schüttelt, wenn ihm jemand den Hörer ans Ohr hält. Ich bin ganz süchtig nach solchem Zeug. Aber in diesem Moment kam mir das Pony ziemlich langweilig vor. Blöde sogar, ein Pony in den Wolken zu sehen und deshalb verträumt daherzureden.

Aber so aufrichtig ich konnte, antwortete ich: »Ja, sicher«, drehte mich um und sah, wie Frank übers Gras flitzte, einen Satz machte und sich, inzwischen außerhalb meiner Sichtweite, gegen die hintere Mauer des Gebäudes warf. Vinh hob den Kopf und sah über die Schulter. Vermutlich hatte er den Aufprall gehört. Ich wartete und war eigentlich darauf gefaßt, daß Frank um die Ecke schleichen und die Frontmauer entlangkommen würde. Aber die Vorderseite war ihm offensichtlich nicht geheuer, denn ich wartete und wartete, genauso wie Vinh, der schließlich wieder einen Blick auf sein Hemd am Bach warf.

Endlich sah ich Frank. Vinh hatte mir einen Hinweis gegeben, indem er plötzlich den Kopf duckte. Einen Moment später sah ich Frank auftauchen und sich an einen Raum auf der Rückseite des Gebäudes pressen. Er sah jetzt in Richtung der Bäume, und ich fragte mich, ob ihm das Hemd auffiel. Noch während ich das dachte, reagierte Frank, wenn auch äußerst verzögert. So langsam tatsächlich, daß er ein wenig an Comic-Figuren erinnerte, obwohl ihm die Augen nicht herausquollen. Er streckte den Kopf vor, sah das Rot, und allmählich ging ihm ein Licht auf.

Er sah sich überall um, beobachtete eingehend die Baumreihe, griff dann in seine Tasche und bewaffnete sich mit einem Stein – fast konnte ich hören, wie er flüsterte: »Bataillon anlegen und zielen.« Währenddessen spähte Vinh immer wieder vorsichtig über den Dachrand, seinen Stein wurfbereit in der Hand. Ich fragte mich, ob es der große Stein war, den er auf Franks Geheiß eigentlich hätte wegwerfen sollen. Ich nahm jedoch an, daß er es nicht war. Nicht zu diesem Zeitpunkt. Vinh hob den Stein sogar kurz in die Höhe, vielleicht um zu prüfen, ob er der rundeste war, derjenige, mit dem er am genauesten treffen konnte, und aus der Ferne hatte ich nicht den Eindruck, daß es der große war. Ich war froh. Ich war überzeugt, Frank würde sehr sauer reagieren, wenn er den großen nähme.

Frank kroch gebückt auf den Bach zu und behielt sehr genau das rote Hemd im Auge. Direkt vor dem Bach hielt er inne, sah es an, reckte den Kopf und richtete sich schließlich sogar auf. Ich weiß nicht, was er dachte. Vinhs Hemd also? Glaubte er, es würde ihm helfen, den

Mann zu finden? Offensichtlich trug Vinh das Hemd nicht. Aber ich nehme an, Frank war sehr erfreut, daß er es gefunden hatte. Es schien bedeutungsvoll für ihn zu sein. Dann traf ihn Vinhs Stein direkt an der linken Schulter.

Frank schoß herum, und ich konnte sogar aus dieser Entfernung sein Fluchen hören. Vinh sprang unmittelbar danach in die Höhe und riß vor Siegesfreude die Arme hoch. Frank rieb sich die Schulter, dann raste er davon, versteckte sich hinter einem Baum, dann hinter dem nächsten, dann raste er zur Vorderseite des Gebäudes, blieb stehen und drückte sich an die Wand. Vinh war sichtlich erregt. Er glaubte, er hätte bereits gewonnen. Wütend fuchtelte er mit den Armen, und ich sah, daß Frank zu weiterem Kampf gerüstet war. Er hielt einen Stein in der Hand, als wollte er ihn losschleudern. Er sah nach oben, rannte zum Fuß der Treppe und preßte sich erneut gegen die Wand. Vinh schrie etwas, was ich nicht verstand. Vermutlich Franks Namen. Vermutlich sagte er ihm, daß das Spielchen vorbei war.

Aber ohne zu antworten, schlich Frank die Treppe hinauf, Vinh griff schließlich wieder in die Tasche, um weitere Steine herauszuholen, und trat in die Mitte des Dachs. Er rechnete sich aus, daß Frank auf dem Weg nach oben war. Diesmal begutachtete Vinh den Inhalt seiner Tasche sehr genau, und noch bevor er den Stein hochhielt, wußte ich, daß es der große war.

Ich stand auf, ich hatte Angst um sie beide. Aber natürlich konnte ich nichts tun. Frank hielt sich nur für verletzt, da Vinh bloß seine Schulter getroffen hatte. Vinh dachte, der Krieg sei vorbei, und war wirklich wütend, als sich herausstellte, daß das nicht der Fall war. Ich wollte ihnen zurufen, aber mir fehlten die Worte. Es war ein enterntes Geschehen, weiter entfernt als die Kriege in den Hollywood-Studios, die ich im Bett verfolgte. Es war so weit entfernt von mir, wie mein Mann von mir entfernt war; so entfernt wie jener geheime, verschwiegene Bereich in ihm, der ein so großes Problem zwischen uns war.

Frank hielt inne, kurz bevor Vinh seinen Kopf entdeckte. Mein Mann stand nun in der Mitte des Daches, den großen Stein in seiner Rechten, den Kopf nach hinten gedreht, zum Wurf bereit. Frank wartete, und ich spürte, wie er seine Kräfte sammelte, sich auf den einen wichtigen Sprung nach vorn konzentrierte, mit dem er gleichzeitig seine Steine losschleudern wollte. Ganz wie im Kino. Doch einen Moment lang fragte ich mich, ob Vinh ihn töten würde, ob er, kaum daß Franks Kopf aufgetaucht war, das Feuer eröffnen und ihn mit dem großen Stein an der Schläfe treffen würde, was das Ende bedeutet hätte. Der Atem stockte mir. »Wie reizend«, seufzte Eileen.

Frank kletterte sehr vorsichtig die letzten Stufen hinauf, Beine und Arme jedoch für den blitzartigen Angriff aufs äußerste gespannt. Halt, halt, wollte ich Vinhs Arm befehlen. Ziel nicht auf seinen Kopf.

Franks erster oder zweiter Stein sauste an Vinh vorbei, und Vinh wartete, er wartete, holte aus, und warf den großen Stein, der Frank in die Magengrube traf. Das wußte ich daher, weil Frank nach vorn kippte, einen Moment in der Schwebe blieb, in den Knien einknickte, und sich mit der Hand auf dem Dach abstützte, um nicht vornüber zu fallen. Vinh verharrte in der gebückten Haltung, die er nach dem Wurf eingenommen hatte. Wie eingefroren standen die beiden Männer da, wie Requisiten, die man nach einem Film stehengelassen hatte.

»Wie absolut reizend«, sagte Eileen.

Dann hob Frank den Kopf ein wenig, und ich glaube, er sah den Stein, den Vinh benutzt hatte. Er muß vor ihm gelegen haben. Er sah zu Vinh hinauf, und ich glaube, er sagte etwas, vermutlich irgendein Schimpfwort, dann griff er nach vorn, Vinh versuchte, ihm auszuweichen, schaffte es aber nicht ganz, Frank glitt von ihm ab, seine Arme schossen wieder nach vorn, aber Vinh drehte sich weg und entwischte seinem Griff, kippte allerdings nach hinten, als Frank herumwirbelte, nach vorn stürzte und ebenfalls zu Boden fiel.

Ich hoffte, daß dies das Ende war, aber die beiden Männer sprangen wieder flink auf die Füße, und es schien kein Zweifel zu bestehen, was jetzt folgen würde. Sie stürzten sofort aufeinander los, und Vinh, der kleiner war, wurde von Frank gepackt, woraufhin Vinh ihm den Kopf in den Magen rammte. Frank fiel zurück, Vinh auf ihn drauf, sie überkugelten sich, zuerst war Frank oben, dann Vinh, sie schlugen mit Armen und Beinen um sich und lieferten sich einen erbarmungslosen Kampf.

»Eine große weiße Ente«, sagte Eileen. »Genauso eine hatte ich als Kind.«

Ich sah zum Himmel hinauf, und tatsächlich zog eine weiße Wolke vorüber, die aussah wie eine Ente. Man sah den Schnabel, den langen Hals und sogar die Flügel.

Ich setzte mich nieder und wählte Vorhang Nummer drei – das Meer. Ich schaute zu den Männern hinüber, sie rollten noch immer auf dem Dach herum, und ich wählte das Meer. Das Meer lag glänzend und flach da, kräuselte sich an der Küste entlang, und ich sah mir das jetzt einfach an. Wie dumm ich doch gewesen war zu glauben, ich hätte sie verstanden. Keiner von beiden konnte die oberflächliche Nimm's-leicht-Kultur ausstehen. Aber damit erschöpften sich ihre Gemeinsamkeiten nicht. Sie hatten einst etwas geteilt, etwas Wichtiges – Wut, Angst, den Drang nach Gewalttätigkeit, gerechte Anliegen, Leben und Tod. Beide hatten diese Dinge im selben Krieg empfunden. Und keiner von beiden wollte all das aufgeben. Doch selbst *diese* Verbindung zwischen den beiden erklärte nicht alles.

Fragen Sie mich nicht, was die Erklärung war. Während der nächsten Minuten beobachtete ich hauptsächlich das Meer, und als ich schließlich einen flüchtigen Blick auf das Backsteingebäude zurückwarf, sah ich sie ungefähr drei Meter voneinander entfernt dasitzen. Sie hatten sich den Rücken zugekehrt, die Beine ausgebreitet, und ihre Arme hingen vor Erschöpfung schlaff herunter. Frank war dem Wald, mein Mann dem Meer zugewandt. Er schien sehr angespannt auf die See hinauszublicken. Genau wie ich.

Wir, die beiden Ehepaare, fuhren in getrennten Taxen zum schönen Fiesta Vallarta Hotel zurück. Vinh war zuerst den Hügel heraufgekommen, und er sah furchtbar aus. Er hatte sein rotes Hemd vergessen, aber über den Schürfwunden wäre es ohnehin nicht angenehm gewesen. Eileen schrie auf, als sie ihn sah. »Schon in Ordnung«, sagte ich zu ihr. »Beiden geht's gut.« Mehr sagte ich nicht. Ich ging einfach mit Vinh den Weg hinunter und ließ Eileen auf dem Hügel zurück, damit sie über Frank herfallen konnte, wie ich annahm. Sie befürchtete bereits das Schlimmste.

Ich sagte kein Wort zu Vinh, weder auf dem Rückweg zum Strand noch im Taxi, noch beim Durchqueren der Hotelhalle, noch im Fahrstuhl, nicht einmal, als wir unser Zimmer betraten. Auch er sagte nichts. Als sich unsere Zimmertür schloß und wir den Augen der Öffentlichkeit entronnen waren, drehte ich mich zu ihm um, aber er wandte das Gesicht ab und zog den Kopf ein, und mir war klar, daß er ohnehin nichts zu sagen wußte. Dennoch hätte ich zu gern erfahren, was er fühlte, was er vielleicht gelernt hatte.

Er sagte: »Ich gehe mich waschen.«

»Brauchst du Hilfe?«

»Nein«, antwortete er. »Danke.«

Ich nickte, und er ging ins Badezimmer und schloß die Tür.

Ich durchquerte das Zimmer, und die Vorhänge bauschten sich vor den offenen Balkontüren. Es war Spätnachmittag geworden, und das Licht auf dem Boden unter den Vorhängen sah sehr hübsch aus, daher zog ich sie zurück. Sonnenlicht fiel plötzlich auf die Wand und zeichnete die Umrisse einer Balkonpflanze dort ab, so daß es aussah, als versuchte sie sich heimlich hereinzuschleichen. Eine alberne Vorstellung, ein Nachklang meiner Erinnerungen aus Mismaloya. Ich saß auf der Bettkante und sah zur Wand. Das Licht war tatsächlich sehr hübsch. Ein blasses, butteriges Gelb, und die Schatten der Pflanze, die breiten, wohlgeformten Blätter eines Kroton-Buschs, bewegten sich hin und her.

Ich weiß nicht, warum mich all das so faszinierte. Vielleicht wegen Vinhs Schweigen. Vielleicht war es die Müdigkeit, die mich wieder überkam. All die frische Luft, die Hügelkämme und Strände – daran war ich nicht gewöhnt. Sie weckten das Bedürfnis nach Schlaf in mir. Ich wollte mich schon aufs Bett legen, aber ich hörte im Bad das Wasser rauschen und wartete. Ich saß auf der Bettkante und wartete, die Schatten der Pflanze krochen über die Wand, und dann ging endlich die Badezimmertür auf, und Vinh trat heraus.

Er trug graue Hosen, Turnschuhe und eines der kurzärmligen Hemden, die er gewöhnlich in den heißen Sommern von Louisiana zur Arbeit anzog. Sein Haar war naß und ordentlich zurückgekämmt, und nur eine blaßrote Schürfwunde von der Größe eines Silberdollars auf seiner Wange zeugte von den Spuren des Kampfes. Er sah mich einen Augenblick an, und ich bemühte mich, von seinem Gesicht etwas abzulesen, irgend etwas. Sein Mund war entspannt, aber er lächelte nicht. Sein Blick war fest auf mich gerichtet, und ich ahnte nur, daß alles, was er an diesem Nachmittag empfunden haben mochte, noch nicht vergessen war. Dann ging er auf mich zu und blieb vor mir stehen. Ich hatte das Gefühl, aufstehen zu müssen; vielleicht würde er mich in die Arme schließen. Aber bevor ich dazu kam, streckte er die Hand aus und strich mir eine Locke aus dem Gesicht.

Das war alles. Wollte er damit sagen, auch ich sollte mich zusammenreißen, nachdem er sich gesäubert hatte? Ich wußte es nicht. Dann dachte ich, daß die Handbewegung eigentlich etwas Nettes an sich hatte, aber bevor ich mir darüber klarwerden konnte, zog er die Hand zurück und sagte: »Ich gehe etwas vor die Tür.«

Ich nickte, er drehte sich um, durchquerte schnell das Zimmer und schloß im Hinausgehen sehr leise die Tür. Ich legte mich aufs Bett, sah zur Decke und wünschte, es wäre ein Himmel voller Wolken, voller Ponies und Enten, und ich legte den Arm über die Augen. Aber die Gedanken kamen nicht zur Ruhe. Wohin ging er? Ich hatte fast zwanzig Jahre mit meinem Mann verbracht, und es hätte mir möglich sein sollen zu erraten, wohin er nach den Ereignissen dieses Tages ging. Zuerst dachte ich, er würde in Franks Zimmer gehen, um sich mit ihm zu versöhnen. Aber das erschien mir nicht plausibel. Vielleicht morgen, wenn er die beiden wie zufällig in der Hotelhalle traf. Das wäre der Moment, sich die Hand zu geben. In diesem Augenblick würde mein Mann seinen Gegner nicht aufsuchen.

Dann kam mir plötzlich der Gedanke, er könne sich nach dieser Läuterung vom Kriegshandwerk jetzt vielleicht befreit genug fühlen, um etwas ganz Besonderes zu tun. Es lag Zärtlichkeit in seiner Hand, als er mir die Haarlocke zurückstrich. Vielleicht nahm er ein Taxi, fuhr zur Brücke von Liz und Dick und kaufte mir eine copa de oro, einen Goldkelch. Zuvor hatte er mir die Blume verweigert, und jetzt war es ihm plötzlich wieder eingefallen; diese Blume hatte er mir einträchtig mit dem Mann verweigert, mit dem er später am Tag einen Entscheidungskampf austrug. Ich versuchte mir vorzustellen, wie Vinh durch die Tür trat, die Blume mitbrachte und sie in mein Haar steckte, in dasselbe Haar, das er geordnet hatte, bevor er gegangen war.

Aber das waren die Gedanken einer Frau, die imstande war, über Werbesendungen zu weinen. Das wurde mir sehr schnell klar, als ich dort allein auf dem Bett im Fiesta Vallarta Hotel lag. Und dann dachte ich, Vinh würde nie mehr zurückkommen. Er war aus dem Zimmer gegangen und hatte beschlossen, nie mehr zu mir zurückzukehren. Er hatte seinen Paß und sein Ticket in die Tasche seiner grauen Hose gesteckt und war für immer gegangen.

Davon war ich etwa zehn Minuten lang überzeugt, und es waren die schlimmsten zehn Minuten meines Lebens, seit ich in Amerika bin. Plötzlich wurde mir klar, daß ich es war, die sich von Vinh abgekehrt hatte. Ich hatte mich mit solcher Begeisterung auf diese Kultur eingelassen, daß ich mich von ihm entfernt hatte und es ihm unmöglich machte, mir noch einmal nahe zu kommen. Selbst Frank, dieser arme, in der Vergangenheit lebende Amerikaner, war klug genug, sich vor den Auswüchsen der hohlköpfigen Kultur, die ihn umgab, zu schützen. Es muß für Vinh schrecklich gewesen sein festzustellen, daß sogar dieser Mann, den er bekämpfen sollte, zugänglicher war als seine eigene Frau. Etwa zehn Minuten lang fühlte ich mich so düster und starr wie das Wasser unter den Flußhütten in Saigon. Meine Haut fühlte sich an, als könnte sie mit der leisesten Berührung fortgewischt werden, wie die Haut der leprakranken Bettler, die nicht einmal eine Hütte am Fluß besaßen. Hatte ich all das vergessen?

Aber dann sagte etwas in mir: Warte. Nicht nur mit mir ist das geschehen. Auch Vinh hat sich von der amerikanischen Kultur beeinflussen lassen. Schließlich verkauft er schwedische Fleischbällchen und Cocktail-Würstchen. Er trägt dunkelgraue Anzüge und studiert seine Geschäftspapiere, er fliegt hierhin und dorthin, trägt wie alle Amerikaner ein ledernes Aktenköfferchen, und er verdient viel Geld mit Essen, das die Leute mit Zahnstochern zu sich nehmen. Aber in Vietnam, im Krieg, da hatte es Leidenschaft gegeben. Und eine gewisse Leidenschaftlichkeit ist immer noch in ihm. Er hat heute mit diesem Mann gekämpft.

Ich lag noch ein paar Minuten da, und ich weiß nicht genau, was mich auf den Gedanken brachte, auf den Balkon hinauszugehen. Das Sonnenlicht auf der Wand hatte sich pfirsichfarben verfärbt, ich stand auf und ließ mir die Brise aus der Bucht ins Gesicht wehen. Es war herrlich hier draußen, während die Sonne sich dem Horizont zuneigte. Ein kleiner Schwarm von Pelikanen glitt vorbei, ich trat durch die Schiebetür und lehnte mich an die Balustrade. Ich beobachtete die Pelikane, die nach rechts abschwenkten und aufs Meer hinausflogen.

Aber mein Blick konzentrierte sich auf den Strand und einen dort aufsteigenden Gleitschirm. Ich stellte mir vor, mit dem Segler durch die Luft zu schweben. Ich brauchte gar nicht selbst am Schirm zu hängen; ich konnte hier stehen, mich von meinem Körper trennen, von all der Fremdheit, die über mich gekommen war, die mein Leben bestimmte, und ich konnte in den flach einfallenden Strahlen dieser Sonne dahingleiten und tiefen Frieden verspüren. Und so beobachtete ich, wie der Gleitschirm herumschwang und hinausflog. Der Schirm war rot und gelb und segelte jetzt in Höhe meines Balkons; ich schloß kurz die Augen, erinnerte mich an die grüne Bugwelle des Boots tief unter mir, und ich glitt sanfter über die Wellen als jedes Schiff.

Ich öffnete die Augen, und der Gleitschirm hatte fast die Höhe meines Hotels erreicht, schwebte direkt in Augenhöhe vor mir, und natürlich erwartete ich die nackten, herunterbaumelnden Beine von jemandem zu sehen, der einen Badeanzug trug. Aber diese Beine waren in lange, graue Hosen gehüllt. Und meine Augen richteten sich sofort auf das Gesicht, und es war Vinh. Er hielt die Seile fest, und zuerst fragte ich mich, ob er wieder zum Luftwaffensoldaten geworden war. Aber es war ganz anders. Ich hatte seinen Gesichtsausdruck mißverstanden, als er vor mir gestanden hatte, doch jetzt, als er an den Gleitschirm geschnallt vorüberglitt, konnte ich nur sagen: Er schaute mit seelenruhigem Vergnügen nach unten. Sein Kopf war zur Seite geneigt, als würde ich ihm wie üblich hinterm Ohr den Nacken kraulen, mit lockerem Griff umfaßte er die Seile, einen Ellbogen hatte er sogar bequem in die Seite gestützt, dazu das leichte jungenhafte Ausschlagen der Beine – all das sagte mir: Es machte ihm Spaß. Er flog hoch über dem Meer und über Puerto Vallarta und war jetzt glücklich.

Und schließlich befand er sich Aug in Aug mit mir. Das Boot fuhr die Küste hinunter in die brennende Sonne hinein, machte dann eine Kehre, und als Vinh wieder vorbeischwebte, wandte er das Gesicht zum Fiesta Vallarta Hotel, er sah mich auf dem Balkon, und er lächelte. Ich konnte das Lächeln ganz deutlich erkennen, und als ich ihm zuwinkte, warf er mir eine Kußhand zu. Er glitt vorbei, und ich schaute in die untergehende Sonne hinaus. Wie im Kino. Ein wundervoller Sonnenuntergang am Ende eines höchst merkwürdigen Tages. Die Nacht brach herein, und mein Mann würde bald zur Erde zurückkehren. Und ich auch.

Ein süßer Duft von einem fremden Berg

Ho Chi Minh kam letzte Nacht wieder zu mir, die Hände bedeckt mit Konditorzucker. Das war einigermaßen überraschend für mich, denn es war das erstemal, daß ich ihn in dem schwachen Licht, das durch die offenen Jalousien einfiel, neben meinem Bett stehen sah. Meine älteste Tochter läßt die Jalousien wahrscheinlich deshalb offen, damit ich am nächsten Morgen nicht vergesse, daß die Sonne aufgegangen ist. Ich bin ein sehr alter Mann. Sie scheint anzunehmen, ich könnte eines Morgens einfach vergessen weiterzuleben. Das ist sehr töricht. Eines Nachts werde ich aufstehen, in ihr Zimmer schleichen und dort die Jalousien hochziehen. Soll *sie* doch die Morgensonne sehen. Sie ist vierundsechzig Jahre alt und sollte sich um sich selbst kümmern. Ich könnte nie aus Vergeßlichkeit sterben.

Aber das Licht von der Straße reichte aus, um Ho Chi Minh zu erkennen, als ich aufwachte, und er sagte zu mir: »Dao, mein alter Freund, ich habe gehört, es sei an der Zeit, dich zu besuchen.« Schon in dieser ersten Nacht umgab ihn ein süßer, sehr starker Duft, noch bevor ich seine Hände gesehen hatte. Ich sagte nichts, sondern griff zum Nachttisch neben mir und drehte das Licht an, um zu sehen, ob er verschwinden würde. Er tat es nicht. Er stand neben meinem Bett – ich konnte sogar sein Spiegelbild im Fenster erkennen –, und ich wußte, es war keine Einbildung, weil er nicht so aussah wie damals, als ich ihn gekannt hatte, sondern wie zum Zeitpunkt seines Todes. Es war Onkel Ho, der vor mir stand, der dünne alte Mann mit dem Ziegenbart, in dem dunklen Bauerngewand und den Gummisandalen, ganz wie auf den Zeitungsbildern, die ich all die Jahre so seltsam berührt betrachtet habe. Seltsam deswegen, weil er damals, als ich ihn kannte, noch nicht Ho Chi Minh war. Es war 1917, er hieß Nguyen Ai Quoc, und wir beide waren junge Männer mit glattrasierten Gesichtern, die besten Freunde, und wir arbeiteten im Carlton Hotel in London, ich als Tellerwäscher und er als Zuckerbäcker unter dem großen Escoffier. Wir waren die besten Freunde, und wir sahen unseren ersten Schnee zusammen. Das war, bevor wir in dem Hotel zu arbeiten begannen. Wir schaufelten Schnee, und Ho hielt einen Moment inne, stieß den Atem aus und mußte lächeln, als er sah, was aus ihm herauskam; es war, als würde man Knochen werfen, um die Zukunft vorauszusagen.

In dieser ersten Nacht, als er in mein Haus in New Orleans kam, entdeckte ich schließlich, was so süß duftete, und ich sagte zu ihm: »Deine Hände sind mit Zucker bedeckt.«

Mit einer gewissen Traurigkeit sah er auf sie hinunter.

In der letzten Woche hat man mich mit so einem Blick angesehen. Es ist jetzt an der Zeit für mich, meine Familie zu empfangen, und meine Freunde, die noch am Leben sind. Das ist eine vietnamesische Sitte. Wenn man sehr alt ist, läßt man eine oder zwei Wochen die Arbeit ruhen und lädt die Menschen zu sich ein, die einem im Leben wichtig waren, damit man seine Empfindungen austauschen oder zumindest versuchen kann, sich zu verstehen, oder einfach nur, um sich zu verabschieden. Es ist ein förmlicher Abschied, und wenn man Glück hat, findet er statt, bevor man von einer tödlichen Krankheit befallen wird. Ich habe fast ein Jahrhundert lang gelebt, und vielleicht hätte ich sie früher zu mir rufen sollen, aber schließlich befiel mich eine tiefe Müdigkeit, und ich sagte meiner Tochter, daß es an der Zeit war.

Sie sahen mich traurig an, zumindest einige von ihnen. Gewöhnlich die Dummen oder die Unaufrichtigen. Aber Hos Blick war natürlich weder dumm noch unaufrichtig. Er betrachtete seine Hände und sagte: »Die Glasur. Maestros Glasur.«

Es lag ein Anflug von Sehnsucht in seiner Stimme, und mir kam der Gedanke, daß er vielleicht gekommen war, weil er irgendeine Art von Hilfe brauchte. Ich sagte: »Ich erinnere mich nicht. Ich habe nur Geschirr gewaschen.« Sobald die Worte heraus waren, dachte ich, daß es dumm von mir gewesen war anzunehmen, er wäre nur gekommen, um mich nach der Glasur zu fragen.

Doch Ho behandelte mich nicht wie einen Dummkopf. Er sah mich an und schüttelte den Kopf. »Ist schon gut«, sagte er. »Ich erinnere mich jetzt an die Temperatur. Zweihundertdreißig Grad, wenn der Zucker, nachdem er Fäden gezogen hat, in kugelförmigen Zustand übergeht. Das hat der Maestro sehr deutlich gesagt, und ich erinnere mich daran.« Ich sah jedoch an seinen Augen, daß es viel mehr war, was ihm nicht mehr einfiel. Seine Augen schienen sich nicht von meinem Gesicht abzuwenden, dennoch bewegten sie sich fast unmerklich, eine Unruhe, die vielleicht nur ich sehen konnte, da ich sein engster Freund war, seit den Tagen, als die Welt ihn noch nicht kannte.

Jetzt bin ich fast hundert Jahre alt, aber immer noch

kann ich den Gesichtsausdruck eines Mannes deuten. Vielleicht besser als jemals zuvor. Ich sitze im Polstersessel in meinem Wohnzimmer und empfange meine Besucher, und ich will, daß sie kommen, selbst die Dummen und die Unaufrichtigen – man möge die Übellaunigkeit eines alten Mannes entschuldigen, sie so zu nennen –, ich möchte, daß alle gut zueinander sind. Eine vietnamesische Familie reicht so weit wie die Blutlinie, die sie miteinander verbindet, gleich der langen Reihe von Papierlaternen, die einen Dorfplatz umspannt. Und gemeinsam verströmen wir Licht. So ist es in unserer Kultur immer gewesen. Aber diese Leute, die mich besuchen, haben lange in Amerika gelebt, und es spielen sich sehr seltsame Dinge ab, das kann ich an ihren Gesichtern ablesen.

Am seltsamsten war es heute morgen. Ich saß in meinem Polstersessel, und vier der zahlreichen Mitglieder meiner Familie hatten sich eingefunden: mein Schwiegersohn Thang, ein früherer Oberst der republikanischen Armee von Vietnam, und einer von den Unaufrichtigen, die auf meiner ausziehbaren Couch saßen, dazu sein jüngster Sohn Loi, der später gekommen war, erst vor ein paar Minuten, und sich auch auf die Couch gelümmelt hatte. Er war zwar der Jüngste, aber alt genug, um als Leutnant unter seinem Vater gedient zu haben, als vor mehr als zehn Jahren unser Land an die Kommunisten fiel. Des weiteren meine Tochter Lam, die mit Thang verheiratet ist und die hinter den beiden herumschwirrte und alle Aufforderungen, sich zu setzen, ignorierte; und meine älteste Tochter, die gegen den Türrahmen lehnte und zweifellos gerade aus meinem Zimmer gekommen war, wo sie die Jalousien geöffnet hatte, die ich nach dem Aufwachen geschlossen hatte.

Thang sah mich mit jenem traurigen Blick an, an den ich mich inzwischen gewöhnt habe, und vielleicht kam ich ihm in diesem Moment ein wenig schwach, ein wenig abwesend vor. Ich hatte es aufgegeben, der oberflächlichen Konversation dieser Leute zu folgen, hatte die Augen halb geschlossen, obwohl ich alle noch genau sehen konnte und hellwach war. Thang hat das ruhige Gesicht und die flinken Augen eines Mannes, der darauf gefaßt ist, unter Beschuß zu geraten, aber ich habe immer viel mehr aus ihnen herausgelesen, trotz seiner Anstrengungen, nichts nach außen dringen zu lassen. Da er nun annahm, ich bekäme nichts mehr mit, sah er mit ruhigem Blick zu seinem Sohn und begann, von dem Mord zu sprechen.

Erst letzte Woche, müssen Sie wissen, ist Mr. Nguyen Bich Le hier in unserer Gemeinde in New Orleans erschossen worden. In New Orleans leben viele Vietnamesen, und ein Mann, Mr. Le, gab eine Zeitung für uns heraus. Er hatte vor kurzem den tödlichen Fehler begangen – obwohl das in Amerika eigentlich nicht der Fall sein sollte – zu schreiben, daß es an der Zeit sei, sich mit der Tatsache des kommunistischen Regimes in Vietnam abzufinden und Gespräche aufzunehmen. Wir müßten jetzt mit denjenigen Leuten zusammenarbeiten, die unser Land beherrschten. Er erklärte, daß er weiterhin ein Patriot der Republik von Vietnam sei, und ich glaubte ihm. Wenn irgend jemanden die Meinung eines alten Mannes zu dieser ganzen Sache interessiert hätte, hätte ich keine Angst gehabt zu sagen, daß Mr. Le recht hatte.

Aber letzte Woche wurde er erschossen. Er war fünfundvierzig Jahre alt, hatte eine Frau und drei Kinder, und wurde erschossen, als er am Steuer seines Chevrolet-Pickups saß. Ich halte es für ein besonders anrührendes

Detail, daß dieser Mann in seinem Chevrolet getötet wurde, einem Gefährt, das meiner Meinung nach etwas so typisch Amerikanisches verkörpert. Noch aus Saigon war uns die Marke vertraut. In Saigon war es sehr amerikanisch, einen Chevrolet zu besitzen, genauso wie es französisch war, einen Citroën zu fahren.

Und Mr. Le war in seinem vertrauensvollen Eingehen auf diese neue Kultur noch einen Schritt weitergegangen. Er hatte nicht nur einen Chevrolet gekauft, sondern einen Chevrolet-Pickup, der ihn nicht nur zu einem Amerikaner machte, sondern gleichzeitig zu einem Bürger Louisianas, wo Pickup-Laster sehr verbreitet sind. Allerdings hatte er keinen Gewehrständer fürs Heckfenster erworben, der auch ein Wahrzeichen dieser Gegend ist. Vielleicht hätte er aber gut daran getan, denn die Kugel wurde durchs Rückfenster gefeuert. Jemand hatte sich auf der Ladefläche seines Lasters versteckt und ihn von hinten erschossen, und über den Grund für diese Tat gab es durch den Anruf eines namenlosen Vertreters der ›Partei zur Vernichtung des Kommunismus und der Nationalen Wiederherstellung‹ keinerlei Zweifel.

Thang, mein Schwiegersohn, sagte zu seinem jüngsten Sohn Loi: »Es gibt keine Mordwaffe.« Dabei bemerkte ich ein leichtes Heben seiner Augenbrauen, als wollte er seinen Sohn auffordern, auf den Sinn hinter seinen Worten zu lauschen. Dann wiederholte er es noch einmal, langsamer diesmal, als wäre es ein Code: »Es gibt *keine Waffe.*« Mein Enkel nickte einmal kurz und ruckartig mit dem Kopf. Dann sagte meine Tochter mit sehr lauter Stimme, die Augen auf mich gerichtet: »Das war eine schlimme Sache, der Tod von Mr. Le.« Sie stieß ihren Mann und ihren Sohn an, und beide Männer wandten mir abrupt das Gesicht zu, sahen mich mit ausdrucksloser

Miene an und sagten ebenfalls sehr laut: »Ja, das war schlimm.«

Ich bin nicht taub, und ich machte die Augen noch ein wenig weiter zu, da ich genug gesehen hatte und sie im Glauben lassen wollte, ihr lautes Reden habe mich nicht nur nicht aufzuwecken vermocht, sondern mich noch mehr eingeschläfert. Es gefiel mir jedoch nicht, sie zu hintergehen, obwohl ich mich schon kritisch über diese Mitglieder meiner Familie geäußert habe. Ich bin ein Hoa Hao Buddhist, und ich glaube an die Harmonie zwischen allen Lebewesen, insbesondere unter den Mitgliedern einer vietnamesischen Familie.

Nachdem mich Ho bei jenem ersten Besuch bezüglich der benötigten Temperatur für Maestro Escoffiers Glasur beruhigt hatte, sagte er: »Dao, mein alter Freund, folgst du immer noch dem Weg, den du in Paris eingeschlagen hast?«

Damit meinte er meine Religion. Es war damals in Paris gewesen, als ich mich Buddha verschrieb und Ho enttäuschte. Anfang 1918 gingen wir nach Frankreich, es herrschte immer noch Krieg, und wir wohnten in der ärmsten Straße, im ärmsten Teil des siebten Arrondissements. Nummer neun, Impasse Compoint, einer Sackgasse mit ein paar abbruchreifen Häusern, die alle als Lagerhäuser vermietet waren, außer unserem. Das Kopfsteinpflaster war mit heruntergefallenen Dachziegeln übersät, und Quoc und ich bewohnten zusammen ein einziges Zimmer mit nur einer eisernen Bettstatt und einer Kiste als Sitzgelegenheit. Im Licht der Talgkerze sah ich meinen Freund Quoc, er trug eine dunklen Anzug, hatte einen Bowler auf und sah sehr albern aus. Ich sagte das nicht, aber er wußte es selbst. Ständig setzte er seinen Hut auf und ab und schüttelte langsam, jedoch sichtlich verärgert den Kopf. Es war gegen Ende unserer gemeinsamen Zeit, denn ich besuchte täglich einen buddhistischen Mönch, der mich zur Religion meines Vaters zurückführte. Ich war vor meinem Vater davongelaufen, war zur See gefahren und hatte dort Nguyen Ai Quoc kennengelernt. Wir waren zusammen nach London und Paris gegangen, und jetzt rief mich mein Vater durch einen vietnamesischen Mönch, den ich in den Tuilerien getroffen hatte, zurück.

Quoc hingegen wurde nicht von seiner Vergangenheit, sondern von seiner Zukunft gerufen. Er hatte den dunklen Anzug und den Bowler geliehen und wollte die folgenden Wochen in Versailles verbringen, er wollte die verspiegelten Gänge des Palastes auf und ab gehen und versuchen, eine Audienz bei Woodrow Wilson zu bekommen. Quoc hatte bezüglich Indochinas acht Forderungen an die westliche Welt. Einfache Dinge. Gleiche Rechte, Versammlungsfreiheit, Pressefreiheit. Grundlegende Forderungen, die Wilson seines Wissens nach verstehen würde, da sie auf dessen eigenem Vierzehn-Punkte-Programm beruhten. Und Quoc hatte nicht einmal die Absicht, um Unabhängigkeit zu bitten. Er wünschte sich nur vietnamesische Abgeordnete im französischen Parlament. Mehr wollte er nicht. Aber sein Bowler machte ihn wütend. Ruckartig, mit beiden Händen den Hut umklammernd, trat er aus dem Lichtkegel der Kerze, und ich hörte ihn im Dunkeln murmeln und spürte, daß dies bereits ein schlechtes Zeichen war, noch bevor er überhaupt einen Fuß nach Versailles gesetzt hatte. Und wie sich herausstellte, bekam er weder jemals Woodrow Wilson zu Gesicht noch Lloyd George, nicht einmal Clemenceau. Aber irgendwie war es sein Ärger über den Hut, der mich sogar jetzt noch traurig werden läßt, und ich streckte, auf meiner Bettseite sitzend, die Hand aus und sagte: »Onkel Ho, es ist alles in Ordnung.«

Er war immer noch bei mir. Es geschah nicht im Augenblick des Erwachens, wie Sie vielleicht annehmen, es war kein Traum, der mit dem Bowler in Paris endete, und ich wäre aufgewacht und hätte festgestellt, daß Ho nie dagewesen war. Er stand immer noch neben meinem Bett, außerhalb meiner Reichweite, und kam nicht näher. Er lächelte ein wenig schief, ein Lächeln voller Ironie, als würde auch er an die Nacht denken, in der er die geliehenen Kleider anprobierte. Er sagte: »Erinnerst du dich, wie ich in Paris gearbeitet habe?«

Ich dachte darüber nach, und es fiel mir ein, zusammen mit dem Wortlaut seiner Anzeige in der Zeitung »La Vie Ouvrière«: »Wenn Sie eine lebenslange Erinnerung an Ihre Familie haben wollen, lassen Sie Ihre Fotos bei Nguyen Ai Quoc retuschieren.« Das war seine Arbeit in Paris: Mit zarter Hand Fotos zu retuschieren, jener gleichen geschickten Hand, die Monsieur Escoffier in London bewundert hatte. Ich sagte: »Ja, ich erinnere mich.«

Ho nickte ernst. »Ich malte einen rosigen Hauch auf die Wangen von Franzosen.«

Ich sagte: »Ein hübsches Porträt in einem hübschen Rahmen für vierzig Franc«, ein weiterer Satz aus seiner Anzeige.

»Fünfundvierzig«, erwiderte Ho.

Ich dachte jetzt an seine Frage, die ich nicht beantwortet hatte. Ich ging in die hintere Ecke des Zimmers, wo der Gebetstisch stand. »Ich folge immer noch dem Weg.«

Er sah mich an und sagte: »Du bist also schließlich ein Hoa Hao geworden.«

Das war an der Schlichtheit des Tisches zu erkennen. Es lag nur ein rotes Tuch mit vier chinesischen Buchstaben darauf: Bao So'n Ky Huong. Das ist der Spruch der Hoa Haos. Wir befolgen die Lehren eines Mönchs, der mit den überladenen Ritualen der anderen Buddhisten gebrochen hat. Wir brauchen weder kunstvolle Pagoden noch Zeremonien. Der Hoa Hao glaubt, daß die Pflege unseres Geistes sehr einfach ist, ebenso das Geheimnis der Freude. Die vier Buchstaben bedeuten »Ein süßer Duft von einem fremden Berg.«

Ich hatte immer den Sinn für Humor bewundert, den mein Freund Quoy besaß, deshalb sagte ich: »Du hast nie aufgehört, die Röte ins Gesicht der westlichen Menschen zu malen.«

Ho sah mich an, aber er lächelte nicht. Das überraschte mich, aber noch mehr überraschte mich, daß ihn mein kleiner Scherz an seine Hände zu erinnern schien. Er hob sie hoch, betrachtete sie eingehend, und fragte: »Worauf habe ich die Glasur nach dem Erhitzen aufgetragen?«

»Mein alter Freund«, antwortete ich, »jetzt mache ich mir wirklich Sorgen um dich.«

Aber Ho schien nicht zu hören. Er wandte sich ab, durchquerte das Zimmer, und ich wußte, daß er wirklich anwesend war, weil er sich vor meinen Augen nicht auflöste, sondern die Tür öffnete, hinausging, und sie mit lautem Klicken hinter sich schloß.

Ich klingelte nach meiner Tochter. Sie hatte mir eine Porzellanglocke gegeben, und nachdem ich Ho genügend Zeit gelassen hatte, um die Treppe hinunter und aus der Vordertür hinauszugehen, falls er diesen Weg nahm, klingelte ich, und meine Tochter, die einen sehr leichten Schlaf hat, erschien kurz darauf.

»Was ist, Vater«, fragte sie sehr geduldig. Sie ist ein gutes Mädchen. Sie kennt sich aus, was vietnamesisches Familienleben angeht, und sie ist ein kluges Mädchen.

»Bitte faß den Türknopf an«, sagte ich.

Das tat sie, ohne im geringsten zu zögern, was ganz reizend von ihr war, eine Geste, daß ich hätte aufstehen und sie umarmen wollen, obwohl ich sehr müde war und mich nicht rührte.

»Ja?« fragte sie, nachdem sie den Knopf angefaßt hatte.

»Ist er klebrig?«

Sie berührte ihn wieder. »Ein ganz kleines bißchen«, antwortete sie. »Möchtest du, daß ich ihn saubermache?«

»Am Morgen«, sagte ich.

Sie lächelte, kam zu mir her und küßte mich auf die Stirn. Sie duftete nach Lavendel und frischem Bettzeug, und es sind so viele, die vor mir ins Reich der Geister eingegangen sind, und ich habe Sehnsucht nach allen, ich sehne mich, sie alle zusammen auf einem Dorfplatz wiederzutreffen, meine Frau, die nach Lavendel und nach unserem Schweiß duftet, wie damals eines Nachts in Saigon, kurz nach den schrecklichen Kämpfen des Jahres 1968, als wir schließlich die Fenster öffneten, und das Geräusch fallender Bomben ertönte, und nicht das geringste Lüftchen ging, nur die lastende Stille, die in der Spanne zwischen Trocken- und Regenzeit herrschte und in der Saigon nach Teer, Abgasen und Pulverschmauch roch. Doch als ich das Fenster öffnete und mich meiner Frau zuwandte, war der Raum von einem wundervollen Duft erfüllt, einem süßen Duft, der sie dazu brachte, sich aufzusetzen, denn sie roch ihn auch. Es war ein Geruch, der nichts mit Blumen zu tun hatte, sondern uns daran erinnerte, daß Blumen immer zu Staub zerfallen, während dieser Duft an einen Edelstein erinnerte, der Wohlgeruch zu verströmen begann, als hätte ein Berg von Smaragden seinen ureigenen Duft gefunden. Ich ging durchs Zimmer zu meiner Frau hin, wir waren damals schon alt, hatten bereits Kinder und Enkelkinder begraben, und wir beteten, sie würden auf jenem Dorfplatz am Fuß des fremden Bergs auf uns warten, aber als ich zum Bett trat, hob sie ihr seidenes Nachthemd und streifte es ab, und ich preßte mich eng an sie, und unser Schweiß duftete süß in jener Nacht. Ich möchte bei ihr sein auf jenem Platz, zusammen mit all denen, die wir begraben haben – die winzigen Kinderleiber mit den trüben Augen und den grauen Gesichtern, die bestürzten Eltern, und die matten alten Leute, die vor uns gegangen waren, die das Geheimnis jetzt kannten. Und der süße Duft der Glasur auf Hos Händen erinnert mich an die anderen, die ich auf dem Platz sehen möchte, auch die Leute vom Schiff, den vietnamesischen Jungen aus einem Dorf nahe meinem eigenen, der im Indischen Ozean an einem Fieber starb, und die Eingeborenen in Dakar, die von Kolonialbeamten gezwungen wurden, in von Haien verseuchtem Wasser zu unserem Schiff hinauszuschwimmen, um die Vertäuung zu sichern, wovon zwei vor unseren Augen ohne jegliches Bedauern der Franzosen getötet wurden. Ho war davon sehr berührt, und ich hätte diese Männer gern auf unserem Platz, auch den Franzosen, der Ho das erstemal »Monsieur« nannte. Ein Mann im Hafen von Marseille. Ho sprach zweimal von ihm, während unserer gemeinsamen Jahre, und ich hätte diesen Franzosen gern dort. Und natürlich Ho. War er schon auf dem Dorfplatz und wartete? Erhitzte er die Zuckermasse für seine Glasur? Meine Tochter strich die Decken um mich glatt, und ihr Lavendelduft war immer noch sehr stark.

»Er war in diesem Zimmer«, sagte ich, um ihr den klebrigen Türknopf zu erklären.

»Wer war hier?«

Aber ich war sehr schläfrig und konnte nichts mehr sagen, und wahrscheinlich hätte sie es ohnehin nicht verstanden, obwohl sie so ein kluges Mädchen ist.

In der nächsten Nacht ließ ich das Licht brennen, um Hos Ankunft zu beobachten, aber ich döste ein, und er mußte mich wecken. Er saß auf einem Stuhl, den er von der anderen Seite des Zimmers geholt hatte. Er sagte: »Dao. Wach auf, mein alter Freund.«

Ich mußte aufgewacht sein, als er den Stuhl nahe zu mir heranrückte, denn ich verstand jedes Wort. »Ich bin wach«, antwortete ich. »Ich dachte an die armen Männer, die zu unserem Schiff hinausschwimmen mußten.«

»Sie sind bereits unter denen, denen ich gedient habe«, sagte Ho. »Bevor ich vergessen habe.« Und er hob die Hände, und sie waren immer noch mit Zucker bedeckt.

Ich sagte: »War es keine Marmorplatte?« Ich hatte eine seltsam klare Erinnerung nach all den vielen Jahren, genauso seltsam wie die Erinnerung an Hos Pariser Geschäftskarte.

»Eine Marmorplatte«, wiederholte Ho verblüfft.

»Auf die du den erhitzten Zucker gegossen hast.«

»Ja.« Ho streckte die süß duftenden Hände aus, erreichte mich aber nicht ganz. Ich wollte meine Hände unter der Decke hervorstrecken und die seinen festhalten, aber Ho sprang auf und ging im Zimmer auf und ab. »Die Marmorplatte, leicht gefettet. Natürlich. Ich muß den Zucker halb abkühlen lassen und dann mit dem Spatel tüchtig durcharbeiten, damit er nicht fest und klumpig wird.«

Ich fragte: »Hast du meine Frau gesehen?«

Ho war ans andere Ende des Zimmers gegangen, aber auf meine Frage hin drehte er sich um und kam zu mir zurück. »Tut mir leid, mein Freund. Ich kannte sie nicht.«

Enttäuschung mußte in meinem Gesicht gestanden haben, denn Ho setzte sich nieder und beugte sich nahe zu mir. »Es tut mir leid«, sagte er. »Es sind so viele andere Menschen, die ich dort finden muß.«

»Bist du sehr enttäuscht von mir?« fragte ich. »Weil ich nicht den Weg mit dir gegangen bin?«

»Es ist sehr kompliziert«, antwortete Ho sanft. »Du hattest das Gefühl, richtig gehandelt zu haben. Ich bin nicht mehr in der Position, die Wahl einer anderen Seele in Frage zu stellen.«

»Hast du Frieden gefunden dort, wo du bist?« Ich fragte das, obwohl ich seine Sorge um das Glasurrezept kannte, aber ich hoffte, daß es sich dabei nur um ein untergeordnetes Problem seines jenseitigen Lebens handelte, ähnlich der Aufregung eines guten Kochs, der Gäste erwartet und dem am Ende doch immer alles gelingt.

Aber Ho antwortete: »Ich habe keinen Frieden gefunden.«

»Ist Monsieur Escoffier dort drüben?«

»Ich habe ihn nicht gesehen. Die Sache hat nichts mit ihm zu tun, nicht direkt.«

»Worum geht es denn?«

»Ich weiß nicht.«

»Du hast das Land erobert. Das weißt du doch, oder?«

Ho zuckte die Achseln. »Es gibt keine Länder dort drüben.«

Ich hätte mich an Hos Achselzucken erinnern sollen, als ich am Morgen in den Gesichtern meines Schwiegersohns und meines Enkels bestimmte Dinge entdeckte. Aber mich erregte etwas, ein Verdacht. Ich hielt die Augen geschlossen und legte den Kopf zur Seite, als wäre ich fest eingeschlafen, und ermunterte sie weiterzusprechen.

Meine Tochter sagte: »Hier ist nicht der Ort, um zu reden.«

Aber die Männer beachteten sie nicht. »Wie?« fragte Loi seinen Vater und nahm das Gespräch über die fehlende Mordwaffe wieder auf.

»Es ist besser, du weißt nicht zu viel«, antwortete Thang.

Danach trat Schweigen ein. Trotz all der Erregung, die ich bei dem ersten Verdacht gespürt hatte, war ich jetzt sehr müde. Tatsächlich dachte ich an Hos zweiten nächtlichen Besuch. Nicht an sein Achselzucken. Er war lange in Schweigen verfallen, und ich hatte die Augen geschlossen, weil das Licht mich blendete. Ich lauschte seinem Schweigen, genauso wie ich jetzt dem Schweigen dieser beiden Verschwörer vor mir lauschte.

Und dann sagte Ho: »Sie waren Dummköpfe, aber ich bringe es einfach nicht mehr fertig, mich über sie zu ärgern.«

Ich öffnete die Augen im Schlafzimmer, und das Licht war aus. Ho hatte es abgedreht, weil er wußte, daß es mich störte. »Wer waren die Dummköpfe?« fragte ich.

»Wir haben zusammen gekämpft, um die Japaner zu verjagen. Ich hatte sehr gute Freunde unter ihnen. Ich rauchte ihre köstlichen Salem-Zigaretten. Sie waren selbst von den Kolonialisten unterdrückt worden. Kannten sie ihre eigene Geschichte nicht?«

»Meinst du die Amerikaner?«

»Es sind eine Million Seelen hier bei mir, die jungen Männer unseres Landes, und sie alle tragen schwarze Anzüge und Bowler-Hüte. Die Reflexion der Spiegel macht sie sogar zu zehn, zu hundert Millionen.«

»Ich habe meinen Weg gewählt, mein lieber Freund Quoc, damit vielleicht Harmonie entsteht.«

Und selbst mit dieser Sehnsucht nach Harmonie war nicht abzusehen, was mein Verstand aus den Dingen schließen sollte, die mir heute morgen zu Ohren gekommen waren. Thang erzählte Loi, daß die Mordwaffe beiseite geschafft worden war. Thang und Loi kannten die Mörder, sympathisierten mit ihnen, waren vielleicht an dem Mord beteiligt gewesen. Der Vater und der Sohn hatten bei der Luftwaffe gedient, und ich hatte einige Male bittere Äußerungen über das Exil unserer Landsleute von ihnen gehört. Wir seien Narren gewesen, die ganze Zeit über den Amerikanern zu vertrauen, sagten sie. Wir selbst hätten Maßnahmen ergreifen und den unendlich korrupten Thieu verjagen sollen, das hätten wir tun müssen. Immer wenn sie auf diese Weise in meiner Gegenwart sprachen, kam es bald zu einem Austausch schneller Seitenblicke, dann wandten sie sich an mich und entschuldigten sich. »Es tut uns leid, Großvater. Mit den alten Zeiten kommt oft der alte Ärger hoch. Wir sind froh, daß unsere Familie ein neues Leben anfangen konnte.«

Ich tat das mit einer Handbewegung ab, glücklich, daß der Familienfrieden wieder hergestellt war. Glücklich, mein Gesicht abzuwenden und den Duft der Hartriegelbäume oder sogar den der Kaffeestauden von jenseits des Highways riechen zu können. Diese Dinge waren der neue Duft unserer Familie geworden. Aber dann befiel mich oft eine Schwäche. Die Männer zogen sich zurück, und manchmal kam eine meiner Töchter zu mir, streichelte mir die Hand, ohne ein Wort zu sagen, und keiner von ihnen fragte mich jemals, warum ich weinte. Ich roch den intensiven Blutgeruch der Nachgeburt und hielt unseren ersten, noch ganz glitschigen Sohn in den Armen, und da war der Staubgeruch vom Dorfplatz und der Geruch des südchinesischen Meers gleich hinter dem

Hügel, und da war der Geruch des Blutes und des inneren Fleisches meiner Frau, als der See meines Sohnes aus dieser Frau rann, die ich liebte, er floß heraus und trug ihn in ein Leben, das er so bald wieder verlassen sollte. Würde er im jenseitigen Leben auf seinen wackligen Kinderbeinen vor mir stehen? Müßte ich mich tief hinunterbeugen, um ihn zu begrüßen, oder würde er jetzt ein Mann sein?

Nachdem die Stille mich fast in den wirklichen Schlaf hinübergetragen hatte, in einen unruhigen Schlaf, sagte mein Enkel Loi zu seinem Vater: »Ich wäre ein Feigling, wenn ich es nicht wissen wollte.«

Thang lachte und antwortete: »Du hast dich nicht als Feigling erwiesen.«

Und dann hätte ich gern geschlafen, ich wäre nur allzugern eingeschlafen, hätte irgendwo in meinen Träumen das Leben losgelassen und meinen Dorfplatz gesucht. Ich habe zu lange gelebt, dachte ich. Meine Tochter sagte: »Seid ihr beide verrückt?« Und dann sagte sie mit veränderter Stimme, die Worte sehr genau artikulierend: »Laßt Großvater schlafen.«

Als Ho in dieser Nacht zum drittenmal kam, wollte ich ihn um Rat fragen. Seine Hände waren immer noch mit Zucker bedeckt, und genau wie in den beiden vergangenen Nächten war er sehr zerstreut. »Mit der Glasur ist immer noch etwas nicht in Ordnung«, sagte er im Dunkeln zu mir, und ich warf die Decken zurück, schwang die Beine heraus und stand auf. Er versuchte nicht, mich aufzuhalten, sondern zog sich still in den Schatten zurück.

»Ich möchte mit dir auf und ab gehen«, sagte ich. »So wie wir es in Paris in dem winzigen Zimmer getan haben. Wir unterhielten uns über Marx und über Buddha, und jetzt muß ich mit dir herumgehen.«

»Gut«, sagte er. »Vielleicht hilft das, mich zu erinnern.«

Ich streifte meine Sandalen über und stand auf, und Hos Schatten glitt an mir vorbei, durch den Lichtkegel der Straßenlaterne ins Dunkel neben der Tür. Ich folgte ihm und roch den Zucker an seinen Händen, erst vor mir, dann strich der Geruch an mir vorbei, als ich ihm ins Dunkel folgte, aus dem er gerade wieder herausgetreten war. Ich blieb stehen, drehte mich um und konnte Hos Silhouette vor dem Fenster sehen; ich sagte: »Ich glaube, mein Schwiegersohn und mein Enkel sind in einen Mordfall verstrickt. Einen politischen Mord.«

Ho blieb schweigend stehen und rührte sich nicht, eine dunkle Gestalt im Gegenlicht. Da ich am anderen Ende des Zimmers war, konnte ich seine Hände nicht riechen, ich roch aber den säuerlichen Geruch von Loi, der damals an meiner Schulter lag. Er war noch ein Baby, und meine Tochter Lam ging zum Balkonfenster, nachdem sie mir den Jungen überreicht hatte, und der Junge drehte den Kopf, ich wandte mich ihm zu und konnte die Milch seiner Mutter riechen, die sauer aus seinem Atem aufstieg, er roch säuerlich, und Räucherstäbchen brannten im Zimmer, Jasmin, der Rauch der Seelen, und der Junge seufzte an meiner Schulter, und ich wandte mein Gesicht ab von seinem Geruch. Thang stand am anderen Ende des Zimmers; mit flinken Augen den Blick seiner Frau suchend, wartete er, daß sie mir das Kind abnahm.

»Du hast dich nie politisch engagiert«, sagte Ho.

»Stimmt das?«

»Natürlich.«

»Wird dort, wo du jetzt bist, Politik betrieben, mein Freund?«

Ich sah nicht, wie er auf mich zukam, aber der Geruch

des Zuckers an seinen Händen wurde stärker und stärker, und ich spürte Ho Chi Minh sehr nahe bei mir, obwohl ich ihn nicht sehen konnte. Er war ganz nahe, und der Duft war stark und süß, er erfüllte meine Lungen, als käme er aus meinem Inneren, als ginge Ho durch meinen Körper hindurch, und ich hörte, wie sich die Tür hinter mir öffnete und dann leise schloß.

Ich ging durchs Zimmer zu meinem Bett. Ich drehte mich um, um mich zu setzen, aber ich sah zum Fenster, wo die Strahlen einer Straßenlaterne verstreut aufflammten wie eine Nova in irgendeinem entfernten Teil des Universums. Ich trat zum Fenster, berührte das reflektierte Licht und fragte mich, ob es stark roch, wenn Sterne explodierten, ob sich ein scharfer brennender Geruch von Gas und Staub entwickelte. Dann schloß ich die Jalousie und schlüpfte ins Bett, ziemlich elegant, fand ich, äußerst anmutig, und jetzt liege ich hier und warte auf den Schlaf. Ho hat natürlich recht. Ich werde nie ein Wort über meinen Enkel verlauten lassen. Und vielleicht bin ich einst genauso unruhig wie Ho, wenn ich zu ihm komme. Aber das wird in Ordnung sein. Er und ich werden wieder vereint sein, und vielleicht können wir einander helfen. Ich weiß jetzt, was er vergessen hat. Er hat Konditorzucker für seine Glasur genommen, und er hätte Kristallzucker nehmen sollen. Ich war nur Tellerwäscher, aber ich habe genau zugehört, wenn Monsieur Escoffier etwas erklärte. Ich wollte alles verstehen. Seine Küche war voll solcher Gerüche, daß man wußte, man mußte alles verstehen oder würde für immer unvollkommen bleiben.

Quellennachweise

Die in dieser Sammlung abgedruckten Erzählungen erschienen zuerst in folgenden Zeitschriften: »Offene Arme« in *The Missouri Review*; »Mr. Green« in *The Hudson Review*; »Die Rückfahrt« in *The Southern Review* (Nachdruck in 1991er Auflage von *The Best American Short Stories*); »Märchen« in *The Virginia Quarterly Review*; »Grillen« im National Public Radio im »NPR Playhouse«; »Briefe von meinem Vater« in *Cimarron Review*; »Liebe« in *Writer's Forum*; »Mondfest« in *Hawaii Review*; »Auf der Lichtung« in *Icarus*; »Eine Geistergeschichte« in *Colorado Review*; »Schnee« in *The New Orleans Review*; »Andenken« in *The Gettysburg Review* (Nachdruck in *New Stories from the South, The Year's Best 1991*); »Vorbereitung« in *The Sewanee Review*; »Ein süßer Duft von einem fremden Berg« in *New England Review*.